suhrkamp taschenbuch 3740

Galsan Tschinag erzählt in seinem eindrucksvollen Roman eine alte, mündlich überlieferte Legende aus der Mongolei des 18. Jahrhunderts. Einfühlsam schildert er den Kampf der Tuwa-Nomaden um Selbstbestimmung und Unabhängigkeit und um das Recht, so zu leben, wie es von jeher war.

Der Nomadenjunge Hynndynn wächst bei Pflegeeltern auf, nachdem seine Mutter kurz nach seiner Geburt gestorben ist. Ihm wird von weithergereisten Fremden ein ungewöhnliches Schicksal prophezeit. Als siebenjähriger Knabe wird er aus seinem Land entführt. In China lernt Hynndynn von hohen Persönlichkeiten höfische Umgangsformen, verliebt sich in ein chinesisches Mädchen und kehrt schließlich als junger, verheirateter Mann in die Heimat zurück. Dort soll er als neuer Fürst des Stammes die chinesische Okkupation seiner mongolischen Heimat unterstützen. Aber der Tuwa-Stamm wehrt sich. Hynndynn ist hin- und hergerissen. Schließlich besinnt er sich auf seine Herkunft und nimmt den Kampf gegen die übermächtigen chinesischen Besatzer auf.

Galsan Tschinag (Irgit Schynykbaj-oglu Dshurukuwaa) wurde Anfang der vierziger Jahre als jüngster Sohn einer Nomadenfamilie der Tuwa in der Mongolei geboren. In den sechziger Jahren studierte er in Leipzig Germanistik und schreibt seitdem in deutscher Sprache. Im Jahr 2001 erhielt er den Heimito-von-Doderer-Preis. Im Suhrkamp Verlag erschienen bisher *Zwanzig und ein Tag* (st 2789) sowie die Romane *Der blaue Himmel* (st 2720), *Die graue Erde* (st 3196) und *Der weiße Berg* (st 3378).

Galsan Tschinag
Das geraubte Kind

Roman

Suhrkamp

Umschlagfoto: Amélie Schenk

suhrkamp taschenbuch 3740
Erste Auflage 2006

Druck: Ebner & Spiegel, Ulm
Printed in Germany
Umschlag: Göllner, Michels, Zegarzewski
ISBN 3-518-45740-3

1 2 3 4 5 6 – 11 10 09 08 07 06

DAS GERAUBTE KIND

BESCHWÖRUNG DER GEISTER

Richte dich auf, Tuwa. Reg dich und halt dich an mir fest, Mutter. Vollbring es, sei endlich einmal weise und stark wie anderer Wesen Mütter auch.
Wiege der Ahnen, öffne dich mir. Tu es zuliebe mir, den jedes dir zugefügte Leid verwundet und jede dir erwiesene Gunst wieder heilt. Du, von Tränen erweichte, von Blut erhärtete Erde, erschließe dich mir. Du von Pech ermatteter und erblindeter und doch immer wieder von Heil erquickter und erleuchteter Himmel, enthülle dich mir.
Erhört mich, Geister, und eilt herbei. Löst die Fesseln der Zeit, ihr Spuren. Sorg dich und steh mir bei, Geschichte. Erhebt mich, ihr alle, und tragt mich fort, fort.
Denn wagen will ich es. Will das Biest Vergangenheit aufspüren und vom Tod erwecken. Will ihm in den Rachen steigen, durch den Schlund in den Bauch schlüpfen und ihm die Gedärme aufstülpen. Will dem Biest Vergesslichkeit ans Fell rücken, die verkrustete Haut aufreißen und abziehen. Will das Biest Duldsamkeit an Haar und Ohr packen und es niederwerfen. Will ihm die Blöße abtasten und die Angst samt Eiern und Eierstöcken herauswürgen. Will dem Biest Lüge die Stirne bieten und das spröde Siegel über der mäusefeigen, läusekleinen Seele des rundschädeligen, stelzbeinigen Ungeziefers sprengen.
Will der wackeligen Hütte der Geschichte, dem Gespinst käuflicher Hirne unter dem Schwert Bemächtigter, Zunge und Fäuste zeigen. Will gegen sie anrennen, sie umstoßen, niedertrampeln und neu errichten. Will einen neuen, meinen Owoo anlegen, auf dass er zu einem Hügel anwachse, und weiter so herrlich und hoch wie der Hohe Altai, ja wie der Weltenberg schlechthin: in ihm, in euch und in mir. Will opfern, damit mein Hiersein gerechtfertigt und das, was mir zugefallen, begründet ist. Will es erreichen, oder ich will –

VOM SANDKÖRNCHEN ZUM STEIN

Der Erstlingsmond des Jahres der Schwarzen Maus, woanders auch in der Zahl 1732 untergebracht, war schon im Abnehmen begriffen, war am unteren Rand abgewetzt, hüpfte nun, holpernd und stürmisch, über zerfetzten und wimmelnden Wolken. Unter dem ovalen Mond, der löchrig und brüchig wirkte, und unter den Wolken, die flüchtenden, auseinander stiebenden Herden ähnelten, lag, fern und fahl und stumm, der Altai mit seinen Bergen, Steppen, Wäldern, Seen und Flüssen, erstarrt unter dem winterlichen Schild aus Eis und Schnee.

Weit und breit herrschte Stille, bis auf ein gedämpftes, dunkles Getrommel irgendwo an einem Zipfel des gewaltigen Raumes. Es dröhnte ab und an und verstummte, sobald eine kindlich helle, kläglich einsame menschliche Stimme ansetzte. War es gesungen, geheult oder gar gebellt?

Düng …
    düng …
        düng … düdüng …
Taub hab ich mir, ach,
die Dünggür geschlagen.
Heiser hab ich mir, weh,
die Kehle geschrien.
U-aak … u-aak … u-aak …
    hau-hau … hau-hau … hau-hau …
        uu-uuj … uu-uuj … uu-uuj …

Das war eine Schamanin, die Dünggür in der Hand und angesichts einer Spitzhütte. Bald trat sie ein, ließ das leichte Holzgerüst knarren und krachen, bald trat sie hinaus, stand schwankend eine Weile davor, breit und zottig, ehe sie die Verfolgung wieder aufnahm, der ihr ganzes Sinnen und Trachten zu gelten schien. Von ihr ging ein Wind und ein Geklirr aus: von dem reichlich befiederten und bebänderten Harnisch und der Vielzahl von Anhängseln, den eisernen Nägeln, Ringen, Glöckchen sowie den Reißzähnen, Krallen und Schnäbeln vom Wild der Erde und vom Geflügel der Lüfte.

Zu der Zeit hantierte in der Nähe ein anderer Mensch, eine Frau. Sie gab Acht auf die Schamanende, führte ihre Anweisungen aus und kümmerte sich um das Feuer in der Hütte. Die Frau schien alt und erschöpft. Doch mühte sie sich ruhelos und unerschütterlich ab. Da geschah, dass die Schamanende inmitten der müden, eintönigen Anrufung mit einem Mal einen gellenden Schrei ausstieß, die Dünggür schmetterte, und sie schnellte wie von selbst davon. Die andere versuchte ihr zu folgen, verlor sie aber bald aus den Augen, das Gedröhn, Geklirr und Geplapper vernahm sie jedoch noch eine ganze Weile. Zudem kam es ihr vor, als läge ein dumpfes Hufgetrappel in der Luft.

Sie begriff die Sinnlosigkeit ihres Tuns und wollte zur Spitzhütte zurückkehren. Da stand eine Jurte, es war die ihre, und links daneben erhob sich der Dunghaufen. Sie hockte sich nieder, breitete den Tonn-Schoß aus und häufte vornüber gebeugt und beidarmig so viel Dung darauf wie gerade Platz fand. Dann erhob sie sich schwerfällig, und ihrer Brust entfuhr ein leiser, dumpfer Heullaut.

In die Hütte zurückgehumpelt, bemühte sie sich um ein neues Feuer. Während sie mit einem steinharten, raureifüberzogenen Fladen die Asche aus- und die Glutreste aufeinander schob, eine Krume zwischen drei Fingern zerrieb und damit das helle Häufchen fütterte und um dieses herum eine kleine Mauer aus lockeren, trockenen Brocken aufschichtete, hielt sie wieder und wieder inne und lauschte in die nächtliche Bergsteppe hinaus. Nichts war von dort zu hören, umso deutlicher hörte sie aber von nebenan, in greifbarer Nähe, ein dumpfes Stöhnen und ein helles Schmatzen. Indes fraß sich die Restglut weiter, fing mit einem Mal Feuer und warf Flammen auf, die das Innere der Hütte erhellten.

Ein reichliches Dutzend langer, mittelstarker Weidenstreben, oben zusammengeschnürt und unten zu einem Kreis auseinander gespreizt, und dieses Gerippe mit dem nächsten Lump bedeckt – das war sie, die Behausung, in die alle Frischvermählten einzuziehen pflegten, zunächst. Nur die wirklich Armen und krankhaft Faulen lebten bis zum Lebensende in ihr. Sie wurde in der Regel so bald wie möglich durch eine Jurte ersetzt, für die man allerdings selbst aufzukommen hatte. Die Hütte hier war eine uralte, war rußgeschwärzt und zerlumpt, war das Elend selber. Wie viele Menschenkinder darin schon gehaust hatten, mochte allein der große Himmel wissen. Und die jetzigen Bewohner waren es, die da stöhnten und schmatzten; es waren eine junge Frau und ihr frisch geborenes Kind. Dieses lag, in einen Fetzen Fell gewickelt und noch mit manchem Lumpen zugedeckt, gegenüber der Tür, mit dem Kopf zur Mutter und lutschte kräftig an einem Batzen Schafschwanzfett, das aus dem Mund herauslugte, dabei durch den Schatten riesig wirkte und das winzige, wundhafte Gesicht mit den fest verschlossenen Augen fast gänzlich bedeckte. Und eine Elle weiter, die ganze linke Seite der Hütte einnehmend, lag sie, die Mutter. Sie lag ausgestreckt auf dem Rücken, das vom schwarzen Haar umfasste, rundliche Gesicht war totenbleich. Sie hatte nach der Niederkunft das Bewusstsein verloren und es seitdem nicht wiedererlangt. So lag sie in der dritten Nacht. Dabei hatte sie sich anfangs gerührt, auch Laute von sich gegeben, war aber dann von Stunde zu Stunde immer träger und stiller geworden. Nun rührte sie sich längst nicht mehr, glich einem werdenden Felsen. Auch hatte sich die Blutlache, in der sie lag, längst abgekühlt und dampfte nicht mehr.

Unterdessen tobte draußen in der dämmerig grauen, winterlich kalten Steppe unter dem wechselhaften Kampfspiel von

Mond- und Sternenschein und Wolkenschatten die Schamanin. Sie jagte, bald schreiend, bald krähend, dann aber auch, einer tollwütigen Wölfin gleich, kläffend und heulend, Wesen hinterher, die sie wohl sah und von denen sie meinte, diese steckten hinter dem Übel, das die Wöchnerin befallen hatte. Und wie sie tollte und tobte, krähte und kreischte, hatte sie die Müdigkeit und die Heiserkeit, gegen die sie noch vor nicht allzu langer Zeit anzukämpfen hatte, überwunden – so wie der Urschamane beim heiligen Urmal die Angst überwunden und es gewagt haben musste, sich selber zu entzünden und, einer lohenden Fackel gleichend, den Artgenossen, jener Herde von bangenden Zweibeinern in der Höhle, voranzugehen und diese durch die Finsternis der Nacht und der Unwissenheit zu führen.

Also leistete sie ehrliche, ja heldenhafte Arbeit. Das wenigstens konnte gesagt werden von ihr, denn sie war keine andere als die im Volksgedächtnis immer noch feststeckende wundersame Ökpesch, die mit dreizehn Jahren, die Dünggür in der Hand, den Dienst aufgenommen und ihn zwölf Jahre lang ausgeübt hat, bis sie dann inmitten ihres blühenden, glühenden fünfundzwanzigsten Lebensjahres bei einer Sintflut, die das Land heimsuchte, samt einem schwarzen Lamm und einer weißen Hündin geopfert wurde – von ihresgleichen, von solchen, die auf der unsichtbaren Leiter am Turm des Ruhmes um einige Sprossen niedriger standen als sie. Die Fluten seien dann, wird berichtet, sogleich ins Stocken gekommen. Wie dieses ausgesehen habe, wird nicht gesagt: am gleichen Tag oder in der gleichen Stunde oder gar wirklich sogleich nach dem Säbelfall? Doch wie es auch gewesen sein mochte, wir Nachfahren, die wir uns allmächtig, da allwissend wähnen, haben für eine solche Legende nicht viel übrig.
O weh, ich sehe, die junge Person, die gerade dabei ist, unbekümmert den schweren Sack ihres zweifelhaften Schicksals durch die winterlich-nächtliche Steppenödnis zu schleppen

und sich so den ersten entscheidenden Hauch des Wohlwollens der Leserschaft verdient, muss ich allzu bald entlassen, was mich zu einigen voreiligen Aussagen zwingt, so sehr ich dessen bewusst bin, es könnte den Erzählfluss stören, hierzustelle, und der Erzählung schaden, letzten Endes.
All ihr Schamanen, die ihr seit Jahrtausenden und -hunderten Asche seid und Staub: Seid verflucht! Seid es alle, ihr Ehrlichen wie die Unehrlichen, die ihr euch vom Leid des Volkes habt ernähren können wie die Hunde vom Aas, wie die Fliegen vom Kot! Und sei verflucht und verdammt auch du, Ökpesch. Tu etwas, berühmteste Schamanin, die du ehrlich und begnadet und gütig warst! Sei es zuvörderst wegen deiner Ehrlichkeit! Denn sie war fehl dort, wo der runde Schädel überhalb der Spinnarme und der Stelzbeine den Betrug als reibungsminderndes und schmerzlinderndes Schmiermittel im Verkehr nicht nur mit den Artgenossen, so auch mit allen oberen und unteren Wesen erkannt und alle Teile des Körpers veranlasst hatte, davon so viel auszusondern wie ihnen die Macht gerade reichte; du mit deiner Ehrlichkeit hast den Herdenfrieden gestört, bis es damit endete, dass du abgeschlachtet wurdest. Sei es dann auch wegen deiner Begabung: Denn die Hoffnung, die du dem Bedrängten ins Herz setztest, rächte sich am Ende umso grausamer jedes Mal, da du jenen dem Tod doch nicht zu entreißen vermochtest! Und sei es schließlich wegen deiner Gütigkeit: Damit mochtest du wohl bei den Schafen und Tauben ankommen, aber nicht bei den Wölfen und Geiern, die mit dir Zeit und Raum teilten – für jene warst du Billigfraß!
So sei dreifach verflucht und verdammt, aber verzeih und versteh mich, du Schwester, Vorgewebe so mancher Zellen meines Fleisches und Hirnes: Ich friste meine Zeit, in eine Welt hineingezwängt, in der kein Platz für eine Entfaltung jener Zellen ist. Um mich herum knallen Peitschen und klappern Scheren, und Rudel von Wölfen und Schwärme von Geiern umlagern längst auch mich. Ich möchte aber leben und suche

nach Umwegen, um zur Blüte zu gelangen und meine Früchte reifen zu sehen. Dabei will ich von dir lernen, ja, ich darf keinesfalls fehltreten, wie du es getan hast. So muss ich dich vorzeitig entlassen aus der Geschichte, die in deiner Lebzeit geschehen, sich jedoch aus der Asche der Zeit zu erheben und in mein Leben hineinzustricken droht. Ich fürchte mich vor deiner Macht und davor, du könntest mich mit deinem Ur- und Wahnsinn anstecken und den Weg vor mir verstricken und verheddern. Lieber will ich die Zügel in der eigenen Faust halten und mich allein auf Messers Schneide bewegen …

Irgendwann verlor die Schamanin das Hufgetrappel aus dem Gehör, irrte, keifend und schluchzend, noch lange in der Steppe umher und kehrte schließlich zurück. Und wie sie vor die Spitzhütte trat, wurde sie den Mond gewahr, der mucksläftchenstill, doch flammend hell und immer noch unbarmherzig hoch am Himmel stand. Da erwachte sie und verfiel sogleich wieder in die Müdigkeit, die ihren Körper bis in alle Ritzen des Fleisches und die Röhren der Knochen zu füllen schien. Und sie singsängelte mit rauer Stimme und baumelndem Kopf:

Hätt ich dich, ach,
über diese Nacht
noch gebracht.
Dann wärest du,
Verhängnisvolle,
meine endlich …

Dass die Wöchnerin die Nacht nicht überleben würde, das wusste auch die andere Frau, die keinerlei übermenschliche Fähigkeiten für sich beanspruchte, die Nichtschamanin. Und so geschah es auch. Der Tod kam, noch bevor der Mond den Himmelsrand erreicht hatte. Daran war nichts Sonderbares,

denn es entsprach der Erwartung, musste allzu sehr der Dinge rechter Lauf gewesen sein. Sonderbar war nur Folgendes.
Die Sterbende erlangte im letzten Augenblick noch einmal das Bewusstsein. Ihr Blick, der matt und haltlos umherirrte, blieb schließlich an dem Bündel haften, das den Unglückswurm enthielt. Dabei schien er, dieser letzte Blick der gehenden Mutter, dem Bündel einen unsichtbaren Schlag zu versetzen, denn es regte sich ruckartig, und ein unkindlicher, unmenschlicher Schrei entfuhr ihm. Die Augen der Mutter liefen über, die Lippen bewegten sich. Kein Laut war dabei zu hören, aber man verstand, es waren Worte und galten ihrem Kind, das sie gleich am Anfang des verstrickten Lebensweges verlassen und dem elenden Hüttendasein zurücklassen musste. Dieser letzte nasse Blick, diese letzte stumme Lippenbewegung – und dann der letzte Atemzug, der weit ausholte, lediglich aus dem langen Einzug bestand und in ein Röcheln überging. Dann Stille. Das war der Teufel mit dem anderen Namen Tod, den zu verscheuchen die Schamanin vergebens versucht hatte. Nun war er beim angepeilten Ziel angekommen und hatte sich niedergelassen und konnte sich ausbreiten längs und quer in dem überwundenen Körper, um aus ihm hinauszutreiben die Bewohner: den Geist und die Seele samt der Hitze und dem Licht.
Die Schamanin, abermals unrühmlich besiegt in der ungleichen Schlacht, zog sich stumm zurück und machte sich an die nächste Arbeit, die ihr zufiel: die Entfernung des toten Körpers. Sie suchte Lumpen aus und hüllte den Leichnam in ihnen ein. Dann legte sie die rundliche lumpenweiche, steinschwere Last in einen Korb und trug sie auf dem Rücken, so wie man Dung trug, und begab sich in die Steppe. Das ist eben mein Schicksal, dachte sie ergeben, sang dabei leise und weinte still.
Keine andere Menschenseele war in der Nähe. Das Mondneujahr war angebrochen, so dass alle, die es nur konnten, die Winterbleibe verlassen hatten und in Richtung der Sommer-

weide gezogen waren. Für die Spitzhütte wie auch für die benachbarte Jurte hatten die Lastochsen nicht ausgereicht, und man hatte sie zurückgelassen mit dem Versprechen, man würde, sobald die Tiere ausgeruht wären, welche zurückschicken. Der Mann der Jurte war mit davongezogen, um diese dann nachzuholen. Dass die Schamanin zurückblieb, das hatte sich so ergeben, wie so oft, wenn die Not jemanden heimsuchte – die junge Person mit dem sonnigen Wesen hat plötzlich dagestanden, das sperrige Gepäck über der Schulter. Wo aber blieb die Jurtenfrau jetzt? Sie war mit dem Kind beschäftigt oder besser: Es hatte sich ihrer bemächtigt. Die vorhergehende Schilderung in der Hütte war lediglich die eine, und zwar die tote Hälfte dessen, was dort vor sich gegangen war. Die andere, lebendige Hälfte hatte in dem Augenblick, in dem der letzte gierige Blick der sterbenden Mutter das Kind traf, so ausgesehen, als ob er ein Peitschenhieb, mehr noch, eine Feuerflamme wäre, die blieb – da schien sich das schmatzende Bündelchen, das sich bis dahin als unglaublich geduldig, ja geradezu verständig erwiesen hatte, mit einem Schlag in ein kreischendes und bockendes Teufelchen zu verwandeln. Und es wollte und wollte sich nicht wieder beruhigen, das genaue Gegenteil, es gebärdete sich immer wilder und entwickelte eine solche Widersetzlichkeit, die man einem Neugeborenen unmöglich hätte zutrauen können. Das Teufelchen erwuchs wohl schnell zu einem Teufel, von dem man nicht mehr wusste, was tun und wie sein. Und der schien sich dem Lauf des Schicksals unter restlosem Einsatz seines klitschejungen Leibes und flämmchendünnen Lebens zu widersetzen. Jedenfalls vermochte er durch sein Getolle und Getobe die erwachsene Frau so einzuschüchtern, dass sie von dem weiteren Schuften der Schamanin nichts mehr wahrnahm und lediglich das ins Bein und Mark dringende Schreien hörte und all ihr Tun und Trachten einzig darauf richtete, das unkindlich, unmenschlich wilde Wesen zum Schweigen und Ruhen zu bringen: Bald nahm sie das Bündel in den Arm und schwenkte es, bald legte sie es weg und bückte sich darüber, steckte das an einem Ende weich- und leergelutschte Hammelschwanzfett in den aufgesperrten Rachen; dabei keuchte und zitterte und schwitzte sie selbst.

Die Schamanin kam zurück und brachte die Frau, die schon nichts mehr begriff, und das längst schweißdurchnässte, doch immer noch bockende Bündel in die Jurte. Dann machte sie Feuer, legte das Kind, einen Jungen, trocken und wollte es aus einer Hornflasche säugen. Aber es war keine Milch da, Milch war rar um diese Jahreszeit. Es gab Schneewasser, es gab erkalteten Kräutertee und ebenso erkaltete, abgestandene Fleischbrühe. Nun füllte man die Hornflasche, welche hungrigen Lämmern und Zicklein das Muttereuter zu ersetzen hatte, mit einem aufgewärmten Gemisch und versuchte, das Notgetränk an den Notleidenden zu bringen: kitzelte Lippen und Zunge mit der Zitze der Flasche, ließ es darauf tröpfeln – aber vergebens: Der Unglückswurm widersetzte sich dem mit allem, worüber er verfügte, und schrie und bockte nur noch schlimmer. So schien ihm jegliche Hilfe überflüssig – das wusste man von widerspenstigen Lämmern, die es verstanden, den Hungertod zu sterben, ohne auch nur einen Schluck von der warmen Muttermilch, die ihnen ins Maul rann, zu schlucken. Es gab aber keine Muttermilch, auch keine fremde, es gab lediglich die lauwarme Lauge von Kraut und Fleisch mit dem wohl eher wässerigen als würzig-saftigen Geschmack. Das Kind allein hatte doch die erste Nahrung zu sich genommen – hatte doch an dem Schwanzfett gelutscht? Diese Überlegung ließ die Schamanin abermals die Handlung eines bösen Geistes wittern; nun galt es, gegen diesen aufzutreten, ihn davonzujagen und so wenigstens das Kind zu retten, das mit der Zeit wachsen und die Lücke schließen würde, die durch den frühen Wegfall der blutjungen Mutter im Leben entstanden war. Also zog sie sich alsbald um, nahm die Dünggür in die Hand und begann, den Kampf wieder aufzunehmen.

Erst stand sie sinnend, mit hängendem Haupt, dann richtete

sie es langsam auf und fing an, in hellem Glucksen schnell hintereinander zu gähnen, bis es in ein langgezogenes, lautes Quiecksen mündete wie bei einer ausgehungerten, erschöpften Wölfin. Nach diesem letzten Laut schlug sie ein paar Mal aus ganzen Leibeskräften auf die Dünggür ein, hob die Faust mit dem Schlegel starr gen Himmel, harrte einige Herzschläge lang in dieser Haltung und stürzte sich dann mit einem Mal lärmend in den Kampf. Und es war ein schwerer und eiliger Kampf angesichts des nahenden Tagesanbruchs. Zu ihm gehörten das Anzünden der Hütte, das Wegzehren von einem Trog Schnee in gezählten Augenblicken und das Davonquirlen erst um den Jurtenherd, dann um die Jurte selbst und schließlich um den Ail. Sie kam am Ende herangesaust, stürzte über der Jurtenschwelle hin und blieb liegen. Schaum quoll ihr aus dem Mund.

Die in Schlummer Verfallene glaubte um sich herum Stimmen zu vernehmen, die sie Teufeln zuschrieb. Ich bin nicht gut genug als Schamanin, dachte sie bedrängt, denn der Sinn blieb ihr verschlossen, so sehr das Lautgewirr ihr auch immer näher zu rücken schien. Dann nahm sie Gesichter wahr, die ihr recht menschlich vorkamen. Es waren Menschengesichter, aber von wildfremden Menschen. Sie waren zu dritt und standen in einigem Abstand. Zuerst hielt sie alle für die Gleichen, nach und nach aber merkte sie, dass der eine weniger fremd war als die beiden anderen, doch sollte es ihr bis zuletzt verschlossen bleiben, mit wem sie es zu tun hatte.

Die Schamanin erhob sich und sah in der Ferne eine ganze Karawane von beladenen Kamelen und dampfenden Pferden unter Sätteln, und ihr wurde schwindlig vor Freude. Schnell kehrte Blut in ihr erschöpftes Gesicht zurück. Und die Fremden, die in der Daliegenden die gefährliche Pest befürchtet hatten, bereit, jeden Augenblick umzukehren, merkten dies und tauschten erleichtert Worte miteinander. Zuerst trat der weniger fremd Wirkende näher, betrachtete sie aufmerksam und sprach sie schließlich an. Die Angesprochene, ohnmächtig der fremden Sprache, lächelte gequält und schüttelte heftig den Kopf. Das sahen die aus der Entfernung Beobachtenden und folgerten: Nein, eine Krankheit hatte sie nicht! Umso merkwürdiger war jedoch, dass kein sprachliches Verständnis möglich war – dann mussten sie hier in einem ganz anderen Land gelandet sein! Jetzt gingen sie auf die seltsame Gestalt zu und fingen an, sie aus nächster Nähe zu beäugen, so wie man einen seltenen Gegenstand betrachtet. Da wurde es der Schamanin erneut schwindlig, diesmal vor Scham und Angst.

Unterdessen schrie das Kind weiter. Nur war es mittlerweile ein anderes Schreien, denn es war nun entkräftet, die Stimme brach zwischendurch und blieb immer länger weg. Die ältere Frau musste blöd geworden sein. Sie stand, die Filzklappe über dem Kopf, starr und stumm in der Tür. Man verfuhr mit Zeichen und Winken und konnte sich schließlich etwas verständigen. Die Ankömmlinge sahen, was Not tat. Einer von ihnen, der Mächtigste zweifelsohne, schritt eine Weile, vor sich hin nickend und summend, auf und ab. Dann aber blieb er plötzlich stehen, drehte sich jäh zu dem um, der ihm nah stand und auch sonst immer, schattenhaft, seine Nähe gesucht hatte, und linste ihm ins Gesicht. Dieser sah vor sich, hauchnah, die zu zwei schmalen Schlitzen zusammengestrengten Augen und den Lichtstrahl, der, messerflach und blitzend zu ihm hinzielte, und begriff, dass jener einen guten Einfall hatte. Ja, das begriff er, der Schatten, und vergaß dabei nicht, sogleich ihm zurückzublinzeln, er habe verstanden und sei mit ihm auch eins.

Ermuntert durch das Zeichen, das nun auch eine pflichtmäßige Bewunderung enthielt, ging der Mächtige zügig an die Arbeit: Er ließ sich die Satteltasche bringen und betrat damit die Jurte, während alle anderen auf seinen Wink hin draußen blieben.

Die Sonne stieg nur zögernd. Der Himmel war blass und wellig. Die letzten Reste der Schleierwolken, die sich unter dem nahenden Sonnenfeuer aufgelöst hatten, die strichartigen Dunst-

fetzen, schienen an unsichtbaren Fäden quer über dem Himmelszelt zu kleben und eine quälende Stille zu streuen.
Quälende Stille herrschte auch unten auf der Erde trotz oder gerade wegen des Gebrülls und Geschreis; je bedrohlicher es sich anhörte, was in der Jurte vor sich ging, desto stiller wurde es draußen – selbst die Kamele, die unter ihrer Last stöhnten, schienen angestrengt zu lauschen, indem sie ihre großen Ohren spreizten. Oder dachten sie über das seltsame Schicksal nach, das sie zu diesem Erdenrand mit den himmelspießenden Bergen, dem Brandgestank und dem hirnzermarternden Geschrei geführt hatte? Wenn auch nicht die sieben Kamele und die drei Pferde, so die beiden Männer, sie taten es wohl auf alle Fälle. Es war ihnen unheimlich hierzuwelten: Unheimlich die Berge, deren bald kugelrunde, bald speerspitze Gipfel Feuer zu sprühen schienen, unheimlich die Lebensspuren, die ihnen unterwegs begegnet, und unheimlich das Leben selbst, in welches sie nun hineingeraten waren: Wie die zottige junge, so die verdrehte alte Frau, so auch der klitschekleine, unsichtbare Schreihals, ein jedes der Geschöpfe wirkte geradezu gespenstisch und ließ sie frösteln.
Das Kind schrie dumpf nun, am Rande zum Ersticken. Es gurgelte und verschluckte sich, schien sich zu übergeben. Worauf die Stimme leiser und leiser wurde und mit einem Mal ganz verstummte. Die Schamanin begann heftig zu zittern, die Anhängsel ihrer Tracht erzeugten ein unüberhörbares Klirren, auch die Männer zeigten sich besorgt, und die Frau, die über ihren davonstäubenden Verstand nicht Herr zu werden vermochte, schnitt Grimassen.
Endlich trat der Fremde aus der Jurte und führte, auf die Frauen abwechselnd blickend, das nun ruhige Kind vor. *Es schläft!* Die Schamanin sank auf die Knie, und satte, glitzernde Tränenkugeln rannten über ihr wettergebräuntes Gesicht mit noch kindlichen Zügen. Dem, der das Zauberstück ausgeführt hatte, war es recht. Er stand mit strahlender Miene da, wie ein Trickkünstler nach einem gelungenen Auftritt, und schien das dankbare

Zuschauerlob hemmungslos einzuheimsen. Er schätzte die Lage ab und rechnete sich aus, dass man in ihm also *den Mächtigen* sah, wohl den Abgesandten des Allmächtigen, an den man sich in der Not gewandt haben musste mit der Bitte um Hilfe und Beistand. Es galt, das Spiel, das gut angefangen hatte, nur noch geschickter weiterzutreiben und dabei manches zu wagen, wollte man es am Ende zu einem wirklich guten, das heißt, zum Spiel seines Lebens werden lassen!

So klatschte er dann auch gebieterisch in die Hände und winkte beide Frauen zu sich. Dann, als sie vor ihm standen, reichte er ihnen zwei golden glänzende Becher, mit einer dunklen Flüssigkeit randvoll gefüllt. Sie nahmen die Gabe ehrfürchtig und beidhändig entgegen und tranken sie auf seine fordernde Gebärde hin aus. Der vermeintliche Himmelstrunk musste stark gewesen sein – sogleich fingen die Bewirteten an zu taumeln, sanken dahin und verfielen in tiefen Schlaf.

Zuerst erwachte die Schamanin und fand sich auf rotem Samt liegend wieder. Das Jurtendach, das sie über sich wahrnahm, glänzte in erhabener Höhe, und die Streben, die vom Oberrand der Scherengitter zu dem Lichtreifen hinaufliefen, stachen von hellem Grund kantig und pfeilgerade ab und glichen Strahlen einer jungen, ungestümen Sonne: Reifen, Streben und Wandgitter wohnte ein solch weiches, seidiges Purpur inne, dass sie wohl aus Sandelholz sein mussten, von dem in Epen wie in Schamanengesängen immer wieder die Rede ist. Und der Bezug hinter all dem edlen Gerüst schien gar nicht aus Filz zu sein, wirkte seiden und samten und strahlte eine Helligkeit aus, die das Auge erfrischte und auch erschreckte. Das Innere dieser Jurte war aufgefüllt mit Gegenständen, die, neben- und übereinander gestapelt, eine Vielheit von Farben von sich abwarfen und einem den Verstand verwirrten und die Sinne erschütterten. Auf der anderen Seite der Jurte lag, laut schnarchend, die Frau, und ihr Lager war aus tiefgrünem Samt. Im Dörr saß auf einem himmelblauen Samtpolster

mit verschränkten Beinen und geschlossenen Augen der Mächtige, und auf seinem Schoß ruhte das Kind, nun in strahlendes Weiß gewickelt.
Das alles sah die Schamanin, hellwach mittlerweile, und glaubte nichts anderes, als dass sie sich im Himmel befände. Das erfüllte sie mit einem erhabenen Gefühl, machte sie aber auch beklommen, denn sie wusste nicht, ob sie liegen bleiben oder aufstehen sollte. Sie überlegte. In Epen stand man auf und ging. So beschloss sie es denn auch, richtete sich auf und wollte aus der Jurte. Doch der Mächtige, obwohl immer noch mit geschlossenen Augen, musste sie gewahrt haben, gab ihr einen Wink, näher zu treten. Eilig warf sie sich auf die Knie und kroch mit ergebenem, festem Blick zu dem hellen, schmalen Gesicht mit den Augenbrauen und dem Schnauzbart, beides dicht und glitzernd vor Schwärze. Mit einem Mal gingen die Augen weit auf und blickten sie so scharf an, dass sie den Blick senkte und zu zittern anfing. So verpasste sie ein kaum angedeutetes Lächeln auf dem vornehmen, eisglatten und kühlen Gesicht. Aber das andere, das mit Gesten und Zeichen ausgedrückt wurde, bekam sie mit. Und es hieß: Alles, was hier ringsum ist, gehört dem Kind, das selber dem Himmel gehört, und daher gilt es, es gut aufzuziehen. Wehe euch, wenn es erkrankt oder stirbt! Ich werde oben sitzen und immer nach ihm Ausschau halten.
Schließlich rollte er mit den Augen, die zwei glühenden Kugeln glichen. Die Schamanin duckte sich immer tiefer und kämpfte laut schniefend gegen die Tränen.
Jetzt legte er das Kind, das immer noch fest schlief, beiseite und zog sitzend einen schweren Sack zu sich heran. Der enthielt feines Mehl, das hierzulande zu jener Zeit noch unbekannt war. Obere Wesen müssten selbst im Kochen besser sein als wir dunkelhäutigen, rundgesichtigen Erdbewohner, meinte die Schamanin, als man ihr vorführte, wie ein Brei für den Säugling zuzubereiten war. In den Knochen und Muskeln des Mannes schienen ganz andere Kräfte zu walten als

bei ihr: Die Finger bewegten sich spielerisch leicht und zauberten im Handumdrehen einen Dünnbrei. Da erwachte das Kind endlich und sollte damit gefüttert werden, was nur mühselig gelang. Sofort danach schlief es wieder ein. Es war nunmehr imstande, sich am Leben zu erhalten. Das schien die sichtlich zufriedene Miene des vermeintlich oberen Wesens zu besagen.
Der Mächtige legte den Schlafenden erneut beiseite und holte aus dem Brustlatz ein in gelbe Seide gewickeltes und mit rotem Band verschnürtes Päckchen hervor. Er packte es aus und zeigte ihr den Inhalt: Es war so groß wie ein Handteller, auf beiden Seiten schwarzbunt bemalt auf weißem Grund, blattdünn und -leicht. Er packte es wieder ein und legte die strahlende Seide ihr auf die Hand. Sie wusste immer noch nicht, was es sein sollte, verstand aber so viel doch: Es musste einen hohen Wert darstellen und sollte auch an den landesweit höchsten Menschen gebracht werden. Und sie versuchte auszudrücken, das auch zu tun – der höchste Mensch, das war auf Erden natürlich immer der Häuptling gewesen, ja, sie würde es ihm bringen.
Nun endlich stand der Mächtige auf und begab sich zur Tür. Sie folgte, mit gesenktem Kopf und flatterndem Verstand, und sah, es war noch die vertraute alte Erde, auf der ihre Füße ruhten. Da wusste sie nicht, ob sie erleichtert sein sollte oder enttäuscht. Der Mann schritt zügig auf einen Blauschimmel unter Sattel zu, der wie wartend dastand, bestieg ihn, trieb ihn barsch an und ritt der Sonne nach, die tief stand und greifbare Nähe vortäuschte. Er drehte sich kein einziges Mal um, schien das, was zurückblieb, mit keinem Blick zu würdigen. Sie aber vermochte ihren Blick von dem Wegeilenden nicht zu trennen, kam erst zu sich, als die schwankende, spitze Gestalt hinter dem felsigen Hügel längst verschwunden war. Und sie konnte nicht wissen, dass jener, dem ihr Blick und ihr Verstand nachhingen, sehr bald vom Weg abbog und auf einem Umweg in die entgegengesetzte Himmelsrichtung, gen Osten,

ritt, wo an einer vereinbarten Stelle seine Gefährten seit Stunden auf ihn warteten.
In der folgenden Nacht kam der Jurtenmann mit den Lastochsen zurück. Zuerst dachte er, als er der wohlgeformten, schneeweißen Jurte im Mondschein ansichtig wurde, er habe sich in der Gegend verirrt. Nachdem er sich umgeschaut und sich der vertrauten Zügen der Berge und der Hügel vergewissert hatte, beschlich ihn eine Angst, die sich mit jedem Herzschlag, der verging, immer mehr vertiefte und verdichtete und ihn schließlich veranlasste, Reißaus zu nehmen. Er suchte die Nähe von Gök Süür, der Blauen Spitze, am oberen Rand der winterlichen Bleibe, verbrachte fiebernd die Restnacht in einer der Schutz bietenden Mulden am südlichen Steilhang und stieg erst am nächsten Morgen ins Tal hinab. Einem Dieb gleich, schlich er sich vorsichtig an das Winterlager heran und traute sich erst, die Jurte zu betreten, nachdem er erlauscht hatte, wessen Stimme aus ihr hervordrang. Drinnen dann ließ er sich schnell in der unteren rechten Jurtenhälfte niedersinken, statt nach links oben zu gehen und dort die Stellung einzunehmen, die ihm, dem männlichen Oberhaupt, zustand. Und ihm blieb die Stimme weg, so sehr er alles zu sehen, zu hören und manches davon auch zu verstehen glaubte und darauf selber etwas erwidern wollte, nichts kam aus seiner Kehle heraus, die war ihm wie zugeschnürt und zugepfropft.
Solche und ähnliche Verwirrungen stiftete das Spiel der fremden Reisenden wohl erstmalig in der Landesgeschichte. Und die Verwirrung hielt lange an, breitete sich verheerend aus, zog neue Opfer in ihren Bann, obschon der Mann noch am selben Tag seine Stimme, wie auch die Frau ihren Verstand, wiedererlangten. Sie erholten sich nach und nach von ihrem Schreck und fügten sich widerstrebend-dankbar ihrem Geschick. Sich aber an das neue Leben gewöhnen, nein, das konnten und konnten sie nicht. So lebten sie fortan wie in einem Traum, aus dem zu erwachen sie Angst hatten. Es verließ sie das

wundersame Gefühl nicht, sich unter dem Lichtschein einer höheren, wohlgesonnenen Macht und von lauter andersartigen, edleren Wesen und Dingen umgeben zu wissen. Und so hörten sie nicht auf, die lichthelle Jurte und die blumenbunten Reichtümer darin Stunde auf Stunde und Tag auf Tag zu bewundern.

Doch es muss ein erhabeneres Gefühl als das Glück und der Stolz des Besitzers gewesen sein, wovon die beiden erfüllt waren, denn anfangs wollten sie Abstand halten zu all dem und es der Schamanin überlassen, indem sie ihr anboten, dem Kind die Mutter zu sein und so auch über alles zu verfügen, was der himmlische Abgesandte jenem vermacht hatte. Sie selber seien schon zu alt und auch zu niedrig von Bestimmung her, um ein von höheren Mächten ersehenes Wesen aufzuziehen und dessen Besitztümer zu verwalten, und so würden sie sich eine Spitzhütte zulegen und darin ihre restliche Lebenszeit verbringen, zufrieden und dankbar, Zeugen eines Wunders gewesen zu sein. Ökpesch jedoch lehnte ab, mit der Begründung, ihr vom Himmel auferlegtes Schicksal sei es, die Lebensfrist ohne Bindung zu verbringen, damit sie für andere frei bliebe, immerfort unterwegs zu jedem und allen. Darauf machte sie sich tatsächlich wieder auf den Weg. Und da man sie, die sie doch so viel auf sich hatte nehmen müssen, keinesfalls mit leeren Händen entlassen wollte, war sie einverstanden, sich eine Hand voll Süßigkeiten und eine Packung Tabak aus den aufgestapelten Waren geben zu lassen. Das geschah im Namen des Kindes, das sich seitdem friedlich zeigte wie des Schlafes Geist.

Gewiss hatten die sicht- und anfassbaren Reichtümer ihren Reiz selbst für Menschen, die Überflüssiges nie gesehen hatten. Doch war es bei all dem das Kind, das für die Pflegeeltern den Kern ihres neuen Lebens ausmachte. Sie hätten es auch ohne die Beigabe, auch ohne jegliche Einmischung von außen nicht dem Untergang überlassen, ja, sie würden so oder so mit allen erdenklichen und handhabbaren Mitteln versucht haben, den Unglückswurm zu retten. Das wussten sie nun einmal. Das wusste auch Ökpesch, siebzehnjährig und längst berühmt. Sie zog nun von dannen, auf dem Rücken einen schmalen Ledersack, der die Schamanentracht, eine Hand voll getrockneten Quarks und die vermeintlichen himmlischen Gaben, vor allem aber die wundersame, greifbare Botschaft für den Häuptling enthielt. Die Dünggür hing an einem Strick unverhüllt darüber, lag dem locker übergestülpt. Sie baumelte beim Gehen und spendete ein urdumpfes eintöniges, dreisilbiges *Ummdummbumm-Ummdummbumm*, das die Dienerin des Himmels auf Erden bei jedem Schritt an ihr Amt zu erinnern schien. Ökpesch schritt zügig, fühlte sich gestärkt und gestützt, lebte erwachter und ergebener dem All gegenüber, das sie lieblicher denn je umfing und umschlang. Sie war einig mit sich, der Erde und dem Himmel und jedem Körnchen und jedem Hauch dazwischen.

Das Ail des Häuptlings lag im Seitental Usun-oi oberhalb des Homdu, bestand aus sechs Jurten; neun Hunde kamen angestürzt. Drei davon schienen aus einem Guss: grau, zottig und hügelig wie Yakjährlinge, der Rest zerfiel auf unterschiedliche Fellfarben, Gestalten und Größen. Ein Sturm ging wohl den Daherpreschenden voraus, eine niederwälzende Flut, eine hinwegfegende Flamme. Ökpesch ging in die Hocke und erstarrte. Die Meute kam an, umzingelte und überwarf die Verkrochene mit Gekläff und Gelärm, mit manchem Kies und Staub auch, denn sogleich fing sie an, mit den Hinterläufen die Erde wegzuscharren, doch anzupacken getraute sie sich wohl noch nicht. Der Mensch, der eine blutjunge Frau war, eine begehrte und berühmte Schamanin noch dazu, hockte weiterhin geduckt und erstarrt und hoffte auf jemand, der käme und ihn befreite – so war armer Leute Los eben, das Schicksal des Fußvolkes.

Der Befreier kam auf zwei breit getretenen, zerschlissenen Sohlen mit herauslugenden Einlegefilzen hergestiefelt. Es war ein Junge von zehn, elf Jahren, der sich jedoch ausgesprochen sicher benahm, nicht nur den Hunden, sondern auch dem Ankömmling gegenüber. Stieß mit einer unkindlich festen Stimme einen gebieterischen Ruf aus, worauf die Hunde die hoch geringelten Schwänze senkten, aber fortfuhren mit ihrem Kläffen, nun aber noch wütender. Da bückte er sich, griff nach Steinen und warf sie in schneller Abfolge nach den Lärmenden. Und er hatte eine solche treffsichere Hand, dass Ökpesch mit heller Begeisterung, aber auch mit dumpfer Beklemmung die fliegenden Steine verfolgte; die mordgierigen Viecher mit den brennenden Augen, blitzenden Zähnen und aus blutroten Mäulern herausquellenden rosa Zungen stockten, an der Flanke getroffen, einen Herzschlag lang, schienen die Restwut noch hinunterzuschlucken, eh sie kläglich winselnd die Schwänze einzogen und sich davonmachten.

Ökpesch, endlich aus der Hockstellung, und so aus der Erstarrung erlöst, schaute abwechselnd auf ihren Befreier und auf die geschlagene und nun auseinander stiebende Meute. Er sah ziemlich zerlumpt aus, hatte jedoch ein sauberes, klares Gesicht mit einem Paar brennender, runder Augen, einer wohlgeformten, kräftigen Nase und einem vollen, weichen Mund. Sein fester, geschmeidiger Körper strahlte etwas Zwingendes aus. Das schienen auch die Hunde begriffen zu haben: Anstatt des vereinten, schreihalsigen Gezeters vorhin war jetzt ein vielfaches erbärmliches Gejaul und Gewinsel zu hören, und die Schwänze, die über den Rücken so rutensteif, himmelstolz gelauert haben, hingen mittlerweile, alten, modrigen Filzfetzen gleich, schlaff herab; auch den drei Wolfshunden erging es nicht anders, obwohl sie zu der Hauptjurte gehörten und es sich demnach nicht geziemte, sie selbst mit Trockendung zu bewerfen, geschweige denn mit einem Stein. Doch der Junge konnte immer noch nicht davon ablassen, einen Stein nach dem anderen ihnen hinterherzuschicken.

»Lass es nun gut sein, Brüderchen«, sagte sie schließlich. Dabei erklang ihre Stimme zärtlich, doch schwangen darin hauchhaft mit: unterdrückte Sorge und noch etwas, das erst erkannt und benannt werden musste. Der Junge schickte noch den yakknöchelgroßen, nierenblauen Stein, den er in der Hand hielt und in den er schon eine Ladung aus seiner überschüssigen Hitze, wohl auch von dem, was er gerade in seinem jungen Herzen trug, Kummer vielleicht, oder gar Hass, hineingeleitet haben mochte, auf den Weg. Und dieser letzte Wurf erwies sich als verhängnisvoll, traf sein Ziel hart und schwer. Einer der Wolfshunde schnellte schrillend in die Höhe, fiel darauf, ein Knäuel, zurück und schleppte sich ein paar Herzschläge später mühselig davon, laut winselnd und am linken Hinterlauf hinkend.

Ökpesch erstarrte abermals, nun vor Schreck davor, den Jungen in eine Schuld gestürzt zu haben. Sie stammelte fassungslos: »Was … was machst du, mein Kind? Und warum … warum denn das?«

Und hörte eine kecke, unglaubliche Antwort: »Man denkt, über dich weiß man alles, Schwester Ökpesch. Nun aber sehe ich, bislang wusste man nicht, dass du womöglich schon mit sechs, sieben Jahren zur Mutter wurdest!« Sie traute ihren Ohren nicht, schaute ihn betreten, gleichzeitig auch fragend an.

»Ich meine«, entgegnete er mit ernster Miene und seiner unkindlichen, unerschütterlichen Stimme, »für eine Dreißigjährige mag ich vielleicht ein Kind sein, nicht aber für dich. Bin schon zehn und heiße Mugulai!«

Sie wollte auflachen, erblickte aber in dem Augenblick jemanden vor der Hauptjurte stehen und nach dem jammernden Hund Ausschau halten, so unterdrückte sie schnell den ansetzenden Lachkrampf und sagte leise: »Gut denn nun, möchte ich dir die ältere Schwester sein. Und so muss ich dich rügen: Warum hast du das mit dem Hund getan? Nun werden wir beide Ärger kriegen, pass auf!«

»Du doch nicht. Denn ich werde, wenn es dazu kommt, die Schuld auf mich nehmen. Kann auch deine Ehrfurcht vor seiner Hoheit anzubringen wissen, indem ich sage, du habest gemeint, nach allen anderen Hunden könne man Steine oder Sonstiges werfen, nach den drei Grauen aber nur noch sein Herz!«

»Habe ich denn das gesagt?« Die Stimme verriet Kränkung.

»War doch nur gescherzt, große, weise Schwester!«, sagte er friedlich, fügte dem aber mit einer unerbittlichen Bestimmtheit hinzu: »Und was die Viecher betrifft, das sind auch nur Hunde, und die fressen genauso Kot wie jeder andere Köter mit niedriger Herkunft!«

»Das sagst du so einfach?«

»Und warum nicht? Der Mut des Menschen wird vor allem daran gemesssen, wie man zur Wahrheit steht!«

»Wer sagt das?«

»Mein Vater.«

»Pst!«

»Du enttäuschest mich aber, Schwester. Unsereine glauben, Schamanen seien allmächtig, fürchteten sich vor nichts und niemandem.«

»Ach, Unsinn. Allmächtig ist allein der Himmel. Die Schamanen sind, wie andere Menschen auch, eher ohnmächtig. Und was die Furcht angeht, von ihr steht man getrennt einzig durch die dünne Wand der Tracht, genannt Harnisch: Hat man diesen angelegt, greift man zur Dünggür, rührt man daran und schwingt man sich darauf, da lässt man die Furcht und einiges andere liegen samt dem verletzlichen, sterblichen Leib, was des Menschen Hülle ist. So ist man frei davor vielleicht, solange man schamant. Ansonsten aber, so wie ich jetzt hier stehe: Müdigkeit und Hunger spürend, kaum erholt von dem einen Schreck, schon von dem nächsten ereilt und doch bestrebt, zu dir gut zu sein …« Hier stockte und errötete sie merklich und setzte von neuem an: »Ich meine, die Güte, die du mir erwiesen, indem du kamst und mich von der Umzingelung der Hunde befreitest, diese deine edle Güte möglichst mit Gleichem zu erwidern … nein, ich bin keinen Deut anders und besser als die Menschen nebenan.«

Mugulai verstand sie sehr gut. Auch übersah er die Röte nicht, die ihr auf die Backen und auf den Rücken ihrer geraden Nase mit den flatternden Nüstern stieg. Und ihm fiel wieder ein, dass sie im ganzen Gesicht völlig blass und an den Gliedern steif geworden war, als er die Umzingelung der lärmenden und tobenden Hunde brach und ihrer ansichtig wurde. Doch kam er jetzt zu keinen weiteren Worten mehr, denn sie waren an der Hauptjurte angekommen, zu dem man auch Palast sagte, und aus der der Häuptling höchstpersönlich in diesem Augenblick heraustrat. Gerade musste ihm das mit dem Hund vorgetragen worden sein – eine tiefe, in der Mitte geknickte Furche lag oberhalb der Wurzel seiner knochigen Bocknase, und auch sonstige Teile seines starren Gesichts mit den vielen winzigen schwarzen Löchern und unter dem bläulichen Schimmer: eine pralle, nackte Ader mitten in der gewaltigen Stirne, die zuckenden dichten Brauen über den schrägen Augen, die fest verschlossenen prallen Lippen hinter dem Schnauzbart, der den Mund samt dem Kinn gänzlich umschloss, zeugten von dem Zorn, von dem er erfüllt sein musste. Die Schamanin verneigte sich tief und blieb in der vorgebeugten Haltung mit gesenktem Blick, während sie die Grußworte aussprach und auf die Antwort wartete. Ihr Befreier und Führer stand einen Schritt weiter hinten, neigte den Kopf leicht und ging darauf, anstatt in der Haltung zu harren oder sich wieder aufzurichten, in die Hocke und begann, an einer der löcherigen Stiefelsohlen zu hantieren – versucht, den herauslugenden Filzfetzen hineinzustopfen. Endlich fiel die Antwort auf den entbotenen Gruß. Sie erscholl ordentlich, zog aber Worte nach sich, die sonst nicht hinzugehörten.

Und sie lauteten: »Hör zu, Ökpesch. Was ist der Grund, dass du, erwachsener Mensch und ruhmreiche Schamanin, einem Wolf der schwarzen Nacht, einem Räuber des weißen Tages gleich, mein Ail überfällst und dessen Frieden störst? Antworte also!«

Die Gefragte richtete sich auf und wollte sprechen, da kam ihr

Mugulai zuvor – er, der immer noch an seiner zerschlissenen Stiefelsohle zu hantieren schien, war hochgeschnellt, stand mit vorgebeugtem Oberkörper, und seine Stimme, hell und fest, erscholl: »Eure Hoheit! Ich war es, der die Hunde mit Steinen bewarf und dafür die erste Rüge aus dem Mund der älteren Schwester schon hören musste.«

Der Häuptling hatte offensichtlich nicht damit gerechnet, stockte und brüllte eine kleine peinliche Weile später: »Ich werde schon dafür sorgen, dass dir nacktärschigem Jüngelchen des Verbrechers Holznacken-Hertesch rechtzeitig das Fell übers Ohr gezogen wird, damit das Land um einen Welpen mit vorstoßenden Reißzähnen weniger wird! Vorerst aber hältst du die Klappe, entblößt dafür schon den Hintern und legst dich hin, noch eh der Peitscher erscheint!«

Darauf wandte sich der Häuptling erneut an die, die schwankend dastand und drohte, jeden Augenblick zu stürzen. »Nun, Ökpesch. Wenn dir das Hundevolk einen solchen Empfang bereitet und du den dermaßen hast erwidern lassen, dann muss dahinter etwas Triftiges stecken. Was also bringst du mir für eine Botschaft? Ist es eine gute, so tritt ein und erzähl. Teilen wirst du da mit mir die Teekanne und den Fleischtrog, beides unter quellendem Dampf. Ist es aber eine schlechte, so sag es auf der Stelle und zieh weiter. Begleiten werden dich in dem Falle dein Schatten und mein Fluch auf dem Weg!«

Sie wollte sogleich antworten, aber die Stimme versagte ihr. So musste sie sich wieder und wieder räuspern, bis sie merkte, dass die Kehle ihren Dienst aufnahm. So sprach sie endlich: »O mein Herrscher. Mit der besten Botschaft, die ich je überbringen durfte, bin ich herübergeeilt!«

Das Gesicht des Häuptlings glättete sich, nicht anders, als wenn ihm die grobe Außenhaut zusehends abfiele. Die Dienerin, die mit einem Mal erschienen war und wartend dastand, hob die eng gesteppte, steife Filzklappe der Tür hoch und machte die Geste, zum Eintritt einzuladen. Und da gab auch

der Häuptling zu erkennen, dass er dem Gast den Vortritt lassen wollte.
Dieser jedoch gebärdete sich eillos, wollte ein weiteres Wort angebracht haben, solange man noch draußen war, wo der Beschuldigte und zur Strafe Verurteilte dastand, offenbar unschlüssig darüber, ob er die im Jähzorn dahergeschleuderten Worte als einen Befehl zu verstehen hatte oder nicht. Also machte der nunmehr angenommene Gast, dessen Recht dem eines Herrschers in nichts nachstand, eine tiefe Verbeugung vor dem Gastgeber und sprach erst mit einer verhaltenen, bald aber immer mehr zunehmenden und schließlich ganz packenden Leidenschaft: »Ich danke Euch, o mein Herrscher, für das Angebot zu der Kanne Tee und dem Trog Fleisch. Und eh ich die Palastjurte betrete, um mich des Gastrechtes zu erfreuen, bitte ich Euch hängenden Hauptes und bebenden Herzens um Vergebung dafür, wenn der Friede Eures Ails wirklich gestört worden ist, was nicht etwa von einer bösen Absicht, sondern alleinzig von meinem Ungeschick, ja, eigentlich einem Missgeschick, herrührte, das meiner Person anzuhaften scheint, als ein untrennbares Teilstück meines elsterbunten Geschicks, denn ich bin bis auf den heutigen Tag ganze sechs Male vom Hunde gebissen und ein-, zweimal dabei recht übel zugerichtet worden, und wohl deshalb spüre ich jedes Mal, wenn ich mich einem Hunde gegenüber weiß, eine höllische Angst. Besonders seit dem letzten Mal, da es mir vorkommt, ein nächstes, das unheilvolle siebte Mal könnte ich nicht mehr überleben; so muss ich vorhin im Anblick und unter dem Wind- und Feuersturm der mächtigen Hunde gar erbärmlich ausgesehen haben, dass der Junge, der mir zu Hilfe kam, einen Schreck bekommen und dann von dem Schreck aus eben voreilig und unvorsichtig gehandelt haben muss«, hier fiel sie auf die Knie, warf den Oberkörper noch nach vorne, hielt ihn auf die ausgestreckten, flachen Hände und Unterarme gestützt, berührte dabei mit der Stirn die Erde und fuhr fort: »und ich bitte Euch, mein Herrscher, diesen

besonderen Umstand zu bedenken, wenn Ihr als höherer, richtender Vater Eure Aufmerksamkeit der Handlungsweise des Minderjährigen schenkt. Die Botschaft, mit der ich, Euer Untertan, herübergeeilt bin, nicht imstande, die Mütze aufzugreifen, wär sie mir vom Kopf gerutscht, ist viel zu klar und gewaltig in der Bedeutung, um sie von Tränen irgendeines Menschenkindes trüben und von sonst einer Leidenschaft anhauchen zu lassen – und dennoch, wenn Ihr, unser aller Vater, es für unumgänglich erachtet, die einmal erlittenen, einem Tierbruder zugefügten Schmerzen durch weitere Schmerzen an einem Menschen wieder gutzumachen, so bitte ich Euch inständigst, die auszugleichende Schuld mir zu überlassen!«

Der Gast hatte sich ausgesprochen. Verharrte nun still, aber weiterhin in der ergebenen Haltung. Der Häuptling, der anfangs eine ungeduldige, unleidige Miene gemacht hat, fing sich bald, ließ sich von der Leidenschaft der Schamanin, von dem Wohlklang ihrer jungen, hellen Stimme und von der Geschmeidigkeit ihres jungen, straffen Körpers packen, bis er zum Schluss selig lächelnd dastand und nun friedlich sprach: »Schon gut, Ökpesch, steh auf, Kind.« Darauf wandte er sich, jetzt aber um einiges strenger, an Mugulai, dem es, nach seiner Körperhaltung zu urteilen, sterbenspeinlich geworden war: »Wieder einmal hattest du Glück, du Rotznäschen mit dem Nacken eines Yakbullen. Verschwinde meinetwegen, pass aber auf – des Volkes waches Auge späht längst nach dir, damit du es weißt!«

Der Häuptling hörte in der Jurte der Erzählung seines Gegenübers mit offenem Mund zu, nahm das rot verschnürte gelbseidene Bündelchen beidhändig und mit einer tiefen Verbeugung entgegen und führte es ehrerbietig an die Stirne, noch bevor er es ausgepackt und sich den Inhalt angeschaut hatte. Dann tat er es auch, überlegt und behutsam. Gut, dass er gerade noch imstande war, das Blättchen als ein Schriftstück zu erkennen, aber mehr konnte er damit nicht anfangen – so lange und so ehrfürchtig er die ineinander geschlungenen Kringelchen auch anglotzte, vermochte er nicht hinter den Sinn zu kommen, der darin wohnen sollte. ›Da bin ich machtlos‹, gab er sich gegenüber schließlich zu. ›Bin eben kein Rufer von Schriften. Auch meine Stützen sind es nicht.‹ Das waren Gedanken, die in seinem Hirne erwachten, denen er jedoch keinen Austritt ließ. Und so wirkten sie nachhaltig, quälend.

Er brauchte einen, der der Schrift den Sinn entlockte und ihm ins Ohr setzte. Einmal hatte er einen gesehen, der auf ein Blatt mit ebenden eng ineinander geschlungenen Kringelchen schaute und in ihnen las, nicht anders, als ob man in frischen Fährten auf Schnee oder Schlamm läse, und das, was er wohl gerade erkannt hatte, gleich laut bei Namen rief. Da hatte er dem Menschen ein wenig auf den Busch geklopft und gerade so viel aus ihm herauszubekommen vermocht, dass er erfuhr: Schrift hieß dieses Geschlinge von Spuren, erkennbar für Kundige allein. Dann hatte er noch wissen wollen, ob er, der gerade vierzigjährige Häuptling am felsigen und eisigen Rand der Erde, sich die Kunst, diesen sonderbaren Fährten wie denen von Wölfen und Füchsen zu folgen, aneignen könnte. Der Mensch hat kurz innegehalten und darauf gesagt: »Nein, herrschet, Eure Hoheit, über das Volk und das Land, das Euch zugefallen ist, lieber mit ungespaltenen Gedanken weiter!« Den tieferen Sinn dessen hatte er wohl nie begriffen, hatte jedoch so viel mitbekommen: Ein Schriftkundiger sei wie ein Häuptling oder ein Schamane – man könne es nicht werden, man sei es oder sei es eben nicht.

Es war mittlerweile finster geworden draußen, und in der Jurte wurden Talgleuchten angezündet. Der Häuptling fühlte sich bedrängt und überlegte mit erhitztem Schädel. Nun, wo ihn nur hernehmen, den, der imstande wäre, das handtellergroße, beidseitig bekritzelte Blatt zu enträtseln? Nach einigen Erwägungen beschloss er, die Überbringerin des Rätsels selbst, die quicklebendige Schamanin, zu Rate zu ziehen, ehe er sich an seine Stützen – ›diese dumm-geschwätzigen Greise!‹ – wenden und es ihnen und damit jedem und allen gegenüber preisgeben musste. Und er sprach: »So, bis hierher war ich Häuptling, und Ihr wart Untertan. Jetzt aber gehe ich vom erhöhten, rotbunten Sitz des Herrschers herunter auf den nackten Erdboden des Menschen mit dem Wasserauge und dem Fleischherzen, der ich ja eigentlich immer bin, und bitte Euch, Dienerin des Schwarzen Himmels, und Eure zehntausend Geister, die Führung zu übernehmen. Was wir wissen wollen und müssen ist: Wie soll es weitergehen?«

Die Schamanin blieb sitzen, schien versteinert. Da nahm ihr junges, klares Gesicht zusehends einen starren, harten Ausdruck an, als ob das Lebensfeuer in ihr erlösche und der Körper, angefangen bei der Haut, erkaltete. Nach einer Weile jedoch, die immer qualvoller wurde, je länger sie andauerte, rührte sie sich endlich und sagte hart: »Ihr wart an mir vorübergetrabt, habt einen langen Weg gezogen durch die Welt, die Ihr kennt, standet an ihrem gähnenden Rand, Häuptling! Da Ihr aber weit und breit keinen habt ausmachen können, der imstande gewesen wäre, Auskunft zu spenden, so habt Ihr beschließen müssen, auf dem Rückweg doch noch nach mir zu greifen, was immerhin besser gewesen sein müsste als mit einer ganz und gar leeren Satteltasche anzukommen, oder?«

Darauf lachte sie schallend laut. Es war ein zorniges, befreiendes Gelächter. Aber auch vernichtend für die Anwesenden in der Jurte, allen voran des Bittstellers. Aber der wusste schon, wie er sich aus der unrühmlichen Lage herauszuwinden hatte: Verneigte sich leicht mit zusammengelegten Händen vor der Brust, sprach die zehntausend Geister sanft an und bat sie um Verständnis und Vergebung, wenn ihm, dem sehenden Blinden und hörenden Tauben als irdischem Menschen wieder einmal ein Fehltritt passiert war.

Die Schamanin ließ sich nicht anmerken, ob sie das alles noch mitbekam, denn sie hatte sich, nachdem sie ihr merkwürdiges Gelächter aus der Brust gelassen hatte, jählings zur Jurtenwand umgedreht und hantierte nun an ihrem Rucksack. Alle verfolgten mit angehaltenem Atem ihre Bewegung und schauten mit schmerzhafter Teilnahme zu, wie sie die verwitterte, blassrote Beutelmütze herausholte und schüttelte. Da eilte die Dienerin ihr zu Hilfe, stülpte sie ihr über den Kopf und schnürte sie fest. Die wenigen Zuschauer tauschten einen schnellen verwunderten Blick miteinander: Sollte nicht die Tracht vorher angezogen werden?

»Was soll hier der Harnisch? Ich muss doch endlich einmal nicht gegen Tod und Teufel angehen, benötige dafür aber umso dringender den Helm mit den Fühlern und Schlitzen zum Aufhorchen, Ausspähen und Schwätzen!« Diese Worte, gleichsam im Rücken aufgegriffen und zurückgeschleudert, wirkten betäubend wie ein fester Fausthieb. Ökpesch ließ sich Zeit, hantierte weiter. In ihrem dicken, dichten Schatten knisterte und raschelte etwas dem Ohr Fremdes. Alle verharrten, eingeschüchtert, in Stille, blickten starr vor sich hin und waren bestrebt, zu vermeiden, was eine weitere enthüllende Bemerkung heraufbeschwören könnte. Da drehte die Schamanin, die das Gesicht der Jurtenwand zugekehrt hatte, den Hals halbwegs, so dass die in zwei Reihen bläckenden Perlmutte und die darunter rachenhaft dunkel herabhängenden Fransen sichtbar wurden. Man erschauerte, nicht allein durch den Anblick, sondern dadurch, dass man wusste, oder vielmehr, zu wissen glaubte, dass sich so etwas nicht gehörte: Wer sich anschickte zu schamanen, hatte das verhüllte Gesicht, solange die Hilfsgeister noch nicht erschienen waren, abgewandt und im Schatten zu halten.

»Ach, natürlich vermasselt Ökpesch, dieses sitzen bleibende, kotzelende Weib, alles-alles!« sagte Ökpesch, selbst überrascht, und lachte auf. Diesmal entwich ihrer Kehle ein anderer Laut, ein heruntergespieltes, gewollt klägliches Wiehern. Sie fuchtelte nun mit der rechten Hand, in der sie die vergilbte Pfeife aus Schafschulterblattknochen hielt und der man außerdem ansah, sie war pfropfvoll gestopft. Die Dienerin eilte hin und wollte sie ihr abnehmen, um sie anzuzünden. Die haltende

Hand ließ die Pfeife nicht los, schob die nahende, fremde weg und machte eine Bewegung, die besagte, ein Zündespan müsse her. Auch das war nicht so, wie es hätte sein sollen. Alle sahen es, wussten es, taten aber, eingeschüchtert, als ob sie es nicht merkten. Die Schamanin schien gütigerweise diesem allgemeinen guten Willen ihre Anerkennung zollen zu wollen, denn sie ging still darüber hinweg, indem sie, während sie die Pfeife an einem eilig herübergereichten glühenden Span anbrannte, den Rauch genüßlich einsog und durch die Nasenlöcher hinausließ zu winzigen Schwaden. Ein süß-würziger Geruch verbreitete sich. »Eine himmlische Gabe«, bemerkte sie und fügte dem nach einem weiteren Zug hinzu, »riecht gut, nicht wahr?« Später wandte sie sich an die Dienerin. »Alle dienen. Du dem Häuptling, der Häuptling dem Stamm und ich dem Blauen Himmel. Dabei hat ein jeder seine Pflichten wie auch seine Rechte, die er mit keinem anderen teilen will und darf. So konnte ich die Kostprobe der himmlischen Gabe dir nicht überlassen, Schwester. Nun, nachdem die Pfeife ausgeraucht ist, kann ich dir sagen, wie das ferne Kraut geschmeckt hat: gut. Gleichzeitig muss ich dir sagen, auch unsere Kräuter, der Erwen und der Dshoigan, sind gut, starke irdische Geister bewohnen sie. Du kennst sie bereits, kannst auch jetzt das eine oder andere Mal gerne einen halben oder ganzen Zug mehr als notwendig einziehen. Welcher Diener tut es denn nicht?«
Damit gab sie ihr die Pfeife und den faustgroßen halb vollen Beutel mit dem Tabak genannten Gemisch von Erwen und Dshoigan und Thymian und sonstigen Kräutern. Sie setzte sich wieder zurecht, und nun verlief alles richtig, so, wie man es von früher und von anderen Schamanen gewohnt war. Die Dienerin stopfte die Pfeife, zündete sie an, indem sie das Mundstück selber in den Mund führte und einsog, bis es rauchte. Dann steckte sie die Pfeife zwischen den Zeige- und den Mittelfinger der ausgestreckten Hand im Rücken der Abgewandten, begleitet von bittendem, bettelndem Singsang.

Der Häuptling saß, den Oberkörper vorgeschoben und die Handflächen nach oben gewandt. Sein volles, vom Alter gezeichnetes Gesicht wirkte im Halbdunkel wie eine Landschaft in der Dämmerung, und Schwere lag darüber. Der süßliche Geruch des anfänglichen Rauches kam ihm seltsam bekannt vor und hatte bald darauf in ihm eine Tür aufgestoßen, hinter der sich ein Stündchen aus seinen längst verblichenen und dahingewehten Tagen gerettet und über all die Herbste und Winter hinweg auf diesen Augenblick gewartet haben musste und nun nebelhaft auf ihn zugeflossen kam.
Ja, in dem Jahr und an dem Tag war es gewesen, als er erstmalig in das Mongolenland geraten war und von der vornehmen und geheimnisvollen Lebensweise der dortigen Herrscher schwer beeindruckt dastand. Und dort ist er auch dem Geruch begegnet, der, wäre nicht die Stütze zur Rechten gewesen, ihn dazu verleitet hätte, sich die sämtlichen Gerätschaften eines Rauchers zuzulegen und einen ganzen Sack Tabak zu kaufen. Aber der wegen seines scharfen Sinnes und der scharfen Zunge von allen gefürchtete Alte, vor dem selbst er, der Häuptling, auch eine gehörige Menge Ehrfurcht gehabt, hatte ihn böse angeschaut und losgelegt: »Wenn Eurer Hoheit nichts Gescheiteres einfallen will, als fremder Mächte Spielmännchen mit schwindenden Hirnen zu aufdünsenden Bäuchen nachzuäffen, dann bitte sehr!« Das war nur der Anfang gewesen. Der Mann hatte von Viehherden geredet, die sich in Pfeifen mit komischem, winzigem Kopf und langem Stiel in stinkendes, betäubendes Kraut verwandeln und von verarmten, verräucherten Menschen mit eiternden Lungen geraucht würden. Derselbe Geruch also, der damals auch ihn verführen wollte. Und jenes Kraut sollte nun unter den himmlischen Gaben mit dabei gewesen sein? Seltsam, seltsam, dann konnte der Himmel nicht so sehr entfernt sein, wie die Menschen es annahmen. Vielleicht war dies gar ein irdischer Himmel?
Die Schamanin rauchte und rauchte, ohne dass etwas geschah. Bei der neunten Pfeife erst schien es endlich so weit zu sein:

Ihr ganzer Körper fing zu zittern an, mit jedem Herzschlag heftiger; mit einem Mal flog die Pfeife durch die Luft und verfehlte den gerade wieder lohenden offenen Herd nur wenig. Und da erhob sich die auf den Knien Hockende windschnell und wirbelte bei prasselnder und dröhnender Trommel aus der Jurte. Die Dienerin, die der Stürmenden gerade noch aus dem Weg weichen konnte, eilte hinterher und klebte ihr auf der Ferse. Aber der Sturm ließ schnell nach, und es war auch kein langer Weg. Einmal außen ringsum gewirbelt, kam Ökpesch vor der Jurte wieder zur Ruhe und blieb dort stehen. Die Filzklappe wurde hochgeworfen, so dass alle mithören konnten, welche Worte draußen fielen. Es waren knappe, klare Aussagen: Hat der Himmel seinen Sohn hergesandt, hat er auch die Zeit mitgegeben, in der jener heranwüchse; drei Jahre lang zumindest, noch besser aber sieben, sollte man sehen, Ruhe zu bewahren; der Löser des Rätsels, ein feuer- und sonnenfarbenes Wesen mit einer fremden Zunge, erschiene von selber, und jedes Bestreben, nach ihm zu suchen, würde Verluste mit sich bringen ...

Auf weitere Auskünfte ließ sich die Schamanin nicht ein. Sie meinte, die Wege und Pfade lägen nun einmal entblößt, und wen es nach Spuren lechze, der solle in sich selber suchen, nicht aber bei ihr. Andere Fragen ließ sie nicht zu, meinte, sie sei nackt und ungeschützt am Leibe. Und sie ging zu der Ecke, in der sie zuvor gehockt hatte, ließ sich dort nieder, rückte sich zurecht, damit man sie von der Mütze befreien, von der Pflicht erlösen konnte.

Die Nacht schlief Ökpesch unruhig, verfolgt von einem heftigen, zähen Traum. Mugulai war es, der ihn bevölkerte. Zwischendurch wachte sie mehrmals auf, um kurz darauf schon wieder mitten in dem unverrückbaren Traum zu stehen. Was sich im Einzelnen ereignete, wusste sie nicht. Auch blieb ihr unklar, wie der Traumbewohner genau aussah. Aber was sie wusste, war, er war es, und er war widerspenstig, kam wieder und wieder und erfüllte ihr Bewusstsein.

Seltsam war, dass in dieser Nacht einige Jurten entfernt der gleiche Traum oder vielleicht der Gegentraum einkehrte. Nun war es Mugulai, in dessen kindlich süßem Schlaf sie, die volljährige Ökpesch, erschien, darüber alles andere zu vergessen schien und ungehörig lange blieb. Dieser Traum jedoch war im Unterschied zu dem anderen stechend scharf, erschreckend genau in den Einzelheiten und erschütternd schwer in seinen Folgen.

Der Häuptling lag lange wach, ließ sich alles, was bei ihm von den Worten und Launen der Schamanin noch in der Erinnerung geblieben war, noch einmal durch den Kopf gehen. Dabei stieß er auf manches, was ihn nun nachträglich verdross, doch musste er sich gegenüber zugeben, dass er dagegen nichts machen konnte und es einfach zu schlucken hatte. Denn die Schamanin stellte, so jung und arm sie auch war, nun einmal eine Macht dar, wie er als Häuptling auch eine darstellte. Und am nächsten Morgen erhob er sich mit dem Entschluss, seine beiden Stützen doch noch um Rat zu ersuchen. Diese erschienen schnell, zeigten sich fast über das erlaubte Maß hinaus erstaunt und erfreut, breiteten sich alsbald, wie befürchtet, über irgendwelche Omen, Zeichen und Träume aus, die ein jeder bereits beobachtet, erwogen und erkannt haben wollte, und sprachen sich schließlich für das aus, wofür er sich im Grunde längst entschieden hatte: Die Jurte mit all den Himmelsgaben sollte unverzüglich herbeigeholt und ab nun in das Ail aufgenommen werden. So begaben sich noch gleichentags Männer mit zusätzlichen Last- und Reittieren auf den Weg, und die Stütze zur linken Hand, der drittmächtigste Mann im ganzen Land, leitete sie.

Die Mannschaft brachte den beiden Menschen die wahre Erlösung. Denn die hatten immer noch in einem geistigen Nebel gesteckt, der sich, von dem anfänglichen Schlag einmal etwas gelichtet, längst wieder, und nun bis zu einer vollkommenen Weg- und Richtungslosigkeit verdichtet zu haben schien. Sie wussten nicht mehr, wie es bei ihnen weitergehen sollte. Die

Lastochsen, dazu bestimmt, ihr früheres Jürtchen und die Spitzhütte zu tragen, reichten für all das, was ihnen zugefallen war, bei weitem nicht aus. Das wertvolle fremde Vieh über die zumutbare Zeit hinaus dazubehalten, wollte dem, der es gegen Bitten und Betteln in Empfang hat nehmen dürfen, nicht in den Verstand passen. Andererseits konnte er sich nicht entschließen, es einfach unbenutzt zu seinem Besitzer zurückzubringen. Was sollte er da sagen – habe jetzt eine riesige Jurte mit schwerem Zeug dazu, und die will nicht auf den Rücken eurer paar Ochsen Platz finden, etwa? Die Leute würden ihn glattweg für verrückt halten!

In dieser schwierigen Lage, dachte zumindest er, der Mann, wiederholt daran, wie schön es doch gewesen wäre, wenn er statt des vollgestopften, hügelgroßen Dings da nun seine altvertraute und lang bewährte, gertenleichte Behausung gehabt hätte! Bei dem Gedanken kam er sich freilich jedes Mal schuldig vor angesichts des Kindchens, das nimmer aufzuhören schien, auf sein Dasein zu pochen, selbst dann nicht, wenn es im Schlaf lag. Gleich, ob es laut schrie oder still schnaubte, keinen Pulsschlag lang vermochten die beiden seine Gegenwart zu vergessen. Es war von der ersten Stunde an der Mittelpunkt und die Seele ihrer neuen, unbegreiflichen Umwelt, und der Inhalt und der Name ihres neuen gemeinsamen Lebens, das ihnen plötzlich aufgefrischt und näher gerückt vorkam. Wäre es nach ihnen gegangen, brauchten all die Reichtümer gar nicht zu sein. Sie hätten dieselbe Dankbarkeit, von der sie erfüllt lebten, auch dann empfunden, hätte der Himmel ihnen einzig dieses schreihalsige, auf ihre Fürsorge angewiesene Wesen beschert – und nichts weiter. Ja, dann hätten sie zwar dieselbe Freude, aber viel weniger Sorgen gehabt.

Nun aber waren die Sorgen vorerst beseitigt. Dass der Landesvater ihnen die Hand gereicht hat, kam ihnen, die nach der Hand allzu willig griffen, als eine weitere Bestätigung des Wohlwollens seitens höherer Mächte vor. So verfielen sie erneut in einen Rausch, der jetzt eindeutig von der Freude her-

stammte und nicht so schnell wieder verging. Und diese Rauschzeit war auch die Zeit, in der sie anfingen, sich an das neue Leben, das endgültig schien, zu gewöhnen, ohne dass sie es selbst bemerkten.
Alle wurden bei der Ankunft vom Ail-Volk feierlich empfangen und herzlich aufgenommen. Wachposten mussten Ausschau gehalten und über den jeweiligen Standort des umfangreichen Trecks immer rechtzeitig berichtet haben. Der Häuptling bildete mit der Gattin und der Stütze zur Rechten die Mitte des herausgeputzten bunten Menschenschwarms auf einer Anhöhe am Rand der bewohnten Runde; die strahlenden Gesichter verrieten Freude, Neugier und auch einen Hauch Ungeduld. Da trat der Häuptling aus der wogenden Menge heraus, stand eine kleine Weile, wartend auf die Herannahenden, und schritt vor, um ihnen den Jurtenplatz zuzuweisen. Die Wartenden kamen nach, holten ihn schnell ein und tauchten glückselig in das staubige Gelärm und Gewimmel unter.
Bei der Ankunft des neuen Gliedes wurde neben der Hauptjurte ein Zelt aufgeschlagen, damit das Ail nicht sieben-, sondern achtköpfig wäre; wenig später kam eine zwar winzige, spielzeughafte, aber echte Jurte hinzu und löste das Zelt als Wohnung ab und diente fortan als Abstell- und Küchenjurte. Man hatte sich Gedanken über die Zukunft des Ails gemacht: Nun konnte er, wenn es sein musste, um weitere Glieder wachsen. Die nächsten Zahlen waren alle gute, mit der Neun und der Dreizehn sogar heilige.
Den Ankommenden kam das alles wieder einmal wie ein Traum vor, und zwar wie einer von jenen Träumen, von denen man so nebenher immer wusste, dass man träumte. Und wie in einem wirklichen Traum erschienen ihnen die Begebnisse und Geschehnisse recht seltsam. So wurden sie einmal des Häuptlings ansichtig, der ihnen aus dem Sattel half, ein andermal eines beladenen Ochsen, der davonpreschte und ein wieder anderes Mal der Frau des Holznacken-Hertesch, die vor dem Herd hockte und Feuer anzündete – sie standen daneben,

schauten zu und glaubten zu wissen, dass die Jurte, in der dies vor sich ging, nicht der Frau gehörte, die da hockte und werkelte, sondern ihnen selbst, die müßig abseits saßen und zuschauten ...

Aber die beiden waren nicht die Einzigen, die zu träumen glaubten. Alle taten es wohl, angesichts der schmucken, vornehmen Jurte und des vielen vorher nie gesehenen, glitzernd bunten Zeugs ringsum. Dabei war es wohl zunächst die schlichte Neugier, die in den Hirnen erwachte und jedem Menschen eigen ist. Doch war sie hier dermaßen stark, dass sie sich nicht wieder legte, sondern unaufhörlich weiterwirkte, in den Köpfen und Gefühlen so lange wühlte und daran so heftig zerrte, bis irgendwann eine Wand durchgerissen sein musste und das unstillbare, unbezähmbare Tierchen später in einen anderen Raum eingedrungen sein konnte, dem nun ein anderer Name zustand: Habgier.

Ja, man konnte dem Drang, von den so sicht- und anfassbaren Reichtümern wenigstens ein Schnippelchen selber zu besitzen, schwerlich widerstehen. Wie dann aber? Das Schnippelchen, das einem besonders ins Auge sprang, den Sinn trübte und die Ruhe nahm, denen, die es nun einmal besaßen, einfach entreißen? Nein doch! Man schämte sich vor dem Menschen nebenan und fürchtete sich vor dem Himmel über und in sich. Dennoch, der Drang und der Druck waren groß, und so werden die Neider erfinderisch. Ein Umweg um die Scham und die Angst wurde gesichtet. Die Häuptlingsfrau machte den Anfang. Sie ließ die beiden, in deren Hände die Reichtümer gegeben waren, samt dem neuen Erdenbewohner unter der himmlischen Aufsicht zu einem Tee bitten und während der Bewirtung verlautbaren, dass diese klug mit ihrem auserlesenen Geschick, mit der schwerwiegenden Gabe umgehen sollten. Was durchaus auch die Meinung der Teegäste war. So entgegnete der Mann mit der gebührenden Verbeugung: »Ja, wir wissen, alles, was uns umgibt, gehört restlos dem Kinde, und so werden wir uns Mühe geben, es vollständig zu erhalten, bis es in der Lage sein wird, darüber selbst zu entscheiden.«

»Das sollte aber nicht bedeuten«, fiel der Häuptling gewichtig ins Gespräch ein, »dass ihr über alles, was da ist, eure Hand legt oder am Ende womöglich versucht, es zu verstecken, so wie Hunde mit überschüssigen Knochenstücken verfahren. Nicht ängstiger Geiz, sondern geschicktes Handeln halte ich für angebracht.« Damit machte er eine Gebärde, die den Stützen galt, die ebenso hergebeten waren und ihm zu beiden Seiten Platz genommen hatten.

Das dürre Männchen mit den flüchtigen, narbenhaften Brauen über den hüpfenden, runden Augen in dem schmalen, fahlen Gesicht zu seiner Rechten räusperte sich zweimal und sprach hastig: »Genau darum geht es – nicht ängstlich werden und sinnlos geizen, sondern wach bleiben und geschickt handeln. Eure Hoheit hat treffend die armseligen Hunde mit überschüssigen Knochen genannt, und das hat mich an den Bären erinnert, der seine Jagdbeute verfaulen lässt, eh er sich daran macht.«

Die Stütze zur Linken, die nun an der Reihe war, stellte, bis auf das Alter, das genaue Gegenteil zu dem dar, der soeben gesprochen hatte und mitten im Redestrom plötzlich stockte – groß und füllig und mit einem mächtigen Gesicht, in dem jedes seiner Teile auffallend und überzeugend wirkte. Dieser nahm sich Zeit: wischte den fettigen Dolch zuerst am Stiefelschaft und dann am Tonn-Saum ab, wie auch die Hände, steckte ihn in die Holzscheide am Gürtel und griff nach der Schale, schlürfte Brühe in einem langen, geräuschvollen Zug. Dann endlich legte er los, während er auch noch die Schale in der Linken vor sich hin hielt: »Ja, so ist es. Der Bär bringt seine Beute in ein Versteck und lässt sie verfaulen, eh er davon frisst. Dem Kind, das jetzt in den Windeln liegt, darf aber, wenn es eines Tages erwachsen ist, nichts Verfaultes vorgesetzt werden. Die Leute im Himmelreich werden keine Zeit und keine Lust gehabt haben, alles, was das Kind ein Leben lang braucht, einzeln und im Voraus anzufertigen. Ich nehme vielmehr an, das, was da ist, so schmuck und edel es auch ausschaut, es ist irdischen Ursprunges. Es kann durchaus gewesen sein, dass der Himmel jemanden auf Erden veranlasst hat, diese Gütigkeit in seinem Namen an den, der dieses verdiente, zu bringen. Ich sehe den Sinn der gestapelten Habschaften darin, dass Werte in ihnen wohnen und sie in ihrer Gesamtheit ein Vermögen darstellen. Und Werte sind wandel- und verwandelbar. In alles Mögliche, was von uns Menschen im Leben gebraucht wird. In diesem Falle geht es um das splitternackte Würmchen, das sich durch alle irdischen Fährnisse und Schwernisse winden und zu einem Menschen wachsen muss. Was ist da vonnöten? Kleidung und Nahrung. Stoffe sieht man, in welche es eingewickelt ist. Von Mehl und Reis und sonstigen Leckereien hört man, die sackweise da seien. Gut. Aber ein Menschenkind braucht zumindest in dieser unserer Weltecke mehr, um zu gedeihen. Es sind Milch, Fleisch und Felle allem voran. Wo kommen diese her? Vom Vieh. Also braucht ihr Guten, die ihr so reich und ehrlich, ja himmelsfürchtig seid, braucht Vieh und nochmals Vieh und viel mehr Vieh als die zwei Yakkühe und zwanzig Schafe und Ziegen, die ihr von Anfang an gehabt habt und bis zu eurem Ende wahrscheinlich immer noch haben werdet. Wollt ihr die Säcke und Rollen durch die Bergsteppe und die vier Jahreszeiten schleppen, werden sie des Kindes Bauch bestenfalls drei Jahre lang füllen und seine Blöße womöglich dreimaldrei neun Jahre lang bedecken. Der große Rest wird dann wie des Bären Beute verfault sein. Ihr habt aber vor, keinen Bären, sondern einen Menschen aufzuziehen. Also, tauscht die in Säcken und Rollen und Kisten und Kästen und Eimern und Flaschen eingesperrten Werte gegen Vieh ein, und Vieh wird nimmer verfaulen, im Gegenteil, es wird sich vermehren. Eure Hoheit war so gütig, mich alten, vom Leben vergerbten Menschen wieder einmal um Rat zu ersuchen, und ich habe mich, abseits von der Gefahr, geschwätzig genannt zu werden, abermals erkühnt, Euch und Eure Untertanen mit dem Rat, worüber ich zu verfügen glaubte, zu schlagen und damit einige wertvolle Lebensaugenblicke zu erschlagen. Nehme, wer ihn braucht und werfe weg, wer nicht!«

Stille blieb zurück und dauerte lange an. Der Häuptling war es, der sie brach und folgende Worte an das öffentliche Gehör richtete: »Ich danke euch, meine Stützen, die ihr eure Überlegungen dargelegt habt. Ich danke auch euch, meine Untertanen, die ihr den Worten derer, die vor Häuptling und Volk dazu ermächtigt sind, mit angehaltenem Atem und hingehaltenem Ohr zugehört habt. Und ich danke euch zusätzlich noch im Voraus, dass ihr aus den weisen Worten meiner Stützen Schlüsse ziehen und Früchte ernten werdet, zum gemeinsamen Wohl. Und was das für Früchte sind und ob sie auch mir und anderen schmecken, das lasst ihr mich demnächst wissen. Ich gebe euch einen Tag Zeit!« Damit war die Teestunde beendet, und die geladenen Gäste erhoben sich.

Die Leute mussten unter der Last der zugefallenen Gaben und nun auch der Einmischungen von Seiten der Obrigkeit ihre Köpfe schwer anstrengen. Was dabei herauskam, war Nebelhaftes, Unfestes. Einerseits glaubten sie nach wie vor an eine eherne Aufsicht über all ihr Tun und Lassen und befürchteten die Folgen. Andererseits fanden sie das, was der Häuptling und seine Stützen sagten, überzeugend, und so waren sie gerne bereit, danach zu handeln. Aber sie wussten nicht, wie ihr Handeln aussehen sollte. Denn sie hatten keinerlei Ahnung, wie viel die von der Herrschaft erwähnten und erwogenen Werte gegenüber denen darstellten, die im Vieh steckten und auch jedem geläufig waren. So beschlossen sie nach einer schlaflosen Nacht, die Entscheidung lieber dem Landesvater zu überlassen. Damit war richtig getan. Es war wirklich der einzige Ausweg.

Der Häuptling zog seine beiden Stützen erneut zu Rat, und diese rechtfertigten abermals den Umstand, weshalb sie die Ehre und auch die Vorteile genießen durften. Am Ende einer kurzen Beratung gingen sie zu dritt zu den Leuten in die Jurte und beschauten und befühlten die Gaben erstmalig eingehend und setzten anschließend für jedes Teilstück den Preis fest. Darüber, wie gerecht sie dabei waren, vermochte wohl kein Mensch, allenfalls der Himmel urteilen. Aber so war es den Leuten, denen diese zugefallen waren, nur recht. Und es kam ihnen viel, unverhofft viel vor, was die Säcke und Rollen und Kisten und Kästen an Schafen und Ziegen, Yaks und Pferden abwerfen sollten.

Die hohe Familie machte den Anfang. Die Häuptlingsfrau zeigte sich zuerst unsicher, zögerte, schien sich dann aber zu überwinden und kam bald in Schwung. Sie wühlte in dem Haufen, warf ihn auseinander, trennte dies und das ab und stapelte es in einer Ecke auf. Die Dienerin, die auf Geheiß herbeieilte, trug ihn davon. Die beiden Stützen, die zugeschaut und den jeweiligen Preis immer zu nennen gewusst haben, rechneten, und eine beträchtliche Menge an Vieh kam heraus. Der Häuptling sagte hastig zu den beiden Leuten, die sich wie Fremde in der eigenen Jurte abseits drückten und schienen, vor Verlegenheit vergehen zu wollen: »Die genannten Tiere werdet Ihr gleich heute Abend vorgezeigt bekommen und am besten, Ihr verseht die Ohren auf der Stelle mit euerm Zeichen!« Dann kamen die Stützen dran, wobei die zur Linken dem zur Rechten den Vortritt ließ. Auch jede von ihnen nahm einen Haufen gegen Versprechen von einer Menge Vieh. Später kamen andere, Bewohner von den hinteren Jurten. Und sie nahmen, so viel sie konnten, wie selbst die Diener auch, die ganz zum Schluss, in der Nacht erschienen.

Bald setzte ein nicht enden wollender Besucherstrom ein. Ökpesch hatte die Kunde durch das Land getragen. Man kam, um sich das Wunder anzuschauen, das geschehen war. Nun wurde man nicht nur dessen ansichtig, erfuhr auch, man konnte, soweit man überschüssiges Vieh hatte, daran auch teilhaftig werden. Wer kam, nahm, und wer nahm, nannte Vieh, wenigstens ein paar Lämmer oder ein Kalb. Eine solche

Menge Vieh kam zusammen, wie sie, die es jetzt unter ihrer Obhut hatten, noch vor kurzem nicht einmal gewagt hatten, daran zu denken.
Eines Tages – es ging mittlerweile auf den Herbst zu – sagte die Frau zu ihrem Mann: »Ich habe einen Sommer lang überlegt, eh ich mich hiermit an Euch wende. Habe dabei zwar keinen Augenblick das lange Haar und den kurzen Verstand vergessen, was mir als Weib zuzustehen hat. Bin aber allemal bestrebt gewesen, das Kurze in die Länge zu ziehen und das Lange kurz zu halten. So könnte an dem, was ich jetzt sage, nicht mehr zu sehr viel Dummes kleben, passt auf. Also, gleich, wo sie auch herstammen und wem sie gehören, Tatsache ist, Reichtümer umgeben und starren uns an, und das muss, wenn nicht gerade für uns beide, so dann doch für die Menschen, die uns umgeben und auf uns schauen, schon seine Bedeutung haben. Das sage nicht so sehr ich, die Beobachtung spricht, das wisst Ihr. Nicht deswegen jedoch, Mann. Wir sind auch so wer – haben einen Jungen, der bald Vater zu Euch und Mutter zu mir sagen und sich auf unsere alten Tage hin um uns kümmern wird. Ja, wir haben es verdient, dass er es tut, da wir ihn auch sonst nicht dem Untergang überlassen hätten, so wenig wir zuvor seine Mutter im Stich gelassen. Nun, meine Frage an Euch: Wär es nicht an der Zeit, dass wir diesem unserem Jüngchen einen Namen gäben, schon im Zeichen, dass es nicht geringer sei als jedes andere Menschenkind, das das Weltlicht erblickt?«
Er kam ihr begeistert entgegen. Mehr noch, er meinte, ein Fest sollte gefeiert werden. Und er begründete das, was er vorhatte, so: »Auch ich bin hundert Tage meinen Gedanken hinterhergeschlichen und habe hundert Nächte lang auf Träume gelauert. Daher verstehe ich alles, was du da gesprochen und auch nicht gesprochen. Dabei muss ich dich wieder einmal ein klein wenig zurechtrücken und dir sagen, du hättest an deinem Verstand doch noch länger zerren müssen, Frau. Denn du sprichst von *unserem* Kind. Gewiß ist es auch unseres.

Kann und darf es aber nicht bleiben. Geschähe dies, wär es zu wenig, zu sinnarm für das, was sich nun einmal ereignet hat. Und was sich alles noch weiter ereignen wird, wissen wir ja nicht. So meine ich, es ist des Volkes Kind, einstweilen wohl uns beiden anvertraut, lediglich anvertraut. Daher das Fest, als etwas Vorkündendes, Verbindendes und Verpflichtendes für jedermann. Zudem sollen alle Menschen eingeladen sein, so gut der Landesvater und all seine Weisen, der mächtigste Baj, der stärkste Ringer, der vortrefflichste Schütze wie auch das niedrige Volk, selbst der Geringste. Ja, das tun wir, und wir tun es unserem Kind, noch mehr aber dem Höchsten zu Ehren, der unsere Gebete erhört, unsere kleinen und mühseligen, aber auch stetigen und hingebungsvollen Taten ersehen und als solche erkannt und so uns beide zu seinen Vertrauten erwählt hat. Und auf diesem Fest eben soll dem Knaben sein Name gegeben werden, und zum Namensvater soll gebeten werden kein Geringerer als das Haupt des Landes und seines Volkes höchstselbst!«

Einmal geschmiedet, glich die Entscheidung einer Flut, die seine Rille bekam und anfing zu fließen. Die Kunde über das Namensgebungsfest im Ail verbreitete sich schnell übers Land. Es sah so aus, als ob die Menschen darauf gewartet hätten. Willig rüstete man sich zum Fest.

Die beiden bereiteten sich so gut vor wie sie konnten, auf eine reichliche Bewirtung aller, die kämen. Am Vortag wurde geschlachtet. Eine fünfjährige Geltstute übrigens, als Jährling sich noch halbwegs von der Muttermilch ernährend, kam unters Messer. Dass sie fett und ihr Fleisch zart und lecker sein musste, daran bestand von vornherein keinerlei Zweifel. Drei Hammel, einer davon ausgewachsen, ergänzten den Fleischhügel. Die Tiere stammten alle aus der eigenen, früheren Herde. »Damit soll gemeint sein, wir wären imstande gewesen, das Fest auch so zu geben – es gilt dem Kind, nicht etwa dem Reichtum!«, belehrte der Mann die Frau, und sie bewunderte seinen Verstand. Doch war sie darüber etwas verstört, und ihm entging dies nicht: »Du willst mit den Leckereien angeben, was? Ja, natürlich! Tu es dann doch meinethalber, vergiss aber nicht zu sagen: Bisher wart ihr, liebe Leute, von uns beiden Alten beköstigt, dieses nun kommt von dem Knaben, der uns alle an der himmlischen Gabe teilnehmen lässt, ja?«

Der angesetzte Tag kam. Am späten Morgen fing es an. Es strömten Menschen zu Pferde und zu Fuß scharenweise aus allen Himmelsrichtungen herbei und kamen an der Jurte zusammen, die seit langem im Gespräch war, bisher jedoch noch nicht von allen hatte gesichtet werden können und nun endlich aus der Mitte des Ails herausstach, so unübersehbar wie eine Gans aus einem Entenschwarm. Das Fest fing allmählich an und war zu einem reichlichen, schönen angewachsen, als die Sonne die Mitte des Himmelsdaches erreicht hatte. Es wurde gegessen und getrunken, wie die Mägen es auszuhalten vermochten. Die allgemeine Hast, von der man erfasst war, legte sich nach und nach, und die Blitze in den Blicken der Augen derer, die sich über die dampfenden Tröge bückten und die Fleischhaufen stöhnend und grunzend angingen, zähmten sich nach und nach, bis sie irgendwann gänzlich zu erlöschen schienen. Jede heftige Bewegung schwand, und Trägheit legte sich, einer unsichtbaren Decke gleich, über die Gesättigten. Der Gesang musste her, und der kam und munterte noch einmal auf. Und da gaben sich alle dem Gesang hin, mit der gleichen gierigen Leidenschaft wie zuvor dem Essen. Es schien, als packten sie jetzt nicht ein, sondern aus: Sie warfen den Oberkörper hin und her und brüllten aus vollem Hals, die Augen geschlossen und das Gesicht verzerrt; alle waren in sich hinabgestiegen, rüttelten an Hürden und Bürden, rissen sie nieder und förderten sie hinaus. Sie befreiten sich von Angestautem und richteten sich für den Augenblick her. So sahen die Gast- und Festgeber das, was in ihren Augen, vor ihren Ohren und in hellwacher Gegenwart ihrer sonstigen Sinne geschah. So gesehen, glich es wieder einem

Traum. Ja, es war ein Traum, angefangen vor hundert und mehr Tagen und Nächten, in der Winterbleibe, im anderen Leben damals. Und der Traum riss nicht ab, spann sich durch Zeit und Raum, durch die grauen, nichtigen Geschehnisse des Lebens hindurch fort und fort – wie wunderbar, auch – wie furchtbar, wenn er einmal doch abreißen würde! Vorerst aber dauerte er an, und alles wirkte so echt: Die Sonne schien, Gras reifte, Menschen festeten – das *musste* Leben sein. Oder war das Leben auch ein Traum?

In diesem schwere- und uferlosen Zustand verbrachten die beiden, er so leicht- und irrsinnig wie sie, und sie so irr- und hellsinnig wie er, die Stunden und den Tag. Vieles kam ihnen verschwommen und unwirklich, also doch traumhaft vor. Manches vermochten sie gar nicht wahrzunehmen, wohl weil sie es nicht mussten – weil sie es lieber übersehen wollten, da es sonst dem, was immer noch hartnäckig andauerte, widersprochen hätte. Dann aber gab es Dinge, die sich in ihre Sinne einschnitten, so erschreckend tief und verdächtig genau, dass man geneigt war zu meinen, die Zeit, die sonst auf des Windes Flügeln davonzusausen pflegte, sei mit einem Mal auf die hornig schweren und knollig kurzen Beine eines Yaks angewiesen gewesen, als diese geschahen.

So waren es einmal die Leckereien, die an die vom Singen Ermüdeten gebracht wurden: zuerst die Klöße aus gebratenem und in Öl gesottenem Feinmehl, dann die Brühe mit knapp gegartem Reis. Dankbare und wohlwollende Neugierde stand auf den Gesichtern, während die Feiernden zu ihrer Festgeberin aufschauten, die vor sie hintrat und feierlich-spielerisch ansetzte, das, was sie vorher lange auf der Zunge getragen und an dem sie sich vorgelabt hatte, endlich aussprechen zu dürfen. Sie konnte den Gesichtern ansehen, wie sich der anfängliche Ausdruck bei dem Wort *himmlische Gabe* verwischte und in ehrfürchtigen Schrecken verwandelte. Sie spürte die Glückseligkeit, die sich, Dampfschwaden gleich, von allen Seiten her verbreitete, prickelnd deutlich auf der Haut.

So war es dann Mugulai, der unablässig auf die Feiernden schaute, immer mit dem Blick eines Erwachsenen, mal belustigt, mal bedenklich und einmal gar zornig. Jedes Mal, wenn man von der Seite auf den Knaben mit dem hinzielenden Blick schaute, war man gezwungen zu denken, ob denn etwas verkehrt gemacht worden sei. Und dem Blick zu begegnen, war schier unerträglich, denn man glaubte zu spüren, dass in ihm etwas Richtendes verborgen lag.
So war es schließlich der Häuptling, der auf seinen großen, flachen Händen das wieder einmal wimmernde und sich krümmende Bündel hochhielt und einer kleinen aufkommenden Herde silbriger Lämmerwolken in ferner Höhe entgegenzutragen schien, als wenn er es wöge und dabei schwer erwägte; dreimal bückte er sich über das Kind und flüsterte ihm jedes Mal etwas zu. Dann sprach er, an alle und alles gewandt, laut und feierlich: »Hynndynn! Ja, Hynndynn soll es heißen, wie *hynn*, der Tag, und *dynn*, die Nacht, und soll an Leib und Geist zulegen um eine Vogelbeer täglich und um ein Hagelkorn nächtlich, bis es endlich dorthin gelangt und den Raum auffüllt, den ihm der Himmel bereithält, und das Volk, Zeuge des heutigen Tages, möge dabei in ihm sein pochendes, wachendes Herz wissen und so es als seine wärmende und ruhende Mitte umschließen!«
Damit hatte das Kind also einen Namen und das Fest seine Berechtigung. Auch hatte die Geschichte, für die herfegende Volkszunge und das hinlauschende Volksohr Gerücht nur bisher, vorerst einen Abschluss gefunden. Und an dieser Schnittstelle darf der Schreiber, Auffrischer jener bezähmten und verwitterten Fracht im Volksgedächtnis, die Leserschaft um Einvernehmen bitten und auch etwas tun – er entreißt dem Staub des Vergessens zwei Namen und bringt sie an ihre Träger: Honasch und Emes. So haben die beiden geheißen, die eingangs alt und arm dagestanden und auch ein wenig unbeholfen und überflüssig in unserem Bericht gewirkt haben mochten. Mittlerweile weiß man jedoch manch Gegenteiliges

von ihnen. So kann man sich nicht ganz sicher sein darüber, ob sie nach der Gabe gleich schnappen und auch es je schaffen würden, damit wieder warm zu werden. Denn sie haben ihre Namen im Gestrudel des Zeitflusses verloren und sind lediglich unter der schlichten, aber wohlverdienten Benennung angekommen: Kindsvater und Kindsmutter.

Hynndynn war ein gesundes Kind. Gedieh leicht und schien damit dem edlen Wunsch des Namensgebers zu folgen. Auch sonst deutete er auf ein gutes Geschick hin. Denn er hatte ein liebes Wesen, das ständig Licht und Wärme auszustrahlen, jeden Raum zu füllen und so jeglichem Fremdkörper im Umfeld von vornherein die Scharten und Schneiden zu nehmen schien. Wohl war der Schicksalsbeutel, wie die Gebärmutter ehrfürchtig und hintergründig genannt wurde, und in welchem er gelegen hat, trotz allem ein edler. Und so musste es sich hier unbedingt um den Spross einer fortwährenden Pflanze mit würdigen Wurzeln gedreht haben. Auch die liebevolle Fürsorge der Pflegeeltern, die unbekannte, doch irgendwie sicherlich wertvolle Nahrung und die allgemeine Wohlgesonnenheit ringsum durften zum Gedeihen des Kindes durchaus beigetragen haben. Nur wusste man in dem Falle all das außer Acht zu lassen und dafür aber sich umso heftiger zu verlassen auf den Himmel, den allmächtigen Vater, der die Stimme eines soeben Geborenen und darauf gleich in Not Geratenen erhört und ihn mit unerhörten, nie erahnten Reichtümern überschüttet hatte – dass jener nun seinen Schützling mit einem auf alle Seiten hin überschwappenden Wohlwollen begleiten würde, das erschien jedem nur allzu verständlich.

Hynndynn war obendrein ein fröhliches Kind. An dem dünnen Ziegenbart des Vaters zu zupfen war sein Lieblingsspiel. Und jedes Mal, wenn er dabei auf das Gesicht schauen konnte, das vor lauter Falten einem Spinnennest glich, pflegte er ein entzücktes helles Geschrei auszustoßen. Das Bartzupfen war ihm vom Vater beigebracht worden, das Spiel aber hat er selber erfunden, ein Ergebnis seines zähen Willens: Er hatte

so emsig an dem Büschel gezupft, bis sich einmal die Haut ringsum dermaßen verzog, dass die Nase, die Augen und der Mund in tiefe Falten verschwanden und das ganze Gesicht einem Spinnennest eben glich. Nun hatte der erwachsene Mensch die Spielregeln verstanden und auch, dass es keine Ruhe für ihn geben konnte, bevor er auf das Zupfen und Ziehen der Fingerchen an seinen Barthaaren hin das Gesicht verziehen musste. Die Dritte, die das Spiel seit langem still beobachtet hatte, meldete sich eines Tages; es war Mutter Emes, die ihren Mann alt und albern nannte und in einem leisen, aber scheltenden Ton bemerkte, ob es denn für das Kind gut sei, sich an den Schmerzen des Vaters zu vergnügen, auch wenn es sich um gespielte Schmerzen handelte, und der, dem diese zugefügt wurden, selber deren Stifter war. Honasch aber hatte für das Bedenken seiner Frau nur ein Schmunzeln übrig und meinte, unter Männern ginge es halt so zu. Auch sonst gab es Dinge, die als *männlich* galten, und auf welche hin der künftige Mann getrimmt wurde.
Davor aber gab es noch etwas, was für unsere Geschichte von Belang war, und da steckte Hynndynn inmitten seines dritten Lebenssommers. Ein wildfremder, schreiputziger Mensch tauchte auf. Er kam aus der Richtung des Sonnenaufganges und schien auch sonst noch einiges mit der Sonne tun zu können. Denn da war erstens der flammend rote, flatternd weite Umhang, der seinen Leib anstatt einer Tracht bedeckte und umhüllte, dieser war dann von einem weiteren, nun schmäleren, aber umso kräftiger herausstechenden, strahlengelben Tuch schräg in der Mitte bestückt, zweitens war da der Packen, so groß wie ein Yakpansen und ebenso schwer wohl auch, den der Mensch über dem wulstigen Polster auf dem Rücken trug. Drittens führte er zwei Gehstöcke aus klafterlangem, daumendickem Birkenholz mit sich, in jeder Hand einen, und schien sich an denen immer abwechselnd zu stützen, wenn er ging, und schließlich trug er viertens eine winzige, schmetterlinghafte gelbe Kappe mit einer roten Einfassung und nach

vorne aufgeschlitzten Krempe, die auf dem Dach des riesigen, kahl rasierten Schädels hockte, wie gerade im Begriff wegzufliegen. Doch das alles waren nur Äußerlichkeiten, Dinge, die sein bloßes Aussehen ausmachten, imstande vielleicht, auszusagen, wie es wäre, wenn ein Kamel, schwer beladen und voll behangen dazu noch, in eine Yakherde geriete.

Der weite, rot-gelbe Umhang muss in den Augen der Hunde nicht nur geflattert, sondern auch geflammt, ja gebrüllt haben. Denn sie schienen, wo und wie und wann auch sie den Fremden erblickten, schier dem Wahnsinn zu verfallen. Und so kamen sie mit der Geschwindigkeit fliegender Steine auf ihn zugeschossen. Aber da geschah wieder und wieder das Unglaubliche. Der Fremde zuckte nicht einmal zusammen, er blieb stehen und wartete. Dabei hielt er die Ruten gespreizt und übereinander zu einer Schere und streckte die Spitze der unteren dem vordersten der Heranstürzenden entgegen. Der Hund schnappte nach dieser, und wenn das geschehen war, wurde die obere, freie Rute einfach darüber hinweggestrichen. Sie traf genau die Schnauzspitze, die empfindlichste Stelle des Hundes. Was damit endete, dass der Zubeißer ohnmächtig zurückprallte und auf den Hintern knallte, eh er sich im nächsten Augenblick wieder hochkämpfte und jaulend und winselnd die Flucht ergriff. Und was auch den anderen Rudelgenossen den Mut brach und sie zum Rückzug zwang. Dabei schlugen sie umso lauter Lärm und gebärdeten sich umso gefährlicher freilich, aber das war nichts weiter als leeres Gelärm und Getue, wie überall dort, wo Ohnmacht herrscht. Ein Hund, der die Bekanntschaft der zuschnappenden Rutenschere auf diese Weise gemacht hatte, war in der Regel für immer genesen von der Zugreif- und Zubeißwut.

Der fest verschnürte Packen, der beim Gehen den Rücken vollständig bedeckte, musste allerlei beherbergen, und einiges davon war von neugierigen Augen ersichtet worden und hat pricklige Gedanken in manchem Hirn ausgelöst. Es war vor allem ein rechteckiger, länglicher Kasten, der, in ein Seidentuch eingewickelt, einen ganzen Stoß von lauter harnblasendünnen, voll schwarz und gleichmäßig bemusterten hellen Blättern enthielt. Dem Menschen lag anscheinend viel daran, an Gehäuse und Inhalt möglichst oft herumzufingern, denn wieder und wieder zog er aus dem Packen den Kasten und aus diesem das Bündel heraus und wickelte es auf, blätterte daran, beschaute die Muster und unterhielt sich wohl mit ihnen. Diejenigen, die dem dabei haben zuschauen dürfen, wurden von dem Mann darüber unterrichtet, wie die Dinger da hießen, wozu sie gut waren und was er mit ihnen trieb: Das schwarzbunte Gewirr der Muster, die an eine Unzahl von Ameisen erinnerten, hieß Schrift, der Blätterstoß Sudur und enthielt Lösungen von Rätseln im Leben, und er besaß die wunderbare Fähigkeit, darin zu deuten, richtiger aber: zu lesen, weil man dabei wohl so genau hinschauen sollte wie beim Auflesen von Fallbeeren oder beim Zusammenlesen von Scherben und Splittern, wenn eine Trinkschale zerbrach. Tatsächlich war es merkwürdig genug, wenn das Sudur zum Vorschein kam, die feinen Finger des Fremden Schritt für Schritt über die Schrift glitt und dabei die Lippen mitkamen, indem sie laut *lasen.* Doch war für keinen der Hinlauschenden damit ein Geheimnis enträtselt und dem Ohr preisgegeben. Denn es war eine wildfremde Sprache, die man hörte, nicht einmal dem Dolmetscher zugänglich, der auch ein Fremder war, zeitgleich aufgetaucht, und der Schatten von jenem zu sein schien.

Dennoch kamen das geheimnisvolle Gemurmel und dessen merkwürdige Benennung dem Volksgedächtnis doch nicht ganz fremd vor. Es fing an, sich zu regen und zu fragen und erinnerte sich schließlich: Ja, natürlich – man hatte einmal über etwas verfügt, anhand dessen man Vergängliches und Flüchtiges, selbst Gedanken, festzuhalten gewusst hatte, und so manche Spuren davon lagen doch noch vor aller Augen, in so manchen Felsen eingeritzt, und es hatte bis zu der Großeltern Zeit Menschen mit der Wunderkraft gegeben, darin zu *lesen*, und diese haben geheißen: Gelehrte! Auch wurde doch selbst heute dies und jenes immer noch *gelesen*, so die Risse in angebrannten und gesprungenen Schulterblattknochen von Schafen, so auch der herauswirbelnde Rauch aus der Dachöffnung einer Jurte oder die Falten in der Innenfläche der menschlichen Hand, ja-ja! Allein diejenigen, die das alles und noch vieles mehr zu lesen imstande waren, hießen nicht mehr Gelehrte, sondern Orakel.

Aber des rot-gelb behängten, steinschwer bepackten und beidfäustig bestöckten Menschen Macht schwappte über das Lesen, dieses Wiederauftauen und -anrufen des Abgefangenen, Eingefrorenen und dem Vergängnis Entrückten, hinaus. Sie ließ ihn selber nach Dingen greifen und sie aus dem Zeitfluss herausheben. Was er *schreiben* nannte. Er verwandelte einen Laut in ein Bild – ja, so mächtig war er! Wie die Großen aus der Vergangenheit eben – wenn es früher gelesen worden ist, dann muss es auch geschrieben worden sein. Doch vermochte das Volksgedächtnis, so sehr es gleich auf die Suche ging, nicht heranzureichen bis an etwas, was diese Annahme bestätigt hätte. So musste der Fremde mit seiner noch fremderen Sprache bestimmt um einiges gewaltiger sein als diejenigen, die vergangen waren, auf die man aber sich immer noch gern bezog, solange man sich der eigenen Unzulänglichkeit bewusst wurde. Dass auch jene etwa in einer anderen Sprache geredet oder die Spuren ihrer Taten gar in ihr hinterlassen haben könnten, erschien daher trotz aller Achtung vor den Geistern der Ahnen doch unvorstellbar.

Und dieser tolle Kerl, mutig und gütig, bis in das Rest-und-Rand-Reich der armseligen und niedrigen Tuwa vorzudringen und auf ihr einfältiges, löschliches Hirn einen Lichtstrahl zu werfen, nannte sich Lama, einen Wander-Lama gar. Es fiel den Menschen schwer, sich darunter etwas vorzustellen. Zu guter Letzt jedoch einigten sie sich darin, dass dies bei den Mongolen die Benennung des Schamanen und Gelehrten in einer Haut sein könnte. Und nach ihrer Meinung musste so einer in der vom Schicksal her vorbestimmten Würde schon und nun auch in der erlangten Macht höher stehen als ein jeder, den man bei sich zu Hause hatte. Jemanden zu finden, der es verdient hätte, diesem merkwürdigen Fremden nun das Wasser zu reichen, wäre vielleicht in früheren Zeiten möglich gewesen, in denen alle Menschen ohnehin größer, stärker und klüger geraten waren als die Späteren, also die Heutigen – zumindest die hiesigen Heutigen, folgerte die Volksmeinung. Und dieselbe lautete weiter: Womöglich auch da besser, denn das Reich im Osten war doch mächtig – mit mehr Bewohnern gesegnet und über größere Flächen erstreckt.

So brach der Wander-Lama leicht in die Brennmitte der allgemeinen Aufmerksamkeit ein und wusste sie wach zu halten und weiter zu schüren. Bei aller Scheu, die seine Gegenwart bei den Menschen hervorrief, spürte er überall, wo er auch immer hintrat, ein wohlwollendes Entgegenkommen, fand also einen ergiebigen Nährboden. Dabei vergaß er nicht, gerade bei den Einflussreichen länger zu verweilen. Das waren die Ältesten, die Schamanen, der Häuptling und diejenigen, die ihn umgaben. Und bei diesen Letztgenannten kehrte er absichtlich ganz zum Schluss ein. Dies trotz wiederholter Einladungen und deutlicher Ermahnungen sogar. Der Häuptling, längst von Ungeduld gepackt und von Grimm geplagt wegen des Ungehorsams des Fremden, der seit Tagen und Nächten seine Sinne in Spannung gehalten, schickte einen Lautboten sofort nach den beiden Stützen, sobald die Nachricht ihn erreichte, jener sei samt seinem Schatten endlich am Ail-Rand aufgetaucht. Er hielt denjenigen zurück, der den Hunden hinterhereilen wollte, die dem rotgelben Geflatter längst entgegengestürmt waren. Boshaft grinsend sagte er: »Hieß es denn nicht, er sei ein Hundebändiger? Wir wollen ihm doch die Gelegenheit nicht rauben, wieder einmal zu zeigen, was er kann!«

Es war, als ob der Fremde das mitgehört hätte – nein, kein Mensch konnte es über eine solche Entfernung hinweg getan haben, auch ein Lama nicht, jedoch wär es selbst für einen grobfaserigen Einheimischen zu offensichtlich gewesen, zu erkennen, woran man war, wenn sich in einem Ail aus ganzen acht Jurten keiner fand, der einem gegen die lärmende, mordlustige Meute da zu Hilfe gekommen wäre. Der Fremde erkannte also die Lage. Und anstatt sich zu fürchten, bekam er wilde Lust zu zeigen, was er konnte. Während die *Zunge*, zu Tode erschrocken, stehen blieb und nach Steinen suchte, schritt er den Heranstürmenden seelenruhig entgegen, ließ das erstbeste der Viecher, es war einer der drei Wolfshunde des Häuptlings, nach der frech-zittrigen Spitze der Rute schnappen und strich die andere mit aller Wucht der Rechten darüber. Die Wirkung schien vernichtend – der Hund, knallend hart getroffen an der Schnauzspitze, jaulte auf, prallte zurück, stürzte auf den Hintern, überschlug sich und blieb liegen, krampfhaft zuckend und erbärmlich wimmernd. Die restliche Meute drehte sich auf der Stelle um und nahm Reißaus, unter einem vielstimmigen Geheule und Gejaule, das ebenso gut Angst wie Wut verriet.

Das alles ist von der Dienerin beobachtet und dem Häuptling berichtet worden. Dieser war noch außer Atem, als der Langerwartete endlich die Hauptjurte des Landes, das er sich schon unterworfen zu haben glaubte, wohl nicht ganz zu Unrecht, betrat und dessen Besitzer, den Häuptling, vor sich sah. Es war eine merkwürdige Begegnung. Der Jurtenherr, zittrig in den Gliedern und im Bauch auch, wurde urplötzlich von einer argen Lust gepackt loszuprusten: Der erwachsene, sogar hochgewachsene Mensch da sah in seinen Augen so schreikomisch aus wie ein Kind, das sich aus lauter Ungezogenheit verkleidet hatte und nun einer Wolfsscheuche glich. Auch dem Gast kam alles kreuzlustig vor. Nachdem er nun in der Palastjurte und dem Häuptling gegenübersaß, von der einen wie von dem anderen man ihm ehrfürchtig berichtet hatte, glaubte er endgültig zu wissen, mit wem er es zu tun hatte: mit armen, niedrigen Geschöpfen, die wohl eher zum Tierreich gehörten als zum Menschenreich. So zeigte sich jeder gut gelaunt, im

Glauben, seinem Gegenüber überlegen zu sein. Also wurden, leicht und ausführlich, Gruß- und Näherungsworte ausgetauscht. Dann jedoch nahm die so begonnene Bekanntschaft eine merkwürdige Wende an, dies nach und nach, unaufhaltsam aber. Das begann auf der einen Seite, dass durch die Jurtenwand eine Nachricht herdrang und auf der anderen Seite, dass die beiden Stützen erschienen und jede den ihm zustehenden Platz würdevoll einnahm. Nun war im Gastgeber wie auch im Gast Vorsicht erwacht, die blieb und sich festigte. Am Ende fielen die Worte hier wie da nur zäh und ergaben so etwas wie ein Verhör, das aber wieder und wieder stockte.
Die Nachricht hatte gelautet: Der Hund, der eben niedergeschlagen worden war, sei mittlerweile verendet. Wa-as? dachte der Häuptling erschüttert und kämpfte mit dem Verstand gegen den Körper an, der hochzufahren drohte. Du scheinst mir ja ein noch gefährlicherer, ein mir zum Verdruss hergelaufener Hund zu sein, armselig in der Verpackung zwar, zu allem, selbst zum Totschlag bereit aber! lautete der Gedanke, während sein Blick an der empfindlichsten Stelle des Gegenübers, an der Plattnase mit den aufgeblähten, auf die Ränder zu beinah aufgestülpten Nüstern, unbarmherzig haftete.
Die Stütze zur Rechten, das dürre, unruhige Männchen, erhob sich rasch inmitten des peinvollen, zumal ständig durch ein störendes Zwischenglied, den stotterigen Dolmetscher, mühselig sickernden Wortwechsels, verließ die Jurte und kehrte jedoch bald zurück. Und gab auf den tadelnden Blick des Häuptlings dumpf und knapp eine Antwort, in der die Jagdsitte und ihre Einhaltung vor Himmel und Stamm vorkamen, ohne jegliche weitere Erklärung, und darum ein Rätsel für jedes lauschende Ohr bleiben musste. Da, wie üblich nun, reichlich Tee getrunken wurde, musste man, bevor das Essen, das pflichtgemäß gekochte Hammelfleisch, kam, hinausgehen und die Blase entleeren. Der Jurtenherr, der darauf gewartet hatte, gab den beiden Stützen ein Zeichen zurückzubleiben und bekam nun die rätselhafte Aussage endlich entschlüsselt: Der tote Hund

sollte, abgehäutet und zubereitet, seinem Jäger vorgesetzt werden.
»Solches entscheidet Ihr eigenmächtig?«, flüsterte der Aufgeklärte, zurückprallend und zittrig vor aufkommender Wut.
»Hab ich es?«, schrie der Gemeinte wie außer sich und setzte dem im selben Atemzug hinzu: »War doch nur ein Vorschlag, den ich hiermit unterbreite!«
»Ich dachte, die Anweisung wäre bereits gegeben?«
»Das schon, ja«, stotterte der Übereifrige und fuhr darauf schnell fort: »Das will jedoch bei weitem nicht heißen, das Gericht würde ohne Geheiß von Euch herübergetragen werden!«
»Höre einer mal das an. Vom Gericht ist schon die Rede, und doch will man nicht eigenmächtig gehandelt haben?« Der Häuptling zeigte sich auf dem Weg zur Weißglut, erhob beide Fäuste bis zur Stirnhöhe und schüttelte sie, dass die dichte, grauschwarze Mähne auseinander flatterte.
Die Stütze zur Linken griff ein. »Hört mir zu, unser aller Gebieter«, sagte er im eindringlichen Geflüster, »der Augenblick ist alles andere als geeignet für einen Wutausbruch; nicht unser, sondern der eines Landes und seines Volkes Ruf steht auf dem Spiel. So nehmt bitte die Zügel des Verstandes sofort in die Hände. Sollte die Stütze zur Rechten wirklich etwas verbrochen haben, die vom Leben gegerbte, knittrige Haut des alten Mannes mit dem schwindenden Fleisch und den mürben Knochen werdet Ihr zu jeder Stunde, die Euch beliebt, unter der Peitsche haben. Und sollte damit allein Euer Groll noch nicht gestillt sein, dann könnt Ihr meine armselige Haut samt allem darunter noch dazunehmen und damit nach Herzenslust verfahren. Und dies, da ich den von der Stütze zur Rechten gehegten Gedanken so falsch gar nicht finde!«
Damit verbeugte er sich zuerst leicht mit dem Kopf, im Zeichen, er habe sich ausgesprochen, und darauf tiefer, nun mit dem Oberkörper auch noch, im Zeichen, er wolle gehen. Dann ging er. Der Häuptling, der sich wieder im Griff hatte,

vermochte den Blick von ihm nicht abzuwenden. Der körperlich große Untertan wirkte auf den Herrscher wieder einmal auch anders groß – mächtig.

Das Essen ließ auf sich warten. Das Hammelfleisch, längst gegart, blieb im Kessel, auf dem Herd, in dem das Feuer auszugehen drohte. Statt des Troges mit dem Fleisch kam die rauchgesteifte Lederkanne mit dem Milchschnaps zum Vorschein. Der Gast nahm die ihm angebotene Schale zwar entgegen, tauchte aber, statt zu trinken, die Kuppe des rechten Ringfingers hinein, schnipste damit ein paarmal nach oben, benässte die Stirne und gab sie zurück. Darauf sagte er etwas, und es wurde gedolmetscht: Er enthielte sich diesem wilden Getränke infolge eines abgelegten Gelübdes. Was mit heftigen wie bewundernden, so auch belustigten Bemerkungen von Seiten der Einheimischen aufgenommen wurde. Da bot man dem Gast Sauermilch an, die er ebenso ablehnte. Klar, folgerte man, daraus wurde der Schnaps gewonnen. Der Begleiter, der sich übrigens dem wilden Getränke sehr zugetan zeigte, wusste, dass sein Lama alles bis auf das eine eben zu sich zu nehmen pflegte. Und dieser wusste auch den Grund, weshalb jener denn jetzt Halt machte vor dem Angebot: Man war zu sehr eingestellt auf das Fleisch, das seit einer Ewigkeit auf dem Herd gekocht und seinen Duft ausgeströmt hat, seit einer weiteren kleineren Ewigkeit nicht mehr kochte und unverständlicher-, ja verdrießlicherweise immer noch im Kessel blieb.

Der Häuptling, der sich nichts anmerken ließ und sich weiterhin würdevoll besonnen und durch die ersten Schlucke recht wohlgelaunt zeigte, lenkte das Gespräch geschickt auf das große Wissen und die wunderbaren Künste seines Gastes. Man habe ihm davon vielfach berichtet und jedes Mal voller Bewunderung, sagte er. Dies schien dem Angesprochenen sehr zu schmeicheln; auch ließen sie ihn für eine Weile die Unbehaglichkeit vergessen, die von dem zögernden Fleisch herrührte und mittlerweile sich seiner gänzlich zu bemächtigen drohte. Und da holte man das Schriftstück hervor, das man schon an dem ersten Tag bereitgehalten hatte, als sich das Gerücht von dem seltsamen Landstreicher und seinen wundersamen Fähigkeiten übers Land verbreitete. Der Gast stellte sich ahnungslos, obwohl es zum eigentlichen Grund seiner mühseligen Reise gehörte und er das, was darauf stand, in- und auswendig kannte. Nach einigem Getue schickte er sich an, seine Kunst zu zeigen, schien den in den Bildern wohnenden Sinn abzuziehen und in Laute zu verwandeln, und die *Zunge* kam mit, setzte alles Wort auf Wort in die Landessprache um:

Der Günstling des Allmächtigen, dank Wohltaten zu Zeiten vorhergehender Leben die menschliche Gestalt der höchsten Gütestufe erlangt und zugelassen, während der nächsten achtundachtzig Jahre, immer acht Sommer und sieben Winter, abwechselnd, im Erden- und Himmelsreich zu verweilen und, unabhängig davon, wo er gerade sei, das Geschick dieses Landes und seines Volkes zu lenken.

Der Häuptling ließ es sich noch einmal vorlesen. Die Stützen merkten, ihm gefiel an dem endlich enthüllten Sinn etwas nicht, und sie glaubten zu wissen, was dies war. Ebenso merkten sie, wie er auch, manches lautete beide Male nicht ganz gleich, und das erweckte Misstrauen. Da wünschte sich die Stütze zur Linken, dass es ein weiteres Mal gelesen wurde. Wieder gab es kleine Abweichungen. Nun merkten sie manch Hinkendes an der Aussage. Aber das behielten sie für sich und schwiegen. Da fuhr der Häuptling wie erwacht hoch und sagte keck: »Nun haben wir einen Grund wenigstens, uns endlich an dem verdienten Male zu laben, das längst fällig ist; zuvörderst aber her mit der Ehrengabe für unseren Himmelsgast!«

Während die Männer erneut draußen standen und sich die Hände wuschen, fragte der Fremde, weshalb er denn ein Himmelsgast sei. Die Stütze zur Rechten antwortete: Hierzulande gäbe es eine Redensart, nach der jeder Reisende, der unterwegs eine Aufnahme fände, in der ersten Nacht ein Himmels-, in der zweiten ein Glücks- und in der dritten ein Plagegast genannt würde. »So?«, sprach der Fremde nachdenklich, nachdem ihm die Worte gedolmetscht waren. »Gut, dass man das weiß, damit man spätestens nach der zweiten Nacht verschwindet!« Doch diese Worte sollten zu jenen gehören, die man allzu leichtfertig aus dem Mund entlässt, ohne zu ahnen, sie würden einen demnächst zu einem Lügner strafen. Den, der die Worte aussprach, und der ein Wanderlama war und der ein Leben führte, das sich nach irgendwelchen abgelegten Gelübden richtete, auf den warteten ganze acht Nächte im Ail, in dem er gerade angekommen war.

Aber noch war es nicht so weit. Es war erst früher Abend, und es musste noch so manches geschehen, zuerst das Essen. Das als Ehrengabe angekündigte Gericht lag in einer flachen Holzschüssel, bestand aus hellem, geschnetzeltem und gebratenem Fleisch mit viel Zwiebel und war reichlich gewürzt – man roch es. Als es dem Gast gereicht wurde, zitterten die Hände des Dienstmädchens. Das sah dieser, sah weiter den Unter- und Oberarm, die Schulter und das halbe Gesicht auch; es war ein Gesichtchen, jung und lieblich, mit kindlich prallen, von innen heraus leuchtenden Wangen. Sicht und Geruch, Wahrnehmungen zweier Sinne, ergänzten einander wohl – der Mann fuhr leicht zusammen und gab sich einer Empfindung hin, die sich, einer Dunstwolke gleich, in seinen Innenräumen ausbreitete. Ihm war, als ob tief in ihm eine Saite, gerührt und gezupft, zitterte wie auch die blumenfeinen Händchen da, und ihn um Gehör und Einsicht anflehte. Als das so körperhafte Mädchen nicht mehr in der Nähe war, blieb er einen langen, seligen Augenblick unbeweglich sitzen und bildete sich ein, es sei bei ihm, mit ihm geblieben, da er es eingeatmet hätte und so sein Inneres von dem lieblichen Wesen erfüllt sei.
Das Essen schmeckte sehr gut. Aber anders als alles, was ihm bislang über die Zunge gekommen war. Er wollte meinen edler. Und je mehr er über den Geschmack nachdachte, kamen ihm weitere Worte in den Sinn: heftig, luftig, windig … Er wollte fragen, wie das Gericht hieße und aus welchem

Fleisch es wäre. Da erst gewahrte er, dass der Begleiter, an den er sich wandte, noch nichts bekommen hatte, auch die anderen saßen müßig da, und alle Blicke waren auf ihn gerichtet. Was ihm seltsam vorkam. Der Jurtenherr kam ihm zuvor – er sprach betont langsam und würdevoll, und der Begleiter dolmetschte: Dies wäre Feinbraten auf Jägerart, und das Fleisch stammte von einem Wild namens Irwidek; da dieses aber sehr selten vorkäme, würde man es auch nur selten erjagen und besonders hohen Gästen vorsetzen; er mit seinem großen Wissen und all den wunderbaren Künsten wäre heute dieser hohe Gast, und so hätte der Weisenrat beschlossen, ihm dieses besondere Gericht vorzusetzen; während alle anderen, darunter der Herr Dolmetscher, sich mit gewöhnlichem Hammelfleisch begnügen müssten; und wenn es jedoch irgendwie, wer wisse es, etwa nicht nach seinem Geschmack wäre, er könnte selbstverständlich mit den anderen gleich aus einem Trog essen ...

Der Gast war sehr gerührt. Ja, die Ehre erschien ihm, dem einfachen Wandergesellen des Geistwerkes, trotz seines erhabenen Selbstgefühls gegenüber anderen, seitdem er diese verschlafene Ecke betreten, nun um ein wenig doch zu hoch gesetzt. Und was das andere, das Angebot betraf, nein, nein, er wollte das Gericht auf keinen Fall gegen ein anderes tauschen. Ab da labte er sich an dem, was ihm also nach dem landesüblichen Gastrecht zustand, mit einer noch größeren, ja heiligen Hingabe. Zumal kurz darauf sich die anderen an den Fleischhügel machten, der ihnen endlich vorgesetzt wurde. Es war ein gutes, sündhaft gutes Mahl, und er vertilgte den stolzen Haufen in der freundlichen Holzschüssel restlos, fühlte sich am Ende schwer und kugelrund, himmelwohl aber.

Allein die Nacht schlief er nicht gut. Vielleicht, weil er einen zu vollen Magen hatte, er träumte fortwährend und dies so heftig, dass er immer wieder aufwachte und nachdachte. Es waren merkwürdige Träume. Zuerst erschienen sie ihm düster und zäh und darum bedrohlich. Da musste er heftig beten.

Später wurden sie heller und leichter, womöglich aber sündhafter? Deswegen jedoch standen seine Sinne nicht nach Gebeten. Im Gegenteil, er bedauerte es, aufgewacht zu sein. Wünschte sich nichts anderes als sogleich wieder einzusinken in den süßen Schlaf und sich in den unterbrochenen Traum zu verkriechen. Es schien ihm zu gelingen. Denn der Traum ging weiter; vielleicht verlief er nun anders, aber die Gestalt, die ihn belebte, bekörperte und beseelte, blieb. Möglich, es war keine Gestalt, nicht einmal ein Bild, eher ein Hauch. Der ging aber von einem Wesen aus. Und er glaubte zu wissen, von wem: Das Dienstmädchen war es. Durchaus konnte dieses Wissen es sein – etwas erfüllte und erhellte ihn von innen her und hielt auch sein Äußeres, den Körper mit seinen Muskeln und Sehnen, in Spannung.

Am nächsten Morgen sah er sich das Mädchen genauer an. Es war ein wohlgestaltetes, herzmunteres Geschöpf, das, einmal gesehen, es einem unmöglich machte, mit den Sinnen darüber nicht wieder und wieder zu stolpern. Heute wirkten ihre Hände mit dem glatten, hellen Rücken und den feinen, dem Ende zu stark nach außen gebogenen Fingern ruhig. Dies stellte er beglückt fest, als ob er eine wichtige Entdeckung gemacht hätte. Auch ich bin dabei, dachte er, mich an dich zu gewöhnen, Kindchen. Und ich würde dir so gern die Hände halten und die Wangen streicheln, dachte er, von ihrem munteren Hantieren in seiner Atemnähe ermutigt. Den so angebrochenen Tag verschwendete er mit verwirrten Gefühlen, und als dieser sich bereits dem Ende neigte, musste er sich in Gedanken noch damit rechtfertigen, dass ihm ja erst die zweite Nacht bei den gleichen Gastgebern bevorstünde, und da sei er gerade der Glücksgast – die Bezeichnung gefiel ihm, sie hatte mit einem der Hauptbegriffe zu tun, die sein Tun und Trachten seit vielen Jahren bestimmten. Ja, es wäre gar nicht gut, wenn er endlich einmal angesichts der Möglichkeit, eine Nacht lang der Träger eines edlen Sinnes sein zu dürfen, dann jedoch davon abrückte!

Damit sein Treiben durch den fremden Lebensfluss nicht ganz nach Müßiggang ausschaute, holte er irgendwann aus seinem Gepäck das Sudur heraus, legte es quer über den Schoß, zog die verschränkten Beine unter sich noch enger zusammen und stimmte einen halblauten Singsang an. Dabei hielt er den Oberkörper leicht nach vorn gebeugt, die Augen gesenkt und den Blick auf das Sudur gerichtet. Sogleich verstummte in der Nähe jegliche andere Stimme, erstarb in der Jurte jegliches andere Geräusch. Alle schauten zu und lauschten, verschüchtert und erstarrt. Andere Menschen kamen hinzu, schlichen sich leise herein, ließen sich schnell nieder und folgten dem Beispiel derer, die bereits da waren – machten sich klein und blieben still und wach.

Der Gast schien diese kleine Sternstunde seines Wanderlebens zu genießen, und jeder Zuschauer und -hörer, der die Jurte betrat, wurde fest am Schopf gefasst. Längst waren andere Gegenstände, von denen man zunächst nicht wusste, wozu sie gut waren, hinzugekommen: eine Trommel und eine Glocke, beides winzig, aber keck und quickmunter in der Stimme. Der Mensch trieb es geduldig und gekonnt weiter. Die Darbietung, die noch am Vormittag begonnen hatte, schleppte sich über den Mittag bis in die dicke Mitte des Nachmittags hinein, und solange der Singsang, da und dort von dem lustigen Gerassel und Gebimmel unterbrochen, andauerte, blieben alle ergeben, mit verhaltenem Atem, zusammengezogenen Gliedern und angespannten und herausgestreckten Fühlern. Nachdem der Singsang endlich verstummt, das Lärmzeug aus der Hand gelegt und der Mann sich in ein tiefes Schweigen gehüllt hatte, verharrten die Menschen in der Jurte eine ganze Weile in derselben Haltung weiter.

Das stille Verharren der Jurtenbesucher hat seine Ursache in einer einfachen Erklärung. Der Häuptling und seine Stützen mochten ihre Untertanen, das Volk, ein wenig beobachtet haben. Sie wollten vielleicht sehen, wie schnell und wie gut sie imstande wären, sich einer neuen Macht zu fügen. Diese ihrerseits waren es gewöhnt, der Obrigkeit den Vortritt zu lassen, und so konnte ein jeder durchaus darauf gewartet haben, dass zuerst sie die Stille bräche. Noch am selben Tag fand eine Beratung der dreiköpfigen Führung statt. Die Männer täuschten Übersättigte vor, die es nach Bewegung und Frischwind lechzte. So schlenderten sie entlang eines uralten Gräberfeldes oberhalb des Ails und tauschten ihre Gedanken im Gehen aus. Der Häuptling wollte zunächst die Eindrücke seiner beiden Stützen von dem Gast hören. Er selbst hatte einen, der ihm keine Ruhe ließ.

»Ein Rätsel, das wir zu lösen haben«, sagte die Stütze zur Rechten.

»Richtig«, pflichtete ihm die zur Linken bei und fuhr fort: »Die Frage ist, von wem es uns aufgegeben wurde.«

Die Antwort schien auf der Hand zu liegen: von den Mongolen, den mächtigen Nachbarn. Nur, da tauchten weitere Fragen auf: Zu welchem Ziel? Sind denn die Mongolen immer noch so mächtig? Gibt es noch Mächtigere? Sie stöberten in ihren Gedanken, was schnell hieß, nach Gehörtem zu suchen und sich zu erinnern. Schritt für Schritt erinnerte man sich. Hielt man fest, holte man herauf und legte man zusammen. Es schien sich zu einem Gesamtbild zusammenzuziehen: Die Mongolen waren einmal sehr stark, hatten ein großes Reich, ihr mächtiger Khaan hieß Dshinggis, der auch zum Khaan der Tuwa wurde, denn jener hatte diese unterworfen; später waren sie nicht mehr so stark, die Nachkommen des mächtigen Khaans verfielen dem Machtkampf, führten Kriege gegeneinander; am Ende war es so weit gekommen, dass der eigene Volksstamm Galgha, die eigentlichen Mongolen, selbst vom Restreich abfielen und bei fremden Mächten um Aufnahme bettelten, während die Tuwa und neun weitere Stämme, alles ehemals Unterworfene, um die Aufrechterhaltung des einstigen gemeinsamen Staates so lange kämpften, bis sie verbluteten. Die fremden Mächte verfuhren mit den Hergelaufenen sanft, aber zielstrebig und erreichten, dass der wilde Kampfgeist ihrer Vorfahren einschlief: Aber es wurden alle ihre Geister und ihr Anrufer und Zähmer, der Schamane, verdammt und verteufelt ...

Schritt auf Schritt ergaben sich Antworten auf die gestellten Fragen. Weitere Fragen entwuchsen diesen einstweiligen Antworten: Was waren das für Mächte, denen sich die einstigen Krieger aus freien Stücken unterworfen haben? Von Manzhu und China hörte man und dies immer in einem Atemzug. Sie sollten im Süden liegen. Weshalb hat man sich ihnen unterworfen? Sie waren wohl mächtig. Aber nicht minder mächtig sollte das Russenreich sein, und das lag im Norden. Und weshalb ist man mit der sicher nicht gerade erhebenden Bitte in den Süden gegangen und nicht in den Norden? Hat man nicht von unglaublichen Reichtümern gehört, in welchen mancher schwelgte? Und hat man auch selber nicht einen Zipfel dieser reichen, vornehmen Welt gesehen? Es musste Preise gegeben haben für die Selbstaufgabe. Lebten aber im Nachbarlande alle so reich? Ach was, Armut war überall, am meisten aber dort, wo ein übermäßiger Reichtum zu Hause war. Von den Nachbarn, deren Vorfahren, wie die Epen berichten, gefährlich starke Kämpfer waren, hat man gehört, sie wären in der neueren Zeit zu harmlosen, sanften Wesen gezähmt, so sanft, dass die Sohlen ihrer Stiefel aus mehr Filz als Leder bestand und deren Spitze nach oben gebogen war – was auch stimmte, so wie man es dem da ansehen konnte, der das Rätsel darstellte. Ja, das Rätsel ...

Einen Lama hatte man also auf dem Hals. So etwas wie ein fremdländischer Schamane wohl. Eine Trommel hatte er auch, zwar kleiner als die Dünggür, aber frecher im Klang, zum Spiegel eine Glocke, zum Schawyd ein Sudur, zum Harnisch den Umhang, der durchgehend als Kleidung dienen musste. Und der Träger all des Zeugs, dieser Lama, bot sich den Menschen dar, im Gegensatz zu einem Schamanen: auch am helllichten Tag, zu einer Stunde, in der ein jeder munter und gesund war und auf ihn ja Arbeit wartete.

»Und so scheint er durchaus in der Lage zu sein, sich überall durchzuschlagen«, sagte der Häuptling, der bisher am wenigsten gesagt hatte.
»O ja!«, fiel ihm die Stütze zur Rechten eilig ins Wort. »Ist nicht soeben davon die Rede gewesen, dass es drüben mittlerweile von lauter sanften Wesen wimmelt? Eines von diesen kommt und schlägt Leuten ihren Hund tot – so sanft sind die!«
»Richtig«, entgegnete ihm die Stütze zur Linken, »dabei wird dieser vermutlich gedacht haben, mit unsereins dürfe er sich alles erlauben, da wir ahnungslose Wesen seien, aber man hat doch gesehen, wie ahnungslos diese Wesen darob waren!«
Der Häuptling verfiel in ein verhaltenes Kichern: »Die ganze Männlichkeit des Rüden, so gut wie die Hoden, so auch die Rute, war in dem Jägerbraten untergebracht, habe ich heute erfahren – keine schlechte Leistung vom Koch!« Alle drei lachten darauf laut und ausgiebig. Erneut war es der Häuptling, der als Erster weitersprach: »Das Geschmause muss dem Jäger bekommen sein – habt ihr in seinem Blick nicht gesehen, wie die Geilheit immer wieder aufflammte, sooft er auf die Kleine schaute?« Alle hatten es gesehen, und es hatte sich längst herumgesprochen.
»Was meint aber die Kleine selbst dazu?«, wollte der Häuptling wissen.
»Was sollte sie meinen?«, sagte das dürre Männchen recht unsicher. Aber dann ließ es wissen, dass es einen guten Einfall hatte, und so fuhr es sicherer fort: »Schon der bloße Anblick eines neuen Hengstes kitzelt alle Stuten in der Herde wach, und manch eine lässt vor lauter Brunft auf der Stelle ihr Wasser ab!«
Erneut brach ein lustiges Gelächter aus. Die Stütze zur Linken schien dessen Abflauen abgepasst zu haben: »Was mich angeht, ich wäre für jede Gelegenheit dem Himmel dankbar, wenn ein fremder Hengst herbeigetrabt käme und eine meiner Stuten bespränge!«
»So also meint Ihr es?«, sagte der Häuptling plötzlich nüch-

tern. Dann schaute er auf seine andere Stütze, die antwortete: »Im Grunde meine ich dasselbe. Nur täte mir die Kleine, von der hier die Rede ist, ein wenig Leid – sie ist mir zu schade für den Fall.«

»So?«, sagte der Häuptling und hielt einen Augenblick inne. Dann sagte er gewichtig: »Ich verstehe Euch.«

Darauf meldete sich das Männchen, die Stütze zur Rechten: »Ich glaube Euch beide zu verstehen. Sollte ich mich jedoch wieder einmal geirrt haben, mein bisschen armseliger Hintern wird weiterhin der Peitsche des Häuptlings zur Verfügung stehen. Ich werde jedoch den Teufel tun und in dieser«, damit deutete er mit den zusammengelegten ersten drei Fingern der rechten Hand auf den eigenen Schädel, »runzeligen, schäbigen Hütte nach gehbaren Wegen suchen!«

»Wir sind vom Wege abgekommen«, warnte die Stütze zur Linken vorsichtig. »Das Rätsel…«, sagte er darauf und hielt inne.

»Wohl hat es viele Antworten«, ging die andere ihm besonnen entgegen. »Eine davon wäre: Er ist geschickt worden, um Land und Leute auszukundschaften.«

Der Häuptling wurde hellhörig: »Von wem und mit welchem Ziel?«

»Vom eigenen Häuptling, im Auftrag dessen, der über ihm steht.«

»Vielleicht nur im Eifer, dem zu gefallen.«

»Ändert nichts am Wesen der Sache: Hinter ihm steht einer und hinter diesem ein weiterer!«

»Zu welchem Zweck aber?!«

»Um uns zurückzuholen in das neue Reich.«

»Ihr meint, es gibt ein solches?«

»Es gibt es immer, mit dem Unterschied freilich: Mal ist es ein mäusekleines, mal ein elchgroßes. Aber worüber der Elch verfügt, darüber verfügt im Grunde die Maus auch.«

»Man hat uns also nicht vergessen?«

»Uns als klitzekleines Volk vielleicht ja. Unsere Widerspenstigkeit aber nimmer. Und den Altai erst recht nicht. Zu unserem Schicksal als Tuwa gehört es, in einem Albtraum zu leben: Eine unsichtbare Hand mit gierenden Fingern, eine Kralle, streckt sich ständig nach uns aus. Nun hat sie sich wieder gemeldet, ist sichtbar geworden.«

»Was könnte mit uns geschehen, gesetzt den Fall, man holt uns zurück in das neue Reich?«

»Nicht viel mit dem Pack. Das haben wir heute gesehen. Er ahnt schon, er hat nichts zu verlieren, nie und nirgends. Eine Abwechselung tut ihm eigentlich gut. Aber der Kopf wird sich in den Schwanz verwandeln müssen.«

»Wenn er es nicht will?«

»Wenn er es nicht will? Dann wird er abgeschlagen!«

Damit hätte das Gespräch ein zwar bedrohliches, aber in der Absicht eindeutiges Ende gefunden. Die Stützen machten beide eine Gebärde, die dem Häuptling galt und bedeutete, sie hätten sich ausgesprochen. Doch dieser, anstatt darauf mit der gebührenden Gegengebärde zu antworten, wie seine Stellung es erforderte, machte eine ungehörige, denn hilflose Bewegung und platzte heraus: »Und was, was ist damit, was davor …?« Inmitten des Satzes brach er ab. Aber man hatte ihn verstanden. Es betraf das, was sich vor nunmehr drei Jahren ereignet hatte, das Rätsel, das damit aufgegeben worden war.

»Das Damalige und das Jetzige kommen mir wie Rauch und Flamme vor«, brach die Stütze zur Rechten schließlich die Stille, die eingetreten war und mit jedem Pulsschlag immer quälender gewirkt hatte.

»Rauch und Flamme, ja, das ist es!«, eilte ihm die zur Linken sogleich zu Hilfe. »Glut und Asche werden dem noch folgen, fürchte ich!«

»Das sind schon Aussagen und Aussichten!«, sagte der Häuptling nach einigem Überlegen. »Und wieso habt Ihr es dann nicht aussprechen wollen?«

Die Stützen drucksten eine kleine peinliche Weile. Wer sich dann zuerst stellte, war abermals die zur Linken. »Wir sind

wundergläubig«, sagte er und seufzte. »Leben immer in Erwartung des Wunders oder vergehen gar auf Suche nach ihm. Daher auch konnte das, was sich damals ereignete, gerade über unseren Köpfen platzen, uns einhüllen und unsere Sinne lahm legen. Und als wir dann endlich zur Besinnung kamen, war es schon zu spät. Es war zu sehr Teil unseres Lebens geworden. Man musste damit leben, wissend, da stimmte zwar etwas nicht, aber was sollte man nun tun? Es hätte nur gestört. Lieber hat man sich da einzureden versucht: Besteht das Leben schließlich auch sonst nicht aus Geweben da und dort, die einem genaueren Blick schwerlich standhalten?«
Der Häuptling, von Unruhe gepackt und gepeinigt, machte wiederholt deutlich, dass er keine Kraft mehr hatte, seine Stütze, deren Weitschweifigkeit er zur Genüge kannte, ausreden zu lassen – sprang schließlich ein: »Ihr habt es von Anfang an gewusst?«
Die Stütze, von der Unterbrechung sichtlich gestört, ließ es in einem für ihn ungewöhnlich scharfen, ja gehässigen Ton aus sich herausplatzen: »Ihr etwa nicht?«
Alle waren davon überrascht, nicht weniger der, dessen Zunge die Worte ausgesprochen, als der, dem sie galten. Aber die Frage war nun einmal gefallen, und so musste man auf die Antwort warten und sich ihr stellen. Und das tat der Häuptling auch. »Nicht gleich ... und ... nicht ganz, vielleicht ...«, stotterte er, »aber ein Zweifel ... eine Ahnung ist schon da gewesen, und sie hat meine Brust nie verlassen.«
»Hier in der Runde bin ich derjenige, der die längste Zeit auf Erden verbracht und die meiste Gerbung bekommen hat. Und so hätte ja angesichts des bekritzelten Fetzens mir wenigstens klar sein müssen, dass es doch nicht ging, dem Himmel solche Fummeleien zu unterstellen!«, eilte ihm die andere Stütze zu Hilfe. Doch die Worte, so windungsreich sie auch waren, halfen wenig. Das Unbehagen blieb, so dass die Beratung ein Ende fand:
»Auspeitschen und wegjagen müsste man den Hund!«

»Oder zum Schwiegersohn verdammen!«
»Das darf nicht sein!«
»Ach, was. Hatten wir gerade nicht von den Hundehoden und von der lohenden Geilheit in seinen Augen gesprochen?«
»Und von einem bestimmten Vorhaben, haben wir es richtig verstanden?«
»Das schon. Aber ich meinte, dass so einer, wie mir ans Ohr gekommen ist, nach außen hin nicht heiraten darf!«
»Soll nicht unsere Sorge sein. Der Bulle geht, die Kuh bleibt und trägt.«
»Meint Ihr das im Ernst?«
»Ich meine es nicht. Ich weiß es. Denn ich habe in seine Augen geschaut und die Gelüste, die da drinnen lauern und wüten, erkannt!«
Der Fremde war richtig erkannt worden. Er hatte hinterrücks der Männer die Zeit angenehm zu verbringen gewusst, hatte sich den Menschen genähert, ihnen dies und jenes erzählt, sie im Gegenzug ausgefragt und an steifen Nacken und Schultern, Hand- und Kniegelenken und an noch manchen Stellen gerieben, geknetet und auch gestreichelt. Die Menschen, es waren vor allem Frauen, hatten sich zuerst beschämt gezeigt, sich bald darauf aber daran gewöhnt und es schließlich genossen. Er selbst hatte die Kleine hautnah und -warm im Griff, in seinen Fingern gehabt. Und das hatte dem dumpfen Druck, dem schwärenden Begehren in ihm Namen und Richtung gegeben, hatte ein Feuer entfacht und einen Sturm ausgelöst.
Dennoch wusste er allzu gut, dass er den günstigen Augenblick abzuwarten und daher Geduld aufzubringen hatte. Und die hatte er, dazu auch noch Zeit: Der Sommer war erst im Begriff, sich zu erschöpfen, man würde für den Rückweg nicht länger als einen halben Monat brauchen, so dass man auf alle Fälle vor Einbruch der Herbstkühle wieder zu Hause sein würde, auch wenn man hierzulande ein wenig länger bliebe als ursprünglich gedacht. So war er entschlossen, nichts zu überstürzen und wohl überlegt auf das Ziel zuzugehen. Und

das Ziel war nun gestellt, hatte einen festen Umriss und stand lohend vor seinen wild begehrenden Sinnen, ersicht-, erfühl- und erkennbar in allen seinen Einzelheiten: zwei dunkle, runde Augen, zwei pralle, rote Backen, zwei kleine, sehr helle und gar weiche Hände und eine prickelnd unruhige und brennend heiße Haut überall, wo man nur hinfasste: Die restlichen, bislang unerschlossenen Einzelheiten vermochte man sich schließlich so gut vorzustellen, dass einem davon der Atem stockte und vorkam, als ob durch die Adern Feuer jagte.

Die Nacht verbrachte er mit seinem Begleiter wieder in der Hauptjurte des Landes und ließ am nächsten Morgen verlauten, dass ihm sein Orakel gesagt habe, er solle in jeder der Jurten draußen auch je eine Nacht verbringen. So geschah es auch. Und mit jedem Tag, den er ähnlich wie den ersten, und jeder Nacht, die er reihum in einer weiteren Jurte verbrachte, gewann er die Herzen der Frauen und der Kinder immer mehr. Auch mit den Männern, darunter selbst den drei Ständigen Mitgliedern des neunköpfigen Weisenrates, die Groll gegen ihn hegten, vermochte er, so wie es zumindest nach außen schien, einen friedvollen Umgang zu pflegen. Hin und wieder erzählte er Geschichten, die freilich erst durch das Dazutun der Dolmetscherzunge an die Zuhörer gelangen konnten, und sie waren sehr schön, da und dort auch recht merkwürdig. Er überzeugte einen jeden mit seinem Wissen, seinen Künsten.

So begegnete man ihm, wo er auch immer war, mit großer Achtung, die sogar Wohlwollen einschloss. Man gewann Vertrauen zu ihm, immer neue Fragen tauchten auf, von weiteren Beschwerden wurde berichtet. Der Gast, allmählich auf dem Weg zu einem Mitglied der Gemeinschaft, hatte von Tag zu Tag, von Jurte zu Jurte immer weniger Grund, sich zu langweilen. Zusehends verlagerte sich der Mittelpunkt vom Ail dorthin, wo jener sich gerade aufhielt – alle, fast alle kamen ihm hinterher, vielleicht ohne sich selbst bewusst zu werden, was sie taten. Er zog sie an, beschäftigte sie. Menschen kamen auch von außen, ließen sich in seiner Nähe nieder und wollten nicht wieder aufstehen. Einmal wurde er auf ein Weib aufmerksam, das er zuvor nicht gesehen hatte. Es blieb bis zum Abend und war auch am nächsten Morgen da. Sie hatte ein friedliches Mondgesicht, in dem ein Paar schmaler, schräger Augen mit einem nach innen gekehrten, ergebenen Blick lag. Aus dem kräftigen fülligen Leib gingen Bewegungen, die gurgelnde und gluckernde Laute zu erzeugen schienen. Sie musste noch recht jung an Jahren sein.

Und in der allerletzten Jurte des Ails wohnte das Mädchen, das schuld war an der Verzögerung mit all der wechsel- und peinvollen Aufregung: mal der honigsüßen Vorfreude, mal deren gallenbitteren Nachreue. Schön, dass man den lieben, sprudelnd jungen Körper jeden Tag hat anfassen und dessen strömenden Duft einatmen und darüber und darunter dann betört da weilen durfte; man hat Haut an Haut gespürt, dass Veränderungen auch in dem anderen Menschen vor sich gingen. Jedes Mal, wenn er sie unter den Fingern gehabt, an der nackten Haut über ihrem zuckenden Fleisch, den hämmernden Muskeln und klopfenden Adern gezupft, geknetet und gestreichelt hatte, war sein eigener Körper so sehr angespannt, dass ihm schien, als ob unter seiner Haut ein Feuersturm wütete und aus allen Poren winzige Flammenfädchen hervorzüngelten. Und als die rauchgeschwärzte Jurte, der man die Armut schon von außen ansah, endlich dran war, schien jede Grenze seiner Geduld erreicht, ihm kam sein Körper verändert vor, musste dampfen, flackern und sogar leise wimmern vor lauter schmerzhafter Lust, die sein gedrillter Verstand zwar als etwas Teuflisches zu verdammen vermochte, aber ihm war es schon recht so. Denn ihm ward mittlerweile bewusst, dass er längst von einer anderen Macht beherrscht und geführt wurde, und diese musste wenigstens eine menschliche sein, wenn auch nicht gerade eine himmlische.

Das Mädchen lebte bei ihrer Mutter, einer ältlichen und kränkelnden Frau. Diese hatte, teils durch ihre Unpässlichkeit, teils

aber auch durch die Tochter, deren Bevorzugung durch den Gast gleich vom ersten Tag an jedem aufgefallen war, dessen Bekanntschaft gemacht. Auf beiden Seiten herrschten Gefühle der Vertrautheit. Immer, wenn gegen Mittag der Gast die Jurte wechselte, um sich für den Rest des Tages und die Nacht der Fürsorge einer weiteren kleinen Gemeinschaft innerhalb der großen zu überlassen, blieb die Mondgesichtige, betrat die Jurte öfters und legte bei jeder Arbeit die Hand mit an. Vielleicht, dachte der Gast mit Unbehagen, wohnte sie mit darin? Er hatte von sich aus etwas getan, damit die Nacht in der ohnehin kleinen Jurte wenigstens um einen Mitschläfer, um ein Paar mitlauschender Ohren weniger wäre: Er hatte seinen Begleiter veranlasst, woanders zu übernachten – damit man nicht auf irgendwelchen Verdacht käme, hatte er dies schon zweimal getan, er hatte für ihn bestimmte Pflichten ausgedacht. Ja, auf die Nacht hatte er sich vorbereitet.
Und als sie, die herbeigesehnte und vielmals durchdachte Nacht, endlich heranrückte, sah es in der Jurte so aus: Die Mutter hatte sich bei der Abenddämmerung in ihr Bett links gelegt, hatte sich sogleich zur Wand gedreht, und nun waren gleichmäßige, schniefende Geräusche von ihr zu hören. Die Schlafstätte für den Gast wurde in der Jurtenmitte errichtet, und auf der rechten Wandseite machte sich die Tochter zurecht. Bei anderen Leuten hatte er immer auf der rechten Jurtenseite schlafen müssen, und die Mitte hatte eigenen Leuten, vor allem den größeren der Kinder, zugestanden. Diese von der Regel abweichende Platzierung kam dem Sehnsüchtigen wie ein Geschenk, wie die deutlichste Aussage vor, er dürfte, er möchte nachher bitte zu ihr kommen, weiter weg von den Ohren der Mutter.
Und als sie, eine ganze, lange Weile auf ihrem Lager hockend, an irgendetwas nestelte, um sich wohl ihrer Sachen zu entledigen, flog die Filzklappe der Tür auf, und die Mondgesichtige trat ein. Der Liegende und Wartende war entsetzt, dachte, sie würde auch noch in der Jurte schlafen, womöglich mit dem

Mädchen zusammen; während solche Gedanken durch seinen Kopf blitzten, erstarrten ihm die Glieder, aber dem zum Trotz beschloss er noch schnell, sich von seinem Vorhaben durch nichts abbringen zu lassen, am wenigsten durch die störende Gegenwart des läufigen und in diesem Augenblick und in der gerade beginnenden Nacht überhaupt entscheidend überflüssigen Weibes. Ich werde gehen, wohin ich gehen muss! dachte er, und wenn es sein muss, werde ich dich, Verfluchte, zur Seite schieben und mich an die heranmachen, die ich begehre! Doch, ach, wie dumm, dass er das alles gedacht hat, denn die gute, arme Frau war nur gekommen, um irgendetwas zu holen: Das Mädchen erhob sich, ging an ihr vorbei zum Küchenteil, entnahm dort etwas und gab es ihr. Dann reichte sie es hinüber zur Talgleuchte in dem runden Tongefäß und löschte sie aus. Sogleich flog die Türklappe auf, die Frau ging schlürfend davon, und zur gleichen Zeit kam jemand tastenden Schrittes und mit den Händen oben an die Dachstreben streifend zum Lager, das nebenan lag. Es raschelte wieder eine ganze Weile, bis endlich Stille eintrat und nun auch sie im Bett liegen musste.

Jetzt endlich merkte er, dass er am ganzen Körper zitterte und glühte und ihm das Herz bis zum Hals pochte. Er hatte keine Kraft mehr, sich noch weiter im Griff zu halten und mit dem zu warten, was längst aus ihm herausbrechen wollte. So richtete er sich auf, kroch auf allen vieren mit festgebissenen Zähnen und angehaltenem Atem hinüber, stieß bald auf die Liegende, hob die Decke an der Seite hoch und schob sich darunter. Er verspürte weder Widerstand noch Entgegenkommen. Der Körper blieb liegen, wie er gelegen hatte: still und ausgestreckt. Vom Leben zeugte wohl einzig, dass er atmete. Ach ja, dann war er auch heiß. Dann auch noch weich, wunderbar weich. Und er kam ihm irgendwie voller vor, als seine Finger ihn immer erfühlt hatten. Der Mann lag eine kurze Weile still neben dem stillen, aber heißen, weichen Körper. Schließlich hielt er es nicht länger aus, ging ihn an – machte sich mit der Linken an das Zeug, das ihre Haut bedeckte, fuhr über die verwurstelte Hülle dahin und dorthin auf der Suche nach einem Eingang. Auch da änderte sich nichts, zunächst. Und als die Hand mit den fünf vorwärts drängelnden, bohrenden Fingern zu guter Letzt doch einen Schlitz gefunden hatte, durch den sie an die nackte Haut eindringen konnte, irgendwann auch an die Hosenschnur gelangt war und anfing, daran zu zerren, um den Knoten zu lösen, da endlich rührte sich der Körper: Sie kam ihm zu Hilfe, löste den Knoten beidhändig, streifte die knöchellange Hose an dem einen Bein ab und legte sich zurecht.

Der Mann, der Lama war und, durch ein Gelübde verpflichtet, bisher enthaltsam gelebt hatte, musste außer sich geraten sein – er kam erst zu sich, als die Bettgenossin ihm wiederholt sanfte Schubse gab, die er erst später verstand, als Zeichen, er solle zu seinem Lager gehen. Vorerst nun lag er, das Gesicht festgepresst zwischen den Busen, an denen sich die Hände klammerten, auf ihr; dabei kam er sich wie mit ihr verwachsen vor, nach und nach, aber immer mit Wohlgefühl merkend, was alles ihn umfing: einschläfernde Hitze, klebrige Nässe und eine Dunstwolke von Gerüchen, für die er keinen Namen hatte – so wunderbar war sie: betäubte und betörte; sein Körper, erst vorhin – es kam ihm vor wie eine Ewigkeit – vor lauter Spannung und Hitze nah am Zerplatzen und Aufflammen, lag nun wie gestillt und erloschen da, war ausgeleert und erschlafft; sein Geist aber klarte auf, erfasste mit einem Mal den Augenblick und begriff das Wesentliche. Er hatte das Glück angefasst und ausgekostet, und sollte er damit etwa gesündigt haben, so war er gerne bereit, in jeder Hand und an jeder Wange und vor jedem Auge einen knallprallen und sengend heißen Busen, in die Hölle zu eilen, die nach dem Sünder gierte …

Dann rutschte er zur Seite, fiel auf den Rücken, streckte sich, aus tiefem, vollem Hals grunzend vor lauter Wohlgefühl, und erblickte den Zipfel des neuen Tages hinter dem Schlitz an der

Dachluke der Jurte blauen. Da endlich begriff er den Sinn, weshalb er angeschubst worden war, und bald darauf kehrte er zu seinem Lager zurück. Aber, bevor er es fertig brachte, die Wohnstätte einer Nacht und wer weiß auch die Glücksstätte eines Lebens aufzugeben und zu verlassen, wandte er sich der, die ihn so reichlich beschenkt und beglückt hatte, ein letztes Mal zu, liebkoste sie überall und derart, wohin er gerade gelangen konnte und wonach ihm die Sinne standen. Dabei kam ihm erneut vor, als ob der Körper, der entblößt und entspannt dalag, zu allem frei verfügbar, ein anderer wäre, als der, den er mit den Fingern und den Handflächen vielmals vorgenossen und -bearbeitet hatte.

Zurückgekehrt zu seiner Liegestätte, schlief er sogleich ein. Und als er dann erwachte, war helllichter Tag ringsum. Der Tee in der Kanne war kalt geworden, musste aufgewärmt werden. Das Mädchen zeigte sich, wie immer, flink und fürsorglich. Sah aus, wie immer – kein bisschen angegriffen. Oder war ihr Hals heute doch noch um einiges dunkler gerötet? Und zitterte nicht ihre Hand wieder, als sie ihm Tee reichte? Die andere, die Mondgesichtige, war nicht zu sehen, so sehr er nach ihr Ausschau hielt. Gleich nach dem Tee brach man auf. Der Begleiter musste früh aufgestanden sein, er kam auf der Stelle mit. Alle wussten Bescheid, viele Menschen traten aus den Jurten und kamen auf die Weggehenden zu. Ihre Gesichter zeigten, dass man sie ungern gehen ließ. Die Hunde schlugen wieder einmal Lärm. Diesmal ging man gegen sie an, hielt sie mit Drohrufen und Steinwürfen von den beiden fern. Man begleitete sie sogar bis über den nächsten Hügel.

Allein der Lama blieb noch lange im Gespräch. Eigentlich geriet er nie in Vergessenheit, er konnte es gar nicht. Denn von ihm war ein Kind zurückgeblieben. Und wer es auszutragen hatte, wissen wir, hier dürfen wir auch ihren Namen und einiges mehr von ihr erfahren: Ajas hieß sie und war ein etwas einfältiges, aber durch und durch gutmütiges und vor allem äußerst fruchtbares Geschöpf. Einmal war sie von einem Mann zur Frau genommen, Jahre darauf jedoch von demselben wieder zur Jurte ihrer Eltern zurückgebracht worden, auf ihrem eigenen Reitpferd und samt der anderen Mitgift, der blaugrauen Yakkuh mit dem Jährling und dem Kalb der gleichen Fellfarbe und der Hand voll weißer Schafe, dabei klebte vor und hinter ihrem Sattel je ein Kind, und dazwischen, in ihrem Bauch, lag ein weiteres. Später waren noch andere hinzugekommen, von denen der jeweilige Vater manchmal, zumindest für Außenstehende, unbekannt blieb. Bei diesem Kind aber, dem siebten an der Zahl, wussten alle von Anfang an Bescheid und dies so gut, dass man sogar, noch bevor es geboren war, sein Geschlecht erahnte und noch einiges mehr. Zum Teil konnte es sich um allzu offensichtliche Dinge gedreht haben: Alle ihre Kinder sind nur Jungen gewesen, und der, der nun kam, war wieder einer. Alle Kinder, die Ajas gebar, waren am Leben geblieben, während die Hälfte der Kinder, die ringsum das Weltlicht erblickten, wie seit eh und je, bald wieder gehen musste. Der Junge, der kam, gedieh gut, wuchs zu einem körperlich großen, starken und geistig hellen, wachen Menschen. Der Junge blieb Jüngstkind; die so fruchtbare Mutter, die ihn mit gerade achtundzwanzig Jahren in die Welt gesetzt hatte, wurde nicht wieder schwanger – der Volksmund, der davon gesprochen hatte, dass der Wissensreiche hinter sich jeglichen Fremden den Zugang ins Innere der von ihm ersehenen Frau gesperrt haben würde, schien auf diese Weise wieder Recht zu behalten.

Selbst der Name wartete zungenfertig auf seinen Träger. Er war von der Führung des Landes festgelegt worden und lautete Lamaldai. So hat ihn die Stütze zur Rechten haben wollen. Die andere Stütze, die zur Linken, hat zu bedenken gegeben: »Lamaldai? Lama . . ., nein, zu offenkundig!« Anfangs hat auch der Häuptling gezögert und seine Stütze vorsichtig gefragt: »Muss das denn sein?« Und diese hat mit der gleichen Heftig-

keit seine Erfindung verteidigt: »Ihr meint wohl, der Lama sei gegangen, wie er gekommen, und damit sei die Sache erledigt. Schön wär es, wenn es so wäre! Ich will aber, dass wir allmonatlich, wenn schon nicht alltäglich, einmal daran erinnert werden und uns fragen müssen, warum ist er gekommen und warum wieder gegangen? Wieso ist auch das andere passiert?« Der Häuptling schwieg und überlegte, später sagte er: »Wenn wir es so wollen, Ihr seid ja der Schöpfer des Kindes, und wenn es stimmt, warum solltet Ihr nicht auch Schöpfer seines Namens sein – gut nun, also: Lamaldai!«
Die Stütze zur Rechten, das Schlitzohr, hätte sich zufrieden zeigen können, tat es jedoch nicht, meldete sich zu Worte. »Erlaubt mir, ihr Edlen!«, sagte er mit einem giftigen Zucken über das schmale, hagere Gesicht. »Eine Frage: Warum mussten wir drei, na, unseretwegen die drei sichtbarsten Höhen einer Landschaft aus Menschen, den Fremden fürchten und hassen, während der Rest – Täler, Hügel, Steppe, Wüste – ihn mit Liebe und Achtung umschwärmte?«
Die Gefragten schwiegen zunächst betreten. Mit einem Mal warf dann aber die Stütze zur Linken eine Gegenfrage auf, und dabei sprach Argwohn aus seiner ganzen Haltung: »Darf man vorher erfahren, warum Ihr erst jetzt, Monate nach dem Geschehnis mit der Frage herausrückt?«
Der auf eine Antwort Wartende und womöglich das Warten Genießende versuchte auszuweichen: »Als wenn das hier von irgendwelchem Belang wäre …«
Da eilte der Häuptling dem anderen zu Hilfe: »Doch, doch. Es ist schon von Belang!«
»Gut zu wissen«, sprach das alte, dürre Männchen mit einer kecken Stimme, »dass Ihr Euch selbst damit beschäftigen wollt. So, nun denn, ich will Euch schon sagen, weshalb, warne Euch jedoch vorher, das wird so nichtig sein angesichts dessen, was mich veranlasst, die Frage zu stellen. Hier nun das Wort, das Ihr hören wollt, anstatt die von mir zuerst gestellte Frage zu beantworten: Ich musste mir einmal sagen lassen,

dass ich erst überlegen, dann reden sollte. Also hab ich diesmal überlegt, und darüber ist ein Teil der Tage und Monate vergangen, ihren anderen Teil habe ich im Warten verbracht, mit dem Gedanken, neben mir sind der große Häuptling und sein weiserer, da gesetzterer Ratgeber, genannt Stütze, und zwar die zur Linken, wo das Herz wacht und pocht, ich habe gedacht, wenigstens einer von beiden müsste auch auf die Gedanken kommen, die mir nachts den Schlaf und tags die Ruhe nahmen. Vergebens bis auf den heutigen Tag aber! Sollte das, was ich hier sage, einem oder gar zweien nicht schmecken, so bin ich gerne bereit, mich für schuldig zu bekennen, auch sei wiederholt, dass mein armseliger, dürftiger Leib der Peitsche der Macht immer zur Verfügung steht.«

Hier hielt er inne. Die beiden warteten eine Weile, dann sprach der Häuptling: »Es klingt danach, als ob wir beide Euch, edle Stütze, enttäuschten. Wir wollen Eure Worte gleich zu Ende hören und erwägen, ob es dazu einen wirklichen Grund gegeben hat. Solltet Ihr Recht haben, Ihr wisst: Die von Euch bereits erwähnte Peitsche gehört nicht dem Häuptling, sondern dem Rat und so seid Ihr ermächtigt, nach ihr zu greifen und damit auf uns Schuldige einzuschlagen. Sollte Eure Beschuldigung jedoch nicht zutreffen, werde ich Eures großprotzigen Angebots hinsichtlich der alten, armseligen Haut und dessen, was darunter noch geblieben, endlich einmal annehmen. Langes Gerede ist nie nach Eurem Geschmack gewesen, rückt also heraus mit der Lösung des Rätsels, das Ihr uns aufgegeben habt – wir könnten hundert verschiedene Antworten darauf herbeibemühen, wissen aber von vornherein, es wird nimmer die sein, die Eurer Weisheit standhält, nun!«

»Der Fremde, dieser Landstreicher, besitzt etwas, was wir nicht besitzen«, sagte das Männchen schlicht. »Er hat Wissen, und Wissen ist das höchste Besitztum, der höchste Schmuck und die höchste Macht!«

»Soll das heißen, das Volk hat etwas an uns auszusetzen?«, fragte der Häuptling, bestrebt, seine Erregung zu unterdrücken.

»Das ist aber sehr mild ausgedrückt!«
»Wie würde es, nicht mild ausgedrückt, lauten?«
»Es sehnt sich nach neuen, besseren Herrschern!«
»Sind neu und besser gleich fremd?«
»Das wollen wir nicht hoffen! Dennoch, wer weiß es?«
Sie unterhielten sich noch lange. Es war vor allem ein Gespräch zwischen dem Häuptling und der Stützen zur Rechten. Die zur Linken schwieg zumeist, hörte aber umso aufmerksamer zu. »Der Lama, der gegangen ist, wird wiederkommen, und die Stunde seiner Rückkehr wird für uns die letzte sein, denn er wird nächstes Mal andere mitbringen!«, sagte die zur Rechten.
»Vielleicht«, stimmte ihm der Häuptling zögernd zu und überlegte angestrengt. Und sprach dann entschieden: »Das ist es – man muss dem Ungeheuer entgegentreten und ihm auf die Blöße schauen, eh es kommt und einen verschlingt!«
»Wie auf die Blöße schauen?«, machte die Stütze zur Linken endlich einmal den Mund auf.
»Ich weiss es auch nicht genau. Da wird Eure Weisheit gebraucht. Und hoffe sehr, dass sie da ist. Die von unserer edlen Stütze zur Rechten, auf Suche erblickt und erkannt, im Warten geläutert und gewetzt!«
»Ob das, was Ihr gleich hören werdet, Eurer soeben kundgetanen Erwartung entspricht, edler Häuptling, vermag ich zwar nicht zu sagen, aber hört es Euch an und erwägt es selbst. Und Ihr, edle Stütze zur Linken, steht uns mit Eurem klaren Verstand bei. Hier ist es also: Wir müssen sehen, uns an dem zu beteiligen, was andere besitzen und wir noch nicht. Wir müssen uns nach einem Weg erkundigen, der zum Wissen führt!«
Schweigen trat ein, währte lange. Der Häuptling brach es schließlich: »Ihr meint also, wir müssten eigene Lamas haben?«
»Ob das gerade Lamas sein sollen, müsste noch überlegt werden. Aber Lese- und Schreib- und Sprachkundige müssen her!«

»Und wo sollen diese herkommen?«

»Wir könnten einen hinausschicken, der soll sich das Wissen aneignen. Ist er dann so weit damit, kehrt er zurück und bringt es anderen bei.«

»Habt Ihr daran gedacht, wer dieser eine sein und wie er hinausgebracht werden soll?«

»Hab ich. Mugulai könnte zu dem passen und ...«

»Die Rotznase? Ausgerechnet der?«

»Ich habe den Lama ausgekundschaftet. Mit acht Jahren war er auf den Weg des Wissens gegangen. Mugulai ist bald kein Kind mehr. Und was seinen Vater angeht...«

»Ihr traut es dem zu? Unmöglich! Und wie soll es überhaupt vor sich gehen?«

»Aus Euch spricht zu sehr der Mensch, der gekränkte und nachtragende. Und nicht die Weisheit, die einen zu lenken hat. Aber Ihr seid derjenige, der die Zügel eines Landes und seines Volkes in der Hand hält. Und was Hertesch betrifft, es ist wahr, dass er sich, da er sich mehr als einmal an den Regeln des Gehorsams vor der Macht vergangen, die verdiente Strafe zuziehen musste. Bei all dem ist er aber ein Mann, in dessen Brust ein Herz für den Altai und die Tuwa schlägt. Das kann ich bezeugen, da ich in seinen jungen und meinen reifen Jahren mit ihm Faust an Faust unsere Randglieder samt ihren Herden und Weide- und Jagdgründen vor Überfällen seitens fremder Räuberstämme habe verteidigen müssen.«

»Gut denn nun. Habt Ihr eine körperhafte Antwort auf meine körperhafte Frage bereit?«

»Glaubt Ihr, ohne die würde ich es je wagen, mich eins gegen zwei in dieses Streitgespräch einzulassen, das mich den Arsch vor Euch und das Gesicht vor dem Volk kosten könnte? Hier ist sie: Wir schicken den Holznacken-Hertesch samt Jurte und Vieh, Weib und Kindern mit der nächsten Karawane zusammen aus, auf dass man sie dort absetzt, wo es am günstigsten erscheint, an das Wissen und auch an andere Dinge heranzukommen; nach außen wird man sagen, der Mann habe sich mit

dem Häuptling gestritten, infolgedessen sei er bestraft und des Landes verwiesen worden; die Narben von Platzwunden entlang seiner Lenden sind hinreichende Beweise. Alle werden dortzulande ein Einwandererdasein fristen, mit den bestimmten Zielen eben, die sie zu verfolgen haben, auf jedes Mitglied der Familie werden ein Haupt- und etliche Nebenziele zukommen; damit man es in der Fremde nicht gar zu schwer habe und die gesteckten Ziele leichter erreiche, könnte ihnen einiges aus der Schatztruhe des Landes zugesteckt werden; die Karawanenleute werden sie mit dem Hinterland verbinden; zehn Jahre kann es dauern, dann wird die Nachricht verbreitet, der Häuptling habe dem Sträfling vergeben, und die Familie dürfe zurückkehren.«
Es gab keine Antwort darauf. Zu dritt schwiegen sie, so lange, bis der, der die Sache eingebrockt hatte, selber eingreifen musste. Er sagte, man solle sich da Zeit lassen. Und so gingen sie auseinander, ein jeder schwer in Gedanken, die einen nicht mehr loslassen wollten, reizten und drückten.

Monate später ging eine Karawane gen Osten auf den Weg. Die Hertesch-Familie folgte ihr in sichtbarer Nähe. Die Frau saß mit dem jüngsten Kind zu Pferde, der Vater ging mit Sohn Mugulai und Tochter Biles, der Neunjährigen, zu Fuß. Dabei trieben Mann und Frau die kleine Yakherde, zumeist beladene Tiere, vor sich her, und die beiden Geschwister kümmerten sich um die ebenso dünne schwarzbunte Herde aus Ziegen mit ein paar Schafen. Zeitgleich mit den Wegziehenden verbreitete sich, einem Feuer im Gras gleich, ein Gerücht übers Land, der Holznacken hätte abermals Schweres verbrochen und sei des Landes verwiesen worden.
Es war Frühsommer, eigentlich keine Zeit für abgehende Karawanen. Trüb und aufgewühlt stand der Tag. Die Steppe stöhnte unter rauschendem Kies, die Luft darüber wellte und wogte unter fortwährendem Geprassel, ein Sturmwind peitschte, schien den Kies zu Sand, den Sand zu Staub zu

hauen – und wohl auch zu zerbrechen und zu zerreiben die Sonnenstrahlen, die hin und wieder herüberdrangen durch die Spalten der Wolken in bald aufeinander fliegenden, bald auseinander brechenden Batzen. Mugulai ging nicht gerne weg. Ökpesch konnte jede Zeit auftauchen, endlich wieder. Er hatte sie zuletzt im Spätherbst gesehen. Da hatte sie gemeint, er sei so groß geworden. Während sie das sagte, hat er an drei Stellen auf ihrem schönen, immer noch kindlichen Gesicht die ihm längst bekannte, ja so vertraute Röte ersichtet, und dabei ist er sich ihr gegenüber so überlegen vorgekommen, als müsste er sie unbedingt schonen und schützen. Später hat er immer von ihr geträumt, oft viele Nächte hintereinander, den langen Winter hindurch. Und jeder Traum hat sich im Wachen fortgesetzt, er hat die Träume und die Gedanken bewacht und gepflegt, sie von Mal zu Mal auch ein wenig zurechtgebogen – mit der Folge, die erwachsene Frau, die Schamanin war und der man so manche Widerspenstigkeit nachsagte, hat sich ihm gefügt, sie redete und handelte, sie lebte ganz nach seinem Willen, und da sie nun einmal so war, verhielt auch er sich nicht anders zu ihr. Wie oft sagte er im Traum zu ihr: »Ach, ich sehe doch deinem Blick an, du hättest es gern anders gehabt, gut, dann machen wir es auch anders, besser so …«

Zum Beispiel, als er ihr gesagt hatte, er würde mit ihr gerne eine sechswandige Jurte, eine tausendköpfige Viehherde und zehn Kinder haben wollen, gleich hatte sie ihm zugestimmt – das ist nachts im Traum gewesen; aber am nächsten Tag hat er darüber nachgedacht und befunden: Es war übertrieben, und er beschloss, auf eine vierwandige Jurte, eine fünfhundertköpfige Herde und sechs Kinder herunterzugehen, und als er dies dann ihr mitteilte, war sie sofort einverstanden. Er hat seinen neuen Entschluss ihr so vorgetragen: »Ursprünglich wolltest du ja gar nicht heiraten und deinen Lebtag damit verbringen, anderen zu dienen; nun hab ich dich von dem Weg abgebracht, und das Volk wird einfach zu wenig von dir haben, wenn du ganze zehn Male schwanger sein, zehnmal die Stillzeit abwarten und daneben auch eine allzu große Jurte beseelen und eine allzu große Herde versorgen musst.« Sie hatte ihm Recht gegeben: »Ja, ich wollte es anders, nun aber bin ich deine Frau geworden, da du es so haben wolltest, vielleicht ist unter den sechs Kindern eines, aus dem ein besserer Diener des Schwarzen Himmels werden wird, als ich es sein konnte!« Wie oft hat er den Traum geträumt und den Gedanken gedacht, den sie bevölkerte und die er mit ihr teilte! Ja, dass er jeden geträumten Traum und gedachten Gedanken mit ihr teilte, daran zweifelte er nicht. Er hatte seinen guten Grund dazu. Und das war an dem Morgen vor nunmehr vier Jahren gewesen, nachdem sie zum ersten Mal in seinen Traum eingebrochen war. Erwacht und aufgestanden, seine Gedanken aber immer noch mit dem Traum verwoben, lief er durch die Gegend, von dem Wunsch getrieben, sie zu sehen, und da sah er sie auch! Sie hockte regungslos am Bach und starrte ins Wasser. Er schritt auf sie zu und sagte rundheraus, dass er von ihr geträumt habe.

Heftig fuhr sie zusammen und stieß ein geräuschvolles, bald geschrienes Geflüster aus: »Du auch?!«

Jetzt zuckte er zusammen.

Sie, davon abermals betroffen, versuchte offensichtlich, die Sache herunterzuspielen, denn sie sagte nun, wie beiläufig: »Ich glaube, ich sah dich auch in einem Traum, aber es war ein sehr verschwommener, und mir fällt nur noch ein, dass ich dich irgendwo zu erkennen geglaubt habe.«

Er schaute sie mit seinem Erwachsenenblick ungläubig, vielleicht belustigt, aber auch feindselig an und sagte bestimmt: »Der meinige, der ist stechend scharf und sehr merkwürdig gewesen, aber sehr schön. Willst du ihn hören?«

Sie nickte stumm.

»Entweder musst du auf mich gewartet oder ich müsste dich eingeholt haben, oder auch anders, einfach so, wie du und ich in vier, fünf Jahren sein werden – wir sind gleich jung wie gleich alt, leben zusammen in einer Jurte und haben ...«

»Nein!« rief sie aus. Darauf streckte sie die Hand nach ihm aus, griff nach seinen Lippen und klemmte sie mit drei Fingern zusammen. »Nicht weiterreden!«, sagte sie jetzt leise, wie erschöpft. Dabei zitterte und zuckte ihr die Hand, wie der ganze sichtbare, nahe und nackte Körper, die Augenlider, die Lippen und der Hals auch.

Er vermochte sich nicht zu erinnern, was weiter gewesen war. Auf einmal war er woanders, war allein. Er sah sie nicht wieder. Später hieß es, sie sei gegangen. Wer wird ihr die Hunde zurückgehalten haben? dachte er da, und dieser Gedanke erfüllte ihn mit Wehmut. Er versuchte, sich an ein Hundegebell zu erinnern, das zu hören gewesen sein müsste, als sie gegangen war. Er aber hatte nichts gehört. Ihm war, als ob das Leben die Stimme verschluckt hätte. Der Sommer, der Herbst, der Winter, das Frühjahr – ein Jahr verging, erneut ein Sommer, ein Herbst, ein Winter, ein Frühjahr – das zweite Jahr verging, abermals ein Sommer, ein Herbst – und endlich sahen sie sich wieder. Und da sagte sie das mit dem Großgewordensein und errötete. Sie sagte mehr. Und das, nachdem er die dahingewelkten Jahreszeiten an den Fingern seiner beiden Hände abgezählt und ihr die gekrümmten Finger hingehalten hatte – zehn sind es gewesen. Alle zehn Finger zweier Hände lagen gekrümmt, waren zu zwei Fäusten geballt; es war gut möglich, dass beide Fäuste, die er ihr hinhielt und die nun stumm in der Luft ruhten, für sie, die vieles, was sich nach außen hin verstellte, zu deuten, ihr eine Stimme abzuzwicken wusste, sich enthüllt, entfaltet oder gar Worte gesprochen haben. Es könnte ja durchaus sein, dass sie, die geballten Fäuste, sie, die nachlässige Bewohnerin so vieler Träume und Gedanken, laut beschuldigten, ihr Hartherzigkeit vorwarfen und von ihr für die Zukunft ein Versprechen forderten. Denn sie hat mit einem Mal gesagt, er sollte weiterhin wachsen, noch größer werden, und diesmal würde sie nicht so lange wegbleiben; würde schon gegen Ende der nächsten Jahreszeit wiederkehren. So stand es um Mugulai. Er lag in der Rille des

Werdens und Vergehens, war im Wachsen, mit den Schmerzen, die zum Leben gehören, es würzen und begründen für den Kampf, der nimmer fehlte, da er es mit Inhalt füllte und ihm Festigkeit verlieh. Wo aber steckte und was aber machte das andere, das eigentliche Kind unserer Geschichte, das wir auf einer noch früheren Strecke haben verlassen müssen und seitdem nicht wieder ersichten können: Hynndynn? Wir wollen unseren Blick über die karge, kahle und kühle Bergsteppe schweifen und dort verweilen lassen, wo die fremdartige, denn steilwandige und knochenfahle Jurte stand, und dem, was dazulande vor sich hinströmte, eine Weile zuschauen.
Ja, die Jurte. Sie stand weiterhin in der beschützenden und bindenden Mitte desselben Ails, in der zulässigen Nähe, aber auch dem gebotenen Abstand zu den übrigen Gliedern, den einzelnen Jurten. Sie wirkte immer noch steilwandig, jedoch schon nicht mehr so knochenfahl und stach somit in einem blasseren, erst beginnenden Braun aus dem satt- bis tiefbraunen Ailkörper nur sachte hervor. An der Westseite der Jurte, an der Pferdebinde aus dem schulterhohen Birkenpflock mit einer Dreigabelung am oberen Ende, trafen sich zur Mittagsstunde zwei Reiter für einen längeren Augenblick; der eine war im Begriff wegzureiten, der andere kam gerade an; sie wechselten Grüße, dazu auch ein, zwei belanglose Fragen und Bemerkungen, dann gingen sie auseinander.
Der Ankömmling war ein bejahrter, doch mausmunterer Mann, war verwandt mit Emes, der Jurtenfrau: Der rege Verkehr, den dieser zu der, wie er sagte, Ältesten und Würdigsten unter den letzten drei aus seiner anfänglich dreizehnköpfigen Vettern- und Basenschaft auf beiden Seiten, pflegte, war erst in den letzten Jahren zustande gekommen, war allerdings immer noch ein einwegiger, denn es war bislang immer der Vetter, der kam, und der tat es, wie er es wiederum benannte, um nach dem Wohlbefinden der schwesterwertigen Base und des bruderwertigen Schwagers zu schauen und mit diesen ein wenig des gemeinsamen Ursprunges zu gedenken und sich

des Lebens zu erfreuen. Emes wusste nicht viel mit den schmucken Worten und den Zahlen anzufangen, die aus dem dünnlippigen Mund des Vetters rutschten, zeigte sich jedoch erfreut und kam seiner Anhänglichkeit, die von Mal zu Mal immer zuzunehmen schien, gerne entgegen. Nachdem nun der Besuch die Base an der Stirne berochen und mit Honasch, dem Schwager, die pflichtgemäßen Grußworte in aller Breite gewechselt hatte, nahm er sogleich einen Anlauf weiterzureden: »Der Mensch muss eine Hügelpflanze sein: entsprossen im Bauchhügel, aufgeblüht am Brusthügel, ausgereift und verblüht unterwegs von einem zum nächsten der Berghügel und vertrocknet und verfallen schlussendlich unter dem Grabhügel; einem jeden ist dieser Weg vorgezeichnet; bei all dem Unentrinnbaren jedoch scheint es doch einen Unterschied zu geben: Der eine wird nur alt, der andere alt, dabei auch weise; dann gibt es noch Glückliche, die nicht alt, nur weise werden, und diese sind solche, die den Weg zum Hügel kennen, an dessen sonnigem Hang das Kraut der ewigen Jugend wächst.«
Honasch hatte zugehört, lange nicht ahnend, wo die Worte hinzielten, nun aber glaubte er zu wissen, was man damit sagen wollte, war jedoch immer unschlüssig, ob er darüber lachen oder die ernste Miene weiterhin bewahren sollte. Da prustete der Besuch selber los und verfiel in ein lautes wieherndes Gelächter. Der Jurtenherr lachte erleichtert mit und erzählte, nachdem er sich wieder beruhigt hatte, treuherzig, dass er und seine Frau in der letzten Zeit die Bemerkung schon öfters gehört hätten, sie würden sich verjüngen, während alle anderen alterten. »Das Seltsame ist«, schloss er ab, »dass ich mich tatsächlich um einiges jünger fühle als vor vier, fünf Jahren.«
»Großer Himmel!«, rief Emes, die am Herd hantierte, entrüstet aus. »Was werden sich Außenstehende denken, wenn sie das hören?«
»Sollen doch denken, was ihnen einfällt!«, fuhr Honasch auf.

»Sag dann doch selber, wie du dich vor vier, fünf Jahren gefühlt hast, älter oder jünger als jetzt?«
»Älter gewiss. Aber muss man das jedem gegenüber auch preisgeben?«
»Nicht jedem, sondern deinem Vetter hab ich es anvertraut!«
»Das dürft Ihr mal wohl.«
Honasch atmete erleichtert auf. Auch dem Besuch musste diese Einschränkung geschmeichelt haben, denn er setzte eine noch lustigere Miene auf und rutschte sitzlings vor. Und sagte, das hagere schmale Gesicht mit den langen gelben Zähnen bereits zum nächsten Lachausbruch angesetzt: »Vielleicht sollt Ihr beide die damals ausgebliebene Hochzeit doch noch geben?«
Das zündete Honasch zum nächsten Leichtsinn an, und so vermochte er noch einzuwerfen, bevor der Schwager über seine eigenen Worte losbrüllen konnte: »Nicht wahr? Und her auch mit dem ausgebliebenen Nachwuchs endlich!«
In diesem Augenblick kam Hynndynn, nun schon auf trittsicheren Beinen mit polternden Fußsohlen, aber immer noch unter flatternder, unberührter Mähne, von draußen hereingestürmt, ging schnurstracks auf den Vater zu und kletterte gleich auf seinen Schoß, die Händchen längst nach dem Bart ausgestreckt. Was dem, der den kleinen Stürmer willig auffing, wohl einen weiteren Schubs versetzte, denn gleich kamen Worte aus ihm, und diesmal mussten sie geschrien werden – gegen das anfangs wiehernde und dem Ende zu grunzende Gebrüll des Gegenübers: »Der Junge braucht ein Brüderlein oder ein Schwesterlein!«
Das Kind, das in sein Lieblingsspiel Bartzupfen vertieft zu sein schien, hatte doch zugehört. Fragte nun: »Ho, ich bekomme ein Brüderlein oder ein Schwesterlein? Wer wird es mir geben?«
Emes vermochte gerade noch einzulenken, bevor der von Leichtsinn gepackte Mann den Mund aufmachen konnte, sie sprach Hynndynn schnell an, erwähnte den Mehlbrei mit

Milch und Rahm, der schon den halben Vormittag eingeschalt dastand und darauf wartete, gegessen zu werden. Das Kind ließ sich ablenken, federte weg, machte sich sogleich über den Brei her, der leicht nach verbranntem Mehl roch und, abgekühlt, unter einer dicken gelben Haut lag.

Es gab einen kräftigen Tee, dem ein gutes, lustiges Gespräch folgte. Dem schloss sich ein Essen an, vom Milchschnaps ergänzt. Noch mehr Worte, meistens gescherzte und begleitet von manchem Gelächter, zogen sich nach. Davor aber, zwischen Tee und Essen, während sich der Besuch unter Blasendruck für kurz nach draußen begeben hatte, bekam der Jurtenherr von seiner Frau zugeflüstert: »Seid bitte ein wenig auf der Hut, Mann. Der liebe Vetter ist gewiss nicht gekommen, um mich zu beriechen oder Euch mit seinem Geschwätz über sein Hügelmügel und noch Sonstiges zu belustigen!«

Honasch war entrüstet. Er hätte die Frau ausschimpfen, der Unverschämtheit gegenüber ihrem nächsten Verwandten bezichtigen können, allein dafür war keine Zeit. Der Besuch konnte draußen in der Nähe sein. So musste er seine Entrüstung, ob er es wollte oder nicht, für später aufheben. Musste, während sie dann Fleisch aßen, Schnaps tranken und sich belustigten, immer wieder daran denken. Ihm tat der Schwager Leid, der ahnungslos dasaß und sich an dem Essen, dem Getränke und der Nähe der mit ihm verwandten Menschen freute und schien diese seine Freude keinen Augenblick lang verbergen zu können. Dabei beobachtete er ihn, so wie er auch Emes beobachtete, mit der er nun schon über die Hälfte seines Lebens unter einem Dach verbracht hatte. Nun gut, dachte er, du redest schon ein wenig zu viel, lieber Schwager, gehst mit Worten recht locker um, da könnte deine Base leicht Recht gehabt haben, wenn sie das, was du erzähltest, Geschwätz nannte, doch was soll man tun, viele Menschen neigen dazu, zu viel zu reden, wenn sie älter werden …

Während solche Gedanken durch seinen Kopf gingen, erwachten in seiner Brust auch leichte Schmerzen. Der Schwager

war Teil seines neuen Lebens, so kam er ihm trotz seiner Jahre frisch vor, war ihm teuer wie das Kind, wie die Jurte, wie die Herden, ohne die ihm die Welt längst unvorstellbar erschien.
Da ließ der Besuch, der anhängliche Verwandte, plötzlich etwas aus dem Mund fallen, eine Frage, die beiden den Boden unter den Füßen entzog: »Und wie habt Ihr die Kunde aufgenommen, dass Euer Kind vorerst wieder in den Himmel zurückmüsste?«
Der Mann und die Frau schauten sich an. Ihm wie ihr stand der Mund offen, hier wie da unfähig zu einem Laut; umso mehr jedoch redeten die Blicke – aus dem ihren sprachen die Worte: Hatte ich es nicht gesagt? und aus dem seinigen: Du hattest doch Recht!
Der Besuch begriff, dass er es mit Ahnungslosen, Nichteingeweihten zu tun hatte. Umso besser, dachte er zuerst, bekam aber zu verstehen, dass weder er noch sie ein diesbezügliches Wort darüber hören wollte. Und sobald er versuchte, mehr darüber zu erzählen, zeigten sie sich prompt misstrauisch. Woher er denn das wüsste?
»Ein jeder Mensch, der einen Mund hat, redet doch davon«, sagte er und, um zu zeigen, dass er damit nicht gelogen hatte: »Es fehlt wenig, dass auch jeder Hund davon bellt!«
Das hätte er lieber nicht sagen sollen, nun aber war es ihm entrutscht. Denn die beiden wurden böse: »Wieso wissen aber wir davon nichts?«
Ja, wieso das? Auch er konnte sich es nicht erklären.
»Und wie soll es überhaupt vor sich gehen? Erst hier, dann hin, darauf wieder zurück – welcher Blödsinn!«
Sie saßen noch eine Weile zusammen, verstört und nicht wissend, was zu tun sei. Das gemütliche, fröhliche Gespräch war abgerissen, konnte und wollte sich nicht wieder fortsetzen. Da sagte mit einem Mal der Besuch, er wolle sich wieder auf den Heimweg machen. Ursprünglich hatte er die Mütze abgenommen und weggelegt, ein sicheres Zeichen, um zu übernachten. Nun aber dies. Beide baten ihn nicht zu bleiben, ließen ihn

gehen. So ging er, und gehend ließ er etwas zurück, was unbenennbar, ja unfassbar war. Der Friede der Jurte war gestört, das wohlständische Glücksgefühl erschüttert. Angst saß bei jedem im Hals, ein Pfropfen aus einem Bündel Fragen ohne eine einzige Antwort. Erst in der Nacht konnten sie miteinander reden, konnten an dem Pfropfen nesteln. Hynndynn lag in der Mitte, schlief, und Honasch und Emes, durch ihn verbunden, wachten gemeinsam.

»Woher wusstest du, was der Vetter im Schild führte?«, fragte er sie.

»Vielleicht bin ich mittlerweile so sehr Mutter, dass ich die ungute Kunde, die in der Luft lag und mein Kind betraf, gleich habe erfühlen können«, antwortete sie. »Oder ich habe einfach seine aufgesetzte Fröhlichkeit gesehen und aufgepasst, wie immer.«

»Wie immer, sagst du? Musstest du schon vorher aufpassen, wenn er da war?«

»Wie sollte ich das nicht? Früher war er mit mir nicht weniger verwandt als jetzt. Weshalb aber ist er da anders gewesen?«

»Vielleicht war er noch entfernt vom Alter und nicht in der Lage, sich Gedanken zu machen über bestimmte Dinge.«

»Vielleicht. Aber sind denn alle Menschen, die uns neuerdings dauernd besuchen und mit Achtung und Freundlichkeit überschütten, mit einem Mal und alle zeitgleich der Weisheit näher gerückt?«

»Das bestimmt nicht. Da denke ich so: Die Menschen fühlen sich verpflichtet, die zu lieben, die der Himmel auch liebt.«

»So also denkt Ihr. Meinetwegen. Was aber ist mit dem Neid? Da eifern die Menschen bestimmt nicht dem Himmel nach!«

»Mit welchem Neid?«

»Na, der, der sich in den Außenwinkeln der Augen der so netten Menschen versteckt hält, der blinkenden und blitzenden Spitze eines Messers gleich, hin- und herzuckt, auf Suche nach Verletzbarem! Habt Ihr diesen noch nicht gesehen, dann müsstet Ihr blind sein!«

»Das meinst du und nennst es so? Pass auf, Frau, dass du keinem Unrecht tust! Stell dir vor, die Wahl des Himmels hätte nicht dich und mich, sondern irgendwelche aus der Nachbarschaft getroffen. Wie würdest du dastehn, und aus welchen Augen würdest du auf die schauen, aus lauter lachend zahmen, ungetrübt heiteren?«

»Ich weiß es nicht, Mann. Was ich aber genau weiß, ist: Ich würde das faustgroße Kindswesen zu verschonen wissen, was ich auch immer empfände und meinetwegen auch zusammenspönne!«

»Du meinst, es sei ein Gerücht?«

»Ihr etwa nicht?« Unruhe klang aus ihrer Stimme.

Er schwieg eine Weile. Dann sagte er: »Wollen wir hoffen, es sei eines!«

Es wurden noch weitere Worte gewechselt. Sie kamen zu dem vorläufigen Schluss, zum Häuptling zu gehen und ihn zu fragen, ob es diese Entschlüsselung der Schrift wirklich gegeben habe und wenn ja, was daran stimme und was nicht.

Während Honasch und Emes so voller Sorgen und Mutmaßungen zu beiden Seiten ihres schlafenden Kindes lagen und wachten, steckte ihr Besuch immer noch unterwegs, und je später es in der Nacht wurde, umso mehr Unbehagen empfand er. Als wenn ich es erfunden hätte, dachte er grimmig, die haben mich gleich schief angeschaut, und am Ende schien es, als ob es mich, ihren älteren Verwandten und Besuch, im Recht eines Himmelsgastes, gar nicht mehr gäbe – dafür wollte ich ja dem dummen Pack nur helfen! Ja, er wollte ihnen Hilfe anbieten. Der Junge, der im siebten Lebensjahr in das Himmelreich zu gehen hatte, um weitere acht Jahre später zurückzukommen, sollte, nach Idee des Vetters, gegen einen anderen Jungen ausgetauscht werden. Diesen anderen gab es bereits, im gleichen Alter und sogar von sehr ähnlichem Aussehen, denn beide waren Sprösslinge von einem Vater, nur in verschiedene Mütter eingepflanzt – außerdem handelte es sich bei dem Tauschjungen um seinen eigenen Enkel. Er hatte schnell beobachten können, dass die meisten Menschen, wenn sie die Voraussage über den Jungen und das Himmelsreich hörten, gleich an den Tod dachten, wohl weil es von Sterbenden hieß, sie würden in den Himmel kommen oder gar zum Himmel werden. Er aber glaubte nicht daran, dass dem Glückskind ein solches Ende bevorstünde, vielmehr dachte er an ein mögliches Verschwinden und späteres Wiederauftauchen. Deshalb wollte er, dass sein Enkel zu dem würde, dem ein solch merkwürdiges Schicksal beschieden war. Nun aber schien alles hinter ihm zu liegen, es war ein einziger Scherbenhaufen. Was ihm bitter Leid tat. So sehr er sich zwischendurch immer wieder schelten musste, darüber, er habe es zu schnell aufgegeben, so konnte er es nicht unterlassen, die beiden zu beschuldigen. Sie kamen ihm dumm vor. Und undankbar und unverschämt. Zu verwöhnt von dem eigentlich unverdienten Glück. Ja, davon hatten sie wohl wirklich jede Menge. Nicht nur bemittelt, auch verjüngt stehen sie da. Reichtum macht jung, so scheint es. Wenn der Schuft wüsste, wie schwer er ihn verletzte, während er von einem Kindchen quatschte, das er seiner Ollen noch in den Leib zu spritzen gedächte! Und noch schlimmer, dass sie fast danach ausschaute, als wäre sie in der Lage, mit ihm noch ein Kind zu zeugen. Gar kein Zweifel daran, dass die beiden wieder miteinander das süße Spiel betrieben. Und was macht da unsereiner? Seit zehn und noch mehr Jahren schon nicht mehr – einfach ungerecht!

Je schwerer sich sein Pferd über den holprigen Bergpfad in der Finsternis abmühte, desto mehr Beschuldigungen fand er, die jene betrafen, mit denen er noch vor wenigen Stunden scherzend dagesessen und so manche Freuden des Lebens genossen hatte: Wie hartherzig von ihnen, dass sie zu ihm nicht einmal gesagt haben, er solle bitte die Nacht über dableiben! Hätten sie das getan, er wäre geblieben. Und wäre dies geschehen, dann hätte sich vor ihm, wer weiß, endlich die Tür aufgetan, nach der er schon seit Jahr und Tag Ausschau hielt: der Weisenrat; so manche Male hat er in Gegenwart von so manchen Einflussreichen so manche weise Bemerkung bewusst fallen lassen – bisher vergebens aber. Honasch wäre, verflucht, gerade der Richtige, um den Häuptling, diesen Wasserköpfigen, auf ihn vielleicht doch noch aufmerksam zu machen!

Hynndynn, der jüngste unter den drei Lämmerhirten auf der nahen Weide, wurde vom ältesten nach seinem Alter gefragt. Der Kleine antwortete zögernd und unsicher: »Fünf wohl.« Darauf sagte jener gewichtig: »Dann hast du noch zwei Jahre Zeit!« Was ihm seltsam vorkam, aber er wusste schon, sich jede Frage zu verkneifen, da er es mit einem Herrischen zu tun hatte, der darauf aus war, andere zurechtzuweisen.
Die nächste Frage kam von einem Mädchen: »Wieso das?«
»Na, weil er gehen muss.«
»Wohin denn?«
»Zum Himmel.«
»Zum Himmel? Wie soll das gehen?«
»Frag nicht so dumm. Wo ist dein Brüderchen hin, das im letzten Winter geborene? Wohin pflegen die Menschen zu gehen, wenn sie alt sind?«
»Du meinst, Hynndynn wird sterben? Du spinnst!«
»Ich soll spinnen? Frag doch deine Mutter! Sie hat es meiner Mutter erzählt. Alle wissen es!«
»Wieso das? Er ist doch so jung und auch gesund! Und in zwei Jahren soll das geschehen? Wie schrecklich!«
»Aber unser Hynndynn ist ein Himmelskind. Der Himmelskönig holt ihn zu sich und schickt ihn nach sieben Jahren wieder herunter!«
»Fünf, zwei, sieben – vierzehn. Wird er denn dann, wenn er wiederkommt, so groß sein wie Bruder Mugulai?«
»Das wohl nicht. Ich denke eher, er muss wieder von vorne anfangen.«
»Du meinst, er muss wiedergeboren werden? Wer soll ihn denn austragen? Seine Mutter ist doch alt!«

»Quatsch, Oma Emes ist doch gar nicht seine Mutter! Sie hat ihn von einer Frau bekommen, die bei der Geburt starb. Nächstes Mal, in neun Jahren, wird es wohl wieder so sein ...«
Hynndynn, der dem Gespräch mit wachsender Unruhe gelauscht hatte, schrie mit einem Mal auf: »Meine Mutter ist meine Mutter und ist auch nicht alt – ihr lügt!« Dann rannte er unter Tränen ailwärts. Die Eltern verstanden beim ersten Wort des röchelnden Kindes, was geschehen war. Honasch eilte, in grosser Aufregung und bitter bedauernd, dass er damit bisher gezögert hatte, zum Häuptling. Und fand ihn bei bester Laune, so dass er gleich sagen konnte, dass er ihn unter vier Augen sprechen wolle. Dieser hörte nicht nur darauf, meinte, am besten möchte er mit ihm zu seiner Jurte gehen, da er schon lange nicht mehr gesehen habe, wie die drei denn da lebten.
Als der Häuptling die Worte Honaschs hörte, erschrak er: Die Schwarze Kiste, seine Führungskunst, die darauf gerichtet war, die wichtigsten Geheimnisse nur den Eingeweihten vorzubehalten, und die er für dicht geglaubt, war es also doch nicht! Es galt, die Peitsche der Macht über der eigenen Frau und der Dienerin wieder einmal sausen und knallen zu lassen. Ebenso galt es, mit den beiden Stützen auch ein paar Machtworte zu reden. Aber er ließ von all dem, was mit der Schnelligkeit eines Blitzes durch seinen Kopf schoss, die ohnehin verschreckten Leute nichts ahnen. Dafür brach er in ein lautes Gelächter aus, von dem er sich lange nicht beruhigen zu können schien. Und dieses Gelächter war das Beste, was er den beiden Jurtenbewohnern je geben konnte: Es war, als ob die Sorgen, die ihre Gesichter schwer belasteten, plötzlich wegfielen. Der hohe Jurtengast beruhigte sich von dem Lachanfall nur langsam. Dann aber sagte er bestimmt: »Unsinn! Glatter Unsinn nur, weiter nichts! Stellt euch doch mal selber vor: Jemand im Himmel schreibt oder lässt jemanden auf der Erde schreiben an mich, an dich oder dich und plaudert dabei alles vorweg aus, wie ein klatschsüchtiges Weib oder wie ein

missratener Schamanling – ist dieses denn je möglich? Nein, nimmer!«

Ob der Lama das Schriftstück überhaupt in der Hand gehabt hätte, um es womöglich zu entschlüsseln, wollte Honasch vorsichtig wissen.

»Ja«, gab jener gelassen zu, und während er weiterredete, wurde er zunehmend von Leidenschaft gepackt: »Wir im Rat haben ihn im Gegensatz zum niedrigen Volk gleich als einen Angeber durchschaut. Den Beweis dessen kennt ihr mittlerweile sicherlich: Von uns bekam er das geschnetzelte und gebratene Hundefleisch mit Hoden und Rute vorgesetzt, während er von euch allen bewirtet wurde, als ob er euer nächster Verwandter wäre, vor langer Zeit dem Blick entschwunden, nun aber endlich wieder aufgetaucht! Ja, wir haben ihm das Schriftstück in die Hand gegeben, um einfach herauszuhören, was er zusammenlügen würde. Und das hat er auch getan, was uns höchstens nur belustigt hat!«

Der Häuptling blieb länger da. Trank Tee und aß Fleisch. Als noch die rauchgesteifte Lederkanne zum Vorschein kam, schien seine vorherige gute Laune restlos wieder zurückzukehren. Er war schnell beschwipst und redete viel. Bevor er dann ging, sagte er noch dies: »Wo ist der Himmel? Manch einer würde sagen: oben. Da auch gewiss, meint man damit das große blaugraue Gewölbe über uns Menschen und Tieren, den Bergen und den Wolken. Aber das Himmelreich, von dem die Rede ist, kann gewiß nicht dahinter sein. Es könnte irgendwo auf Erden liegen. Noch eher aber in mir, dir und dir, in uns selber. Der Himmel auf alle Fälle, der meiste und ureigenste Himmel liegt dort. Davon bin ich nun einmal felsenfest überzeugt. Anstatt so viel vom Himmel, gar vom Blauen Himmel und seinem Reich zu quasseln, müsste man aufpassen, den in sich selber in Sicht und Reinheit zu halten!« Da hielt er inne und sagte leise, wie beschämt: »Wie bin ich denn darauf gekommen, solch hochtrabendes Zeug zu reden? Ach ja, das Gerücht, das verfluchte Gerücht des hundemäuligen und spatzenhirnigen Pöbels, wieder einmal so frech, selbst bis an den Himmel zu reichen! Der Schnaps ist kräftig geraten, Schwester Emes, so sagt auch er, es sei nichts Beunruhigendes in Aussicht. Lebt also wohl weiterhin. Passt dennoch ein wenig auf, nach all dem. Und dabei Köpfchen zeigen, es stets kühl behalten, gleich, was auch immer sei, nicht wahr?«

Damit schien alles wieder gut zu sein. In die Brüste kehrte der Friede zurück, und in der Jurte setzte sich das wohl- und stillständische Leben fort. Freilich machten sich hin und wieder in einem verborgenen Winkel, dumpf und klammheimlich, die damals vorhandenen Ängste bemerkbar, vielleicht deswegen, weil es einem vom Häuptling nahe gelegt worden war, immer ein wenig aufzupassen. Aber rasch hörte es dann auf zu zwicken und zu drücken, und der Spiegel des Sees jenseits des Zwerchfelles, dem Sitz der Seele wohl, stand wieder glatt, unter gleißender Sonne. Gutes Wetter stand über dem Altai.

Hynndynns Geburtsjahr war ein schweres, hat viele Leben dahingerafft und Dellen und Breschen in die Herden und Sippen gedrückt. Seitdem aber ging es friedlicher zu, die Witterung blieb mehr und weniger gemäßigt. Was ein echtes himmlisches Geschenk war und den Menschen verständlich, ja allzu verständlich vorkam.

So glitten Tage und Monate dahin; Winter ging. Frühling kam, Sommer und Herbst zogen vorüber. Jahreszeiten lösten einander ab. Inmitten dieser ewigen Abfolge von Tag und Nacht, von Kommen und Gehen brach wieder einmal das Jahr des Gelben Mutterschafes an; es begann mild, fuhr auf einer günstigen Bahn fort, und seine lichte Höhe, der Sommer, brach schnell und heftig herein, mit allem, was dazugehörte: berstendem Gewitter, besprühendem Regen, bestrahlender Sonne und belebender, erfrischender Brise. Die Bergsteppe ertrank über Nacht in Gras und Blumen. Die Muttertiere kamen von der Weide abends mit gespreizten Beinen zurück. Bis in die

Nächte hinein wurde gemolken. Milch gab es im Überfluss. Es herrschte Not an Gefäßen in den Jurten. Die Männer gingen auf Antilopenjagd wegen der Pansen und Gedärme, aber auch wegen der Häute, die sie als Behälter für Butter, Rahm und Sonstiges nutzten. Die Frauen wussten längst nicht mehr, wohin mit dem Schnaps, der täglich gebrannt wurde, als Abfluss von der Sauermilch, die gekocht und zum Quark verdickt wurde.

Feste wurden gefeiert, oft ohne einen Anlass. Sie wirkten, als ob sie aus sich herausbrächen, waren mit einem Mal da. Die erwachsenen, lebensgeprüften Menschen, die immer etwas Ernstes im Sinne hatten und taten, als würden sie aus jedem Tag und jeder Stunde des warmen Sommers so viel herauspressen wollen wie nur möglich, um ausreichend bewappnet dem kalten Winter zu begegnen, ließen sich von dem Zeit und Kraft raubenden Fest hinreißen und wurden im Handumdrehen zu närrischen, unbegreiflichen Wesen. Jedwedes Fest war an sich etwas Festgefahrenes: Es wurde gegessen, getrunken, gesungen, geweint und gestritten. Ja, auch gestritten und noch manchmal geprügelt. Gut nur, dass eine Sitte immer noch strikt eingehalten wurde: Einem Teil der Menschen war der Genuss des berauschenden Getränkes bei Peitschenhieb untersagt. Dazu gehörte jedermann unter fünfundzwanzig Jahren; die auf diese Weise entrechteten Mädchen und Frauen hatten tags zu kochen und abends zu melken, und die Burschen und Männer hatten sich um die Pferde und die Betrunkenen zu kümmern – wollte einer gewalttätig werden, wurde er gleich in eine größere Filzmatte eingerollt und fest verschnürt und erst dann davon befreit, wenn sein Rausch vorüber war. Das kam selten vor, in einem Sommer landesweit nur ein- oder zweimal vielleicht. Gestritten wurde dagegen öfters – hässlich, aber auch nützlich, denn dabei kam manches heraus. Warum betrank man sich? Eine Frage, die sich schwerlich beantworten ließ. Vielleicht wollte der eine sich selbst kennen lernen, des Tieres in sich ansichtig werden, es wecken und reizen und sehen, wozu es fähig. Selbst dann, wenn es ein Schweinehund war, ließ der Mensch, sein Behälter und Verwalter, ihn gerne echt sein: schweinisch grunzen und hündisch winseln. Der andere wollte sich womöglich anderen zeigen, dass er wie diese den Verstandeszügel nicht aus der Hand verlieren würde. Der wie der andere mochte was ganz anderes im Sinne gehabt haben, wenn er sich dem betrübten und betäubten allgemeinen Willen freigab und anfing, das stinkige Feuerwasser in sich hineinzuschütten. Und bei all dem wollte man noch die Gefäße von dem lästigen Schnaps befreien, um sie für andere, wichtigere Dinge für den Wintervorrat zu verwenden.

Am achten Tag des mittleren Sommermonats brach so ein Fest auch im Ail aus. Es hatte schon einen Anlass, gering zwar, aber immerhin: Ein Mann hat auf einer nahen Anhöhe stehenden Wacholder angezündet und unter lautem und längerem Gebet in Richtung eines fernen Owoo Milch und Schnaps verspritzt. Berittene Zecher, die es vorübergehend zu ihrer Hauptbeschäftigung gemacht hatten, auf Kosten fremder Menschen und zu Gelüsten des Tieres in sich zu feiern, haben den Betenden erblickt und wenig später dessen Jurte mit aufgebauschter Fröhlichkeit überfallen. Eine Bewirtung kam zustande, artete in ein Besäufnis aus, strengte sich zu einem Fest an, wuchs dann schnell weiter und so verheerend, dass selbst der Häuptling und seine beiden Stützen samt ihren Frauen hinzukamen. Das Fest dauerte bis zum Abend. Da lagen die Saufgierigsten wie die Anfälligsten auch schon umgestürzt und schnarchten und grunzten. Viele gingen lärmend auseinander, schwankten lallend oder grölend auf ihre Jurten oder Pferde zu. Einige klebten an den Resten weiter, widersetzten sich mit der Beharrlichkeit und Unverschämtheit Betrunkener der Wachmannschaft und blieben da. Völlig verstummte das Gelärm erst nach Mitternacht.

Am nächsten Morgen hörte man, wie nach jedem Fest, von Pannen, die doch passiert wären, von zerbrochenen Schalen, gebrochenen Dachstreben, gerissenen Trachten sowie von

Prellungen und Zerrungen, von Verstauchungen, die sich dieser oder jener zugezogen hätte, auch von entkommenen Pferden. Und inmitten dieses sinnlosen allgemeinen Tumultes schlug eine Nachricht, einem Blitz aus heiterem Himmel gleich, in jedermanns Bewusstsein ein und ließ alles andere, was soeben gerade von manchem Belang erschienen war, in eben des Blitzes Schnelle verblassen: Es hieß, das Kind, Hynndynn, sei weggekommen!

Nimmer hätte eine Verwirrung größer sein können als die, die sich nun der Menschen bemächtigte. Der erste Gedanke, der einem durch den Kopf ging, war: Ach ja, das siebte Jahr, und es hat doch gestimmt! Dennoch wurde gesucht. Und die Suche brachte Ergebnisse, die als eindeutig galten und den Boden für die öffentliche Meinung bildeten. Vor drei Tagen zur Mittagszeit habe ein milchweißer Schimmelreiter den Mittleren Kamm oberhalb des Oberen Hörleeti überquert, derselbe Reiter sei am nächsten Tag bei untergehender Sonne neben einem sonnengelben in der Orulga-Steppe gesichtet worden, in der letzten Nacht habe der Himmel in einem seltsamen Lichtschein gestanden. Es gab weitere Zeichen, auf die man aufmerksam geworden war, es gab Träume, die geträumt, Laute, die gehört und Gedanken, die gedacht worden waren. Alles deutete auf eines hin. Dem Häuptling war es sterbenspeinlich vor den Eltern des Kindes. Er ging, nachdem die groß angelegte, tagelange Suche eingestellt worden war, in die nun verwaiste Jurte mit der steilen Wand und wollte ihre verschüchterten und verstummten Bewohner trösten. Aber er fand andere Worte: »Ich will hoffen, dass ihr dies, was ihr jetzt hört, für euch behaltet«, sagte er. »Mir ist, als seien wir alle in ein Spiel verstrickt, von dem uns nur zu hoffen bleibt, es sei ein himmlisches. Daher gilt es abzuwarten und erst einmal die besagten sieben, acht Jahre durchzuhalten. Und ihr habt jeden Grund, dies zu können, denn einiges steht schon fest, und das ist: zunächst, der Junge lebt, und dann, das Reich, das unseretwegen dem Himmel gehören will, liegt auf Erden!«

Die beiden waren von den Worten angenehm erleichtert, lebten nun entschlossen, mit dem Rätsel fertig zu werden und gleich, was auch käme, durchzuhalten.

VOM STEIN ZUM HÜGEL

Dass das Kind nicht in den Himmel kam, wissen wir. Nicht mal nach Beijing kam es. Die beiden Männer, die es im Tiefschlaf den schwer betäubten Eltern aus dem Bett stahlen, brachten es in die Nähe der Stadt Loyan im Nordwesten des Landes, das sich das Reich der Mitte nannte, zu der damaligen Zeit aber hatte es sich noch hochtrabender benannt: das Qing-Reich. Bis sie dort ankamen, verging ein halber Monat. Sie reisten auf versteckten, verstrickten Umwegen. Dabei blieben sie die ganze Zeit stumm, verständigten sich lediglich durch Zeichen und Gebärden. Auch entlüfteten sie den schwarzen Sack, den sie ihrem Opfer über den Kopf gestülpt hatten, selbst nachts nicht. Also konnte der Entführte nicht wissen, mit wem er es zu tun hatte und wohin der Weg führte. Doch wusste er dabei, dass man ihm nichts antun würde. So hat er nur am Anfang geschrien, nachdem er erwacht war. Selbst dies dauerte nur Stunden. Irgendwann verstummte er, entmutigt und erschöpft, und verhielt sich nun still. Darauf schlief er ein, schlief lange und verfiel auch dann wieder und wieder in den Schlaf. Nahm zu sich, wenn er Ess- und Trinkbares dicht an die Lippen geführt bekam, zwar unlustig, aber ohne sich zu weigern. Und gehorchte, wenn ihm die Hose heruntergelassen und er selber in die Hocke gedrückt wurde.

Als er einmal erwachte, merkte er, es fehlte der lästig enge Sack um den Kopf, und er konnte sehen. Aber nicht nur das: Er lag in einem warmen, weichen Bett, umgeben von einem geräumigen, feinen Gemach. Dass die riesige Truhe, in der er sich, eine menschliche Maus, befand, so hieß, erfuhr er freilich viel später. Aber zuerst fiel ihm die Sage von Er-Bilek ein, erzählt von der Mutter. Da hieß es Schloss, in dem der edelmütige Recke aus dem Schlaf erwachte, und so ein Schloss war wohl noch viel größer und schöner als die Truhe hier. Hynndynns Herz pochte heftig, das kam von dem freudvollen Schreck, von dem er gepackt wurde. Wahrscheinlich wäre es ihm gar zersprungen, wenn er von dem, was einst dem anderen, dem guten Er-Bilek, widerfahren war, nicht gehört hätte. Aber zum Glück kannte er die Geschichte und wusste, dass dieses möglich war, und so versuchte er, sich zu erinnern, wie es denn weiterging. Und ihm fiel ein: Jener blieb still liegen und erkundete mit den Augen seine Umgebung. So tat nun auch er. Der Raum hing von allen Seiten steil herab, schluchthaft, glatt wie abgeleckt auch; an einer der Wände sickerte durch einen spannbreiten, ellenlangen hellen Schlitz schummeriges Licht herein. An der gegenüberstehenden Wand schimmerte ein Bild, das sich beim längeren Betrachten in einen grellbunten Vogel mit einem aufgeplusterten riesigen Schwanz verwandelte.

Und da entdeckte er, wie in den Schatten des Vogelschwanzes versteckt, unterhalb des Bildes etwas Hervorquellendes und Hochgerichtetes, und das war nicht etwa abgebildet, nein, es war ein Mensch mit Haut und Haar, eine Frau, und diese blickte aus zwei dunklen, wachen Augen herüber. Was sein Blut, das sich um einiges beruhigt hatte, wieder in Wallung brachte. Jene bemerkte es, denn sie verneigte sich jetzt, und auf ihrem schmalen, blassen Gesicht zeigte sich nun ein scheues Lächeln. Er schaute dem hilflos zu. Da kam sie, immer noch lächelnd und leise, auf ihn zu und streckte ihm beide Hände entgegen. Hynndynn zögerte um ein, zwei Herzschläge, griff aber dann nach ihnen. Sie fassten sich warm und weich an. Dem lächelnden Mund entfuhr ein Wort, das sich wie *ma-ma* anhörte und für sein Ohr den Begleitlaut von Seiten des Gebenden hergab, wenn etwas herübergereicht wurde. Die menschliche Stimme, seit langem endlich wieder gehört, beruhigte das Kind. Zumal die Hände, die seine behutsam anfassten und daran zogen, bis der Oberkörper aufgerichtet war, über seine Kopfhaare und die Backen streichelten. Dazu

kam jetzt aus dem Mund ein ganzer Schwall von Worten, und diese klangen gut, mehr gesungen als gesprochen.
So fing es an. Die Frau war seine Amme. Sie hatte ein sanftes, geduldiges Wesen, und er gewöhnte sich schnell an sie. Mit der Zeit auch an den Geruch, der anfangs von ihr ausgegangen war und ihn glattweg erschreckt hatte. Dann spürte er ihn immer weniger, bis er eines Tages davon nichts mehr merkte.
Jahre später – da war Hynndynn fast kein Kind mehr – erwähnte er einmal ihr gegenüber den Geruch und fragte sie, woher er gekommen sein könnte. Sie wusste es nicht. Da fragte er sie weiter, ob sie damals auf seinen Geruch auch aufmerksam geworden sei. Sie lachte und sagte: »O ja! Könnt Ihr Euch noch daran erinnern, wie oft ich Euch einseifen musste, während ich Euch zum ersten Mal wusch?«
Er konnte sich daran noch sehr gut erinnern. Die Seife hatte ihm ins Auge gebissen, dass Tränen in Strömen kamen und er fürchtete, erblindet zu sein. Während er daran dachte, glaubte er die Antwort auf die Frage zu finden, wo jene Gerüche herstammten: von dem, was man aß und trank. Das sagte er ihr. Sie gab ihm Recht und fügte hinzu: »Und von dem, was einen umgab. So habt Ihr nach Sonne, Wind, Erde, vor allem aber nach Tieren und nach Milchsäure gerochen.«
Er fuhr gedankenverloren fort: »Und Ihr müsst nach gestandener Raumluft, erkaltetem Kerzenrauch, allem voran aber nach säuerndem Gemüse und gärenden Gewürzen gerochen haben. Wenn dies stimmt, dann müssen meine Gerüche mittlerweile verdampft sein, während die Euren nicht nur immer noch da sind, sondern auch mich überschwemmt und unter sich vergraben haben.«
»Das habt Ihr gut gesagt«, entgegnete sie geduldig.
»Ja, anders kann es gar nicht sein!«, rief er aus und nahm einen neuen Anlauf: »Sollte mir jemals vergönnt sein, in mein Heimatland zurückzukehren, dann weiß ich also, dass ich fremde Gerüche ausströmen werde, und meine Nase sich womöglich

rümpfen müsste vor denen, die mit mir der gleichen Quelle entsprungen!«

Sie mahnte ihn in dem merkwürdigen Ton, der so gut Tadel wie auch Liebe enthielt: »Ihr stoßt schon wieder an die unantastbare Grenze!«

Er hielt inne, schwieg fortdauernd.

Wir sind wieder einmal vorausgeeilt. Waren erst am Anfang der Zeit in der Fremde, die das Kind noch zu entdecken, zu begreifen und zu verdauen hatte. Lange schien die Frau das einzige menschliche Wesen zu sein in der klammengen, aber erdrückend gewaltigen, da undurchschaubaren Welt, umgeben von allen Seiten mit einer hohen Mauer. Dieses Versteck enthielt drei Häuser, und in dem mittleren war Hynndynn untergebracht, die Amme gleich am Eingang und das Kind hinter der Schiebewand, in einem getrennten Raum. Was oder wen das große Haus rechter Hand beherbergte, blieb für den Neuling lange, ja eigentlich bis zum Schluss unklar. Das kleinste aber, in die südöstliche Ecke verdrängt und von Fliegen umschwärmt, hat er gleich am ersten Tag, gar in der ersten Stunde kennen lernen und seitdem täglich einige Male betreten müssen – dort verrichtete man seine Notdurft; anfangs hatte man große Angst dahinzugehen, denn man musste sich, wenn man über den vielfach befleckten, schmierigen Brettern hockte, immer wieder übergeben. Wie die Mauern, so auch die Häuser, alles stand aus lehmgrauen, gleich großen und gleichmäßigen Steinen aufgeschichtet da, und der Gedanke, es könnte zusammenstürzen, erschreckte das Kind bei den ersten Malen immer von neuem, wenn es die schummerig feuchte Stube verlassen durfte und auf das himmelsteile Grau aus Mauer- und Häuserwänden um sich herum schauen musste.

So sanft sich die Frau auch gebärdete, so bestimmt verhielt sie sich zu ihm. Schnell begriff er, dass er auf den Ausdruck ihres Gesichts und Blickes, den ihrer Hände und sonstigen Körperteile zu achten hatte. Sie richtete ihn ab. Das begann damit, dass sie sich vor ihm verneigte und ihm zu verstehen gab, es ihr gleichzutun. Sie taten es jedes Mal, wenn sie zusammenkamen oder auseinander gingen. Später lernte er sich auch anders zu verneigen. Es gab verschiedene Verneigungen. Er lernte, welche er vor wem auszuführen hatte. Und begriff, dass jedes Ding seine eherne Ordnung hatte, die eingehalten werden musste. So im Sitzen, im Stehen, selbst beim Liegen im Bett. So auch beim Essen und Trinken. Ja, besonders da. Er bekam zwei lange, dünne Stäbchen in die rechte Hand, zwischen Daumen, Zeige- und Mittelfinger gesteckt. Damit sollte er alles zusammenkneifen, abheben und zum Mund führen. Es dauerte Zeit, bis er das konnte. Aber schließlich lernte er auch das, und die Stäbchen wurden zu seinen verlängerten Fingern.

Eines Tages entdeckte er, als er von einem Mittagsschlaf erwachte, wie damals unter dem Vogelschwanz einen anderen Menschen. Diesmal war es ein Kind, ein Mädchen seines Alters wohl. Und es schaute aus zwei sehr wachen, wie ihm schien, flammenden Augen herüber zu ihm. Hynndynn zuckte zusammen, doch das war weniger Schreck als Scham, die unbedingt auch Freude einschloss. Ja, ihm wurde schnell bewusst, dass da auch ein anderer Mensch, gar ein Kind in der Nähe war, und das erfüllte ihn mit einem aufregenden, zugleich beruhigenden Gefühl. Da deutete das Mädchen mit beiden jeweils im Armgelenk geknickten Händen auf sich und sagte etwas, was sein Ohr zwar nicht festzuhalten, umso mehr aber sein Verstand einzufangen vermochte: Es war ihr Name, und es war ein wichtiger Name, voller Wohlklang und Geheimnisse, und die Stimme, die ihn aussprach, hörte sich wie gezwitschert an. Und darauf verbeugte sie sich. Er richtete sich eilig auf, deutete mit derselben Haltung der Hände auf sich und sagte: »Hynndynn, Hynn-dynn!« Und führte darauf, was er mittlerweile schon recht gut beherrschte, vor: Er verneigte sich.

Wenig später steckten die beiden inmitten jenes Sprachunterrichts, der immer entsteht, sooft Kinder mit unterschiedlichen

Muttersprachen auf der Welt zusammenkommen. Die erste gemeinsame Mühe galt beider Namen. Jeder sagte seinen eigenen mehrmals auf und ließ es von dem anderen wiederholen. Das war mühsam, bereitete beiden aber viel Spaß. Sie hieß Schumei, Ling Schumei. Hynndynn blieb im Ungewissen darüber, ob er die Namen ganz richtig auszusprechen vermocht hat, denn sein Name wurde auf Schumeis Zunge zu Kung Dung. Doch keiner der Namen wurde später wirklich gebraucht, da die Amme beide anders nannte: ihn Schao Guan, den kleinen Herrn, und sie Schao Dshe, das kleine Fräulein, und die Kinder taten es ihr da einfach nach. Das Mädchen blieb bis zum Abendessen da, speiste mit und lachte herzlich darüber, wenn dem Jungen eine Erbse aus den Stäben fiel oder er zu allem, was auf die Drehplatte in der Mitte des kleinen, niedrigen Tisches kam, zuerst immer ein erschrockenes Gesicht machte. Sie ging erst spät, und sie tat es anscheinend, nachdem sie von Mutschin Bi, Mutter Bi – so wollte die Hausherrin von den Kindern genannt sein –, dazu wiederholt gemahnt war.

Schao Dshe kam am nächsten Morgen wieder, kam nun täglich. Zuvor verbrachte sie immer eine Weile mit Mutschin Bi, sie redeten laut und schnell miteinander. Dann trat sie zu ihm ins Gemach, zögernd anfangs, überwand sich aber zusehends und benahm sich bald frei, oft sogar ein wenig herrisch. Sie brachte verschiedene Spielsachen mit, ließ einiges bei ihm zurück, wenn sie abends ging. Und während die Kinder spielten, hörte man sie unentwegt reden; zuerst tat es ein jedes in seiner eigenen Sprache, sprach dabei zwischendurch auch ein oder anderes Wort dem anderen nach. Hörte man jedoch genauer hin, merkte man, dass sich mit jedem Tag, der kam und ging, ihre Sprache breiter machte, während die seine schrumpfte. Und es ging so weit, dass sie bald gänzlich aufhörte, ihm nachzusprechen und dieser bemüht war, die vertrauten Laute und Worte aus der eigenen Sprache zu meiden, da er ja merkte, dass sie auf die Gespielin nicht mehr wirkten, sondern sie höchstens zu ungehaltenen Wortschwallen und Gebärden reizten. Hinzu kam, dass Mutschin Bi zwischendurch immer wieder hereintrat und bald zu ihr, bald zu ihm sprach. Und wenn Schao Dshe nicht da war, nahm sie ihre Stelle ein, spielte mit ihm, und wenn sie nicht gerade spielte, redete sie auf ihn so eindringlich ein, dass er zuhören musste. Manches verstand er. Anderes nicht. Hin und wieder fragte er sie. Und sie zeigte auf dieses oder jenes, erklärte ihm geduldig, wiederholte manch ein Wort mehrmals. Überhaupt war sie geduldiger als Schao Dshe. Vielleicht mochte er sie deswegen mehr als die Gespielin. Auch fiel es ihm leichter, sie zu fragen als jene. Und die Fragen, die er stellte, entfernten sich von den bloßen Benennungen der Gegenstände ringsum immer weiter und zielten auf etwas Bestimmtes.

Eines Abends lag er im Bett, sie saß neben ihm auf dem Bettrand, streichelte ihm den erst kürzlich kahl geschorenen Kopf und sagte in einem Singsang immer wieder, er möchte gut schlafen, schön träumen und um ein Reiskorn schwerer und einen Reishalm länger wachsen. Das tat sie jeden Abend. Und morgens, wenn er erwachte, saß sie immer noch dort, wo sie am Vorabend gesessen hatte, oder eher so: Wenn sie sich auf den Bettrand setzte, da wachte er auf, und nun fragte sie ihn in demselben Singsang, ob er gut geschlafen, schön geträumt und um ein Reiskorn schwerer und einen Reiszweig länger gewachsen sei, worauf er, nachdem er schnell den Oberkörper aufgerichtet und sich vor ihr verneigt hatte, immer eine bejahende, ausführliche Antwort gab. Diese Abend- und Morgenandacht, der Bruchteil des Tages vor und nach dem Schlaf, war für Hynndynn die schönste Zeit in seinem neuen Leben. Ihm war, dass dadurch der Tag wie die Nacht gut anfing, und so sein neues Leben zumindest erträglich war.

Nun war es wieder Abend, und die beiden hatten ihr schmusiges Stündchen miteinander. Mutschin Bi musste den Singsang immer von neuem anfangen, da der Junge ihr eine Frage nach der anderen stellte und sie so unterbrach. Was leicht für Ungehorsam gehalten werden konnte und zu einer angemessenen kleinen Strafe durchaus gereicht hätte. Aber sie ertrug es noch, da sie in dieser seiner Fragerei einerseits einen Fortschritt im Erlernen der Sprache, andererseits auch einen Ausdruck seines wachsenden Vertrauens zu ihr gesehen haben mochte. Sie kam ihm gerne entgegen und tat vorerst nichts, wenn er sich ein wenig danebenbenahm.

»Wer bist du?«

»Ich bin Mutschin Bi.«

»Was macht Mutschin Bi?«

»Sie sitzt, sie erzählt.«

»Warum sitzt und erzählt Mutschin Bi?«

»Sie sitzt und erzählt, damit Schao Guan bald einschläft.«

»Warum soll Schao Guan einschlafen?«

»Damit er um ein weiteres Reiskorn schwerer, um einen weiteren Reishalm länger wächst.«

»Darf Schao Guan auch schwerer wachsen als ein Reiskorn und länger als ein Reiszweig?«

»Er darf es. Er darf auch gleich um zwei, drei, vier Reiskörner schwerer und zwei, drei, vier Reishalme länger wachsen.«

»Und soll Schao Guan auch träumen?«

»O ja. Er soll viel und süß träumen.«

»Und von wem soll Schao Guan träumen?«

»Von Schao Dshe soll er träumen. Und von Mutschin Bi auch, wenn er mag.«

»Darf Schao Guan auch wieder einmal Hynndynn sein und von seinem Vater und seiner Mutter träumen?«

»Schao Guan soll wissen, diese Frage ist nicht gut gewesen!«

»Mutschin Bi, gute, liebe Mutschin! Noch eine Frage, vielleicht auch nicht gut, aber ich brauche eine Antwort darauf, bitte: Was ist, wenn Schao Guan, der ja Hynndynn ist, schon wieder von zu Hause träumt und später, erwacht, schon wieder Tränen weinen muss?«

»Ja, die Frage ist gar nicht gut gewesen. Schao Guan muss wissen, nicht alles, was man denkt, darf man sagen!«

Der Junge wollte erneut zum Sprechen ansetzen, aber Mutschin Bi griff schnell nach seinen Lippen und hielt sie liebevoll zusammen, schaute ihn dabei mahnend an. Dann nahm sie die Hand weg und sagte gewichtig: »Zuschauen und zuhören und den Mund halten ist das Beste, das man tun kann und tun muss!«
Hynndynn begriff mit der Zeit die Sinnlosigkeit, irgendetwas in der eigenen Sprache sagen zu wollen. Es würde so oder so in kein Ohr Eingang finden, würde daran nur abprallen und womöglich stören. So war er eines Tages so weit, das Gedächtnis einzig nach den frisch ein- und angesteckten Lauten der ihm neuen chinesischen Sprache, des Hanhua anzustrengen. Und es schien ihm mit jedem Tag besser zu gelingen. Da aber träumte ihm eines Nachts, wieder einmal wäre er mit dem Vater zusammen, und dieser weinte. Hynndynn sah dem mit Schreck zu, da er ihn noch nie hatte weinen sehen. So fragte er, warum jener es denn täte. Und er bekam zur Antwort: »Mein Kind vergisst die eigene Sprache, also wird es zu einem Fremden geworden sein, wenn er endlich wieder heimkehrt!« Da sagte Hynndynn eilig, er würde es nicht tun. Darauf der Vater: »Kannst du es angesichts des Haarakans schwören?« Darauf er, Hynndynn: »Ja, ich schwöre, ich werde es nimmer tun!« Jetzt sah er den Vater nicht mehr, dafür umso deutlicher den Berg, augennah und himmelhoch, den kuppelrunden Gipfel flammenhell lohend und den sturzsteilen Seitenhang wasserblau leuchtend ... Erwacht dann, weinte er lange. Und schwor sich zum Schluss, den im Traum abgelegten Schwur einzuhalten und deshalb mit sich selber in der eigenen Sprache zu reden, sooft er allein wäre. So tat er auch von diesem Tage an, suchte in Gedanken immer nach Worten und Wörtern und fand davon wohl zahllos viele, und dabei auch solche, die er selber nie im Mund gehabt, dafür lediglich mit dem Ohr gehört hatte. Bald wurde dies zu einer Gewohnheit, die er durch die Jahre hindurch beibehielt.
Unterdessen vergingen Winter, Frühjahr, Sommer, Herbst, es

hat in der Luft, vor der Haustür vieles gegeben, mittlerweile war wieder Winter. Da lobte Schao Dshe ihn eines Tages wegen seiner Redefähigkeit und sagte: »Jetzt kannst du Hanhua, und damit kannst du die Sprache, die die meisten Sprecher auf Erden hat!« Er stutzte und überlegte. Hatte zweifachen Grund dazu: Die meisten Sprecher, sagte sie? Wo aber sind diese vielen Menschen? Bisher hat er ja nur die beiden gesehen! Und dann sagte sie auch: auf Erden? Ja, das hat er eigentlich auch vermutet. Ist hin und wieder dennoch unsicher gewesen, da vorher vom Himmelreich die Rede gewesen war. Stimmte was damit nicht? Oder lag es, dieses Himmelreich, doch auf Erden? Er war sich unschlüssig: Sollte er fragen oder nicht fragen? Dann entschied er sich für die Frage, aber er begann die Unterhaltung auf Umwegen.

»Du sagtest, du hast eine Schwester und zwei Brüder. Mit dir sind es vier Kinder, die Eltern selber dazu, das sind schon sechs Menschen. Haben deine Eltern auch so viele Geschwister und diese auch so große Familien?«

»Mein Vater hat einen Bruder und drei Schwestern und meine Mutter umgekehrt, drei Brüder und eine Schwester«, ließ sie sich ahnungslos in das Gespräch hineinziehen. Sagte aber dann nicht, wie groß deren Familien seien.

»Das ist sehr viel, dass du nicht einmal weißt, ob sie alle eigene Familien haben.«

»Woher willst du wissen, dass ich es nicht weiß?«

»Ach, du bist ja ein Kind, noch dazu ein Mädchen!«

»Wenn ich ein Kind sein soll, was bist du denn dann selber?«

»Ein Junge. Und einer mit einem reifen Verstand. Das hat einmal der Häuptling gesagt!«

»Schon wieder das mit dem Häuptling! Und was willst du damit sagen, dass ich ein Mädchen bin?«

»Dass du zwar lange Haare, aber einen kurzen Verstand hast!«

»Lange Haare und kurzer Verstand, was meinst du damit?«

»Dass du das nicht kapierst, ist es nicht Beweis genug für das, was ich sage?«

Schao Dshe stutzte, schien nicht zu wissen, was darauf antworten. Sie schnaubte beleidigt. Mutschin Bi kam aus dem Nebenraum und mischte sich in das Gespräch ein: »Schao Guan sollte sich ein wenig zähmen. Außerdem sollte er sich klarer ausdrücken. Auch ich verstehe nicht, wieso Schao Dshe einen kurzen Verstand haben soll. Nur, weil sie lange Haare hat? Wenn ja, dann kann man schlecht von einem Beweis reden!«
Er schwieg eine Weile, schien sich dann auf etwas anderes zu besinnen: »Mir kam es immer so vor, als wenn Schao Dshe ein wenig schwach mit Zahlen wäre.«
Das Mädchen fuhr auf: »Ich soll mit Zahlen schwach sein? Du bist es selber!«
Mutschin Bi blieb da, schien den Streit schlichten zu wollen. Sagte sanft, aber bestimmt: »Gleich werden wir es wissen, wer stärker in Sachen Zahlen ist. Also, hier stehen wir drei Menschen. Wieviel Hände haben wir alle zusammen?«
Beide Kinder schrien gleichzeitig: »Sechs!«
»Und wie viel Füße?«
Ebenso laut und gleichzeitig: »Auch sechs!«
»Und Hände und Füße zusammen?«
»Zwölf!«
»Toll! Nun aber. Angenommen, ihr beide seid schon volljährig, und da hat man in der Regel zweiunddreißig Zähne im Mund. Wie viele Zähne haben wir drei zusammen?«
Die beiden fingen an, schweigend jeder für sich zu rechnen. Nach einer Weile meldete sich Hynndynn: »Sechsundneunzig.«
Shao Dshe schwieg weiter und sah ziemlich verwirrt aus. Nach geraumer Zeit mahnte Mutschin Bi: »Nun, Schao Dshe. Seid Ihr auch auf ein Ergebnis gekommen?«
Diese zögerte und sagte dann unsicher: »Fünfunddreißig.«
»Nein, Schao Dshe. Schao Guan hat Recht: Bei drei Menschen wären es sechsundneunzig Zähne«, sagte Mutschin Bi und fuhr gleich fort: »Aber Kinder in eurem Alter müssen dies nicht unbedingt können.«
»Und wenn eines es trotzdem kann?«

»Dann ist es umso besser natürlich. Schao Guan, Ihr müsst öfters mit Zahlen gespielt haben. Das könnt Ihr ja nachher Schao Dshe auch beibringen.« Damit schien sich Mutschin Bi zurückziehen zu wollen. Allein er nötigte sie dazubleiben, indem er gleich loslegte:
»Ja, gespielt haben wir mit Zahlen auch. Aber gelebt mehr!«
»So? Aber dann alles der Reihe nach. Wie sieht zunächst so ein Spiel aus?«
»Steine verstecken heißt eines der Spiele. Beliebig viele Menschen können sich daran beteiligen. Vorher bekommt jeder, sagen wir, zehn winzige Steine zugeteilt. Ein jeder nimmt eine bestimmte Anzahl davon in die eine Hand und lässt den Rest in der anderen. Die Hände mit den abgezählten Steinen, zu Fäusten geballt, werden herausgestreckt, und die Gesamtzahl der Steine in allen Händen soll erraten werden. Jeder sagt eine Zahl, und am Ende werden alle Fäuste geöffnet. Die Steine werden zusammengezählt, und wer richtig erraten hat, bekommt nun alles. Man kann auch eine leere Hand herausstrecken, in dem Falle aber bekommt man nichts, hat man es auch getroffen. Und wer keinen Stein mehr hat, der scheidet aus, und wer alle Steine hat, der hat gewonnen.«
»Ein weiteres Spiel mit Zahlen, vielleicht?«
»Hole ich Sonne und Mond mit dem Abend- und Morgenstern und den Plejaden vom Himmel herunter, setze ich diesen je ein Feuerchen aus jeder meiner Öffnungen hinzu und geselle sie alle zu meinen Blutsverwandten, komme ich auf die Zahl Einhundertneunundneunzig. Wieviel Blutsverwandte habe ich?«
»Schao Guan, war das jetzt eine echte Aufgabe oder nur dahergesagt?«
»Es war eine echte!«
»Darf man die Antwort auch so erfahren?«
»Was heißt auch so? Ohne den Kopf anzustrengen, ohne zu rechnen?«
»In dem Falle, ja.«

»Dann aber hat man das Spiel verloren!«
»Man darf ja einmal auch verlieren, oder?«
»In jedem Spiel gewinnt nur einer. Alle anderen verlieren.«
»O, weise gesagt! Wahrscheinlich auch vom Häuptling?«
»Nein, selber gemerkt.«
»Schao Dshe und ich haben das Spiel längst verloren. Dürfen wir die Lösung der Aufgabe endlich erfahren?«
»Einhunderteinundachtzig.«
Mutschin Bi rechnete eine Weile für sich. Dann fragte sie: »Sind die Plejaden eine fünfköpfige Sternenfamilie?«
»Nein, es sind sechs Sterne!«
»Dann stimmt was nicht: Mond und Sonne sind zwei, Abend- und Morgenstern wieder zwei.«
»Es ist ein und derselbe Stern doch!«
»So? Das wusste ich nicht. Danke, Kind. Aber Schao Guan, wissen denn das auch die Kinder?«
»Ja, natürlich!«
»Gut. Dann eine weitere Frage: Wer sind alles die Blutsverwandten?«
»Das sind die Verwandten mütterlicherseits.«
»Und die väterlicherseits?«
»Das sind die Knochenverwandten.«
»Wieso diese Unterscheidung?«
»Weil jeder Mensch seine Knochen vom Vater und sein Blut von der Mutter bekommt.«
»Und kennt Ihr, Schao Guan, die Zahl Eurer Verwandten väterlicherseits auch so genau?«
»Ja. Es sind bei mir einhundertdreizehn Menschen.«
»Und wie weiß man, dass der eine mit einem verwandt ist, der andere nicht? Sind denn nicht alle Menschen so oder so miteinander verwandt?«
»Nein. Nach dem neunten Glied hört die Verwandtschaft auf. Dann dürfen die Menschen wieder untereinander heiraten.«
»Ach so! Das ist aber interessant. Findet Ihr es nicht auch, Schao Dshe?«

Schao Dshe zeigte sich dankbar für die Aufmerksamkeit der Mutschin Bi. Sie vergaß die Kränkung und beteiligte sich ab nun umso lebhafter an der Unterhaltung, die noch lange dauerte. Erstmalig war in den beiden Interesse für seine Welt, das nomadische Sippenleben erwacht. Aber die erwachsene Frau ermahnte, bevor sie das Mädchen entließ, das, was da zu hören gewesen sei, für sich zu behalten. Und Schumei konnte es, denn sie war in der Hinsicht schon geübt.

Seitdem merkte Hynndynn eine Veränderung in der Haltung der beiden ihm gegenüber. Eine größere Achtung wehte ihm entgegen. Dabei war ja das mit den vielen Verwandten gelogen. Auch sonst hatte er lediglich Zipfelchen von Gehörtem zusammengetragen und zum Besten gegeben. Weshalb er das alles getan hatte, wusste er nicht. Denn ihm war noch nicht bewusst, dass in ihm längst der Überlebenskampf begonnen und dieser den Erwachsenen vorgezeitigt hatte. So sehr die beiden, die die ihm gegenüberstehende Welt vorerst ausmachten, von ihm beeindruckt waren, so wenig war er es von sich selbst. Er kam sich vor wie ein Lügner, wie ein Angeber, wie einer, vor dem man sich in Acht nehmen müsste. In Wirklichkeit fühlte er sich erbärmlicher. Denn was er ursprünglich bezweckt hatte, war seitlich aller Wege und Pfade irgendwo liegen geblieben, und er hatte sich verirrt auf einem Seiten- und Außenweg und war in einen Sumpf von Geschwätz geraten, aus dem er sich schließlich auf den Stelzbeinen der Lüge herauszuretten versuchen musste.

Weiterhin erpicht auf Antworten auf jene zwei Fragen, die in ihm erwacht waren, versuchte er auf versteckten Wegen, die Gespielin zu umgarnen.

»Schumei«, nannte er sie plötzlich bei ihrem richtigen Namen und in einem zärtlichen Ton, während sie einmal mitten im Spiel steckten: »Du darfst nicht beleidigt sein, wenn ich dich ein wenig schwach mit Zahlen genannt habe.«

»Bin ich ja gar nicht!«, fuhr sie auf und schaute ihn verwundert an.

»Wirklich nicht?«
»Nein. Außerdem stimmt's ja nicht.«
»Dennoch solltest du schon aufpassen. Mutschin Bi hat das doch auch gesagt?«
»Was hat sie gesagt?«
»Ich soll dir beibringen, wie man rechnet.«
»Ja, das hat sie gesagt.«
»Und ich habe dir auch gesagt, habe dir gezeigt, wie man im Rechnen besser werden kann.«
»Meinst du das mit den Steinen?«
»Das auch. Dann noch das mit den Verwandten.«
Sie schwieg.
»Schumei«, sagte er abermals zärtlich, »ich erzähle dir noch, wie die Nomaden zählen. Einmal tun sie es genau, da zum Beispiel, wenn es um die Steine in der Hand geht. Das andere Mal wollen sie es gar nicht, sie vermeiden die genaue Zahl. Nach der Größe der Pferdeherde gefragt, antwortet man nicht mit fünfzehn oder siebzehn, sondern mit zehn, zwanzig. Keiner sagt, dass er neunzig oder einhundertfünf Schafe habe, man sagt an die Hundert. So auch mit den Kindern. Keine Mutter sagt, sie hätte drei oder vier Kinder. Sie sagt lieber drei, vier. Einer von außen könnte da leicht denken: Kann die denn nicht bis vier zählen?«
Sie war gezwungen zu reden. Sagte errötend: »Meine Eltern werden schon ungehalten, sobald sie von der Verwandtschaft hören, und so wollen sie auch nicht mit der ungefähren Zahl herausrücken. Sagen lediglich: viel zu viele! Sie wollen nichts davon wissen, nichts darüber hören.«
Er glaubte sie mit einem Mal zu verstehen. Verstand aber anderes nicht, das, weshalb man von seinen Verwandten nichts wissen, nichts über sie hören wollte. Und genauso wenig konnte er sich selbst verstehen – er war in ein sinnloses Gerede hineingerutscht. Und wieder hatte er Dinge behaupten wollen, die er nicht kannte, ja, an die er bis soeben nicht einmal gedacht hatte. Es hatte sogar nur wenig gefehlt, dass er

von den Wandervögeln erzählt hätte, die beim Anflug im Frühjahr immer mit hungrigen, nach Stücken stochernden Augen aufgenommen, beim Abflug im Herbst jedoch mit satten, nur Schwärme wahrnehmenden Augen verabschiedet wurden. Und was noch alles aus seinem Mund herausgequollen wäre, konnte er nicht sagen, wusste aber, es wären sicher fern liegende, schwerfällige Worte gewesen. Ihm fiel ein, dass sein Vater ihn einmal seinen zaushaarigen, nissezähnigen Klugscheißer genannt hatte. Das war gewiss liebkosend gemeint, doch musste es einen Anlass dazu gegeben haben. Ebenso konnte er sich an die Schamanin Ökpesch erinnern, die daneben gestanden und darauf den Vater gemahnt hat: »Sagt das nicht, Onkel Honasch, hin und wieder ist auch ein großes Maul gefragt!« Es ist vor langer Zeit gewesen, an einem Sommerabend; nach einem Regen schien die Sonne wieder, und an den Grashalmen hingen, glitzernd, die Tropfen. Ihn schmerzte es unterhalb des Zwerchfelles, als er daran dachte, mit welchen schweren, klebrigen Wortklumpen er noch die arme Schumei gepeinigt hätte. Zum Glück hatte er inmitten einer schlimmen Redelust mit einem Mal innegehalten. Er vermochte, so sehr er später an dieses Gespräch denken und sich seiner eigenen, unangemessenen Worte schämte, an den Schlüssel doch nicht heranzukommen: Er bekam sich selber, umgestülpt, zu Gesicht, sooft er sich anschickte, Dinge zu erkunden, die außerhalb lagen und ihn eigentlich nichts angingen. Und dieses muss möglich gewesen sein, da er in seinen Gedanken, den Innenlandschaften, mit Land und Volk, dem er entsprungen, den Wurzeln also, immer noch verwoben lebte und aufgeschnürt und abgepellt dastand im Abwind dessen, was jene ausströmten und ausstrahlten und ihm hinterherschickten, schamanisch abgerichtet und auf unermüdliche und unverirrbare Träger gesetzt. Geister also müssen es gewesen sein, die ihn ereilten, aufbrachen und erfüllten, die ihn füllten, stählten und wetzten.
Möglich, es war tatsächlich so. Denn er entdeckte mit einem

Mal eine Kraft in sich, die imstande schien, manches anzurichten. Das Kind, das er ja auch war, ging vor, ging auf Dinge los, packte sie an und stocherte darin herum, die der vorzeitig geweckte Erwachsene im Sinne hatte. Das ergab sich auf einmal, vertiefte und verfeinerte sich von Mal zu Mal. »Schao Dshe«, sagte er einmal und sah sie unschuldig an. »Schläfst du auch in einem eigenen Bett?« Diese war so verblüfft, dass ihr ein lautes A-ah! entrutschte. Darauf sagte sie leise: »Nein, wir schlafen alle auf einer Pritsche.« Nun ließ er sie nicht wieder los, belud sie mit Fragen, die sie beantworten musste. Dabei hörte er von lauter neuen Begriffen wie Festung, Dorf, Stadt. Es müsste, so wie er verstand, unendlich viele Häuser geben, große und kleine, und diese müssten unzählig viele Menschen beherbergen.

Am nächsten Tag, als er die Fragen fortsetzen wollte, weigerte sie sich strikt, zu antworten. »Was hast du denn? Warum darf ich dich nicht fragen?«, sagte er verwundert, und da sie sich nicht bereit zeigte, auch darauf zu antworten, fuhr er fort: »Du darfst mich immer fragen, Schao Dshe, es wird mir Spaß machen, dir helfen zu dürfen, die blinden Augen des Welpen zu den sehenden einer ausgewachsenen Hündin zu erweitern.« Das war wieder der Erwachsene, dem dies über die Lippen rutschte, und das Kind merkte es und erschrak leise. Das andere Kind aber erschrak noch viel mehr, so sehr, dass ihr erstmalig in Gegenwart des lästigen Fremden die Tränen kommen wollten, und dies wegen der Hündin, was sich wie ein Schimpf anhörte. Aber er wurde sogar auch noch ärgerlich, sagte unsanft: »Ich mag nicht mehr spielen, habe es satt. Will endlich ernst sein, über echte Dinge reden!« Damit warf er sich aufs Bett, drehte sich um und blieb still liegen. Sie wartete eine Weile, erhob sich und ging aus dem Raum. Das war gerade zu einer Zeit, in der Mutschin Bi nicht mehr zu Hause war. Die Haustür war abgeschlossen. Schao Dshe musste warten, und als jene endlich zurückkam, erzählte sie ihr unter Tränen, was vorgefallen war. Mutschin Bi hörte ihr still zu

und betrat später mit der immer noch Schluchzenden Schao Guans Gemach. Dieser schlief fest, und sie verließen den Raum wieder.
Am Abend kam Mutschin Bi nicht mehr zu Schao Guan, ließ ihn weiterschlafen. Dieser erwachte in der Nacht, hörte draußen Menschen reden, Wortfetzen, die keinen zusammenhängenden Sinn ergaben, es mussten lauter Männer sein, die gerade ankamen oder weggingen. Aber was machte das schon – es waren erstmalig andere Stimmen als die der beiden, die er tagtäglich einzig zu hören bekam, also gab es hier auch andere Menschen, zudem Männer!
Am nächsten Morgen fand ihn die Amme hellwach, immer noch unausgezogen; er rührte sich nicht, und in seinem Blick brannten feindselige Flammen. Anstatt sich zu erheben und auf ihre Verbeugung zu antworten, stellte er ihr die Frage:
»Was war in der Nacht draußen los?«
Mutschin Bi tat verwundert und meinte, Schao Guan habe wohl geträumt.
Da sprach er gewichtig: »Nein, nein. Ich bin aufgestanden und habe alles gehört, was gesprochen wurde!«
Sie zeigte sich für einen Augenblick verwirrt, lachte aber dann auf, als wäre ihr endlich etwas eingefallen und sagte: »Dann müssen es die Nachbarn gewesen sein.«
»Welche Nachbarn denn?«
»Na, die vom großen Haus.«
»Mutschin Bi! Ich hab Euch mehrmals danach gefragt, wer oder was in dem Haus sei, und Ihr habt mir jedes Mal geantwortet, es sei nicht bewohnt und nichts wäre dort!«
»Das war damals. Da waren die Leute verreist.«
»Nun aber, meint Ihr, sind sie zurück?«
»Wenn Ihr sagt, in der Nacht sei etwas zu hören gewesen, dann sind sie womöglich zurückgekehrt. Oder aber, es ist ebenso möglich, dass sie schon wieder weg sind.«
»Nach Monaten und Jahren mitten in der Nacht zurückkehren und schon wieder fort sein?«

»Ich weiß es nicht.« Ihre Stimme klang gequält.
Allein er wollte nicht locker lassen: »Und wie heißt die Familie? Oder ist es gar keine und sind nur solche wie Ihr, Schao Dshe und ich?«
»Wenn Ihr also meint, Ihr, Schao Dshe und ich, wir drei, seien keine Familie, dann bin ich tief enttäuscht. Ich habe immer gedacht, ich wäre eine Mutter mit zwei prächtigen, vom Schicksal mir zugefallenen Kindern.« Jetzt klang ihre Stimme traurig.
Aber er konnte und wollte nicht aufhören, packte noch fester zu: »Ihr habt auf meine Frage nicht geantwortet!«
Mutschin Bi dachte kurz nach und sagte dann unbestimmt: »Es sind die Huns.«
Hynndynn war erbost über diese ausweichende Antwort, und so stellte er umso entschlossener endlich die Frage, die ihm vielhundert Tage auf der Zunge gebrannt hatte: »Mutschin Bi! Wo bin ich hier? Und weshalb bin ich hier?«
In den Augen der guten Frau zeigten sich Tränen. Doch nach einigem Ringen überwand sie sich und sagte mit leiser, inniger Stimme: »Alles zu seiner Zeit, Schao Guan. Bitte, geduldet Ihr Euch ein wenig. Und keine weiteren Fragen, ich bitte Euch!«
Schao Dshe erschien am nächsten Tag zur gewohnten Zeit und tat, als sei nichts geschehen. Das entmutigte ihn. Und so ließ er ihr die Führung. Sie erzählte das Märchen, wie das Reich der Mitte entstanden war, das nunmehr die Achse der Welt darstellte. »Welche der drei Welten?«, fragte er. Sie wusste darauf keine Anwort. Er musste ihr zu Hilfe kommen: »Wo ist der Himmel und wo die Hölle, von dieser deiner Welt aus gesehen?«
Jetzt begriff sie und sagte erleichtert: »Natürlich ist der Himmel oben und die Hölle unten.«
Er erfreut: »Es ist also die Mittlere Welt, wo auch wir zu Hause sind!«
Doch dieses Wo-auch-wir-zu-Hause-sind gefiel ihr nicht. So sagte sie: »Aber wir stammen vom Himmel ab!«

Er kam ihr auch jetzt willig entgegen: »Wir ebenso – die gewöhnlichen Menschen vom Blauen und die Schamanen vom Schwarzen oder Weißen Himmel, je nachdem, ob sie Berufene sind oder Angesteckte.«

Schao Dshe hatte es endgültig satt, spuckte barsch folgende Worte aus, die er ihr nie und nimmer zugetraut hätte: »Du wohl ja, Schao Guan, da du dich herüberretten durftet. Aber der Rest nicht, diese Geschöpfe niedriger irdischer Abstammung wie ihre Schafe und Rinder auch. Denn sonst würden sie nicht so dumm, schmutzig und böse dastehen, wie sie eben sind!«

Es war nicht ihre Absicht, ihm diese Worte so nackt und brutal entgegenzuschleudern. Aber der Wille war vom ersten Tag an immer da gewesen. Sie hatte ihn verstanden. Dieses Verstehen und der Groll, den sie dem Gespielen gegenüber hegte, hatte nun zu einer Selbstentladung geführt. Und die so herausgeschossenen Worte trafen das Ziel hart. So hart, dass er keine Worte dagegen fand. Er war verschreckt, verwundet, gelähmt. Lebte den ganzen Tag lust- und kraft- und willenlos. Umso lebhafter zeigte sich Schao Dshe. Und eilte am Abend federnden Schrittes und jubelnden Herzens nach Hause. Die Entgegnung, die sie nach der gestrigen Schlappe erhalten hatte, hatte sich als wirksam erwiesen, und sie hatte den Widersacher bezwungen.

Hynndynn wurde krank, so schlimm, dass er erstmalig dachte, er würde sterben. Lag flach und fiebernd und stammelte Worte, von denen man nicht wusste, ob sie einem klaren Bewusstsein entsprungen oder nur irre geredet waren. »Mutschin Bi!«, lautete es immer wieder. Und dann einmal: »Wie willst du mir Mutschin, Mutter, sein, wenn du dich vor mir hinter einem Hügel von Geheimnissen verschanzt und mich gar auf fremdes Geheiß bespitzeln darfst?« Was sie schwer traf, aber zu ihm hinzog, statt sich von ihm abzuwenden. So eilte sie zu dem Liegenden, fiel auf die Knie und krallte sich am Bettrand fest. Dann röchelte sie lange mit trocken glänzenden Augen:

»Nein … Kind … nei-nein … sag … statt *bespitzeln-darfst* … we-we-wenigstens … *berichten-musst* … ja, alles andere … nehme ich hin … und du darfst mich … elendes … unglückliches Weib … ohrfeigen … mit den Füßen treten oder gar … mir ins Gesicht spucken … die Haare auf dem nichtigen, dummen Kopf … kahl rupfen …« Dann endlich kamen die Tränen. Sie waren reichlich.

In dieser Nacht passierte mehr. Zuerst weihte sie ihn in ihr Leben ein, erzählte. Ob er zuhörte und verstand, was er auch tat, wusste sie nicht. Aber das schien ihr einerlei. Wichtiger war, sie musste das, was sie viele Jahre lang in sich niedergehalten und darüber gebrütet hatte, loslassen und es so vielleicht loswerden. Später stieg sie zu ihm ins Bett und hielt seinen fiebernden Leib an ihren nackten Bauch gepresst. Das tat sie, weil sie ihr eigenes Kind bereits verloren hatte und erst danach von erfahrenen Müttern gesagt bekam, sie hätte es dicht an sich halten sollen, da so die Fieberhitze vom größeren, kühleren Leib abgesogen worden wäre. Und jetzt, als der Knabenkörper immer noch glühte und zitterte, gab sie ihm ihr eigenes Wasser zu trinken. Er selbst hatte ihr einmal davon erzählt. Sie hatte auch von Tibetern gehört, die auf Reisen in Mutterwasser geknetete Gerstenmehlkügelchen mit sich führten. Bin ich nicht auch Mutter? dachte sie und hoffte inständig, dass ihre unglückliche, ungestillte Mutterliebe und ihre ehrliche Bereitschaft, dem seiner Mutter Beraubten beizustehen, imstande sein möge, die Vorzüge der eigenen Mutter gegenüber einer fremden zu ersetzen! Somit reichte sie es ihm, ohne es zu erklären. Und er trank, ohne zu fragen.

Viele Tage später sagte er ihr: »Nun seid Ihr mir doch eine Mutter.« Da war er wieder gesund. Aber davor gab es eine Menge anderer Dinge. Ein dritter Mensch tauchte auf, der erste männliche, der Arzt. Das war ein merkwürdiger Kerl, der möglicherweise darauf aus war, dem, den er gerade unter den Fingern hatte, Furcht einzuflößen. Aber der Knabe empfand keine Furcht. Dafür heftete er den Blick unverwandt auf dessen riesigen, hüpfenden Adamsapfel. Das merkte der und wusste sich wohl auf der Stelle dafür zu rächen. Denn er verordnete ein paar Kräutersäfte, und solange diese eingenommen wurden, sollte er einzig einen wässrigen Reisbrei essen. Dann blieb die ganze Zeit, da er bettlägerig war, Schao Dshe aus. Mutschin Bi sagte, sie hätte sie abbestellt. Darauf sagte ihm diese auch, dass er sich vor ihr hüten sollte. Und während all diese und noch weitere Dinge geschahen, während er, Kräutersäfte trinkend, Reisbrei essend und auf die Genesung wartend, das Bett hütete, hatte er genug Zeit, Mutschin Bi zu beobachten und an ihre Erzählung zu denken.

Eigentlich hat sie Feng Juing geheißen. Aber später sind ihr die Namen abhanden gekommen mit vielen anderen Dingen wie Jugend, Schönheit und Ehrgefühl auch. Eines Tages hat sie, als sie sich bei der Arbeit im Gemüsefeld gerade aufrichten wollte, plötzlich einen Mann neben sich stehen sehen. Sie hat nicht einmal einen Hilferuf auszustoßen vermocht, der Fremde hat ihr den Mund zugehalten, sie an sich gerissen und fortgeschleppt. Das war am helllichten Tag im Spätsommer, und sie ist zwölf Jahre alt gewesen. Später hat man ihr einen Dolch gezeigt und gesagt, damit würde man sie auf der Stelle erstechen und im Dreck liegen lassen, wenn sie sich nicht still verhielte, darauf hat man ihr einen Sack über den Kopf und um den Oberkörper gestülpt und sie auf einen Sattel hinter einen der Reiter gesetzt. Es sei ein langer Ritt gewesen, und ihr ganzer Hintern sei wund gerieben, als man sie endlich herunterholte und auf die Füße stellte mit den verhöhnenden Worten: »Freue dich, Jungfrau, über deinen wunden Arsch; solange er nicht verheilt ist, wirst du nicht gebraucht!«

Und so geschah es auch, es dauerte eine beträchtliche Weile, bis man sich ihrer erinnerte und bediente. Dabei wurde sie von niemand nach ihrem Namen gefragt, auch später nicht; immer wenn sie bei jemandem ankam, bekam sie einen anderen Namen. Zuerst wurde sie einem Holzhändler mittleren Alters zur Frau gegeben, der besah und betätschelte sie und wählte sie unter vier Mädchen aus. Wieder wurde ihr ein Sack über den Kopf gestülpt, als man sie von der Festung fortführte, wieder war ein langer Weg zurückzulegen, doch diesmal war es einfacher, man fuhr in einer Kutsche. Bei der Ankunft wurde sie von einer großen, bunten Menschenschar empfangen. Drei Frauen standen vorne, später erfuhr sie, das waren alle ihre Vorgängerinnen und Mitweiber. Die Älteste von ihnen trat zu ihr heran, beschaute sie mit einem giftsprühenden Blick und zischte: »Pch, mager-mager für den Preis!« Der Mann, der aus der Kutsche ausgestiegen war und sein Mitbringsel an der Hand herausgeführt hatte, schnauzte sie an: »Klappe! Mischst du dich wieder in Sachen ein, die dich nichts angehen, wirst du ausgesetzt, du ausgediente olle Schachtel, kapiert?« Worauf ein kurzes, einträchtiges Gelächter der beiden anderen erschallte. Später wurde sie am Ehebett, während man sie entkleidete und musterte, von derselben Frau, nun ohne den Ehemann, erneut angezischt: »Bist du schon von einem Mann bestiegen worden?« Sie antwortete gehorsam: »Nein.« Und erntete damit ein feindseliges Gekicher: »Wird man morgen früh schon sehen! Und solltest du gelogen haben, dann wirst du mit knallenden Fußtritten zwischen die spreizlustigen Beine hinten und vorn entlohnt und weggejagt, du menschliche Hündin!« Sie hatte Angst, am meisten vor dieser Frau.

Wenig später hieß es, sie sei schwanger. Jedoch endete es mit einer Fehlgeburt. Später wiederholte sich das noch einmal, zuerst die Schwangerschaft, dann die Fehlgeburt. Da wurde sie zu der Festung zurückgebracht. Dort blieb sie ein ganzes Jahr. In der Zeit brachte man sie einmal in die Stadt, zu einem Arzt, und dieser stocherte in ihrem Unterleib herum und schien an etwas zu flicken. Ihr ward ziemlich elend davon, doch bald war sie wieder imstande, sich aufzurichten, bis zur Kutsche zu gehen und in sie hineinzukriechen. Später sagte man ihr, sie sei jetzt wieder Jungfrau, und das sollte sie auf mögliche Fragen hin auch nicht vergessen.

Eines Tages wurde sie vor eine Horde von Männern geführt. Sie stand mit gesenktem Blick da und spürte die fremden Blicke wie sengende Feuer am Leib. Dann durfte sie wieder gehen. Kurz darauf betrat ein Mann den Raum, in dem sie allein gelassen war, und kam auf sie zu. Der Mensch war riesig, sein Scheitel berührte um ein Haar das Dach des schmalen Raumes. Er fing an, sie zu beäugen wie ein Reitpferd vielleicht oder wie ein Schlachtschaf. Dann fasste er noch ihren Leib da und dort an und fragte schließlich, ob sie von einem Mann beschlafen worden sei. Sie verneinte die Frage. »Schö-ön«, sprach er bedächtig. Und nach kurzem Schweigen fuhr er fort, in derselben bedächtigen Art, immer wieder mit einer kleinen Unterbrechung dazwischen: »Ich glaube, ich werde dich nehmen. Mit jedem Kind, das du mir gebärst, wirst du höher eingestuft, bei einem Jungen doppelt so hoch wie bei einem Mädchen!« Sie merkte, der Mensch war nicht nur sehr lang, sondern auch recht grob und kräftig geraten und wirkte schwerfällig, so auch in der Sprache. Er nahm sie mit. Bei ihm zu Hause sahen die Verhältnisse bescheidener aus als bei dem Holzhändler. Bauersleute waren ringsum. Wenn sie es gewollt hätte, hätte sie vielleicht flüchten können. Aber sie dachte nicht daran. Dafür dachte sie öfters, dass sie es bei einem anderen viel schlimmer hätte erwischen können. Vor allem hatte sie neben sich keine andere Frau. Sie erfuhr, jemand war bis vor kurzem da gewesen, musste aber, da sie keine Kinder gebar, weggehen.

Auch sie gebar dem Mann, dem sie Abend für Abend die Füße waschen und danach mit den nassen Händen über die eigenen Kopfhaare fahren durfte, keine Kinder. Sie wurde nicht schwanger. Sie hätte nichts dagegen gehabt, wenn sie es geworden wäre. Der Mann zeigte Geduld, wartete ganze zehn Jahre. Dann gab er sie weg, gab sie an einen Onkel weiter. Diesem war gerade die Frau verstorben. Der nahm sie, obwohl er schon uralt war. Und ausgerechnet da wurde sie wieder schwanger. Und es war ein Junge, der lebte drei

volle Jahre, dann starb er. Wie sie später von Erfahrenen erfuhr, hätte sie ihn vielleicht auch retten können. Aber die Ratschläge kamen zu spät. Und als der Junge leblos dalag, weinte sie sehr. Das sah der Mann und dachte vielleicht, er müsste sie trösten. Sagte jedenfalls, er würde ihr weitere Kinder machen. Doch daraus wurde nichts. Denn der Mann bekam noch in der Trauerzeit einen Schlaganfall und war halbseitig gelähmt. Sie pflegte ihn ganze sieben Jahre. Dann starb er. Und als sie wieder frei war, wollte keiner sie haben. Sie hätte sich auf Suche nach ihrem Dorf begeben können, allein sie wollte es nicht. Stattdessen ging sie zu dem Mann, der sie von der Festung geholt hatte, und sagte ihm, er sollte sie erneut haben oder dorthin, wo er sie genommen hatte, zurückbringen. Der Mann konnte sie nicht wieder haben, da sein Ehebett schon vom nächsten Weib besetzt war, das ihm zwar nicht den Kinderwunsch erfüllt hatte, dafür aber wenigstens recht jung war und frisch wirkte. So ließ er sie zur Festung bringen. Sie wurde wieder aufgenommen, als Magd für alle und alles. War eine von vielen. Noch zweimal wurde sie schwanger. Eines der Kinder, ein schwarzäugiges Mädchen, überlebte die Schonzeit von sechs Monaten und wurde ihr erst dann abgenommen. In der Festung Geborene wurden woanders von anderen aufgezogen, und die leiblichen Mütter erfuhren nie etwas von ihnen. So war die Ordnung, die in dem Festungsstaat herrschte.
Hynndynn genas bald und holte die magere Breizeit tüchtig nach. Mutschin Bi gab sich Mühe, alles schmackhaft zu kochen und ihm damit Freude zu bereiten. Auch sonst war sie gut zu ihm, das einmal erwachte Muttergefühl in ihr schien zu gären und zu schäumen. Er kam ihr entgegen und fühlte sich ein wenig zurückversetzt in die abgebrochene und vergessene Kindheit. Schao Dshe kam wieder. Er vertrug sich jetzt besser mit ihr, da er zu wissen glaubte, wer sie in Wirklichkeit war. An ihre Familie und Verwandtschaft rührte er nie wieder. Hatte aber eine fast peinigende Lust, die mickrige, wacklige Ge-

schichte auseinander zu reißen, neu zu ordnen und auszuschmücken und sie so in eine vollständige und packende zu verwandeln. Dabei glaubte er, Schao Dshes wahre Schwäche nicht bei den Zahlen, sondern bei den Worten zu erblicken. Aber er behandelte sie nun schonender, ohne sich ihr ganz zu öffnen. Nein, er war für sie neuerdings ein Zelt ohne Tür – sie durfte sich jederzeit an ihn lehnen, mit seiner Nachgiebigkeit rechnen und ihn, sooft sie es wollte, mit einem geringschätzigen Blick bedenken, aber hereinblicken in ihn durfte sie nicht mehr.

Mutschin Bi vertraute Hynndynn immer mehr Dinge an. Anfangs musste sie ihm tüchtig einschärfen, alles für sich zu behalten. Nun brauchte sie es nicht mehr, er wusste es. Mit der Zeit rückten sie einander so nah, dass sie auf einer Seite standen und zu Schao Dshe, die wer weiß welche Anordnung befolgen mochte, unbewusst das vereinte Gegengewicht darstellten. Bildete die Frau mit dem fremden Jungen eine Familie, war das Mädchen nur ihr Gast.

Eines Tages hieß es, ihm stünde eine wichtige Begegnung bevor. Mutschin Bi wie auch Schao Dshe zeigten sich aufgeregt. Er eigentlich auch, aber seine Aufregung kam allein von der Frage, wo die Begegnung stattfinden würde. Hier drinnen oder draußen. Und was hätte er nicht gegeben dafür, dass sie draußen wäre! Sie war draußen, und nicht nur das. Jede seine Erwartungen wurde übertroffen. Es war zu Anfang des dritten Herbstes, in der Vornacht brannte der Mond des Siebzehnten am vollbesternten Himmel, und auf Erden herrschte eine große, laue Stille.

An diesem, am achtzehnten Tag des ersten Herbstmonats zu einer frühen, taufrischen und lichthellen Stunde tat sich für ihn erstmalig das schwere Tor der schwindelhoch ummauerten Festung auf. Ein gewaltiger Morgen umfing ihn. Eine unbekannte Welt lag unter der lohenden Sonne am Himmel, der mit einem Mal grenzenlos weit und endlos tief wirkte. Gelbgrün erhoben sich an der einen Seite die buckligen Hügel aus der gestreiften und gewürfelten Ebene in der Ferne, und blauschwarz klebte an ihrer anderen Seite der Schatten und schien sie an die Erde niederzudrücken. Das Land war mit graudunklen Baulichkeiten bespickt, die mal vereinzelt, mal in Haufen, dahingestreuten Geröllfelsen gleich, hervorstachen, es waren wohl die Dörfer und Städte. Die Festung stand auf einem Berg, und sie sah von außen noch gewaltiger aus, denn jetzt sah man auch die Wächterbude, die in einiger Höhe an dem Mauerkörper klebte.

Eine Kutsche, gespannt hinter ein langbeiniges und dünnbauchiges Pferd, stand wartend im Hof; sogleich stieg man ein und fuhr los. Hynndynn hatte nicht nur keinen Namen für das Häuschen, in dem er neben Schao Dshe und gegenüber Mutschin Bi saß, sondern auch kein Gedächtnis mehr davon, was nun und später geschah – erst am nächsten Tag bekam er es von den beiden erzählt. Diese waren schmuck angezogen wie er auch und begleiteten ihn den ganzen Tag. Das Einzige, was er erkannte, war: Er verließ die Festung und war kein Gefangener mehr! Und darüber geriet er wohl in einen solchen Rausch, dass er alles andere, was äußerlich und hinderlich war, übersah und mit allen seinen Sinnen in der Freiheit schwelgte, die ihn umgab. Was er mit diesen seinen eingestellten oder vereinten Sinnen wirklich wahrzunehmen vermochte, war die Weite, durch die er sich bewegte, trotzdem er eingeschlossen in dem Häuschen auf den davoneilenden Rädern hockte.

Genau zum richtigen Augenblick klarte sich sein Verstand mit einem Mal auf. Dies geschah wieder in einem verschlossenen Raum, der sogar in einem richtigen Schloss lag, von welchem die Epen berichteten, und da glänzte und prunkte alles vor lauter Würde und Vornehmheit. Er stand vor einem betagten, knuppeligen Mann mit einem dichten weißen Kinnbart zu einem runden, feisten Gesicht, der auf einem erhöhten Sitz mit verschränkten Beinen saß, die Hände still ruhend ineinander auf dem Schoß, und er, Hynndynn, verharrte gerade in einer tiefen Verbeugung. Und während er so stand, überlegte er: Das also war Gao Guan, der gnädige Herr, von dem Mutschin Bi mit beinah klappernden Zähnen gesprochen und auf den sie ihn die ganze Zeit vorbereitet hatte. Nun sah er gar nicht so Furcht erregend, eher gütig und lustig aus. Dann richtete Hynndynn sich wieder auf. Der Mann saß unbeweglich und stierte weiter, als wenn er durch ihn hindurchschaute oder gar, als ob er mit offenen Augen schliefe. Da aber bewegte sich der Bart, während das Gesicht regungslos blieb, und ein gebelltes, heiseres Setzt-Euch war zu hören. Ein weiterer Mann, wie aus der Luft gefallen und jung und lang, stand plötzlich neben ihm und deutete stumm mit der Hand auf einen ebenso erhöhten Sitz seitlich.

Tee wurde aufgetragen. Hynndynn beobachtete Gao Guan, der zwei Schritt zu seiner Linken hinter dem flachen, spiegelblanken Tisch saß. Jener schien die vor ihm stehende Tasse zu übersehen, so ließ auch er seine unberührt. Irgendwann redete Gao Guan wieder in gebelltem Ton weiter: »Sonne, Mond und Sterne sind wirklich groß, weil sie wissen, sich zu gedulden. So sind die Menschen im Reich der Mitte auch. Hundert Jahre sind für sie nicht zu lang: reicht ihr eigenes Leben nicht aus, die Frist abzuwarten, dann wissen sie, ihre Kinder werden es tun; reicht auch deren Leben nicht aus, dann gibt es die Enkel.« Hier hielt der Greis inne und schaute dem Kinde zum ersten Mal in die Augen, um zu prüfen, ob es mitkam. Und er sah, er hatte wohl verstanden, so fuhr er fort: »Merkt Euch dies, Euer Hoheit: Wir Menschen im Reich der Mitte kennen keine Eile, so wie wir nichts vergessen, und gerade das macht uns unbesiegbar. Was will ich damit sagen? Dass wir Euch ein wenig haben warten lassen und dass dies seinen guten Grund gehabt hat. Ihr habt die Zeit nicht umsonst verstreichen lassen, habt nicht nur die Landesluft eingeatmet und Euch an der Landesnahrung gelabt und gestärkt, sondern auch die Landessprache erlernt, und ohne dies alles hätten wir heute nur unsere Gesichter sehen, nie aber unsere Herzen erfühlen können.«

Bis jetzt hörte Hynndynn aufmerksam zu. Dann aber schien sein Verstand zu flattern anzufangen. Er schielte verstohlen nach rechts und links und nahm dies und jenes wahr, so auch Mutschin Bi und Schao Dshe in einer fernen Ecke des gewaltigen Raumes, die eine kleiner und blasser und starrer als die andere. Er lauschte auch hinaus und vernahm Menschenstimmen und Hundegebell, beides in beträchtlicher Entfernung und vermischt, aber doch unterscheidbar und verfolgbar. Ihm fiel das komisch kleine und bedauerlich hässliche Zwergpferd mit den riesigen Ohren ein, das vorhin von der Kutsche eingeholt wurde. Er sah zwischendurch immer wieder sein Gegenüber und vernahm dessen gebellte, raue Stimme. So waren es einmal die dunklen Zähne, die ihn an bestimmte Kerne erinnerten. Dann waren es die Worte: »... Wir vom Himmel Auserwählten halten es für unsere heilige Pflicht, dort, wo Finsternis, Licht und dort, wo Armut, Reichtum zu spenden ...« Dazu die dicklidrigen Augen, zwei Schlitzen gleich, aus denen zwei blitzende Pfeilspitzen herzielten. Dann waren es wieder Worte, abgetrennte, abgezerrte Worte. Zuerst: »... finster das Land ... roh die Menschen ...« Darauf: »... laut des Himmels und unseres Kaisers Willen ... Euch auserkoren ...«

Später: »... dem großen Glück und wahren Glauben den Weg ebnen ...« Und schließlich: »... alles Alte, Überholte niederreißen und Neues, Mächtiges einsetzen ...«

Er hatte keine Erinnerung mehr an das, was dann geschah. Es war wie geträumt. Woran er sich dunkel erinnern konnte, war einzig die Dankbarkeit, die er empfunden hatte, als er endlich wieder mit Mutschin Bi und Schao Dshe in der Kutsche saß. Ebenso konnte er sich noch auf die Freude dumpf besinnen, von der seine Brust erfüllt war, als er in der Festung ankam und das schwere Tor hinter ihm zufiel – er war nun erst einmal abgesichert, war versteckt vor allen und allem. Von Freude erfasst und erfüllt waren auch die beiden anderen. Sie meinten, er sei gut gewesen, hätte den gnädigen Herrn überzeugt, und dieser hätte so die Frau wie auch das Mädchen mit manchen anerkennenden Worten belohnt. Aber dann bekamen sie doch Angst, als sie merkten, wie lückenhaft seine Erinnerung war. So saßen sie zu dritt und gingen, einander ergänzend, alles noch einmal durch.

Sie waren über eine große Brücke, durch zwei kleine Bäche an zahllos vielen Ackerfeldern und Gehöften und drei Dörfern vorbei in die Stadt eingefahren und in der fünften Straße rechts eingebogen und hatten vor dem dritten Haus, dem Himmlischen Schloß, gehalten. Die Entfernung hatte der Kutscher als vierzig Li angegeben. Der Gehilfe des Gao Guan, der junge, lange Mensch, habe Schao Guan draußen empfangen und ihn mit *Euer Hoheit* angesprochen und von ihm wissen wollen, welche Sprachen er denn spräche, worauf dieser keck geantwortet hätte: »Wieso wollt Ihr das wissen, wollt Ihr Euch mit mir vielleicht in meiner Sprache unterhalten?« Hynndynn war sprachlos, als er dies hörte. Genauso sprachlos seien alle gewesen, die daneben gestanden, als er dies gesagt hatte. Dann aber habe er sich gut benommen, so gut, dass selbst sein Versagen nicht bemerkt worden sei, selbst von Gao Guan nicht. Und während des Gespräches hatte dieser, der Hausherr, gesagt, er, Schao Guan, hätte zum künftigen Führer und Erleuchter seines Volkes zu werden.

»Was heißt das?«, fragte Hynndynn.

»Ja, was heißt denn das, zum Führer und Erleuchter seines Volkes zu werden?«, sagte Mutschin Bi und überlegte.

»Schao Guan, der kleine Herr, wird zu Gao Guan, einem großen Herrn!«, lachte Schao Dshe keck auf.

»Ach was!«, unterbrach Mutschin Bi sie unwillig. Und setzte dem gewichtig hinzu: »Es steckt viel mehr dahinter!«

Sie riefen sich weitere Worte ins Gedächtnis und versuchten, deren tieferen Sinn zu erfassen. Auch andere Begebnisse und Erlebnisse wurden aufgefrischt. Als Gao Guan seine Rede beendet hatte, hat er nach heißem Tee verlangt. Da hatte Schao Guan keinen neuen, heißen, sondern seinen alten, bereits erkalteten trinken wollen, und das hat Anlass zu einem neuen, netten Gespräch gegeben. Gao Guan hat zu ihm gesagt: »Ja, verständlich. Euer Hoheit sind ja noch ein Kind, während ich ein alter Mann bin. Als Kind mochte auch ich immer Kaltes, ohne zu wissen, dass mein Mund sich mit jedem verlebten Jahr immer mehr an die Hitze gewöhnen und ich eines Tages den heißen Tee gegenüber dem kalten bevorzugen würde, wie ich es heute tue. Diesen Geschmackswandel habt Ihr noch vor Euch, wie vieles andere auch. Dabei werdet Ihr sicherlich leichtere, doch deutlichere Spuren in die Welt ziehen als die, welche mir beschieden waren. Denn Eure Hoheit hat der zarten Haut der Kindheit zumindest geistig viel früher entwachsen müssen als ich – ja, noch mit vierzehn Jahren, als ich körperlich erwachsen war und heiraten durfte, war ich geistig ein glitschiges Wesen, ein Kind.«

Am nächsten Morgen fand Hynndynn beim Erwachen Mutschin Bi, wie so viele Male zuvor, auf dem Bettrand sitzen. Aber nun drückte sie ihn sanft aufs Bett zurück, als er sich aufrichten und vor ihr verneigen wollte. »Bleibt noch liegen, Schao Guan, und hört gut zu«, sagte sie und fuhr nach einem kleinen Zögern fort: »Gestern, als Ihr in Begleitung des Gehilfen Euch den Garten anzuschauen hattet, hat Gao Guan zu Schao Dshe und mir gesagt, wir sollten unsere Aufgaben guten Mutes fortsetzen und sehen, Euch noch tiefer in die Herztaschen hineinzukriechen, und das sollten wir tun wie Mutter und Tochter, und nicht wie Mutter und Schwiegertochter. Ich bin immer noch am Überlegen, was das zu bedeuten hat.«

An diesem Tag gab es Neuigkeiten: Schao Dshe sollte Schao Guan zu jemandem bringen. Das war selbst für Mutschin Bi neu. Ein anderer an ihrer Stelle wäre vielleicht laut geworden, aber sie hielt inne, hob lediglich die Augenbrauen und sagte sanft: »Gut. Ich begleite euch.« Schao Dshe widersetzte sich ihr heftig und sagte, der Lehrer hätte ihr ans Herz gelegt, sie dürfte nur mit Schao Guan allein zu ihm kommen.

»Du kennst also den Weg dahin?«, fragte Mutschin Bi scheinbar seelenruhig.
»Ja«, antwortete Schao Dshe einsilbig.
»Und warst du schon bei dem Lehrer?«
»Ja. Nein. Das heißt, nur einmal.«
»Ist es weit?«
»Nein. Eine halbe Stunde zu Fuß.«
»Dann darf ich euch wohl wenigstens mit dem Blick begleiten? Der Lehrer braucht es ja nicht zu wissen.«
»Wenn Ihr es meint.«
Hynndynn sah das schwere Tor zum zweiten Mal aufgehen, und diesmal sollte er sich sogar mit der kleinen Schao Dshe allein von der Festung wegbegeben. Mutschin Bi blieb am Eingang, und solange sie nicht hinter der Biegung verschwunden waren, war sie immer noch zu sehen. Und dort, gleich in der Talmündung, war das Gehöft des Lehrers. Schao Dshe trat durch das halb offene Brettertor, ging auf die hinterste und kleinste von den drei niedrigen erdgrauen Lehmhütten zu, riss deren schmales Türchen auf und gab Hynndynn durch eine Kopfbewegung zu verstehen, einzutreten. Dieser gehorchte, blieb aber gleich hinter der Schwelle stehen, denn innen war es dämmerig. Nach einer kleinen Weile aber entdeckte er vor der Wand gegenüber der Tür einen Menschen auf untergeschlagenen Beinen sitzen. Da fing er an, sich zu verneigen, zumal in diesem Augenblick Schao Dshe, die sich an ihm vorbeizwängen wollte, ihn heftig in die Seite zwickte. Er führte eine dreifache Verneigung aus, wie er es gelernt hatte, und als er sich endlich wieder aufrichtete, wurde er eines bejahrten, sehnigen Mannes mit einem zerknitterten, schmalen Gesicht ansichtig, aus dem ein Paar sehr wacher Augen unter üppigen, schrägen Brauen hervorstachen. Lange gab der Mann keinen Ton von sich, beobachtete sie aber umso aufmerksamer; dabei blieb er kerzengerade; nie sah man ihn auch später in einer anderen Haltung. Endlich gab er ein Zeichen, auch da stumm, sie sollten sich setzen. Hynn-

dynn zögerte und ließ Schao Dshe vorgehen. Sie nahmen dem Mann gegenüber Platz, saßen flach auf einer dünnen Strohmatte, Elle an Elle, nebeneinander. Auch dann bewahrte der Mann immer noch Stille und Haltung. Jetzt senkte er den Blick und schien zu erstarren.

Und nach zehn oder zwanzig endlos langen, qualvollen Pulsschlägen machte er endlich den Mund auf: »Ich bin der Lehrer. Das ist einer, der anderen Menschen Wissen vermittelt. Ich werde Euch Lesen, Schreiben und Rechnen beibringen. Heilig ist der Vater, der einen zeugt. Heilig ist die Mutter, die einen austrägt und gebärt. Heilig ist der Lehrer, der einen ausbildet und prägt. Das sind die Drei Heiligen für einen jeden Menschen. Und Heilige sind erhaben über jeden Zweifel. So ist immer wahr, was der Lehrer sagt. Hier sitzen wir zu dritt. Wenn ich aber sage, nein, es sind vier Menschen, oder zwei, dann habt Ihr als Schüler kein Recht, das zu bezweifeln. Habt vielmehr die Pflicht herauszufinden, warum ich das sage ...« Er sprach langsam und lange. Hynndynn fand es merkwürdig, glaubte jedoch, das meiste davon verstanden zu haben. Dann bekam jeder eine Aschetafel. Das war ein handliches, eingerahmtes und mit Pech bestrichenes Brettchen, man konnte Asche darüber streuen, darin mit einem gespitzten Stäbchen Spuren ritzen oder diese auch jederzeit löschen, indem man darüber mit einer Fingerkuppe wischte. Der Lehrer ritzte ein Zeichen am oberen Rand vor, und man hatte es darunter und daneben nachzuritzen bis die Tafel voll war. Es war die lustigste Beschäftigung. Schumei war gut, zog die Spuren sauber nach. Aber auch Hynndynn gewöhnte sich schnell an alles und kam mit. Zum Schluss durfte jeder seine Tafel mitnehmen und sollte zu Hause die gelernten Zeichen gut üben.

Hynndynns Eifer kannte keine Grenzen. Er lernte schnell und wollte immer mehr. Schumei zeigte sich nicht weniger eifrig, war jedoch langsamer im Erfassen. Der Lehrer wurde oft ungehalten, und da kam einmal heraus, dass sie schon vorher da gewesen war und einen Vorsprung gehabt hatte. Der Unterricht war am Vormittag. Auch den Nachmittag verbrachten die zwei weiterhin gemeinsam in der Festung, nun fast ausschließlich lernend. Weder er noch sie hatte Lust zu spielen, es war, als hätten sie davon für immer genug. Sie hatten einen festgelegten Tagesverlauf: Morgens kam sie, holte ihn ab, mittags kamen sie zurück, und abends, kurz vor Einbruch der Dunkelheit, ging sie. Einmal sagte er zu Mutschin Bi, seinetwegen brauchte ja Schao Dshe morgens gar nicht zu kommen, um ihn abzuholen, und ebenso wenig brauchte sie ihn dann zurückzubringen, er würde den Weg allein finden.

Darauf hörte er sie sagen: »Kein Wort, bitte, darüber!«

Aber er wollte nicht zurückweichen: »Oder Ihr wisst etwas, was ich nicht weiß?«

Sie war nicht aus der Fassung zu bringen, sagte seelenruhig: »Gewiss weiß ich manches, aber bei weitem nicht alles, wie jeder andere auch.«

»Ich dachte, wenn Schao Dshe nicht dabei ist, könnt Ihr ungestört lernen.«

»Ach, nein, Schao Guan, lasst mich aus dem Spiel. Es ist ohnehin nicht gut, was wir da tun.«

Mutschin Bi konnte weder lesen noch schreiben. Hynndynn hatte sie überredet mitzulernen. Das war nach langem, zähem Kampf geschehen. Der Lehrer, so auch Schao Dshe, durften davon nichts erfahren. Nun lernte sie mit, sie tat es nachts. Er war ihr Lehrer, ein geneigter, aber mitunter auch strenger. Einmal stach er sie mit dem stumpfen Ende des Schreibstabes gegen die Stirne, als sie ein Zeichen mit einem anderen verwechselte. In ihren Augen zeigten sich Tränen, und sie sagte kaum hörbar: »Ihr könnt mich auch schlagen und treten, Schao Guan. Doch fürchte ich, es könnte Euch selber schaden, wenn Ihr die Hand gegen mich erhebt, da ich nicht nur Mutschin, Mutter, heiße, sondern auch das Herz in mir das einer Mutter ist und seit langem für Euch schlägt.« Er sah sie verwirrt an und sagte verlegen: »Der Lehrer macht es mit uns, wenn wir einen Fehler machen.«

»Er macht es? Mit Euch auch, Schao Guan?«
»Ja, natürlich. Er ist doch mein Lehrer, und warum sollte er es auch nicht mit mir tun?«
»Ich verstehe, Schao Guan. Tut mit mir, was Ihr für richtig haltet, ich sage nichts mehr.«
Auch Mutschin Bi war eine eifrige, ehrgeizige Schülerin, und sie lernte mindestens so gut wie Schao Dshe.
Die beiden Kinder verbrachten täglich eine ganze Stunde unterwegs und führten dabei oft recht unkindliche Gespräche miteinander. Eines Tages fragte sie ihn: »Hast du nicht Lust abzuhauen?«
Er blieb stehen und schaute ihr scharf ins Gesicht: »Wie bitte?«
Sie zeigte sich davon unbeeindruckt: »Du hast schon gut gehört und richtig verstanden!«
»Du willst also, dass ich abhaue?«
»So hab ich es nicht gesagt! Wollte lediglich wissen, ob du dazu Lust hast.«
»Wieso willst du es wissen? Willst du etwa mitgehen?«
»Warum nicht?«
Ein anderes Mal wollte sie wissen, ob er nicht Lust hätte, ihr zwischen die Beine zu fassen.
»Warum das?«, fragte er. »Ist dort was?«
»Vermutlich«, sagte sie. »Der Schwarze Panther tut es jedes Mal, wenn ich in seine Nähe komme.«
»Der Schwarze Panther? Was oder wer ist das?«
»Ein Mensch. Ein mächtiger Mann.«
»Was glaubst du, warum er es macht?«
»Vielleicht will er wissen, ob ich als Frau schon reif bin.«
»Und bist du es?«
»Ich denke ja.«
»Weshalb denkst du das?«
»Weil ich seit Monaten schon blute.«
»Du blutest? Hast du dich etwa verletzt?«
»Ach, Junge. Angeber mit deinem reifen Verstand!« Sie kicher-

te vielsagend. Allein er gab zu, dass er nicht mehr verstand, worum es ging.
»Man wird als Frau reif, wenn man anfängt, unten zu bluten, einmal im Monat für vier, fünf Tage.«
»Das ist ja schrecklich!«
»Gar nicht so schrecklich. Es ist sogar schön, ja wunderschön, wenn man den richtigen Mann dazu hat!«
»So?«
»Ja doch! Willst du mir nicht der sein?«
»Ich weiß es nicht.«
»Du musst es nicht gleich sein. Erst später, wenn du erwachsen bist, meine ich.«
»Pass auf. Wir sind angekommen.«
Der Lehrer sprach vom Großen Weisen, von Kong-Zi, der von 551 bis 478 vor unserer Zeit lebte und im Westen auch unter Konfuzius oder Konfutse bekannt ist. Er tat es immer wieder. Und jedes Mal, wenn er es tat, wirkte er tief in Gedanken versunken. Hynndynn musste an seine Mutter denken; wenn sie morgens, die dampfende Teekanne in der einen, den dreizehnäugigen Spritzlöffel in der anderen Hand, aus der Jurte trat und sich der niedrigen Steinsäule unter dem rauchenden Wacholder näherte, angesichts der Berge und des Himmels darüber, und die unsichtbaren Geister der Ahnen herbeirief, während sie den frisch gekochten Tee verspritzte, hatte ihre Miene im Lichtschein derselben Ehrfurcht geruht, die sich jetzt auf dem zerfurchten, hageren Gesicht des Lehrers zeigte. »Mein und meiner Lehrer, Euer und Eurer Schüler, aller Menschen im Reich der Mitte zu allen Zeiten Lehrer«, sagte er nun und fragte darauf: »Versteht Ihr das?« Die beiden schauten verwirrt vor sich hin und schwiegen. Der Lehrer wartete eine Weile und sagte: »Macht nichts, wenn ihr es nicht sofort, nicht Wort für Wort versteht. Hauptsache, ihr versteht es mit dem Herzen. Aber eines Tages werdet ihr es auch in allen Feinheiten, in jeder Biegung des Wortes und in jeder Beugung des Gedankens verstehen. Denn ich werde es euch noch öfters wiederholen.«

Die bekannte Frage nach einem solchen Gespräch kam: »Wie können wir Seine Lehre mit einer Hand erfassen?« Man wusste, Schao Dshe würde die sein, die die Frage zu beantworten hatte. Es war jedes Mal so. Und man wusste auch, welche Hand da in Frage kam – links schlägt das Herz! Da wurde tatsächlich wieder Schao Dshe genannt, und sie hob die Linke bis zur Augenhöhe und wartete.
»Daumen!«
»Mein Land ist die Achse der Erde.«
»Richtig. Zeigefinger!«
»Wo ich auch bin, bleibe ich Handsu.«
»Gut. Mittelfinger!«
»Ich werde die Witterung einer jeden Weltecke aushalten.«
»Sinngemäßig richtig. Ringfinger!«
Sie stöhnte und zupfte verlegen am eigenen Ärmel.
»Schao Guan. Wollt Ihr ihr helfen. Aber nur ein Stichwort nennen!«
»Mit einem Bettlerstock ...«
»Wenn es sein muss, reise ich mit einem Bettlerstock in der Hand aus, kehre aber dann mit Klumpen von Gold bepackt zurück.«
»Gut. Kleinfinger!«
Schao Dshe stöhnte abermals.
»Schao Guan, aber nur ein Wort!«
»Tschang dsian, der Lange Strom.«
»Im Tod will ich mit dem Kopf zum Tschang dsian liegen.«
»Jawohl! Und das solltet Ihr Euch besonders gut merken als Frau, die, einem Pfeil gleich, abgeschossen werden kann, Schao Dshe!«

Tage und Monate vergingen. Dem Herbst war der Winter gefolgt, diesem der Frühling und dem der Sommer. Jetzt war wieder Herbst. Und es war einer, morgens mit Silber, tags mit Gold überzogen. Dann und wann ging auch ein sonnenheller, windzerzauster Platzregen nieder, und da kam es einem vor, als ob sich eine Vielzahl von glitzernden Wandscheiben von den Wolken lösten und herunterstürzten, um sogleich auf der Erde zu zerschellen, abzuprallen und auf den Grashalmen und Baumblättern hängen zu bleiben, eine Unzahl von Kristallkügelchen. Vielleicht dank dieser gewaltigen, aufrüttelnden und verschwenderischen Gaben ringsum, vielleicht aber auch anhand ganz anderer Kräfte und Säfte – in beiden Kindern gingen unübersehbare, unzähmbare Veränderungen vor sich. Wobei diese in seinem Falle vor allem den Geist und in dem ihrigen überwiegend den Körper betrafen.

Eines Tages waren sie wieder einmal unterwegs von der Schule zur Festung. Er erzählte ihr von seinen Überlegungen zu den vier Jahreszeiten. Meinte, dass jede von ihnen unumgänglich, weil notwendig sei. »Was wäre, wenn es keinen Winter gäbe?«, fragte er und anwortete selbst: »Dann würden die Ungeziefer endlos wachsen, sich zahllos vermehren und sehr bald die Erde überschwemmen.« Während er dies sagte, dachte er an die vielen dicken Fliegen, die ihn am ersten Morgen in der Notdurfthütte der Festung umschwärmt hatten. Und dieser Gedanke führte ihn weiter in die Heimat seiner frühen Kindheit, wo der Winter viel kälter als der hiesige war; da waren auch die Fliegen anders, weniger und kleiner – sie waren da, störten aber keinen. Seltsamerweise hatte bei den Worten auch sie an dieses ferne, unbekannte Land und den dortigen eisigen, nur von seiner Erzählung her bekannten Winter gedacht. Mit einem Mal griff sie nach seiner Hand, führte sie vor ihren Mund und begann sie zu küssen. Er stand fassungslos da, zog seine Hand aber aus irgendeinem Grund nicht zurück. Nun sagte sie: »Ach, mein liebster Junge! Nimm mich doch bitte in dein Land, in den eisig kalten Winter mit ...«

Hynndynn, erst jetzt zur Besinnung gekommen, zog die Hand weg und stammelte: »Dshe ... Schao Dshe! Was ... was machst du? Wie kommst du darauf, dass ich zurückgehe? Oder ... oder hast du ... hast du gehört, dass man mich

zurücklässt? Hast du was … was darüber gehört, Schumei? Wenn ja, dann sag es mir schnell, wann und wie!«
»Mein Herz sagt es mir …«
»Dein Herz … Ich habe gedacht, du hast tatsächlich irgendetwas gehört …«
»Du glaubst meinem Herzen nicht?« Sie fing an zu schluchzen.
Er stand da und wusste nicht, ob und wie er sie trösten sollte. Wenig später sagte er ihr: »Höre, bitte, auf zu weinen, Schao Dshe. Du hast keinen wirklichen Grund dazu. Du lebst im eigenen Heimatland, hast noch deine Eltern, deine Geschwister, die eigene Sippe. Der Himmel, die Erde, die Sprache – alles ist für dich Eigen!«
Da fing sie an, noch lauter zu schluchzen und sagte: »Du erwähnst meine Eltern? Die haben mich verstoßen …«
Er überstürzte sich: »Verstoßen? Wofür denn? Und wann?«
Sie antwortete nicht sogleich, musste sich wohl zuerst ausweinen. Und das, was sie später aus sich herausbrachte, überzeugte ihn nicht besonders: »Ja, vor einiger Zeit haben sie es getan … Dies, da ich so lange … so wenig zu Hause war … Und auch dich vor ihnen immer wieder in Schutz nehmen musste …«
Er unterbrach sie: »Oder willst du zugeben, du hast sie von Anfang an nicht gehabt?«
Sie fuhr zusammen und schrie fast: »Hat da Mutschin Bi etwa?«
»Nein«, sagte er ruhig. »Mutschin Bi macht solches nicht. Ich hab es selber herausgefunden, denn ich kann denken!«
Sie schaute ihn an: stumm, ungläubig und entmutigt. Und sagte einige Zeit später: »Aber ist denn das für dich Grund genug, mich nicht zu nehmen?«
»Wie zu nehmen?«, fragte er verwirrt. »Zur Frau?«
»Ja. Aber auch so.«
Er verstand sie nicht.
Sie sah das und sagte: »Der Schwarze Panther fasst mich

immer derber an. Ich habe Angst vor ihm. Mir wäre lieber, du nähmest mich vorher. Doch ich sehe, du bist immer noch ein Kind.« Das sagte sie ruhig, umso trauriger nur. Da gingen sie längst wieder. Kurz bevor sie die Festung erreichten, schloss sie das Gespräch ab: »Wachse, Kind, zum Manne herauf. Ich werde im Warten leben!«

Am Abend fragte Hynndynn die Amme, weshalb denn Schao Dshe von ihren Eltern verstoßen worden sei.

Mutschin Bi sah ihn verwundert an und sagte: »Wieso? Hat sie das erzählt?«

Statt darauf zu antworten, stellte er die nächste Frage: »Ist denn Schao Dshe meine künftige Frau?«

»Im Falle, Ihr möchtet es, dann ja.«

»Im Falle, ich will es nicht, was dann?«

»Ja. Was dann?«

Der Winter kam und ging. So auch das Frühjahr. Zum Anfang des Sommers ging der Unterricht zu dritt zu Ende. Der Lehrer sagte zu den beiden, sie wären nun erst imstande, im Gewässer des Wissens zu schwimmen, aber es wäre nur ein Teich, in dem sie gerade stünden, und sie könnten sich, anhand anderer, besserer Lehrer, oder wenn sie es wollten, auch eigenständig bewegen in Richtung des Sees, des Meeres und des Ozeans. Damit schien für Ling Schumei der Weg des schulischen Wissens zu Ende zu gehen. Für Hynndynn aber ging er weiter. Eine weitere Schrift und gar andere Sprache kam auf ihn zu: Manzhu. Das war die Amtssprache und die Amtsschrift, wie er erst später begriff. Jetzt kam ein Lehrer in die Festung. Es war ein gut gelaunter und gut aussehender junger, oberflächlicher Mensch. Der Schüler hätte jeden Grund gehabt, sich mit dem Unterrichtsstoff schwer zu tun, tat es aber nicht. Glich einem Batzen grasbespickter Sandsteppe: sog jeden Tropfen, der fiel, gleich auf und gierte nach dem nächsten – wohl hatte sein aus- und vorgeruhter, nun aber geweckter nomadischer Kopf nach geistiger Nahrung gesucht, so wie der Steppenboden nach Humus hungerte und nach Wasser dürstete. Ein

Jahr später ging auch dieser Unterricht zu Ende, und dafür kam eine weitere Sprache mit ihrer anderen Schrift hinzu: Tibetisch. Der Lehrer war ein Lama, sollte sogar ein echter Tibeter sein, ein süßlich sanfter, ständig nach gestandener Butter riechender Mann unbestimmten Alters. Hynndynn hatte eine dumpfe Erinnerung an den flatternden rot-gelben Umhang, aber für mehr reichte sie nicht. Nun kam auch der Lama täglich in die Festung. Auch da zeigte der Schüler seinen unermüdlichen Fleiß. Es waren gewiss recht eintönige Tage, Monate und Jahre unter der ewig gleich bleibenden Last des Lernenmüssens, allein der Zögling schien es gelassen und geduldig hinzunehmen. Zumindest ließ er sich nie anmerken, dass er eigentlich das Leben eines Häftlings fristete.
Ohne Mutschin Bi wäre vermutlich manches anders verlaufen. Aber sie war da, und in ihrer Brust pochte und wachte das Mutterherz. Schao Dshe kam weiterhin, jetzt aber nur spätnachmittags. Fand sie ihn noch beim Lernen, machte sie eine tiefe Verneigung, warf ihm ein schüchternes Lächeln mit einem liebevollen Blick zu und verschwand wieder. Sie blieb so lange bei Mutschin Bi, bis er irgendwann nach ihr rief. Da kam sie sofort hereingeweht mit einem freudestrahlenden Gesicht, wartete aber stumm, bis er den Mund aufmachte. Er tat es auch, und was er sagte, glich jetzt erst recht nicht dem, was man von einem dreizehnjährigen Knaben erwarten durfte; es waren weit ausholende Überlegungen, die ihr meistens unverständlich blieben. Doch hörte sie ihm gern zu und betrachtete ihn mit den kribbelnden Vorahnungen und lückenhaften Vorkenntnissen einer soeben ausgereiften Jungfrau und fand heraus, dass der künftige Mann langsam auch angefangen hatte, sich aus dem unkindisch strebsamen Knaben herauszuschälen. Und aus ihren Erzählungen erfuhr er, dass auch sie lernte – kochen, waschen, nähen, stricken, stopfen und noch manch andere Dinge, die aber nicht genannt wurden. Auch erwähnte sie ein paar Male den Schwarzen Panther, der sie immer öfter und derber an bestimmten Stellen anpackte.

Einmal erzählte sie, dass jener bereits fünf Frauen und dreizehn Kinder hätte. Und sagte plötzlich: »Soll ich zu seiner sechsten Frau werden?« Da passierte ihm etwas sehr Dummes, denn er fing an zu lachen. Ihm war eine Pferdeherde eingefallen, die vielen Stuten, Jährlinge und Fohlen mit dem zottigen, allmächtigen Leithengst. Schao Dshe brach in Tränen aus, sprang auf und lief davon. Er konnte auch da nicht aufhören und lachte noch eine Weile allein weiter. Und während er so dasaß und kicherte, dachte er nebenher, sie würde sich im Vorzimmer bei der Mutter beruhigen und bald zu ihm wieder zurückkehren. Aber sie war gleich gegangen. Und kam nicht wieder.
Eines Tages fragte Mutschin Bi ihn verstört und erstmalig mit unüberhörbarem Tadel in der Stimme: »Was habt Ihr letztes Mal zu Schao Dshe gesagt, als sie mit Tränen davonrannte, Schao Guan?«
»Wieso? Ist was passiert?«
»Sie hat sich das Leben genommen!«
Hynndynn wusste nicht mehr, wie ihm geschah. Tage später erzählte ihm Mutschin Bi, was passiert sei. Er habe anfangs wie irrsinnig gelacht. Später kniete er vor ihr, umarmte ihre Knie und stammelte unter strömenden Tränen: »Sagt doch ... Mutschin Bi ... Ihr habt gescherzt ... tut es nur ... um mich zu erschrecken ... nicht wahr? Sagt ... bitte-bitte ... sagt es ... nun endlich wieder ... richtig ... liebe, weise Mutter!«

Seltsam, wie hartnäckig, wie verbissen er lernte, wie ergeben, wie demütig er sein knospenhaftes Leben wundrieb und verschwendete – an einer Sprache und einer Schrift, von der er nie wusste, wozu sie gut sein sollte, um nun auch sie zu beherrschen. Dabei zeigte er sich lieb und anhänglich wie noch nie. Mutschin Bi spürte wieder und wieder die Dankbarkeit, die in ihm zu wallen und zu schwallen und sie unter ihre Flut zu reißen schien, sooft sie sich ihm näherte. Sie blieb oft eine ganze Stunde auf dem Rand seines Bettes sitzen, wenn er längst eingeschlafen war. Betrachtete sein junges, von den Anstrengungen des Lernens gezeichnetes klares Gesicht, spürte die Hitze seines jungen, wachsenden Körpers und begleitete sein Atmen. Erschien dabei ein Lächeln auf dem Gesicht, lächelte sie mit; wurde das gleichmäßige Atmen von einem Seufzer unterbrochen, zog sie sich gequält zusammen. In solchen Augenblicken glaubte sie unerschütterlich, dass der Himmel ihr eines seiner toten Kinder oder gar alle vereinigt in diesem zurückgeschickt habe. Dabei erfühlte sie tiefstes Glück, bangte aber auch. Vor lauter Glück wie vor Sorge legte sie sich hin und wieder zu ihm. Das tat sie vorsichtig wie eine Diebin, doch er schien es selbst mitten im tiefsten Schlaf mitzubekommen, wandte sich ihr zu, rückte näher und atmete in genüßlichen, langen Zügen ihren Geruch ein. Auch sie genoss seine Nähe, drückte ihre Nase gegen seine Schläfe und atmete seinen Geruch lang und gierig ein. Aber bald darauf erhob sie sich wieder aus dem Bett und ging. Nur einmal blieb sie liegen, war eingeschlafen. Als sie erwachte, lagen sie Arm in Arm, beide waren verschwitzt, und über ihnen gilbte der Lichtschein des neuen Tages. Ihr Herz fing an, wild zu hämmern, aber sie brachte es fertig, sich so geschickt aus seinem Arm zu lösen, dass er weiterschlief.

Wieder einmal war Sommer. Da erklärte der Lehrer eines Tages den Unterricht für beendet, segnete ihn und ging. Was werde ich nun als Nächstes lernen? dachte er neugierig. Und war bereit, sich dem hinzugeben, gleich, was käme. Aber da kam anstatt eines neuen, des nächsten Lehrers der Gehilfe des Gnädigen Herrn, und er war nicht allein. Er brachte eine ältere Frau, eine Schneiderin mit. Sie maß Hynndynn in der Länge und im Umfang des Leibes umständlich, aber genau ab. Währenddessen erteilte der Gehilfe im anderen Raum Mutschin Bi Anweisungen. Später erfuhr Hynndynn, was ihm bevorstand. Der Gnädige Herr wolle sich mit ihm treffen und sehen, was aus dem einstigen Knaben geworden sei. Dabei habe der Gehilfe von sich aus gedacht, es sei wohl besser, wenn seine Hoheit möglichst schmuck ausschaue.

Mutschin Bi verließ mit ihm nun täglich die Festung, und sie gingen in der abgelegenen Umgebung lange spazieren. Es hieß, er solle auch am Gesicht erholt und frisch ausschauen und geistig gefestigt dastehen, wenn er vor den Gnädigen Herrn treten müsste. Eines Tages sahen sie in einiger Entfernung ein großes Gehöft, es war ebenso von einer Mauer umschlossen und glich einer Festung. »Schao Dshe hat dort gelebt«, sagte Mutschin Bi. Hynndynn hatte gerade wieder an sie gedacht und sein Benehmen an jenem Abend nun zum wievielten Male bereut.

»Der Schwarze Panther lebt also dort mit seiner Weiber- und Brutherde!«, sagte er hassvoll.

»Schao Dshe hat Euch also doch von ihm erzählt?«, kam sie ihm sanft entgegen.

»Ja. Er wollte sie zu seiner sechsten Frau machen!«

»Großer Himmel!«

»Wenn ich groß und stark genug bin, werde ich den Kerl zum Zweikampf herausfordern und mich bei ihm rächen für Ling Schumei!«

»Den Gedanken solltet Ihr lieber vergessen, Schao Guan. Der Schwarze Panther verfügt nicht nur über eine Weiber- und Kinderherde, sondern auch über eine große, bis auf die Zähne bewaffnete Männerhorde, die vor nichts zurückschreckt!«

»Ihr meint, er ist unschlagbar?«

»Unschlagbar, ja, genau das ist es. Hinter ihm steht Gao Guan, hinter diesem ein noch Mächtigerer, und hinter dem, dem und dem, hinter diesen allen der Staat mit seinen Gesetzen, seinem Heer. Und wer soll so einen schlagen?«

»Ihr meint, auch die Manzhu nicht? Ich habe gelernt, sie jäten mit ihrem Kaiser und ihren Gesetzen alles, was in diesem uralten Reich schon überholt und veraltet ist, und pflanzen es auf weitere zehntausend Jahre neu ein.«

Mutschin Bi lachte spöttisch auf und winkte müde ab: »Wer sind diese Manzhu? Eine Hand voll verlorener armer Teufelchen in einem Ozean. Schon sind sie zur Hälfte ertrunken. Es

wird darauf gewartet, dass die andere Hälfte auch noch ertrinkt.«
»Wie redet Ihr denn, Mutschin Bi, mit einem Mal? Wer ist es, die jetzt spricht, Ihr oder die tote Seele der Ling Schumei?«
»Wohl ist es die zu Tode gepeinigte und zu Mutschin Bi erniedrigte Seele der Feng Juing!«
So sprachen sie an jenem Tag miteinander, und das am noch gebliebenen Zipfel der einstigen Steppe, im Freien. Dann aber, als sie wieder auf die Festung zugingen, sagte Mutschin Bi: »Damit Ihr wisst, Schao Guan, das Gespräch vorhin ist gewesen und längst wieder vergessen, und wir sind aufs Neue die ehrfürchtigen, gehorsamen Untertanen des Qing-Kaisers!«
Die maßgeschneiderte Tracht kam, sie bestand aus etlichen Teilen, war aus schwerer Seide und saß gut. Hynndynn wirkte älter, wirkte erhaben, fühlte sich aber nicht ganz wohl darin. Mutschin Bi meinte, er würde sich daran schnell gewöhnen. Und lachte: »Schao, klein seid Ihr schon nicht mehr. Wie soll ich Euch jetzt nennen? Da Guan, den großen Herrn, vielleicht?« Allein, daraus wurde nichts. Auch später, als er längst erwachsen war, nannte sie ihn weiterhin Schao Guan und drückte damit ihre liebe- und vertrauensvolle Haltung zu ihm aus.
Wieder erschien die Kutsche am frühen Morgen an der Festung. Diesmal saß der Gehilfe des Gnädigen Herrn darin. Und er machte die beiden mit einigen Dingen vorweg bekannt: Heute stand eine Spazierfahrt bevor, und die Gnädige Gattin des Gnädigen Herrn und seine Nichte, die Gnädige Prinzessin, sollten mitkommen. Auch wurden einige Orte genannt, von denen in Hynndynns Ohren lediglich ein Name hängen blieb: der See des Himmlischen Friedens.
Auch diesmal setzten seine Sinne hier und da aus. Die Prinzessin war schuld. Von ihr hatte er nur in Märchen und Epen gehört, nun aber sollte er sie leibhaftig sehen!
Den Gnädigen Herrn hätten weder Mutschin Bi noch Hynndynn wieder erkannt, wenn der Gehilfe es nicht verraten hätte.

Er lief in schnellen Trippelschritten die geschwungene Außentreppe des Schlosses herunter, als die Kutsche ankam. Nebenan stand ein noch größeres Pferd angespannt, eine weitere, um einiges mächtigere Kutsche, und drinnen saß schon jemand. Vielleicht die Prinzessin? dachte Hynndynn und sein Herz pochte heftig. Der Schlossherr verriet beste Laune, verneigte sich ungehörig tief und sprach, ebenso ungehörig laut: »Herzlich willkommen, Euer Hoheit!« An der bellenden Stimme erkannte er ihn jetzt endgültig wieder, und sah auch, was sich alles an dem Mann verändert hatte: Der Bart fehlte, das feiste, runde Gesicht schien um einiges spitzer zu sein als bei der letzten Begegnung, und der knuppelige, schwammige Körper wirkte wie in die Länge gezogen, mit Kanten und Ecken versehen und strahlte in jede Richtung hin Bewegung aus. »Gewachsen seid Ihr, Euer Hoheit, zu einem prächtigen jungen Mann!«, rief er begeistert aus. »Das möchte allem voran gesagt sein. Das ist das eine. Zudem habt Ihr Willen, Verstand und Geduld gezeigt, habt die Lehre glänzend beendet. Nun wird erst einmal gelebt, jawohl gelebt!« Darauf bedachte er seinen jungen Gast, der eingeschüchtert dastand, erneut mit einem begeisterten, gütigen Blick und sagte plötzlich sachlich: »Wir haben eine beträchtliche Strecke zu fahren. Den Rest bereden wir unterwegs oder wenn wir am Ziel angekommen sind. So steigen wir erst einmal ein und fahren ab!« Damit führte er Hynndynn mit einer sanft-entschiedenen Handbewegung zu der anderen Kutsche. In diesem Augenblick warf der Gehilfe seinem Herrn einen fragenden Blick zu, der unbeantwortet blieb, aber Mutschin Bi nicht entging. Die beiden blieben weiterhin zusammen in der alten Kutsche.
In der Kutsche waren die Sitze hintereinander angeordnet. Hynndynn saß auf dem vorderen Sitz rechts neben dem Gnädigen Herrn und die weibliche junge Person hinter ihm. Der Sitz neben ihr blieb frei. Er vermochte sich einzig an den Blick ihrer schwarzen, vollen Augen zu erinnern. Das war ein verängstigter und fragender gleichzeitig. Obwohl er den heißen

stoßartigen Atem im Nacken spürte, vermochte er das, was der Gnädige Herr in einem fort erzählte, gut ins Gedächtnis aufzunehmen und später Mutschin Bi gegenüber halb begeistert und halb belustigt Wort für Wort wiederzugeben. »Bei unserer ersten Begegnung erzählte ich Euch, Hoheit, über die Geduld, die im Reich der Mitte gepflegt wird. Wir können warten, sagte ich da, fällt mir gerade wieder ein. Daher brauche ich mich vor Euch gar nicht groß zu entschuldigen, dafür, dass wir uns in all den Monaten und Jahren seit jenem Tag nicht noch einmal haben treffen können. Ihr so gut wie ich auch, jeder von uns hatte genug zu tun. Ihr seid auf dem Wege zum Manne fortgeschritten, habt Euch Wissen angeeignet. Die Sprachen und die Schriften sind die eine Seite der Lehre. Andererseits habt Ihr Euch dabei in Geduld geübt. Dass Ihr in der ganzen Zeit kein einziges Mal gefragt habt, wozu Ihr denn das alles habt lernen müssen, erscheint mir als der beste Beweis für die Beherrschung dieser höchsten Tugend.«
Er schwieg und überlegte eine Weile. Dann machte er eine jähe Bewegung und fuhr fort: »Ihr seht, Hoheit, ich stehe wie verwandelt da. Bin es wohl auch. Ja, auch ich hatte manches zu wälzen. Das Wichtigste davon war wohl: Ich habe geheiratet. Ich könnte sagen, ich habe mir ein Weib genommen. Richtiger aber wäre, es hat mich genommen. Denn es ist ein junges, hübsches. Und davor hat es mir Bedingungen gestellt. Junge, hübsche Weiber soll man lassen wie sie sind, auch soll man sie tun lassen, was sie möchten. Dafür aber sie nehmen, ha-ha. Also hab ich sie genommen oder veranlasst, dass sie mich nahm. Das Ergebnis seht Ihr ja. Und meine Weisheit lautet jetzt: Mann, leg dir ein junges Weib zu, wenn du dich auf dem Wege zum Alter weißt! Vorher hatte sie gelautet: Jüngling, nimm dir ein Weib, wenn du schnell zum Mann reifen willst! Und auch da hatte ich meinen guten Grund: Mit vierzehn Jahren musste ich ein gleichaltriges Mädchen heiraten; ich machte sie zur Frau und wurde dabei selber auch zum Manne. Wir führten dann fast dreißig Jahre lang eine gute Ehe, bis die

Gute ihre fünfzehnte Schwangerschaft nicht mehr überstand. Seitdem führte ich ganze zweiundzwanzig Jahre lang ein Witwerdasein, dachte, das war es wohl. Dann aber dieser Vorfall!« Die Erzählung dauerte noch länger. Aber Hynndynn hörte mit einem Mal nichts mehr. Die stumme und unsichtbare, aber allgegenwärtige Prinzessin mit dem feuerhaften Atem und nebelhaften Duft mochte seine Sinne dem Geschwätz des eitlen Greises entrissen und sich unterworfen haben. Er hing seinen Gedanken nach, und diese galten einzig ihr. So versuchte er, sich an die Umrisse ihres Körpers und die Züge ihres Gesichts zu erinnern. Jedoch vergebens. Dann sah er sie, und ihm blieb das Herz einen Atemzug lang stehen. So schön war die Prinzessin. Da waren sie bereits angekommen, die Insassen beider Kutschen ausgestiegen, und sie schritten aufeinander zu. Hynndynn las aus Mutschin Bis Augen die Bestätigung dessen, was er soeben gesehen hatte. Und während man dann stehen blieb und sich reckte und streckte, erwähnte der Gnädige Herr einen Traum, den seine Frau in der letzten Nacht geträumt hatte, und erzählte: »Sie ist ein ängstliches kleines Kätzlein und obendrein noch abergläubisch. Zu meinem Pech hat sie sich entschieden, lieber im Bett zu bleiben, um nach dem Ende des Traumes Ausschau zu halten. Sonst wäre sie mitgekommen, und dann wäre die süße Wonne, sich während der ganzen Fahrt vom Nacken her von der überquellenden Weiblichkeit anhauchen und anduften zu lassen, nicht nur Euch, Euer Hoheit, sondern auch mir altem, aber genauso liebesbedürftigem Kerlchen beschieden gewesen!« Dann brach er in dröhnendes Gelächter aus und legte dabei den beiden behutsam je eine Hand auf die Schulter. Hynndynn schämte sich, empfand aber auch schweres, lähmendes und betörendes Glück.

Auf winzigen, stockhaften Füßen trippelte eine kleine, dralle Frau herbei und landete vor dem Gnädigen Herrn, in einer tiefen Verneigung. Dieser antwortete mit einer leichten Kopfbewegung nur, wartete aber zufrieden ab, bis sie sich wieder aufgerichtet hatte. Und als das geschah, deutete er zuerst auf Hynndynn, dann auf die Prinzessin, worauf die Frau noch einmal Bücklinge machte, die den beiden galten. Daraufhin führte sie die Ankömmlinge in das Haus nebenan und dort in einen glitzernden Raum mit viel Rot, Gelb und Weiß. Zuerst wurde ein Getränk gereicht, das man stehend und gehend genoss. Es war ein süßbitteres, feuriges. Hynndynn verschluckte sich und verzog das Gesicht, obwohl er aus dem Becher nur genippt hatte. So auch die Prinzessin. Der Gnädige Herr sah das und lachte vergnügt. »Ja, ja«, sagte er und nickte verständnisvoll mit dem Kopf. »Das Leben hat eben manch pfiffigen Geschmack und Geruch, und es gilt, ihn eines Tages zu entdecken und in ihm eines seiner Gewürze zu wissen!«

Bald wurde man zu Tische gebeten. Er stand in der Mitte des Raumes, war groß, rund und wurde gerade mit Speisen beladen. Hynndynn nahm Platz, entnahm der ihm hingehaltenen Silberplatte eines der dampfbefeuchteten und -erhitzten Tücher, wischte damit Lippen und Hände ab, legte es zerknüllt zurück, griff nach der Schale und den Essstäbchen, pickte damit aus den Tellern auf einer Drehscheibe dieses und jenes und begann zu essen. Es war wie im Traum, unwirklich, mühsam, und das Essen schien ihm zwischendurch verzerrt. Es war sein erstes Essen in einer Gesellschaft, war der Anfang einer Tat, die später leicht zu einer seiner Hauptbeschäftigungen hätte werden können, war, wie immer, ein üppiges, ja maßloses Schmausen. Und während er am Tisch saß und Finger und Zähne arbeiten ließ, musste er auch das Ohr wach halten, musste zuhören. Denn der Gnädige Herr erzählte ununterbrochen, er konnte und musste das auch wohl, denn er war ein geübter Gastgeber.

»Lü Dshao ist eine gebürtige Prinzessin und Nichte von mir«, stellte er erstmalig das junge Mädchen zu seiner Linken den anderen vor. »Selbst Ihr, Schi Hai, kennt die Geschichte noch nicht«, wandte er sich an den Gehilfen. »So will ich Euch allen ein kleines Geheimnis lüften. Vor nunmehr zwölf Jahren fiel ein Vetter mütterlicherseits, ein gebürtiger Prinz, einem Raubüberfall zum Opfer. Er, ein hochbegabter, wohlerzogener Mann von achtundzwanzig Jahren, und seine um acht Jahre jüngere Frau, wurden auf einer Reise ausgeraubt und umgebracht. Dabei hatten die Mörder die zweijährige Tochter am Leben gelassen, und diese wurde später von Waldarbeitern gefunden und ins Dorf gebracht, wo sie von einem kinderlosen Ehepaar aufgenommen wurde. Ganze zehn Jahre dauerte es, bis die Mörder gefasst wurden, und so lange blieb auch das Schicksal des Kindes im Dunkeln. Aber als bekannt wurde, dass dieses irgendwo lebte, versah ich prompt einen zuverlässigen Mann mit Geld und schickte ihn auf die Suche, und ein paar Monate später kam mein Abgesandter mit dem herangewachsenen Mädchen zurück. Und seitdem setzt es ihr unterbrochenes Prinzessinnendasein in meinem Haus fort und genießt unter meiner unmittelbaren Aufsicht eine angemessene Bildung.«

Während der Gnädige Herr diese Geschichte erzählte, unterbrach er das Essen nicht, aber alle anderen hatten, die Stäbchen in den Fingern, still zugehört. Hynndynn wagte es nicht, in Richtung der Prinzessin zu blicken. Mutschin Bi hielt die Essschale fest in der Linken, blickte stur darauf, und im Außenwinkel ihres rechten Auges glitzerte eine kleine helle Träne. Der Gehilfe nahm eine kerzengerade Haltung ein, und seine Augen starrten blicklos vor sich hin. Und während Hynndynn so dasaß und der Erzählung zuhörte, kam ihm seine eigene Lebensgeschichte in den Sinn, er bedauerte dabei die Prinzessin und fühlte sich verpflichtet, zu ihr gut zu sein. Später hörte er Mutschin Bi sagen, das sei ja eine merkwürdig holprige Geschichte gewesen. Darüber war er sehr verwundert, denn er hatte doch ihre Träne gesehen. Sie aber entgegnete ihm seelenruhig: »Eben deswegen; wäre die Geschichte eine Erfindung, dann wäre sie bestimmt um einiges glatter.«

Dies löste in seinem Kopf einen merkwürdigen Gedanken

aus: Bekommt nicht jede Erfindung, einmal erzählt, den Hauch des Geschehenen? Damit wird sie schon zu einem Teil des großen Ganzen. Dabei wusste er nicht, dass hinter dem Gedanken sein eigenes Leben stand. Es war ein bisher vergewaltigtes und verunstaltetes. Aber nichtsdestoweniger war es sein Leben, erlebt und ertragen. Es musste nun auch so hingenommen und verteidigt werden.

Endlich war das Essen vorüber, sie standen im Freien, an einem Wasser. Es war ein See, der sich nach rechts und links und nach vorne unendlich ausstreckte und sich in der Ferne zu wölben und ins Unsichtbare abzustürzen schien, ein gewaltiger See. Er keuchte, bebte und brodelte. Ähnlich stand es um Hynndynns Inneres. Tief innen war er erregt und konnte sich nicht beruhigen. Wohl wirkte das feurige Getränk, von dem er drei-, viermal hatte nippen müssen in ihm, aber das Entscheidende kam von der Prinzessin, deren Erscheinung, einem Geschoss gleich, in ihm eingeschlagen hatte. Schon ihre Ankündigung hatte seine Sinne angespannt. Dann erblickte er sie, durfte mit ihr Zeit und Raum teilen, ihre Hitze spüren und sich in ihre Düfte einhüllen. Soeben richtete er seinen Blick zum zweiten Mal auf sie, um sie mit dem aufgeweckten Ursinn des nahenden Mannes abzutasten. Und war nun erschüttert und glich einem Wasser, dem plötzlich die Ufer schwanden. Er drohte auszufließen. Das sah ein jeder, auch die Prinzessin.

Der Gnädige Herr zeigte sich beschwipst und gut gelaunt und erwähnte wieder einmal sein junges, abwesendes Weib. »Auf eben diesem Seeufer sah ich sie erstmalig«, erzählte er. Und verbesserte sich darauf: »Ich meine, hier sah ich in ihr zum ersten Mal das Weib und in dem Augenblick begriff ich, woran man war: Sie war Teilchen des bald wellenden, bald rauschenden Wassers unten, und ich war Teilchen des hier bewölkten, da sonnigen Himmels oben; auch erschaute ich dabei, wie sich der Himmel im Seewasser spiegelte, und erkannte da, dass es so gut war, zwei Wesen und zwei Welten zusammen, mit- und ineinander ...«

Er verstummte und blickte gedankenverloren hinaus auf den See, der ausgestreckt dalag, atmete, bebte und brodelte. Hynndynn wäre gerne der Prinzessin näher gekommen und hätte mit ihr wenigstens ein Wort gewechselt, wünschte sich, endlich ihre Stimme zu hören. Doch der Gnädige Herr stand zwischen ihnen, einer verbindenden Insel, einem trennenden Felsen gleich, schwieg, schaute hinaus und schien zu träumen. Sie trennten sich gleich am See. Hynndynn sollte wieder in die vorherige Kutsche einsteigen und sich zu Mutschin Bi und dem Gehilfen setzen, und sie würden auf einem anderen, kürzeren Weg heimfahren. Der Gnädige Herr und die Prinzessin blieben, ohne selber einzusteigen, neben ihrer Kutsche stehen, wartend darauf, dass die anderen abfuhren. Die Prinzessin bewahrte immer noch Schweigen, verneigte sich nur, und dabei wirkte erneut ihr Blick auffallend, jetzt aber anders, nicht mehr verängstigt wie vorher.
Sie kamen spät in der Nacht an. Hynndynn schlief auf der Fahrt. Dann aber wurde er ganz munter, und als er schon im Bett lag, fasste er Mutschin Bis Hand fest und flüsterte zärtlich: »Mutschin! Wir bleiben die Nacht über zusammen!«
Sie tat verwundert und fragte: »Wie geht denn das?«
»Sehr einfach. Legt Euch zu mir ins Bett. Wir erzählen einander was Schönes und schlafen dabei ein, wie damals.«
»Wie damals, sagt Ihr? Ich sehe, der schläfrig tuende Schlaukopf hat es damals mitbekommen!«
»Ja, natürlich. Es ist wunderschön gewesen. Bitte, Mutschin!«
Sie legte sich zu ihm, streckte sich aus und wartete, bis er einschlief. Dann stand sie auf und ging.
Am Morgen wirkte er schweigsam. Sie sagte zuerst, sie hätte Blasendruck gehabt und aufstehen müssen. Und dann: »Für ein Kind geziemt es sich vielleicht noch, die Nacht im Schoß der Amme zu verbringen. Für einen jungen Mann aber nicht!«
Er schaute ihr prüfend ins Gesicht und fragte: »Bin ich denn wirklich schon ein junger Mann?«
»Offensichtlich ja, wenn die Braut schon dasteht und wartet!«

»Ihr meint also, die Prinzessin wird meine Braut?«
»Solches meint man nicht. Man sieht es doch, Schao Guan!«
Merkwürdig, das versetzte ihn nicht etwa in einen Freudenausbruch, und so vermochte er trocken zu fragen: »Und gefällt sie Euch, Mutschin Bi?«
»Überflüssige Frage, da von deren Beantwortung nichts mehr abhängt. Nicht einmal Ihr selbst werdet da gefragt, Schao Guan. Sie ist nun einmal da, und hübsch sieht sie auch noch aus – vielleicht wolltet Ihr das von mir hören?«
Weitere Worte fielen. Sie ergaben eine stille, sachliche Unterhaltung. Dabei war er mehr der Fragende und Zuhörende, musste sich auf Mutschin Bis Erfahrung stützen und sich auf ihre Urteile verlassen. Der Gnädige Herr musste unglücklich verliebt und sein junges Weib sehr launisch und verwöhnt sein. Für den Gehilfen wäre man eine Stufe auf dem Weg nach oben, und daher würde er es nicht unterlassen, einem nah zu bleiben. Was zu stimmen schien. Denn er erschien schon am übernächsten Tag wieder, mit Geschenken für Mutschin Bi.
»Für mich?«, rief sie erschrocken aus.
»Ja, für Euch. Und zwar als Entschuldigung.«
»Wofür?«
»Dafür, dass ich Euch Seine Hoheit entführen will.«
»Ich verstehe nicht!«
»Gleich werde ich Euch es erklären. Der Gnädige Herr ist verreist, mit der Gnädigen Frau, Ihr versteht. Und da Ihre Hoheit, die Prinzessin, den Wunsch äußerte, erneut die ländliche Stille aufzusuchen, habe ich gedacht, wir nehmen Seine Hoheit mit und machen eine Lustfahrt, nur junge Menschen untereinander. Bis Sonnenuntergang werden wir zurück sein!«
Mutschin Bi musste also zu Hause bleiben. Hynndynn las in ihrem Blick so etwas wie eine unterdrückte Sorge, schaute so zurück, um ihr zu zeigen, dass er schon aufpassen würde.
Sie fuhren heute schnell, das Pferd flog im gestreckten Passgang dahin. Der Gehilfe wirkte gesprächig, erzählte viel und stellte zwischendurch auch Fragen. Ob die Nomaden auch

jagen? Und ob sie dann das Fleisch garen oder gleich roh essen? Der Gast hätte sich da durchaus verstört zeigen können. Lachte aber laut darüber. Und fragte wie arglos: »Wieso? Werden wir heute etwa auf Jagd gehen?«
»Nein, das nicht«, stotterte der Gastgeber. Fuhr aber recht sicher fort: »Aber falls Euer Hoheit es wünschten, wäre solches für einen späteren Zeitpunkt durchaus machbar!«
Hynndynn wollte darauf nicht eingehen.
Schi Hai aber blieb beim Thema: »Später werde ich Euch vielleicht besuchen, schon wegen des Wildes. Denn ich liebe die Jagd.«
Hynndynn fragte hellwach: »Wo mich besuchen? In der Festung?«
»Nein doch. Ich meine den nördlichen Teil der Erde.«
»Ich habe nicht verstanden.«
»Ihr habt mich schon verstanden!«
Schi Hai schaute Hynndynn vielsagend in die Augen. Dieser versuchte, seine Aufregung zu verbergen. Was ihm nicht ganz gelang.
Himmel sei Dank kam man dann schon an. Schi Hai zog aus der Brusttasche die glitzernde runde Uhr, die man in seiner Hand schon einmal gesehen hatte, las darauf die Zeit ab und sagte selbstsicher: »Gleich wird Ihre Hoheit erscheinen.« Doch die Prinzessin ließ auf sich warten. Was wohl reichte, die beiden einzuschüchtern, denn je länger sie warteten, umso weniger Worte fielen in der Kutsche, und am Ende schwiegen beide gänzlich und starrten angestrengt auf die Seitenspalte unter der hochgeschlagenen Klappe. Hynndynn spürte seinen Pulsschlag immer deutlicher, und bald hatte er das Gefühl, seine Sinne erlahmten und erloschen einer nach dem anderen. Zuerst schien er zu ertauben. Dann drohten ihm auch noch die Augen den Dienst zu versagen. Ein schwarzer Fleck vermischte sich ihm in die Sicht, wuchs und glich einem Vorhang, der alles verdeckte. Und als die Prinzessin endlich kam, grenzte seine Gefühlslage um ein Haar an Verzweiflung. Er erkannte

sie nicht wieder. Das heißt, er vermochte sich ihrer Züge nicht mehr zu erinnern, und die Person, die jetzt einstieg und ellen- und schenkelnah neben ihm Platz nahm, schien eine andere zu sein als die, mit der er vor zwei Tagen in einer Kutsche gefahren war und mit der er am See gestanden hatte. Oder – er schaute nun genau hin und sah sie: Eine puppenhafte Gestalt mit einem porzellanhaften Gesicht wie unter einem kühlen Wind. Erleichternd und merkwürdig kam ihm dann vor, dass Schi Hais Stimme unüberhörbaren Tadel enthielt, als er sie mit den Worten empfing: »Die Maus des Missverständnisses muss in der Nähe gewühlt haben, als wir den Zeitpunkt der Abfahrt miteinander ausmachten, Gnädige Prinzessin!«

Sie antwortete recht ungehalten: »Es gibt eben höhere Mächte als wir zwei, Herr Gehilfe!« Und das mutete nicht weniger merkwürdig an. Schi Hai aber, statt sich in seinem Missmut festzubeißen und noch Giftigeres auszuspucken, brach in schallendes Gelächter aus. Und nachdem er sich wieder beruhigt hatte – da fuhr die Kutsche längst und bog in die erste Seitenstraße ein –, sprach er friedfertig: »Wisst Ihr, wie *höhere Mächte* bei der Landbevölkerung genannt werden?« Hynndynn sah ihre schrägen, nachgedunkelten Augenbrauen zucken – vermutlich verstand sie die Bedeutung des Wortes, auch er glaubte, sie zu kennen. Und so musste er schmunzeln.

Da sagte Schi Hai, an die Prinzessin gewandt: »Euer Gnaden, verzeiht und vergebt mir kleinem, ungeschliffenem Gehilfen des großen, Gnädigen Herrn, wenn ich mich unverschämterweise erdreistet habe, über Eure Behäbigkeit nicht gerade begeistert zu sein. Was da ungehörig stolperte, war meine Zunge allein, mein Herz aber ist voller menschlicher Wärme und männlicher Eitelkeit angesichts Eurer Hoheit und ihrer weiblichen Schönheit, ihm täte es am wohlsten, wenn es Euch schlicht Fräulein Lü Dshao genannt wüsste, denn ich habe mich sehr gefreut auf den heutigen Tag, den wir jungen Menschen ganz untereinander, ganz nach unserem Belieben verbringen könnten, wie wir es wollten!« Seine Stimme klang bittend, klang ehrlich. Die Prinzessin zeigte sich gerührt und sagte mit beschämter, zittriger Stimme leise: »Aber ich bitte Euch, Schi Hai, so war es doch gar nicht gemeint. Ich danke Euch für die Offenheit. Auch mir wäre es lieb, mich beim Namen nennen zu lassen. Bitte, nennt mich einfach Dshao.« Dabei nickte sie auch Hynndynn zu. Jetzt blickten ihre Augen bittend, und im Schein dessen wirkte das erhabene Gesicht plötzlich wie abgepellt. Also sollte, durfte auch er sie beim Namen nennen! Dieses Wissen erfüllte ihn mit Freude, sogleich und so heftig, dass auch sie, die in der engen Kutsche ihm zur Herzseite saß, davon zu spüren bekam.

Und es wurde eine schöne Fahrt und ein schöner Tag. Sie fuhren flussaufwärts in ein Tal, das immer enger und steiler wurde, bis es sich mit einem Mal wieder weitete und der Fluss sich in mehrere Arme verzweigte. Auf einer hügelhaften Insel lag, in Gebüsch versteckt, ein Anwesen aus drei, vier lauter moosgrünen Holzhütten. In einer davon ließen sie sich nieder. Flinke Dienstburschen richteten alles im Nu her. Wieder kam es zu einem großen Essen. Wieder gab es davor und dazu das süß-bittere, feurige Getränk. Diesmal konnten sie schon besser damit umgehen.

Und je mehr Schlückchen man probierte, umso schöner erschien ihnen das Leben in der spätsommerlichen Welt, und sie kamen sich mit den Menschen ringsum in dieser Welt, mit diesem Leben und dem Augenblick und der Ewigkeit verbunden vor. Hynndynn erspürte in sich etwas nie Dagewesenes, erfühlte es auf seine Größe und Gewalt hin und erkannte es als das, was es war: lohendes Feuer, das bis in all seine Falten und Enden einbrach und durch all seine Adern und Fasern hindurchflammte und -stürmte. Und da wusste er sich zu der Prinzessin hingezogen, nicht anders, als ob sich die vor Dürre glühende, staubende und rauchende Erde nach Regen sehnte. Hinzu kam, dass sie sich heute ausgelassener zeigte als beim ersten Mal, trank auch ein, zwei Schlückchen mit und gab gerne Auskünfte über dies und jenes.

Als sie bereits draußen standen, um aufzubrechen, kamen drei Kutschen angefahren, aus denen junge Menschen ausstiegen. »Oh!«, rief Schi Hai erstaunt aus und flüsterte zu den beiden: »Die ganze Auslese der Obrigkeit von morgen!« Er schritt auf die Ankömmlinge zu, blieb in einiger Entfernung stehen und verneigte sich tief vor der Gesamtheit. Diese antworteten mit leichten Verbeugungen, ihre Gesichter wirkten dabei aber umso freundlicher. Schi Hai trat näher an sie heran und stellte ihnen seine Mitreisenden vor: »Ho huan, der Kronprinz aus einem Fürstentum am nördlichen Rand des Reiches und seine Verlobte, Prinzessin Dshao.«

Das schien großen Eindruck auf die Herrschaften zu machen, denn tiefere und auch wiederholte Verneigungen folgten. Während ein paar Worte der Höflichkeit gewechselt wurden, trat man einander näher. Und da kam eine Einladung zu einem Fest in drei Tagen irgendwo in der Nähe. Hynndynn schaute fragend auf Schi Hai und las seinem Blick ab, man möchte die Entscheidung ihm überlassen. So sprach er, immer noch an ihn gewandt: »Was meint Ihr, Dshuschi, können wir es bei all dem, was ansteht, uns noch zumuten, die Einladung anzunehmen?«

Der Blick des Angesprochenen leuchtete auf; später erfuhr man, die Aussprache des Wortes sei so gut gewesen, dass man nicht wusste, war es damit ernst gemeint oder nur gescherzt. Jetzt setzte Schi Hai eine wichtige Miene auf und führte eine lange Rede, die deutlich werden ließ, wie wenig Zeit man hätte und wie viele Pflichten zu erledigen wären. »Es ist nett, dass Ihr unseren hohen Gast und seine Verlobte zu dem Fest einladet«, hieß es da, »wir werden sehen, dass wir einiges, was bereits geplant, umbauen, um an dem besagten Tag eine kleine Zeitlücke zu finden.« Während er dies sagte, ließ er sich von dem, der die Einladung ausgesprochen hatte, seinen Namenszettel mit Anschrift geben gegen das Versprechen, spätestens am Vortag des Festes noch mit dem endgültigen Bescheid einen Dienstboten vorbeizuschicken.

Nachdem sich die Kutsche auf den Rückweg begeben hatte,

brach Schi Hai plötzlich in sein mittlerweile bekanntes ungehindertes Gelächter aus, was bald auch die Reisegefährten ansteckte. Also lachten sie zu dritt über den kleinen gelungenen Scherz, und der Anstifter des zweifelhaften Streichs schloss ihn dann auch ab: »Ach, Kinder!«, sagte er mit einer seltsamen Sicherheit: »Alles ist ja letzten Endes Spiel, ist Schein, ist Schwindel: Es kommt nur darauf an, es geschickt zu betreiben und zu zeigen, dass man kein Dummkopf ist und seinen Nutzen aus jedem Spiel zu ziehen weiß!«

Soeben hatte Hynndynn einen dröhnenden Kopf gehabt. Nun wurde er hellwach, seine Gedanken galten seltsamerweise dem Kutscher hinter dem flatternden Vorhang: Wie kommt es, dass solche Worte in dessen Gegenwart ausgesprochen werden? Hört er zu oder nicht? Oder sind sie alle gar taub?

Zuerst wurde Hynndynn heimgebracht. Die Kutsche hielt vor dem Tor der Festung schwungvoll an. Mutschin Bi stand auf einmal nebenan, mit leichten, wie gespielten Bücklingen. Auch die beiden Reisegefährten stiegen aus der Kutsche aus und erwiderten den Gruß mit einer gleichzeitigen Verneigung, die von Herzlichkeit zeugte. Die Frau deutete lachend auf die untergehende Sonne und rief aus: »Ich sehe schon, Kinder, Euch geht es gut, und das ist schön!«

»Ach ja«, sagte Schi Hai, an Hynndynn gewandt, »ich habe hier ein Geschenk für Euch zur Erinnerung an den heutigen Tag.« Damit holte er die Uhr hervor und streckte sie ihm entgegen. Dieser machte ein erschrockenes Gesicht und hob abwehrend beide Hände, musste jedoch am Ende das Geschenk annehmen, da jener nicht zurückwich. Die Prinzessin trat an den Zurückbleibenden heran, nahm ein langes, flatterndes, schneeweißes Tuch vom eigenen Hals und schlang es ihm um den seinen. Das geschah so schnell, dass ein jeder davon überwältigt war und so auch der Beschenkte – als er endlich begriff, was geschehen war, stand er längst vor vollendeten Tatsachen. Und dabei war er der glücklichste Mensch, kämpfte aber arg gegen Tränen an.

Der Tag ließ tiefe Spuren in Hynndynn zurück. Er wuchs vor Mutschin Bis Augen, änderte sich zusehends. Blieb tagsüber selten in der Festung, kehrte immer später und mit einem immer größeren Rausch zurück. Ein-, zweimal blieb er sogar über Nacht weg, erschien nächsten Tages vergnügt, aber entkräftet wieder. Was bei all dem jedoch unveränderlich schien, war seine Anhänglichkeit der Amme gegenüber. So ließ er sie an den meisten seiner Erlebnisse teilhaben. Wovon er sie ausschloss, waren einzig Dinge, die ihm Unbehagen bereiteten, ihn beschämten, ja erniedrigten. Erst viel später erkannte er, was das für Dinge waren und wozu sie da waren. Nicht er hatte sie sich zugelegt, sie waren ihm von selber zugeflogen, in ihn eingedrungen und hielten sich dort versteckt. Ihre Gegenwart quälte ihn, aber er war außerstande, etwas dagegen zu unternehmen, und so musste er sie dort lassen, wo sie eben waren, im tiefen Dunkeln in sich, dumpf ahnend, er würde sie irgendwann brauchen. Und noch später wusste er, wozu er sie gebrauchen würde: nicht zum Leben, sondern zum Überleben. Zu diesen Dingen gehörten Schi Hais Worte, dass alles letzten Endes doch nur Spiel sei, Schein und Schwindel. Ist denn das seine wirkliche Überzeugung? Oder hat er es nur gesagt aus Übermut, aus Neid und Verachtung gegenüber jenen, die ein müßiges, dank ihrer besseren Herkunft aber ein sorgenloses Dasein führten?

Jede Einladung ergab die nächste und jede Bekanntschaft eine weitere. Hynndynn und Dshao waren in den Kreis von herumfahrenden und feiernden Jugendlichen schnell aufgenommen worden und gehörten schon zu den sichtbarsten Gestalten an feierlichen Tafeln. Schi Hai kam ständig mit, aber man merkte, er wurde als ihr Begleiter behandelt und als solcher auch erduldet. Und gerade das musste jenen immer wieder zu manch abschätzigen Bemerkungen veranlassen, die er in ihrem Rücken über die Sauf- und Schmausgesellen entließ.

Mit der Zeit erfuhr Hynndynn mehr über den Gehilfen. Aus bescheidenen Verhältnissen kommend, hatte er die Aussicht aufzusteigen, und dies dank eines scharfen Verstandes, guten Umganges und einer beherzten Tatlust. Deshalb schaute der um neun Jahre jüngere mit dem bewundernden und ergebenen Blick des Schülers auf ihn. Dabei fühlte und sah der Schüler, dass auch auf ihm fremde Blicke ruhten, bewundernd und beneidend. Das veranlasste ihn, eine tadellose Haltung anzunehmen. Und dazu sollte alles recht sein, was dem irgendwie dienlich war, vor allem, was ihn edler und größer erscheinen ließ, als er war. Das war anstrengend, gewiss. Es ermüdete. Er schlief, wenn sie die Prinzessin im Schloss abgeliefert hatten und weiterfuhren, meist ein. Schi Hai ließ ihn schlafen und weckte ihn erst auf, wenn die Kutsche schon vor der Festung stand. Und als er sich wenig später an Mutschin Bi stützen und sich ihren liebevollen Tadel mit »Großer Himmel, schon wieder, Schao Guan ...« anhören musste, lallte er leise vor sich hin: »Ach, Mütterchen ... es ist wie es ist ... letzten Endes alles Spiel ... alles, alles Schein und Sch ... «

Morgens erwachte er mit einem dumpfen, dröhnenden Schädel und spürte sogleich aus der Magengegend einen Ekel heraufsteigen, der den süß-bitteren, feurigen Getränken, glitschig-fetten, überwürzten Speisen, den sich ständig wiederholenden und schalen, schmierig-verlogenen Plaudereien einer müßigen, sauf- und fresssüchtigen Gesellschaft, seinem derzeitigen Leben galt. Aber Stunden später fingen seine Gedanken an, um etwas zu kreisen, auf der Suche, wie die Leere aus bevorstehenden, aus der gewichtigen runden Silberuhr tickend nach Beschäftigung verlangenden Stunden auszufüllen sei. Also beschloss er, doch noch einmal hinauszufahren, schon der Prinzessin und des Gehilfen wegen, welche er ja um keinen Fall enttäuschen durfte. So putzte er an seinem Äußeren, bestrebt, möglichst fein auszuschauen, und dies so lange, bis es hieß, der Gehilfe sei schon da. Dann schritt er in Begleitung Mutschin Bis und erhobenen Hauptes durch das Tor der Festung, das sich öffnete, sobald er darauf zuging, wechselte mit dem Freund einen heftig-herzlichen Gruß und bestieg die

Kutsche, lachend und wissend, sie würden die Prinzessin abholen und weiterfahren, um ihre gegebenen Worte irgendeiner Gesellschaft gegenüber einzulösen und sich mit dieser in den Schlund des Genusses zu begeben und hinter einen weiteren Lebenstag zu kommen. Und im Hintergrund all dessen wusste er den Gnädigen Herrn, der ihm großzügig erlaubte, dieses Leben in Saus und Braus zu führen. Er ahnte hinter dieser Sinnlosigkeit doch einen verborgenen Sinn. Ja, er wollte ihm den Gefallen tun, indem er auf das Angebot einging. Aber das war schon sein Hintersinn, der zu arbeiten wusste. Und der zielte auf eines: das Überleben.

Tage und Nächte lösten einander ab, Wochen und Monate schwanden dahin. Der Herbst ging, der Winter kam und dauerte an. Da hieß es eines Tages: zum Gnädigen Herrn! Es hatte in all der Zwischenzeit so ausgesehen, als ob es ihn nicht mehr gäbe. Weder Schi Hai noch Lü Dshao hatten ihn je erwähnt. Dass sie es nicht taten, nicht tun sollten und dürften, galt als ein stillschweigendes Einvernehmen für die drei, allzu gut wissend freilich, auf wessen Kosten sie sausten und brausten. Sein Name wurde gemieden, wie nach dem Spruch, dass man schlafende Hunde nicht wecken solle, wolle man nicht gebissen werden. Hynndynn hatte manchmal für sich gedacht, dass er vielleicht immer noch auf Reisen mit seinem jungen Weib sei, und dabei gewünscht, die Reise möge noch andauern und dem Hohen Paar viel Vergnügen bereiten.

Nun aber dies. Schi Hai, der die Botschaft brachte, ließ Hynndynn unumwunden wissen, dass seine Zukunft davon abhängen würde, wie er sich jetzt zu verhalten wüsste. Da die Sache nun einmal so stand, ging dieser ebenso offen darauf zu. »Über meine Zukunft soll also entschieden werden«, sagte er gefasst. »Wie würde sie im schlimmsten Fall ausschauen?«

»Ihr werdet fallen gelassen.«

»Darunter vermag ich nichts Genaues zu verstehen.«

»Ihr werdet ins Innere des Reiches verbannt und dort Erde

umgraben oder Kohle schaufeln. Schlimmstenfalls werden die Spuren verwischt.«

»Das heißt?«

»Dafür sorgen, dass es einen nicht mehr gibt.«

»So. Nun umgekehrt, im besten Falle?«

»Ihr werdet die Prinzessin heiraten, als Kronprinz in Eure Ecke zurückkehren und dort zum Fürsten erhoben, auf dass Ihr über Euer Volk herrscht und so Seiner Majestät, dem Kaiser, dient.«

Dann kam die Stunde. Der Gnädige Herr hatte sich weiter gewandelt. Ein rüstiger, kraftstrotzender Mann kam durch den Raum gewirbelt, blieb dicht vor Hynndynn stehen und schaute ihm bohrend in die Augen, ehe er sich setzte. Sogleich sprach er: »Euer Hoheit! Ihr habt Euch ausgetobt, habt das Leben ausgekostet und seid dabei dem bestimmten Menschenkreis näher getreten, mit dem Ihr fortan verkehren werdet. Und das ist Teil Eurer Ausbildung, Eure Garung, und insofern ist alles in bester Ordnung.«

Hier hielt er inne und senkte den Blick. Dabei schien er den Widerhall der eigenen Stimme von den Wänden abzulauschen. Zu dem Bellenden hatte sich noch etwas gesellt, was Hynndynn vernahm, aber es zu benennen nicht vermochte. »Nun halte ich die Ausbildung für abgeschlossen«, fuhr der Herr fort, »und damit seid Ihr kein Lehrling mehr, sondern ein Geselle erst einmal, und wenn dann die Prüfung, die Euch jetzt bevorsteht, gut bestanden ist, dann wäre der Weg zum Meister frei, der aber in dem Falle etwas anders, um einiges schöner lautet!«

Wieder drosselte die Stimme ab, und er senkte dabei den Blick. Jetzt erkannte Hynndynn das, was von den Wänden widerhallte und dem Bellton anhaftete, als Eisernes; dasselbe Schneidend-Schreiende schrillte durch die Luft, als ob Messer flach über den Stein gezogen wurden, wie es an einem raureifhellen Wintermorgen unter quellenden Dampf- und Rauchfäusten gewesen war. Drei Männer wetzten ihre Messer über einem rotschwarzen Felsen, und das Pferd, das geschlachtet werden sollte, lag dahinter mit festgeschnürten Füßen und wieherte immer wieder.

»Hier!«, gab der Mann endlich wieder von sich zu hören und streckte Hynndynn eine Papierrolle entgegen. »Ja, Hoheit, hier ist die Prüfungsschrift. Sie besteht aus lauter Aussagesätzen: Ihr müsst auf keine einzige Frage antworten, braucht nur zu lesen. Aber Ihr solltet es aufmerksam tun, denn das Papier möchte anschließend von Euch unterschrieben werden. Ist dies einmal getan, dann könnt Ihr mit der Prinzessin und jedem und allem, wen und was Ihr mitnehmen wollt, in Eure Ecke zurückkehren und als mein Schwiegersohn und Beamter des Manzhu-Reiches mit dem Titel eines Fürsten leben und herrschen!«

Hynndynn musste die Hand ausstrecken und sich hinüberrecken, um die Schriftrolle entgegenzunehmen. Und sie wurde erst losgelassen, nachdem die Worte verklungen waren.

Es war ein langes, schmales Stück Papier, voll und sauber beschriftet, in einer schwer verständlichen Sprache, mit vielen unbekannten Zeichen. Aber Hynndynn konnte schließlich doch noch dies und jenes entziffern:

> Ich werde bis zu meinem Ende meine himmlische Abstammung behaupten …
>
> Ich werde mich dafür einsetzen, dass der Altai mit all seinem umliegenden Land fortan zum untrennbaren Bestandteil des Manzhu-Reiches wird …
>
> Ich werde mein Leben der Befreiung der Menschen vom Joch des heidnischen Aberglaubens und der Erleuchtung derselben durch die einzig wahren und wahrhaft mächtigen Lehren des heiligen Buddha widmen …

Es waren insgesamt dreiunddreißig solcher Selbstverpflichtungen, und darunter stand:

> Sollte ich gegen auch nur einen der oben angeführten Punkte verstoßen, so bin ich mir dessen voll

bewusst, dass mich die Strafe Seiner Majestät des Kaisers erwartet.

Die eidesstattlichen Erklärungen abgegeben:

Hynndynn, Abgesandter von und zu dem Stamm Tuwa und Fürst über den Landkreis zu Bergigem Altai

Die eidesstattlichen Erklärungen entgegengenommen:

Sü Bing Dshjang, Kaiserlicher Geheimrat

Hynndynn saß sinnend über dem Schriftstück, sah die Schriftbilder verschwimmen und sich in Gräser, in wehende, flammende Steppe verwandeln. Sah sie sich weiter verwandeln in Hügel und Berge, in Jurten und Tiere. Sah und erkannte auf einmal das Ail wieder; es war an jenem letzten unheilvollen Tag … die Sonne stand tief … lange, zittrige Schatten hingen an den Yaks, den Hunden und den Menschen … Vater und Mutter gingen taumelnd davon, standen singend da, saßen weinend, Kopf an Kopf … Warum weinten sie? Vorausahnend schon, was ihnen bevorstand? Was werden sie dann getan haben? Und wie und wo werden sie jetzt sein? Werden sie immer noch weinen, nach hundert, tausend, vieltausend Tagen, nach hundert, so langen wie hundert und tausend Jahren? Er musste in die Heimat, musste nach Hause, koste es, was es wolle. So griff er entschlossen nach dem Pinsel und setzte schwungvoll seinen Namen dort hin, wo er vorgesehen war. Dann nahm er das Papier und gab es an den zurück, der die ganze Zeit stumm und regungslos verharrt hatte, den Blick auf ihn geheftet. Der nahm es willig entgegen und versah es, immer noch stumm, aber nicht weniger schwungvoll als der junge Mensch, mit seiner Unterschrift. Dann sah er auf und zeigte erstmalig an dem Tag ein Lächeln, und es erinnerte sehr an das eines satten Säuglings oder eines zufriedenen Greises, von dem Milde auf die Umwelt ausging. Und das schien ein bleibendes Lächeln – die gute Laune verließ den Gnädigen Herrn nicht wieder.

Besonders während des Essens, das wieder einmal überreichlich ausfiel, zeigte er sich gewitzt und gütig wie der weise, weiße Alte aus den Ammenmärchen. Da wurde Hynndynn endlich der Gnädigen Gattin ansichtig, die er sich weiterhin doch lieber das junge Weib genannt zu hören wünschte. Denn sie war tatsächlich blutjung und bildhübsch. Hynndynn saß zwischen ihr und der Prinzessin und fühlte sich merkwürdigerweise mehr als wohl – frei und selbstsicher und mit dem trotzigen Gedanken in der Brust: Es ist nun einmal geschehen, und mehr kann es ohnehin nicht werden! Da entdeckte er unter den Tafelgästen auf einmal Mutschin Bi und wollte vor Freude auffahren, diese kam ihm jedoch mit einem besonnenen Blick zuvor und gab zu verstehen, er solle stillhalten. Das große festlich-familiäre Essen verlief, wie es immer wieder schien, vor einer Bühne, auf der ein Zwei-Personen-Lustspiel aufgeführt wurde, besetzt von dem Gnädigen Herrn und seiner jungen Frau. Die Handlung war einfach und doch peinlich. Jedes Mal, wenn der Herr zu einem Gespräch ansetzte, stellte sich die Frau mit einer Bemerkung dagegen, und es schien, sie wolle ihn mit Worten vernichten. Die Zuschauer erschauerten. Allein das Opfer wusste immer wieder, die Worte seiner Widersacherin mundfrisch aufzugreifen und sie in eine Richtung zu lenken, dass der soeben über ihn herabgeprasselte eisige Hagel im Handumdrehen als nichts anderes als ein heftiger Gefühlsausbruch des ungestümen jungen Weibes über die Landschaft ihrer erst kürzlich geweckten, aber bei weitem nicht gestillten Leidenschaften umgedeutet werden konnte. So kam am Ende des gekonnten Wortabtausches zwischen den beiden des einen Weisheit und der anderen Schönheit umso stechender zur Geltung, und es war für jeden Gast ein Vergnügen, dem essend und trinkend, nickend und lachend beiwohnen zu dürfen.

Während des Mahls schien Hynndynns Verstand wieder einmal ausgesetzt zu haben. Er kam ohne Erinnerung an den Rest des Tages in der Festung an. Es war spät in der Nacht.

Als er dann endlich im Bett lag, umfasste er fest die kleine, zarte Hand der Amme und sagte: »Mutschin, bleibt hier bitte. Ich möchte Euch etwas erzählen. Die meisten Menschen haben eine Mutter nur. Ich habe drei. Die erste kenne ich nicht. Sie musste aber eine gute gewesen sein, wenn sie mich empfangen, ausgetragen und geboren hat. Die zweite war lieb und selbstlos, zog mich auf, musste meinetwegen vieles ertragen und erleiden. Doch war ihr nicht gegeben, auf mich so aufzupassen, dass das große Missgeschick vermieden worden wäre. Die dritte seid Ihr. Keine Amme, keine Miteingefangene, nein, eine Gabe des Himmels, ein Schutzgeist seid Ihr mir. Was wäre aus mir geworden, wäre an Eurer Stelle eine andere gewesen? Das habe ich heute gedacht, nachdem wir uns durch Blicke verständigt hatten. Und wie wird es mir ohne sie ergehen, neben meiner zukünftigen Frau habe ich weiter gedacht, während ich die bald betörende, bald ernüchternde Nähe der Prinzessin spürte. Damit Ihr mich aber nicht für blind, gar für dumm haltet, Mutschin, dies noch. Ich weiß, Ihr habt Aufträge, die erfüllt werden müssen. Ihr solltet Euch auch künftig daran halten, um selber zu überleben und mir unnötige Schnüffler zu ersparen …«
Inmitten der Rede schlief er ein. Sie aber blieb noch lange sitzen auf dem Bettrand, über ihn gebeugt und dem kräftigen männlichen Atemwind ausgesetzt. Am Morgen sagte Hynndynn, er habe geträumt, Mutschin lebte in einer Jurte, und in ihrer Nähe sei sein Vater zu sehen gewesen. Sie hatte ähnlich geträumt, vor längerer Zeit jedoch. Sie hatte sich in einem stickigen, schummerigen Filzzelt befunden und in der Ferne eine end- und trostlose Landschaft mit Eis und Schnee gewittert.

Nun entwickelte sich alles rasend schnell. Dinge, teils befürchtet, teils gehofft und im Stillen erahnt, passierten Schlag auf Schlag. Hynndynn und Mutschin Bi siedelten in die Stadt über und wurden im Südflügel des Dachgeschosses im Schloss untergebracht. Neben den beiden Schlafgemächern gab es noch ein kleines Empfangszimmer, einen geräumigen Aufenthaltssaal mit dem großen Esstisch in der Mitte und das Bad. Durch eine Schiebewand getrennt, lag im Nordflügel die Wohnung der Prinzessin. Die Wand bestand nur acht Tage, dann fiel sie. Denn am neunten Tag war zuerst die Eheschließung, anschließend die Hochzeitsfeier. Das alles passierte. Nur kam es Hynndynn vor, als ob er träumte. Mit seinem Gedächtnis schien wieder etwas nicht zu stimmen: Stunden und Tage zogen sich zusammen, fielen in Lücken, oder Augenblicke dehnten sich aus, überschwammen die ganze Stunde, den ganzen Tag.

Noch bis vor kurzem hatte Hynndynn gedacht, er würde, abgesehen von der fehlenden Freiheit, ein doch recht gutes Leben führen. Nun aber musste er erleben und nachträglich bedauern, wie ärmlich er in der Festung gehaust und wie schwer er all die Jahre gefristet hatte. Das Schlossleben war von früh bis spät auf Genuss ausgerichtet. Die Bediensteten standen jedem zu jeder Zeit des Tages und der Nacht zur Verfügung. Nicht irgendwelche Wünsche zu äußern, sondern sich ihrer zu enthalten, schien in dieser Welt das Schwierige. So gesehen, war das herrschaftliche Leben nicht nur ein Recht, sondern zudem eine Pflicht.

Die Prinzessin bewohnte den ganzen Nordflügel allein mit ihrer Dienerin. In der Hochzeitsnacht zog Hynndynn in ihr Schlafgemach ein. Ihm wäre es lieber gewesen, wenn sie zu ihm gekommen wäre, allein die Schlossverwalterin hatte es so gewollt und ihren Willen durchgesetzt. Da hatte er lachend, aber spitz bemerkt: »Verstehe. Der Bräutigam wird eben eingeheiratet!«

Dshao war wunderbar. Hynndynn hatte geglaubt, er würde sie durch die gemeinsamen langen Abende bei Tischgesellschaften und auf den Fahrten in der Kutsche genug kennen. Da hatte er sie eher für schüchtern und sogar ein wenig steif gehalten. Nun sah er, wie sie wirklich war: Mit den Tüchern,

die nacheinander abgeknöpft entfielen und ihren Leib freigaben, schien sich unsichtbar noch etwas abzuschälen und ihr Wesen zu entblößen. So umgarnte sie den unerfahrenen, gerade reifenden, darum umso mehr neugierigen und nicht weniger ehrgeizigen Mann mit ihrem schönen, prickelnden Leib und schlagartig entfesselten, ungestümen Wesen und zeigte sich willens, mit ihm auf jeglichem Pfad des lustvollen Liebesgenusses zu wandeln. Freilich ließ die erste Erfahrung in ihm ein gemischtes Gefühl aus Erleichterung und Enttäuschung zurück. So sehr er nichts Genaues wusste und sich einzig von der blinden Begierde leiten ließ, vermochte er sich eines Gefühls nicht erwehren, sie sei irgendwie erfahrener als er selbst. Damit drohte sich die unschuldige Urschuld der ersten Nacht einen schattenhaften Hauch aus Scham und Wut zuzuziehen. Hinzu kam, dass Dshao ihren Ehemann auf die Spuren ihrer soeben zu Ende gegangenen Mädchenzeit aufmerksam machte. Er musste an Mutschin Bis Erzählung über ihre schmerzhaft wiedererlangte, erlogene Unschuld denken, und ihm wurde übel.
Aber mit jeder weiteren Nacht wurde es harmonischer und schöner. Bald war es sogar so, dass er tagsüber in einer einzigen Sehnsucht nach der Nacht, nach der nackten, brennenden Haut der anderen und deren mannigfaltigen Zärtlichkeiten lebte und, wenn die ersehnte, honigsüße Stunde der Zweisamkeit endlich da war, sich ehrlich bemühte, jede Gabe, die er von ihr erhielt, möglichst mit einer noch edleren Gegengabe zu erwidern. Und in einem solchen Augenblick, der für eine ganze Nacht stand, indem er sich ausdehnte und sie in sich aufsog, kam er sich schuldig und schurkisch vor unter der Bürde jenes Zweifels, den man am heiligen Anfang des gemeinsamen Lebens hatte empfinden müssen.
Aber die Nacht war kurz und der Tag lang. Den langen Tag verbrachte er in jenem Teil des Schlossgeschosses, in dem er zuerst untergebracht worden war und sich immer noch heimischer fühlte. Er verbrachte die Zeit lesend. Schi Hai belud

ihn stapelweise mit Büchern, die er sich anzuschauen hatte. Das waren hauptsächlich Geschichtsbücher, die den ruhmreichen Weg des Reiches der Mitte schilderten. Es war unaufhörlich nach außen gewachsen, hatte sich die rohen Ränder mit ihren wilden Bewohnern hier gewalttätig und dort friedlich einverleibt und ihre Lebensweise verändert, angeblich immer zugunsten der Eroberten. Dann waren auch Bücher dabei, die die Randgebiete auf ihre Erde, Pflanzen, Tiere und Menschen hin erkundeten. Und während er so lesend Stunde um Stunde, Tag um Tag die Zeit verbrachte, suchte er immer wieder die Nähe der Mutschin Bi, die sich jetzt, ohne weitere Beschäftigung, arg zu langweilen schien. Als er dies bemerkte, schob Hynndynn ihr wieder und wieder eines der Bücher zu, was sie anfangs mehr als verlegen machte. Aber mit der Zeit kam sie auf den Geschmack des Lesens. Und zum Schluss kam unter den beiden so etwas wie eine Arbeitsteilung zustande: Sie blätterte so manche Bücher durch und suchte die Stellen heraus, die er unbedingt zu lesen hatte. Bei all dem tat sie es heimlich gegenüber der Dienerschaft und mahnte ihn außerdem noch, er möchte zu ihr Abstand halten und dafür lieber zu der Prinzessin gehen. Hynndynn jedoch blieb, da er einfach ihre Nähe und Ratschläge, nun auch ihre Hilfe beim Wälzen des Bücherstoßes brauchte.
Eines Tages wollte er wissen, ob er sie mitnehmen dürfte, sollte er, wie angedeutet, tatsächlich entlassen werden. »Welche Frage?«, fuhr sie gegen ihre Gewohnheit leidenschaftlich auf. »Ihr wisst doch, Schao Guan, Ihr seid mir auf dieser endlos weiten Welt der einzige Mensch, den ich in mein einsames Herz eingeschlossen halte und an dem ich mich wärme!« Während sie das sagte, standen ihre Augen unter Tränen. Er erwiderte nicht minder bewegt: »Das habe ich gewusst, Mutschin. Bin nun beruhigt. Und was ich Euch als Dank für Euer Gefühl zu mir versprechen kann, ist: Solange ich lebe, werde ich Euch nimmer im Stich lassen; so wie wir die sieben Jahre hinter den Mauern der Festung verbracht haben,

so werden wir die noch bleibenden Jahre unseres Lebens auch verbringen, eine Seele in zwei Körpern!«
Ihr traten die Tränen über die Augenränder, rollten über die Backen. Dabei blieb sie aber still und sagte nach einer Weile besonnen: »Hier müssen wir doppelt wach sein, Schao Guan!«
Schi Hai hatte Hynndynn wissen lassen, was der Gnädige Herr ihm alles mit auf den Weg zu geben gedachte: Eine ganze Karawane, begleitet von einer großen Mannschaft. Als Mutschin Bi davon hörte, verfiel sie in ein langes Schweigen und sagte schließlich: »Euer Volk ist doch so wenig an der Zahl. Könnte schnell überschwemmt, auch mit der Zeit im fremden Blut aufgelöst werden. Da kann jeder, der jetzt von außen kommt, später viel anrichten, Schao Guan!« Hynndynn dachte nach und gab ihr Recht.
Wenn er seine Bücher las oder Mutschin Bi zuhörte, dachte er immer an die Heimat. Die hellmähnigen, blauroten Berge und die knittrigen, gelbbraunen Steppen, ihre wehenden, lärmenden Wälder und flammenden, duftenden Gräser, die Menschen und Tiere, ihr vielfältiges Stimmengewirr, die rauchenden, dampfenden Jurten erfüllten dabei längst wieder all seine Sinne und drohten sie zu zersprengen. Selbst nachts, wenn sein Körper in Dshaos geschmeidigen Armen ruhte, gingen seine Gedanken oft weg, irrten in den fernen heimatlichen Gefilden umher.
Mittlerweile war der Winter vergangen, der Frühling im Kommen. Und es schien ein eiliger und ergiebiger. Da fand eines Tages das fällige Gespräch statt. Der Gnädige Herr gewährte es ihm: »Verehrtester Schwiegersohn! So wie ich Euch einschätze, werdet Ihr längst geahnt haben, was Euch bevorsteht. Ja, die geruhsame lange Nacht auf dem warmen, weichen Bärenfell geht für das Hirten- und Jägerskind bald zu Ende. Es muss sich erheben, die gastliche Hütte verlassen und in den kalten, kargen, aber auch reichen und von Geheimnissen umwitterten Norden ziehen. Und dabei hat es zu wissen, dass es

ein anderes, größeres, vielfach abgezogenes und zum Zerschneiden ausgebreitetes, nie aber zerschnittenes, da auch nie wirklich abgezogenes, dafür nur noch gewachsenes und über dem lebenden Fleisch gegerbtes Fell gibt. Dies ist das des Riesen mit dem stolzen Namen Reich der Mitte. Und nun gilt es einen besonders harten Rand weich zu gerben, auf dass er nicht länger ein fremdes, totes Stück bliebe, mit Leben behaucht werde und so den mächtigen, unsterblichen Körper, wenn auch nur an einer Pfote, ja an der kleinen Zehe, endlich mitbedecke!«

Nach dieser langen, verwirrenden Einleitung kam die Frage, die Hynndynn erwartet und deren Antwort auf der Zunge getragen hatte: Wen und was er alles von hier mitzunehmen wünschte. Hynndynn zählte treuherzig auf: »Die Prinzessin, ihre Dienerin, ich, die Amme und wir beide all das, was wir an Kleidung besitzen, und das Bettzeug.«

Der Gnädige Herr verfiel darauf in ein donnerndes, heftiges Gelächter. Nachdem er sich dann wieder beruhigt hatte, sagte er: »Nicht so bescheiden, Verehrtester! Bescheidenheit kann schnell wie Armut ausschauen. Ihr könnt ziemlich jeden und ziemlich alles mitnehmen. Könnt, wenn Ihr wollt, selbst das junge Weib . . .«

Hynndynn sah ihn verdutzt an.

Der Gnädige Herr fuhr schnell fort: »Ja, ja. Ihr habt mich schon richtig verstanden. Ich meine auch jenes, mein Weib. Auch sie würde ich entbehren, wenn es um die Mitgift der Prinzessin geht und wenn ich damit gleichzeitig auch Euch, Hoheit, eine Freude bereiten könnte. Ja, warum auch nicht? Ihre kindischen Launen haben mir eine Weile behagt, da ich mich davon aufgestachelt und ermuntert fühlte. Nun aber geht mir das Weib langsam auf die Nerven. Ihr könnt es gerne in Euer Reisegepäck einpacken, zur Abwechselung. Es ist unübertrefflich im Bett, das muss man ihr schon zubilligen, und süß ist ihr Fleisch und hübsch die Fresse auch noch. Meint Ihr, frischer, übermütiger Jüngling, jedoch, ach, die ausgepresste olle Schachtel, dann könnt Ihr sie ja auch als Dienerin anstellen. Oder als Schatzmeisterin. Das Biest hat schon einen guten Sinn dafür. Oder damit ein gutes Geschenk machen. Weiterreichen an einen Männerich, den Ihr auf eine ganz besondere Art belohnt haben möchtet. Aber dies nur, im Falle, Ihr möchtet es haben. Übrigens, es ist schon scharf auf Euch, Hoheit!«

Hier fand sein zweifelhaftes Gerede ein Ende, endlich. Und er schaute auf Hynndynn mit einem solch durchdringenden Blick, dass dem die Wangen erröteten und die Knie zitterten. Es war schier unerträglich. Aber Hynndynn wusste, er musste standhalten. Und er tat es auch. Mehr noch, er fand die Kraft zu sagen: »Gnädiger Herr! Dem, was Ihr mir gerade anvertraut habt und was wiederum von Euerm großen Vertrauen zu meiner Wenigkeit zeugt, scheint eine kleine Kränkung zugrunde zu liegen, die die Gnädige Gemahlin aus jugendlichem Übermut und Unerfahrenheit Euch zugefügt haben könnte. Was las ich neulich in einem Buch? Eifersucht sei das Gewürz der Liebe! So wie ich die Gnädige Gemahlin einschätze, wird sie aus diesem Wissen heraus gehandelt haben. Eure Zunge mochte gerade aus Trotz das eine behauptet haben, Euer ganzer restlicher Körper aber spricht doch tagtäglich das andere: Er braucht sie, denn er verjüngt und veredelt sich unaufhörlich weiter!«

Die Worte schienen auf den Mann zu wirken. Zumindest hatte er nichts dagegen einzuwenden. Bemerkte lediglich: »Wollte damit sagen, dass für mich nichts zu schade ist, wenn es um Euch und das Band geht, das mich mit Euch verbindet, und wohl auch, dass ich imstande bin, dem Weib und jedem anderen zu zeigen, was auf jeden wartet, der wagt, sich gegen mich zu stellen.«

Dann endlich kam das, worum es ging. »Das Weib also nicht«, sagte der mächtige Mann in einem scherzhaften Ton. Und fuhr, nun ernst, fort: »Eine Karawane von einhundert beladenen Kamelen und eine hundertköpfige Mannschaft aus Rei-

tern, Fahrenden und Fußvolk.« Hynndynn hatte geahnt, dass man es mit dem Angebot übertreiben würde, aber solches hatte er nicht erwartet. Gut, dass er ruhig zu bleiben vermochte. So sagte er: »Ihr beglückt und beschämt mich mit Euerm Großmut, Gnädiger Herr Schwiegervater. Es zeugt von dem Gefühl, das Ihr zu mir hegt und entspricht auch der Größe des Reiches der Mitte. So danke ich Euch tausend- und zehntausendmal. Doch muss ich es wagen, Euch an einige Umstände zu erinnern.« Hier hielt er inne und schaute sein Gegenüber so ergeben an, dass dieses davon angenehm berührt war und in den hellbraunen Augen den milden, treuen Blick eines Hundes zu sehen glaubte. Darauf fuhr Hynndynn fort: »Die Ecke, in der ich geboren ward und zu der ich nun zurückkehre, muss in jeder Hinsicht wahrlich rau sein. In Büchern, die ich las, fand ich es wiederholt beschrieben. Die Fetzen meiner eigenen Erinnerung bestätigen es nur. Die Menschen, die sich lediglich von Milch und Fleisch ernähren, sind nicht nur dumm, sondern auch misstrauisch wie die Höhlentiere, gegen die sie selber ständig anzukämpfen haben. Sie werden genau hinschauen, wen und was und warum ich alles mitbringe. Ich darf auf keinen Fall ihr Misstrauen erwecken; täte ich dies gleich bei der Ankunft, würde es schwer sein, sie zahm zu halten, denn sie sind, bedingt durch ihr eher böses als edles Blut und auch ihre Lebensweise – tagtäglich müssen sie Blut vergießen, um selber überhaupt am Leben zu bleiben –, ständig zur Gewalt geneigt, unberechenbar und furchtlos. Aus dem Grunde möchte ich so unscheinbar wie nur möglich dort ankommen. Am liebsten nachts wie damals.«
Sü Bing Dshjang, der Kaiserliche Geheimrat, dessen Namen und Titel Hynndynn nur einmal begegnet waren, hüllte sich in Schweigen. Der Einwand leuchtete ein. Auch erschien ihm Hynndynns Ansicht über das rohe Volk wesentlich. Was ihn tief befriedigte, aber auch in einem Winkel seines Verstands einen leisen Zweifel erweckte. Ob er damit nicht spielte? Wenn ja, was und wozu denn? Um den Bescheidenen heraus-

zukehren? Unmöglich, die Bescheidenheit, die sich dazu neigt, jungen, glücklichen Menschen ohnehin gänzlich zu fehlen, hat man gerade erst verdammt und in die Nähe der Armut gerückt! Um ihm, dem Geheimrat, noch mehr zu gefallen? Wenn ja, das wäre nicht unbedingt verkehrt! Aus angeborenem Trieb im Blut, aus Sorge um die Zukunft des nur wenige Tausend Seelen zählenden Volksstammes? Wenn ja, da heißt es: Doppelt und dreifach aufpassen! Oder aus der Überlegung, dem Kaiser und dessen Reich ehrlich zu dienen und so seinen Kopf unter dem blitzenden Beil zu retten und sein bisschen Leben angenehm zu verbringen? Wenn ja, dann hat er schon gut gedacht und sich richtig entschieden! Was da wirklich gewesen war, ließe sich gleich herausstellen.

Sü Bing Dshjang verringerte die Zahl der Reisenden, langsam, um sich und dem anderen genügend Spielraum zu belassen: Achtzig ... sechzig ... vierzig ...

Aber er sah auf Hynndynns Gesicht die Unzufriedenheit nicht schwinden. Da fragte er: »Wie viel wäre dann für Euch die angemessene Zahl?«

»Zweiundzwanzig Lasttiere und elf Reiter.«

»Keine Fahrenden und kein Fußvolk?«

»Nein.«

»Hm. Erst einmal müsst Ihr mir erklären, warum denn gerade die beiden Zahlen?«

»Das Volk dortzulande ist zahlengläubig. Die Quersumme der Kamele und der Pferde ergeben dreiunddreißig. Das ist eine gute Zahl, da gerade so viele Gletschergipfel den Hohen Altai ausmachen. Die Zahl kommt neben der Dreizehn tagtäglich in den Gebeten der Menschen vor.«

»Die Dreizehn auch?«

»Ja. Das ist die Zahl der umliegenden Owoos, das sind auf Pässen aufgehäufte Steine zum Beten, gleich Tempeln hierzulande.«

»Berge und aufgehäufte Steine, Kamele und Pferde also. Ihr habt, Hoheit, die Menschen vergessen!«

»Nein. Ich habe sie nicht vergessen. Es sind Reiter. Bei den Nomaden gehören Pferd und Mensch zusammen, zählen zu einer Person. Wollten wir sie aber unbedingt trennen, dann hätten wir als Quersumme immer noch eine andere gute Zahl: die Vierundvierzig. Man bringt immer den vier Himmelsrichtungen Opfer dar. Reiter durch Himmelsrichtungen ergibt sie sich.«

»Ich sehe, Ihr habt Euch schon Gedanken darüber gemacht, schön. Aber ich darf Euch, Hoheit, an ein Papier auch erinnern, das Ihr unterschrieben habt. Und an einen Satz, der darin steht und den heidnischen Aberglauben betrifft, der ausgerottet werden sollte!«

»Erst einmal, Gnädiger Herr Kaiserlicher Geheimrat, dieses: Aberglauben kommt vom Glauben, was immerhin besser ist als Nichtglauben. Denn der Gläubige ist immer leichter zu erreichen und auch zu erweichen als der Nichtgläubige. Das steht in dem Buch, das ich gestern erst las. Das Heidentum ist ein Glauben. Zwar veraltet und nicht mehr zeitgemäß, aber immerhin besser als ein Nichts, das Nichtglauben also. Denn da muss nichts zerstört, sondern nur ersetzt werden, durch einen neueren, besseren.«

Sü Bing Dshjang schwieg wieder. Der Gedankengang stimmte. Der junge Mensch, dem er sich immer sehr überlegen gefühlt hatte, erschien ihm auf einmal auf gleicher Höhe. Und das war unheimlich. Mit dem reifen Verstand, von dem ihm schon vor Jahren berichtet wurde, musste es etwas auf sich haben. Umso besser nun! dachte er auf einmal trotzig. Er mochte kluge Menschen. Fürchtete sie aber auch. Also musste er, um sicherzugehen, die Sache von einer anderen Seite angehen.

»Es geht, Hoheit, kurz gesprochen, um zwei Dinge: um das Ansehen des Reiches der Mitte und um Eure Sicherheit«, sagte er scheinbar gelassen.

Hynndynn entgegnete schnell: »Das Reich der Mitte muss nichts beweisen, so wie der Himmel und die Erde nichts be-

weisen müssen. Es gibt eben Dinge, die keiner Beweise bedürfen. Sollte dennoch dieser oder jener es wagen, Zweifel zu hegen, so wird ein jeder der aufgeklärten, wie abgepellt wirkenden Menschen auch aus dem kleineren Kreis und ein jedes der fein bearbeiteten, glitzerfeinen Dinge auch aus der kleineren Menge Beweis genug sein für das Mächtige, das dahinter steht. Und was meine leibliche Sicherheit betrifft, so wird der Friede, den ich ausstrahlen werde, das beste Schutzschild sein. Andernfalls wird nichts helfen können; man muss wissen, dass die Menschen, die von Kindesbeinen an jagen, oft auch über Feuerwaffen verfügen – also besser, man reizt sie nicht erst!«
Sü Bing Dshjang dachte über das Gesprochene eine kurze Weile nach und fand keine Einwände. Außerdem behagte es ihm äußerst, dass das Reich der Mitte mit Himmel und Erde auf eine Höhe gestellt wurde. Er ging dennoch ein weiteres Mal dagegen an, um eine weitere Ecke der Innenräume seines Gegenübers zu erkunden: »Keine einzige Kutsche wollt Ihr auf der Reise mithaben, Hoheit? Die wenigsten können reiten, die Prinzessin zum Beispiel kann es nicht. Wie soll das dann gehen?«
Und bekam auch hier schnell die Antwort: »Man muss es eben lernen. Eine Nomadenbraut, dazu noch eine Prinzessin, außerstande aber zu reiten, könnte leicht Misstrauen erwecken!«
Wieder Misstrauen, dachte Sü Bing Dshjang und hielt inne: Durchschaut er denn meine Absicht? Kaum dies gedacht, brach er in ein mittellautes Gelächter aus. Und sprach wenig später: »Es war ein guter Gedankenaustausch. Ich fühle mich abermals bestätigt in meinem Urteil über Euch, Hoheit. Und geschärft und gereinigt von Eurem jungen, klaren Verstand. Als Zeichen für mein volles Vertrauen zu Euch sage ich schlichtweg: Ich stimme Euch zu, was die Größe und Zusammensetzung der Karawane betrifft!«
Hynndynn kam, schwankend, auf die Amme zu, nahm ihre beiden Hände in die seinen, legte sie an seine glühenden Backen und flüsterte: »Mutschin, die erste Schlacht haben wir zwei gewonnen!« Zu Dshao sagte er, später als sie schon im

Bett lagen: »Wir sollten von nun an früher einschlafen und früher aufstehen, denn es gibt viel zu tun, Prinzessin. Ihr müsst unter anderem reiten lernen!«

»Ich kann doch reiten!«, sagte sie stolz.

»Ihr könnt es schon?«, fuhr er auf. Beherrschte sich jedoch im nächsten Augenblick. »Das verratet aber keinem Menschen! Seid still und lasst Euch einfach führen, wie man will. Schaut mich nicht so an – ich bin einfach stolz auf Euch, und ich bin es gern. Denn auch andere werden mit dabei sein, und da werdet Ihr nicht nur die Schönste, sondern auch die Beste unter den Lernenden sein!«

Darauf stellte er sich müde und bald schlafend. Lag jedoch lange wach und ging in Gedanken den verlebten Tag noch einmal durch. Und kam auf manche Schlüsse. Man wollte mit ihm verfahren wie mit einem Hund, mal drohend, mal lockend. Und konnte auf ihn nun schon schwerlich verzichten. So musste er nicht alles annehmen, was ihm angeboten wurde. Allem Anschein nach dürfte es nicht mehr lange dauern.

Die Nacht träumte er vom Umzug. Er ritt an der Spitze eines Trosses, dessen Ende in einer Staubwolke hinter Berg und Steppe verschwand. Und stach vom Sattel aus mit der Lanzenspitze in die Erde, mal einen Pfeil, im Zeichen, man sollte weiterziehen, mal einen Kreis, im Zeichen, man sollte halten und weilen. Neben ihm ritt, jung und schön, Mutschin Bi. Erwacht, verspürte er ein Schuldgefühl vor Dshao und liebkoste sie heftig. Diese erwiderte seine Liebkosungen und flüsterte mittendrin: »Einmal genommen, dürft Ihr mich nie stehen lassen, mein Gemahl!«

Er fragte, wie ertappt: »Wie kommt Ihr darauf, meine Gemahlin?«

Sie, nicht weniger verdutzt: »Ja, nicht ... wie komme ich darauf?« Wenig später setzte sie dem hinzu: »Vielleicht hat der Mund nur das ausgesprochen, was das Herz empfunden ...« Und eine weitere Weile später: »Wir dürfen keinen Augenblick vergessen, dass wir Menschen mit den gleichen schreckhaften

Herzen und den gleichen salzigen Tränen sind, gleich, wer wir sind!«

Gleich, wer wir sind ... Die Worte klangen in Hynndynns Ohren immer noch nach, als er Mutschin Bi bat, sich Gedanken zu machen, was alles mitzunehmen sei. Diese sagte, sie hätte es bereits getan. Und setzte hinzu, dass man am Ende nie zu wenig, immer jedoch zu viel mitgeschleppt haben könnte. Er dachte nach und glaubte bald hinter den Sinn der Worte zu kommen. Da fiel ihm ein Spruch ein, den er einst aus dem Mund des Vaters, gerichtet an die Mutter, gehört hatte: »Wähnst du dich arm, zieh erst um!« Nun lachte er und sagte es der Amme. Diese erwiderte lediglich, es wären weise Worte, doch hätte sie mit den ihren vorhin etwas anderes gemeint. Und rückte schon heraus, ohne auf seine Antwort zu warten: »Was würdet Ihr zum Beispiel mitnehmen?«

»Mehl, Reis, Hirse«, sagte er treuherzig.

»Auch ein Berg davon wird irgendwann aufgebraucht sein. Wär es daher nicht besser, man nimmt die jeweiligen Samen mit und sät sie selber aus?«

»Die Menschen da oben können es doch nicht!«

»Außer uns vieren wollen doch noch sieben Esser mitkommen. Wie wäre es, wenn einer oder zwei von diesen Bauern wären?«

»Sehr gut. So machen wir es auch!«

»Aber ob man es hierzulande so will?«

»Warum denn nicht?«

»Ich weiß es nicht. Frage Euch nur.«

»Der Gnädige Herr wird da nicht nein sagen, wenn ich ihn darum bitte.«

»Vielleicht. Aber dann immer noch die Frage: Wenn man einmal anfängt, Getreide oder gar Gemüse anzubauen, dann wird man dort festsitzen und das in die Erde Gesteckte pflegen müssen. Ob die Menschen es so wollen? Ob Ihr es so wollt? Ob man es überhaupt so tun darf? Aber, bitte, weiter, was noch?«

»Stoffe.«

»Sie werden den Menschen bestimmt gefallen. Doch das Ende davon wäre?«
»Was denn?«
»Sie würden das tierische Fell entwerten, womöglich gar verdrängen. Zugegeben, das wäre noch das kleinere Übel.«
»Und das größere wäre?«
»Man wird Euch bestimmt Tabak, Schnäpse und Süßigkeiten mitgeben wollen.«
»Was habt Ihr denn nun auch gegen diese? Sind doch wunderbar!«
»Seht Ihr? Ihr habt sie kennen gelernt und findet sie wunderbar. Andere werden es demnächst auch tun. Ich als Frau, ein Leben lang von angetrunkenen und stinkenden Männern belästigt und gleichzeitig süß und billig betrogen, finde sie furchtbar! Noch schlimmer, wenn Eure Menschen diese Verführungen sich erst angewöhnen und anfangen, einen Teil der schwer erarbeiteten und ohnehin knappen Erträge derentwegen abgeben zu müssen ...«
»Soll ich sie denn etwa ablehnen?«
»Ich fürchte, Ihr werdet es nicht mehr tun können, dürfen.«
»Und was sollen wir denn von hier überhaupt mitnehmen?«
»Ach, wenn ich es wüsste, Schao Guan!«
Mutschin Bi war sicher immer still und sanft gewesen, fast unscheinbar. Nun kam sie Hynndynn wie verwandelt vor. Er ging erschüttert von ihr. Denn es schien zu stimmen, was sie da sagte. Und in der Nacht träumte er abermals von ihr. Sie weinte. Er sah glänzende Tränenkugeln über ihre Wangen rollen, und er hörte auch ihr Wehklagen. Sie mussten von irgendetwas widerhallen, klangen verzerrt: »Oh, weh, weh, weh uns, Schao Guan, wenn wir dieses Land betreten, in dem keiner etwas verloren! Wir werden Leichen in Säcken, Tränen in Flaschen, Blut in Fässern hinüberschleppen! Lass es uns nicht tun, Kind, lass uns, bitte, woandershin fliehen, Liebster ...«

VOM HÜGEL ZUM BERG

Das Jahr der Roten Häsin zog in den Hohen Altai stürmisch ein: Kam bei winterlich klirrender Kälte an, die während der ersten acht Tage und Nächte des angesagten Frühjahres die Erde und das Leben darauf weiterhin in mörderischem Würgegriff hielt. Dann aber, am neunten Tag, der dem angestauten Druck der kommenden Zeit doch nicht standhielt, wankte und stolperte und sich an den herüberfuchtelnden Strahlen der anschwellenden Sonne erspießte, zerfetzte und zerstob. Eine frühlingshafte Wärme brach herein, nahm unaufhaltsam zu und wuchs zu einer Hitze an, wie im Hochsommer, und dies, noch bevor der erste Monat an seinem Ende angelangt war. Zwei Tage später kühlte es wieder ab, schien einmal rück- und darauf abermals vorwärts zu hasten: Sandsturm, Schneesturm, Frost, Kühle, Wärme, Hitze und Regen lösten einander in einer kunterbunten Folge ab. Unstet, unberechenbar und unbegreiflich stand es mit der Laune des Himmels.

Die Menschen lebten weiterhin geduckt und wahllos. Mit einem Gedanken jedoch, der der so hin- und herstürmenden und -hoppelnden Häsin galt und den sie eigentlich schon lange gedacht und gehegt hatten, da mit Hoffnung, hier mit Furcht. Denn es war nun das achte Jahr. Und die Träume und ihre Deutung zielten längst darauf. Ja, die Träume, diese Urgabe des beseelten Geistes und dieses allgemeine, richtungsweisende Volksgut, sie blühten, füllten das Leben der Menschen randvoll und schwappten immer wieder über – so schien es.

Am ersten Tag des neuen Jahres träumte dem Schäfer des Bimbelik in den Schwarzen Bergen Folgendes: Die Sonne ging flammend auf, zog ihre Bahn verdächtig eilig und niedrig westwärts, bis sie tief über dem Haarakan hängen blieb und sich aufblähte; sogleich taute die Gletscherkuppel, so dass glitzernde Bäche, Fransen gleich, von allen Seiten herabstürzten, über die Steilhänge, dampfend und zischend, dahinschossen und ins Tal sich ergossen.

Der Träumer fuhr zuckend aus dem Schlaf, der unmöglich länger als ein paar Lidschläge gedauert haben konnte, denn es war am helllichten Tage, bei den Schafen und Ziegen draußen in der zwickenden Kälte. Schreckhaft schaute er zuerst auf die Herde, sie weidete friedlich hinter drei, vier Seillängen, dann hob er den Blick und richtete ihn auf den Haarakan, auch dieser war dort und so, wie seit eh und je, ragte aus dem südlichen Rand der Erde gegen den eisgrauen Himmel empor, in stummer Erhabenheit und zum Greifen nah. Uigushak, so hieß der Hirte, schüttelte sich vor Kältegefühl, das ihn beschlich, als er des lohend weißen Gipfels ansichtig wurde, dessen greller Schein ihm ins Auge stach und bis in sein Hirn einzudringen schien. Dabei thronte der Berg mit dem kesselrunden Gipfeldach aus ewigem, von Wind und Sonne blank gescheuertem und geläutertem Eis einen ganzen Tagesritt entfernt, hinter einem Dutzend Bergen, drei Flüssen und zwei Steppen.

Der junge Mensch stand sinnend da und dachte über den Traum nach. Sonne war immer gut; Wasser meistens auch; wie und was aber, wenn es von dem heiligen Gletscher stammte, der plötzlich taute und zerfloss? Konnte es nicht auch so ausgelegt werden, als ob sich das Haupt des Berges entblößte, dessen Namen man nicht kannte, weil er nie ausgesprochen worden war und man dafür bislang nur Haarakan, Unaussprechlicher, hat sagen dürfen? Er beschloss, über den Traum zu berichten, auch auf die Gefahr hin, gerügt zu werden, dass er auf der Weide wieder einmal geschlafen habe. Meinetwegen, dachte er wehmütig weiter, sollen sie mich ruhig beschimpfen; habe schon Schlimmeres erlebt: An einem solchen Tag wie dem heutigen würde man vermutlich milder zu einem Waisenknaben sein, und so würde es mit Sicherheit keine Schläge geben …

Der Hirte erstattete Bericht, während er am Abend bei Tee und Essen saß. Wie erwartet, kam ihm die Frau ungehalten entgegen: »Ach, Uigushak, du armes Luder, hast also wieder gepennt!« Der Mann dagegen nahm ihn, wie so oft, in Schutz: »Du warst immer ehrlich, Uigu, und bleibst es deinen Lebtag, wie ich sehe. Und das ist mehr wert als vieles andere, selbst als ein mittelmäßiges Vermögen, Junge. Und gut, dass du den Traum enthüllst, denn wer weiß, wo er herstammt und wieso er gerade bei dir gelandet ist.« Die Worte des Oberhauptes nicht nur in der Jurte, sondern auch im ganzen Ail stimmten die Frau um: »Ach ja, sonst würdest du nicht Uigushak, Schlafmützchen, heißen. Und es kann durchaus ein Nickerchen gewesen sein, das du gemacht hat, um den Traum in Empfang zu nehmen!« Somit war dem Traum freigegeben, den Weg zu einer breiten Hörer- und Deuterschaft zu nehmen. Dabei ging dem ein Wortpaar ständig voraus: verwaister Mensch und stillende Hündin. Die beiden sollten besonders empfänglich sein.

Der nächste Traum handelte von einem splitternackten Knaben auf dem sattellosen Rücken eines sonnengelben Passgängers; er war auf der Flucht vor wolkenhaften Schwärmen von Ameisen. So schnell das Pferd auch davonjagte, die Verfolger kamen doch mit, so dass Gök Schöl, die Blaue Steppe, die durch den Traum hindurchschimmerte, davon wimmelte und schier zu einer Hara Schöl, Schwarzen Steppe, wurde. Am Ende verwandelte sich der Ameisenschwarm gar in ein Rudel kläffender schwarzer Hunde mit blitzenden weißen Zähnen. Der Mensch, der den Traum empfangen hatte und dessen Name später dem Volksgedächtnis entfallen war, konnte darauf viele Nächte lang nicht schlafen. Jener musste jung, weiblich und hellsichtig gewesen sein.

Es gab weitere Träume, eine lange Kette davon. Sie alle deuteten auf ein und dasselbe hin. Man lebte in Erwartung. Hinzu kam, dass gegen Ende des Frühjahres ein weiterer Wanderlama auftauchte. Er war recht jung und zeigte sich garstig.

Wollte den vorhergehenden Lama nicht kennen, wurde jedoch von dem Dolmetscher von damals geführt, der nun den schweren Rucksack des anderen auch noch zu tragen hatte.

Die Fremden kamen geradewegs zum Ail und betraten die Hauptjurte. Der Häuptling empfing sie kühl. In den Jahren seit dem Erscheinen des anderen waren selbst in dieser verschlafenen Ecke der runden Erde doch manche Erschütterungen zu spüren gewesen und hatten ihn welterfahrener gemacht. Dazu trugen die Karawanenführer viel bei, die zu dem Leinen, Gerstenmehl, Salz, Schießpulver und einem halben Dutzend weiterer Waren neuerdings auch Gehörtes und Beobachtetes, Kunden also, herüberbrachten.

Zwischenzeitlich überschwemmte eine Sintflut die ganze Altaiwelt und verlangte schwere und teure Opfer. Nur wenige Monate später, nachdem das Kind abhanden gekommen war, hatte das unheilvolle Jahr noch weitere Menschenleben verschlungen. So das von der Stütze zur Rechten wie auch das von Honasch. Dieses doppelte Unglück wendete jedoch einem Menschen das Leben ins Glückliche: dem Vetter von Emes. Er suchte mit seiner kleinen Sippe die Nachbarschaft des Ails auf, um vorgeblich der verwaisten und verwitweten Base beizustehen, später wurde er vom Häuptling in das Ail aufgenommen, nicht einfach so, sondern als seine Stütze zur Linken, während die bisherige Stütze die Stelle des Verstorbenen einnahm.

Auch das Leben des Häuptlings hatte sich verändert. Seine Frau verließ, von sich selbst enttäuscht, da sie nach fünfzehn Jahren Ehe kinderlos geblieben war, den Mann gegen dessen Trösten und Toben. Sie, die Bolbas, »Es geht nicht« hieß, hatte aber, bevor sie zur eigenen Sippe zurückkehrte, der jungen, schwarzäugigen Dienerin ihre Stelle überlassen. Der Häuptling vermutete die ganze Zeit, es läge an ihm, da er zuvor die erste Ehefrau nach zehn Jahren zurückgeschickt und sich die nun Scheidende genommen hatte. Doch siehe da, kaum waren ein paar Monate vergangen, schwoll Bolur, die auf Tuwa »Es

ging« hieß, in der Mitte schon an, und weitere Monate später kam ein Junge zur Welt. Und so beseelte und beherrschte seit nunmehr schon fünf Jahren ein schreihalsiger, wieselflinker Ertösch die Häuptlingsjurte.
Der ungebetene Lamajüngling ließ sich von der abweisenden Haltung des Häuptlings nicht entmutigen, ging gleich in die Offensive, indem er unter schallendem, irrsinnigem Gelächter die Worte anbrachte: »Ich hoffe, Ihr seid nicht so einfältig anzunehmen, aus Spaß hätte unsereiner die selbst für Vierbeinige verflucht weite und beschwerliche Entfernung unter der Stiefelsohle geknetet. Damit es zu keinen unnötigen Verstrickungen kommt, will ich offen mit Euch reden: Ein ozeanhafter Glauben, der sternhagelviele Menschen erfüllt und beseelt, und eine orkanhafte Staatsmacht, die jene lenkt und jeden niederschmettert, der es wagt, sich aus der allgemeinen Strömung zu stehlen, stehen hinter dem armen, abgeschundenen Wanderlama und verfolgen jeden seiner Schritte und achten auch darauf, dass dem kein Härchen gekrümmt werde. So gesehen, habt Ihr mit einem Abgesandten zu tun!«
Der Häuptling war verblüfft über so viel Offenheit. Denn der Fremde hatte genau das ausgesprochen, was er vermutet hatte, und das schon seit Jahren. Nun war er darüber erschrocken, aber erleichtert auch. So bat er jenen um Vergebung und Geduld: Er sei seit Tagen unpässlich gewesen, weswegen es zu einem kleinen Missverständnis geführt zu haben schiene, das sich aber leicht beseitigen ließe, denn er hätte es gar nicht so gemeint, und gleich würden auch seine Stützen erscheinen. Tatsächlich betraten bald darauf die beiden die Jurte.
Auch bei der neuen Stütze zur Linken hatte es manche Veränderungen gegeben – er sah verjüngt und vergnügt aus. Seit Jahren war er verwitwet. Dieser Schlag, der die meisten Ehemänner niederschmettert, schien ihn aber aufgerichtet zu haben. Der Tod der seit vielen Jahren kränkelnden Ehefrau war auch für ihn eine Erlösung und zudem eine körperliche Erholung. Seitdem lebte er bei dem ältesten seiner zahlreichen En-

kelkinder, einem aufgeweckten, bienenfleißigen Mädelchen, das nun bald auch auf die Volljährigkeit zuwuchs. Sein Aufstieg zum Mitglied des Weisenrates, gar zur Stütze des Häuptlings zur linken Hand, tat auch das Seine – er lebte vor aller Augen wieder auf.

Und für ihn, den Neuen, war es die Gelegenheit, zu zeigen, was in ihm steckte. Er lockte den Fremden in ein Gespräch, in dem er sich selbst in einen einsamen, vollmundigen Redner verwandelte. Und so erzählte er: »Es ist wohl an die siebzig, achtzig Geschlechter her, da gingen Eure und unsere Vorfahren auseinander, denn da zerfiel das Reich, das jene vereinte. Es hieß Dowa, und wir haben davon den Namen noch, den wir seitdem schlecht und recht durch Welten und Zeiten tragen. Ihr müsstet auch dies und jenes haben, das an das einstige Reich erinnert. Fünfzig Geschlechter später hat Euch der Himmel den Dshinggis-Khaan gegeben. Ach, was rede ich da von Euch? Eigentlich müsste ich sagen uns, denn jener hatte unter seinen Vorfahren solche wie den Dowa, den Blinden, und Bodandshyr, den Dummen. Das sind alles selbstredende Tuwanamen. Aber der Dshinggis ist auch deswegen unser, da er uns schnell in sein neues Reich eintrieb. Was uns wohl auch recht war, jedenfalls gaben wir uns Mühe, ihm treu zu dienen. Die großen Feldherren Schywadai und Dshylma sind Beweise dafür. Diese standen in einer Reihe neben sieben weiteren, die den Häuptling zum Fürsten, den Fürsten zum König und den König zum Kaiser machten. Zwanzig Geschlechter später gingen unsere Wege abermals auseinander. Zuerst trennten uns nur die Himmelsrichtungen Ost und West, dabei war der eine so nomadisch-mongolisch wie der andere auch. Dann zerfiel der Osten des einstigen Reiches noch in Nord und Süd, wobei man das Erstere das Äußere und das Letztere das Innere nannte.«

Hier machte der Redner erstmals eine Pause von zwei, drei Pulsschlägen und schaute seinem Gegenüber prüfend ins Gesicht und auch den anderen Anwesenden. Alle hörten zu. Und die Gesichter verrieten tiefen Eindruck, auch das des Häuptlings – eigentlich war der ganze Vortrag an diesen gerichtet. Denn die Anwesenheit des kleinen, plattnäsigen Hopsas da, so hatte der Redner den Fremden in Gedanken genannt während er selbst redete, war nur Anlass, sein Wissen zu offenbaren, das er bislang nie hatte zeigen können.

»Und der Westen wurde zu Dshungarien«, fuhr er fort, das Sinn tragende Wort genüsslich über die Zunge schiebend und in die Länge ziehend. »Wir Tuwa gehörten gerne und mit Recht zu diesem Staat um den Altai herum, fühlten uns wohl, eine Zeit lang sogar ein wenig als dessen Kern. Vor einem Menschenalter war wohl unsere Sternstunde. Es war zur Zeit des Galdan-Boschogtu-Khans. Er versuchte, den mongolischen Staat vor Zerfall zu retten, dieser war aber nicht mehr zu retten, da sich Seide, Schnaps und Weib des Südens als stärker erwiesen als des guten Mannes edles Vorhaben, sie zerfraßen das Restreich von dessen Rändern her. Mit Galdan scheint auch der Staat von Dshinggis untergegangen zu sein, zumindest kommt es uns so vor, die wir, vergessene Untertanen und menschliche Läuse, in den Falten der Altaiberge ein Leben wie ein Zwischending zwischen dem Leben eines Menschen und dem eines Schafes fristen. Es ist nun schon das dritte Geschlecht, das hierzuwelten staatenlos heranwächst und hinstirbt. Und wir rutschen längst rückwärts, und eines nahen Tages werden wir wohl wieder in Höhlen hocken wie in der Urzeit. Ja, das ist die Weltecke, wo Ihr hingeraten seid, junger Mann!«

Von der Rede waren alle in der Jurte überrascht. Vor allem erschreckten seine Kenntnisse den Fremden, der in dieser abgeschiedenen Bergödnis etwas ganz anderes, nicht viel mehr als tatsächlich Zwischendinger zwischen Mensch und Schaf erwartet hatte. So hatte ihm der ältere Zunftgenosse, der vor einem Jahrzwölft hier gewesen war, die hiesige Welt geschildert. Nun hatte dieser, während der Alte redete, die Sinnlosigkeit der eigenen Belesenheit, die aus lauter Auswendiggelerntem, aber nie Verstandenem bestand, schmerzlich-schmählich gespürt. Dabei hatte er gehofft und gebetet, dass das Geschilderte wenigstens ungenau und ganz bestimmt übertrieben wäre. Nur konnte er es, sollte es auch so gewesen sein, nicht beurteilen und es jenem zurechtweisend gegen den Kopf schleudern. An einer Sache jedoch konnte er sich zumindest ein wenig festkrallen. Und so rückte er auch damit heraus.

»Habt Ihr da nicht den Galdan-Boschogtu-Khan als einen Edlen geschildert?« fing er an. »Der, von dem ich gehört habe, soll ein Blutrünstiger gewesen sein, der selbst davor nicht zurückschreckte, Klöster zu zerstören und Lamas umzubringen!«

»Ihr seid ja gütig, erwähnt nicht, dass jener auch Schwangeren den Bauch aufgeschlitzt, ihnen die kreischende, zappelnde Frucht aus dem Leib herausgerissen und sie auf der Stelle verschlungen hat, wie die Angsterzeuger bei Euch zu Hause mitunter behaupten!«, kam ihm die Stütze spöttisch entgegen und fuhr sogleich mit veränderter, ernster Stimme fort: »Nein, nein, lieber Gast, den wir zwar nicht hergebeten haben, aber hiermit herzlich darum bitten, zu verweilen und sich ungestört umzuschauen und umzuhören. Die Obrigkeit der Äußeren Mongolei ist dem Beispiel der Inneren gefolgt und hat sich, nicht anders als eine Nutte, der fremden, stärkeren Macht angeboten. Was hätte da Dshinggis getan? Mit Waffengewalt gegen den Verräter losziehen und Land und Leute zurückholen! Das wollte auch Galdan tun, nur hat es ihm an Glück gefehlt, und er ist von der vereinten Kraft der käuflichen Hure und ihres aufgestachelten, geilen Bockes überwältigt worden. Klarer Fall, dass Verräter und ihr Abnehmer nie Gutes über den reden werden, der sie bei ihrem glitschig-schmutzigen Geschäft hindern wollte!«

Das Streitgespräch dauerte lange. Wieder war es die Stütze, die den Gast zum Schweigen zwang und selber weiterredete. Sie wurde erst durch den Trog mit dampfenden Fleischhügeln unterbrochen, der auf einmal da war und alles andere in der Welt fürs Erste nebensächlich machte. Noch während des Essens wünschte der Jurtenherr seinem Gast und dem Dolmetscher eine angenehme Nachtruhe. Damit war deutlich genug gesagt, dass auch der Redselige erst einmal zu schweigen hatte. Und er selber verließ, eine Lassoleine in der Hand, als Erster die Jurte, indem er sagte, er würde sich um sein Pferd kümmern. In Wirklichkeit stand er in der Dunkelheit und wartete auf die Stütze zur Rechten. Sie gingen zu zweit schweigend weiter. Als etliche Seillängen hinter ihnen lagen, machte der Häuptling den Mund auf.

»Nun?«, sagte er.

»Ich bin sprachlos«, erwiderte die Stütze.

»Den Grund will ich hören!«

»Ich frage mich: Wer ist die Stütze zur Linken?«

»Damit ist aber immer noch nicht gesagt, was ich hören will!«

»Ich bin begeistert, verunsichert, beschämt und entrüstet – stehe erschüttert da. Und das hat er durch seine Rede erreicht.«

»Jetzt habt Ihr das ausgesprochen, was ich hören wollte. Und ich nehme Euch die Worte ab, da sie auch den Zustand meines Gemüts treffen, bis auf eines: entrüstet, das möglicherweise das Wichtigste sein könnte, das ich jedoch vorerst zurückgestellt wissen will, da es, wer weiß, unter Umständen durch ein anderes ersetzt werden müsste.«

Sie beschlossen, nachdem sie eine Weile nachgesonnen hatten, die Stütze zur Linken selbst zum Gespräch herzuladen. Es galt, den Mann zu erkunden, den man zu kennen ein Leben lang geglaubt hatte, in Wirklichkeit jedoch nicht kannte, wie es sich auf einmal herausstellte. Dabei hatte ein jeder seine Gedanken, die zunächst unausgesprochen blieben. Sie meinten, sie müssten es sofort tun. So ging die Stütze zur Rechten und holte die zur Linken. Und zu dritt gingen sie abermals weg vom Ail und ließen sich zu Füßen eines Felsens nieder.

»Ihr seid, Stütze zur Linken, schlau genug, um zu wissen,

weshalb wir drei alten Männer, vom Volk Weise genannt, Dieben gleich, zu dieser nächtlichen Stunde hier hocken. Wir überlassen Euch weiterhin das Wort!«, sagte der Häuptling. Der Angesprochene zögerte keinen Lidschlag lang, fing sogleich an und spann wieder sein bekanntes Selbstgespräch. »Woher ich all das weiß? Also, in jungen Jahren führte ich Karawanen. Sechsmal insgesamt, vier davon unter Anleitung des Düneerek, genannt von allen Dünesch. Und Dünesch war mütterlicherseits mit den Ööleten verwandt, er verstand ihre Sprache ein wenig und pflegte die Verbindung zur Verwandtschaft immer noch. Einige seiner Verwandten sahen wir, und einer, es war ein älterer Mann mit flammenden Augen, begleitete uns sogar einige Tage lang, er zeigte uns einen kürzeren und besseren Weg. Die Ööleten, das waren schöne, mutige und kluge Menschen. So schien es uns zumindest. Dünesch hatte davon manches abbekommen, hatte einen hellen Verstand. Der Mann, der uns begleitete, war durch seine Frau mit Galdan-Khan verwandt und hatte ihm viele Jahre lang gedient. Der Vor- und Umrede genug, nun das, womit ich mich rechtfertigen könnte für das, was ich weiß und Ihr nicht: Ich sah manches, hörte noch viel mehr und lernte auch dies und jenes selber denken. Und dann, wieso ich das alles erst jetzt verrate? Ich wartete auf eine Frage Eurerseits. Ich gestehe, ich habe seit vielen Jahren gehofft, der Ring der Greise, Weisenrat genannt, würde einmal auch für mich aufgehen, vergebens aber. Und als es dann doch geschehen war, sogar noch schmeichelhafter für meine Eitelkeit als gedacht, musste ich mich wohl vor nichts so sehr hüten als davor, den Ersteingetretenen das Vorrecht irgendwie streitig zu machen. Gewiss habt auch Ihr beide längst gedacht, was für ein Schwätzer ich sei. Das bin ich vielleicht auch, aber ich sage, mein Geschwätz enthält immer ein Krümchen, das Gebrauchswert besitzt. Und schließlich, warum ich vorhin das mit den staatenlosen menschlichen Läusen sagte, ohne mit Euch vorher beraten zu haben? Das ist nun einmal meine

Überzeugung. Dieses unser Leben abseits der großen Welt behagt mir schon lange nicht mehr. Ich möchte nicht, dass mein Leben spurlos vergeht. Möchte, wenn es auch nur Albernheit, ja, wenn es selbst Lug und Trug ist, mitgehen und da und dort sogar vorgehen! Aber die dickkotzige und dünnprotzige Rede hatte auch einen anderen Sinn, sie sollte den Fremden reizen, ihn aus der Haut locken, dass er mit seiner wahren Absicht möglichst schnell herausrückte. Denn ich hatte vor langer Zeit einen Traum, und der fiel mir wieder ein, als ich den Kleinen da sah; ich dachte, der Tag sei also gekommen!«
Damit schwieg er endlich. Er hatte sich ausgesprochen. Es war die Stütze zur Rechten, die zuerst den Mund aufmachte: »Mir deucht, ich hätte nie von einem Traum gehört, den Ihr geträumt haben sollt.«
»Richtig«, kam man ihm schnell entgegen, »womit ich geize, sind einzig meine Träume.«
Der Häuptling griff ein: »Vielleicht könnt Ihr den, wovon die Rede war, uns doch anvertrauen?«
Der Angesprochene zögerte eine Weile. Redete aber dann doch: »Aus einem Kloster, wie ich es im Landesinneren bei den Mongolen öfters gesehen hatte, trat ein Lama nach dem anderen, und dies so endlos lang, dass mir, der ich dem zuschaute, schwindlig wurde vor so vielem rotgelben Geflatter, und im Hintergrund erkannte ich mit seinem glänzenden Eisdach den Haarakan.«
»Ist das alles?«
»Ja.«
»Habt Ihr es in ein Loch hineinerzählt und hinterher dreimal ausgespuckt?«
»Nein. Warum sollte ich das tun?«
»Ich verstehe Euch nicht.«
»Ich sehe, Ihr habt nicht verstanden, was ich vorhin erzählte. Mir wäre jeder Wechsel, der käme, willkommen!«
»Wir sollen vielleicht denken, Ihr seid wenigstens ehrlich?«
»Das nicht. Denn ich habe keine Macht über das, was hinter

der Hirnschale eines Menschen vor sich geht. Selbst da nicht, wenn dieser Mensch ich selber bin.«
»Und Ihr habt keine Angst, wir könnten Euch was antun?«
»Nein. Das heißt jedoch nicht, ich wäre so blauäugig, nicht zu wissen, über welche Macht ein Häuptling verfügt, so klein er auch sei. Aber deswegen mich verstellen? Nein und nochmal nein! Dazu habe ich meine guten Gründe. Ich hatte ein trauriges Leben, das keinen Sinn mehr hatte. Das haben andere auch. Nur sind die einen so dumm, dass sie es nicht wissen. Andere sind zu feige, es sich einzugestehen. Seit ich aber behörnt, eigentlich enthörnt, denn kein gewöhnlicher menschlicher Hornochse mehr, sondern ein *Weiser* geworden bin, ist mir, meine Eitelkeit sei befriedigt. Mit einem Mal lebt es sich leichter. Ich kann Euch die Gründe dazu auch nennen: Habe vor mir selber neue Aufgaben und vor den eigenen Leuten eine Bestätigung für meine Werte bekommen. Wem solches gegeben, darf ja im Gegenzug gerne etwas nehmen, wenn es auch das armselige Dinglein ist, das Leben heißt und sich meistens vom Missverständnis nährt.«
Das Gespräch ging nicht weiter, konnte es nicht. Der eisige Nachtwind, der hereinbrach, war die Rettung. Sie sagten, es wäre zu kalt, und gingen auseinander. Der Redner zeigte sich befriedigt, und die Zuhörer blieben weiterhin verwirrt und verstört. Der Befriedigte schlief die Nacht fest, während die beiden sie schwer verbrachten. Der Häuptling dachte mal an die Worte des Fremden, mal an die der Stütze zur Linken. Dabei hatte er wilde Lust, die Macht in der Hand schalten und walten zu lassen, hörte jedoch auf eine innere Stimme, die ihn wohl davor warnte. So kam er sich wie mit gebundenen Händen, wie zwischen zwei Feuern vor. Die Stütze zur Rechten glaubte, sich sogar zwischen drei Feuern zu befinden. Seit der Aufrückung in seiner Stellung war mit ihm eine Veränderung vor sich gegangen: Er war vorsichtiger geworden. Das, was die im Rang niedrigere Stütze sagte, erschien ihm zwingend, aber er wusste, er hatte auf den Häuptling Rücksicht zu nehmen.

Der nächste Morgen war bedrückend schwer, brachte aber Klarheit. Denn der Fremde nannte ohne Umschweife das Ziel seiner Reise: die Errichtung eines Lamaklosters im Tuwaland. Das überraschte die drei sehr – zunächst wegen des Traumes, von dem erst in der Vornacht die Rede gewesen war. Am meisten überrascht zeigte sich davon der Träumer selber. Doch damit verwandelte er sich in den Augen der anderen beiden wohl zusehends. Jeder Verdacht verfiel. Von nun an schauten sie auf seinen Mund und verließen sich auf seinen Verstand. Das bemerkte er gleich selbst, denn er brach das verblüffte Schweigen als Erster: »Und Ihr wollt Euch hier niederlassen und es verwalten. Ist es so oder nicht, Eure Heiligkeit?« Unüberhörbarer Spott lag in seiner Stimme. Die gedolmetschten Worte hörten sich länger an als die obigen – offensichtlich musste die Zunge, die von beiden Seiten wirklich nur als solche angesehen zu werden schien, doch Eigenes hinzugefügt haben, wohl eine Bemerkung. Und als dann alle Worte angekamen waren, verfinsterte sich das Gesicht des Fremden.

Er wandte sich an den Häuptling: »Habt Ihr denn Eure Leute über das, was ich Euch gestern gesagt habe, unterrichtet?«

Dieser verneinte die Frage recht schüchtern.

»Und warum denn nicht?«

»Weil wir nicht dazu kamen, miteinander zu reden.«

»Dann will ich es jetzt noch einmal sagen, und zwar mit einem kleinen Zusatz. Ein ozeanhafter Glauben mit sternhagelvielen Anhängern und eine orkanhafte Staatsmacht mit allem, was hinzugehört, stehen hinter mir und halten Ausschau nach dem Abgesandten, der ich bin, damit ihm kein Härchen auf dem Kopf gekrümmt und kein Wörtchen im Mund überhört werde. Sollte einer dies bezweifeln, der kann zum Schilfwald des Schwarzwassersees, in den Euer großer Fluss mündet, kommen und mit der Zehnerschaft, die mich unmittelbar zu beschützen hat, Bekanntschaft schließen. Hinter dieser stehen in angemessenen Abständen Hundertschaften und Tausendschaften bewaffneter Krieger. Sie können schnell hier sein. So wie Galdan tot ist, so sind seine winzigen Nachfahren alle tot mittlerweile, wie Ihr es ja selber auch wisst. Was heißen will: Es ist längst an der Zeit, dass der ungehorsame Westen mit Mann und Maus, mit Rechten und Pflichten zum Reich zurückkehrt!«

Was sollte man darauf erwidern? Man war sprachlos. Selbst die wortgewandte Stütze zur Linken schien nicht zu wissen, was darauf zu sagen war. Zumal er auf seine vorhergehende Frage keine Antwort bekommen hatte. Der Häuptling sagte schließlich: »Was sollen wir nun tun?«

Die Miene des Fremden erhellte sich, das war also die erwartete Frage. »Nichts. Abwarten«, sagte er plötzlich freundlich. »Bis auf eines: die Errichtung des Klostergebäudes, und dies zum Zeichen für die Friedfertigkeit und die Bereitschaft für den Wiederanschluss an den Hauptkörper, zu dem das Glied schon immer gehört hat. Und diese Kleinigkeit möchte so schnell wie nur möglich getan sein!«

Die Gegenseite äußerte sich dazu nicht. Und das wurde von dem, der nun einmal die Führung hatte, als Zeichen für Einverständnis gewertet. Dann erfuhr man die Kleinigkeit. Vierhundertzweiunddreißig Lärchen, alle pfeilgerade, mindestens acht Klafter lang und am unteren Ende ein Klafter stark, sollten noch in diesem Frühjahr gefällt und die gesäuberten Stämme bis Sommermitte dorthin geschafft werden, wo das künftige Kloster zu stehen hatte. Darauf orakelte er und bestimmte den Standort: Es sollte unterhalb der Kreuzung zweier Flüsse, am sonnigen Rande eines Waldes und in der geräumigen Mitte der Berge von allen Seiten her sein. Damit packte er seine Sachen wieder ein und wollte schon gehen. Was die drei endlich wieder zur Sprache zwang.

»Unsere Leute fällen keinen Baum mit grünenden, treibenden Zweigen. Was sollen wir da machen?«, fragte die Stütze zur Rechten.

»Sagte ich nicht, noch in diesem Frühjahr? Darum! Sollten an

dem und anderem Baum dennoch schon grüne Zweiglein zu sehen sein, dann soll man das Kloster nennen. Kommende Wohltat wird geschehende Sünde überwiegen.«
Und der Häuptling erwiderte: »Und wer wird das Kloster erbauen? Unsere Leute sind ahnungslos. Wissen nicht einmal, wie ein Kloster ...«
Der Fremde unterbrach ihn: »Man wird Euch helfen. Eure Aufgabe wird es sein, einzig die Baumstämme bereitzuhalten. Alles andere wird von selber geschehen. Und lasst mich jetzt gehen. Ich muss noch in der Stunde des Drachen den Rückweg antreten!«
Somit erhob er sich und ging zur Tür. Der Häuptling stand mit seinen beiden Stützen draußen vor der Jurte und schaute dem Wegeilenden so lange stumm nach, bis er hinter dem ersten Hügel verschwand. Dann wandte er sich an die Stütze zur Rechten: »Mir ist, ich habe geträumt und bin immer noch nicht erwacht. Sagt, geht es Euch etwa anders?«
Diese gestand, auch ihm käme es merkwürdig vor. Er wandte sich aber darauf an den Amtsgenossen: »Genauso wenig habe ich Euch verstanden, edle Stütze zur Linken. Dürften wir den Grund erfahren, weshalb Ihr ausgerechnet hier habt schweigen können?«
»Schweigen müssen«, entgegnete der Angefragte und fügte nach kurzem Stocken hinzu: »Ihr habt doch gesehen, der wollte mit mir nicht mehr reden. Behandelte machte mich vor aller Augen wie Luft und machte es richtig, da ich ihn sonst entblößt hätte. Und man weiß ja nicht, ob dieses dann dem Frieden, den wir uns wünschen, unbedingt dienlich gewesen wäre. So musste ich auf die Zunge beißen und sie im Zaum halten.«
Das Gespräch setzte sich in der Jurte bei einer Teebrühe mit Trockenfleisch fort, die auf Wunsch des Jurtenherrn zubereitet wurde. Dabei erwuchs der Mann, der noch vor wenigen Stunden, in der letzten Nacht unter Verdacht bei den beiden gestanden hatte, nun zum Mittelpunkt. Sie berieten lange und

kamen zu dem Schluss, dem Befehl des Fremden nicht zu folgen. Damit entschieden sie sich, wie der Wortgewandte es nannte, für den Kopf der Maus statt für den Schwanz des Leoparden, auf die Gefahr hin, der Leopard käme gesprungen, um die Maus zu fressen. »Damit ist noch lange nicht gesagt, dass die Maus gefressen wäre«, sagte der Redner. »Diese kann sich bei jenem im Hals oder in einer anderen seiner Öffnungen festbeißen und dort stecken bleiben bis beide krepieren!« Die Beratung endete mit lautem Gelächter, das sehr befreiend wirkte.

Zur Mitte des mittleren Sommermonats kam Hynndynn mit seiner Gefolgschaft im Hohen Altai an. Der Tross steckte beim Überqueren des Flusses Godan, als einer von den Einheimischen ihn erstmalig entdeckte. Und dieser, der ihn sah, hieß Bökesch, mit dem Spitznamen Zieselzahn und war ein Neugieriger und Beherzter auch, so ritt er, nachdem er die wundersame Schar eine Zeit lang aus der Ferne beobachtet, auf all ihre Bestandteile hin abgezählt und sich darüber ein erstes Urteil gebildet hatte, auf sie zu und entbot ihr einen Gruß, so gut er es konnte. Der wurde ihm ebenso freundlich erwidert, und dabei glaubte Bökesch den Menschen, der einem entgegentrat, plötzlich wieder zu erkennen: Es musste der sein, der damals mit dem Lama da war. Denn dieser fragte ihn dann auf Tuwa nach dem Ail. Auch muteten ihn die Augen und der Gesichtsumriss des blutjungen Menschen hinter dem Dolmetscher irgendwie vertraut an. Vor allem, wie aufmerksam er herschaute und zuhörte. Merkwürdig!
Der Ail siedelte zur Zeit in Sundaryk, geradeaus unterhalb der Schneeberge am Himmelsrand, noch einen Tagesritt in Schritt entfernt. Bökesch zeigte den Weg und preschte selber schon davon, von einer drückenden und zwickenden Hast getrieben. Und kam mit schnaubendem und schäumendem Pferd am Ziel an, sprang unter lärmendem Hundegekläff vom Sattel und lief im Rennschritt auf die Häuptlingsjurte zu. Eingetre-

ten, fiel er angesichts des Landesvaters, der auf seinem erhöhten Sitz mit seinen beiden Stützen im Dörr saß, auf die Knie und erstattete keuchend, mit zittriger, brüchiger Stimme Bericht: »Ein Tross von zweiundzwanzig beladenen Kamelen, elf Reitern und elf Fußgängern ist unterwegs. Ich sah sie am diesseitigen Ufer des Godan unterhalb des Orulga und zeigte ihnen, darauf angesprochen, den Weg hierher. Und ich erkannte unter den Menschen den wieder, der damals mit dem Lama hier gewesen, und er sprach mit mir; auch kam mir ein blutjunger Mensch, unmöglich älter als fünfzehn, sechzehn Jahre, irgendwie vertraut vor, und mir war ...« Da brach er lauthals in Tränen aus.

Alle hatten verstanden. Auch hatte man gesehen, dass einer, der so sprach, nie gelogen haben konnte. Dennoch fragte man den Überbringer der Nachricht noch einmal, ob es denn damit, was er soeben berichtet, wirklich stimme. »So wahr, wie in diesem Augenblick die Erde unter und der Himmel über uns allen ist! Sollte darin auch nur ein unwahres Wort gewesen sein, so möge die Macht, die in Euren Händen liegt, mir, dem Sohn des Büdükej aus dem Stamm Haa-Höjük, den Schädel spalten!«

Die drei, in deren Händen die Zügel des Landes lagen, lebten in Erwartung dessen, was geschehen würde, nachdem sie die Weisung des dummdreisten Lamajünglings einfach hatten fallen lassen. So hatten sie sich fast täglich getroffen und versucht, all das, was gesehen, gehört, geträumt und gedacht worden war, aus jedem hervorzukramen und zusammenzulegen, auf dass etwas zustande käme, das sie vor dem beschützte, wenn eines Tages jener oder ein anderer Fremder das Land erneut beträte, von wem auch immer begleitet. Dabei hatten sie auch nach diesem oder einem anderen Ausgang geforscht.

So waren beide Stützen in Begleitung von zwei anderen Männern tagelang durch bewaldete Gegenden geritten und hatten nach frischen Spuren von Blitzeinschlägen und Sturmverwüs-

tungen gesucht und schließlich eine Stelle gefunden und dort auch menschliche Spuren mit ein paar gefällten Bäumen und Feuerstellen zurückgelassen. Das sollte den Eindruck vermitteln, man hätte angefangen, Bäume zu fällen, hätte aber, von vielem überrascht, aus Angst die Arbeit einstellen müssen.
Die drei Söhne des berühmten Ringers und berüchtigten Diebes Schumasch schickte der Häuptling mit kräftigen Pferden aus seiner Herde und mit Wertgegenständen aus der Schatztruhe des Landes versehen in den Norden, auf dass sie bei den Russen Wege erkundeten, zu Feuerwaffen zu kommen, und diese auch mitbrächten. Auch hatte man eine Bestandsaufnahme zur Wehrfähigkeit des Volkes gemacht: Es gab im ganzen Land dreiundsechzig Feuerwaffen, über dreihundert Schießbögen, an die fünfhundert Langstielkeulen und Spieße, reichlich anderthalbtausend Wallache, neunhundertelf Männer zwischen fünfzehn und fünfzig Jahren und dreiundachtzig kampffähige Mädchen. Gefasst und bekannt gegeben wurde der Beschluss, ab nun für die Jagd keine Feuerwaffen mehr zu verwenden, umso sorgfältiger den bereits vorhandenen Vorrat an Zündblättchen, Schießpulver und Blei aufzubewahren und nach Möglichkeit Kugeln zu gießen. Aufgefrischt werden sollte die noch nicht gänzlich vergessene Gliederung der Bevölkerung nach Zehner-, Hundert- und Tausendschaften und die Anordnung über die allmorgendlichen, gezielten Belastungen der Arme und der Glieder zur körperlichen Ertüchtigung aller Menschen ab zehn, bei Männern bis fünfzig und bei Frauen bis vierzig Jahren.
So hatte man gelebt, auf das Schlimmste gefasst und mit dem schwärenden Gedanken, sich demnächst irgendeiner fremden Gewalt widersetzen zu müssen.
Die Fremden kamen jedoch nicht in kriegerischer Absicht, wie es schien. Alsbald wurde beschlossen, eine Abordnung mit der Stütze zur Rechten an der Spitze dem Tross entgegenzuschicken und das Ail, besonders die Jurte der Emes auf einen Empfang höchster Gäste vorzubereiten. Als wenig später drei

Reiter mit prallen, schweren Sattelsäcken auf den Weg gingen, glich das Ail längst einem aufgewühlten Ameisenhaufen, und ein jeder hatte eine Arbeit angepackt.
Zu Beginn betrat die Stütze zur Linken die Jurte der Base und sagte: »Emes, hör gut zu. Seltsame, vornehme Menschen mit vielen bepackten Kamelen, wohl noch mehr als damals, sollen unterwegs zu uns sein. Du darfst dir keine unnötige, verfrühte Hoffnung machen und sollst daher dich erst zusammennehmen und abwarten. Doch wer weiß – einen Grund zu hoffen gibt es immer, und es ist obendrein das achte Jahr. So wollen wir alle vorbereitet sein und uns ein wenig zurechtmachen.«
Emes vermochte bis dahin zuzuhören. Dann aber fing sie zu zittern an und zu schnaufen, bis sie schließlich in Tränen ausbrach. Nachdem sie sich ausgeweint hatte, wurde sie vom Vetter zum Baden zu den Erdkesseln mit stehendem, stillem Wasser geschickt, von der Nichte begleitet. Währenddessen kamen alle anderen Ail-Leute zusammen, bauten ihre Jurte ab, nahmen sämtliche Teile auseinander, schrubbten und scheuerten dies und jenes, schnürten und flickten hier und da. Und bauten sie dann wieder auf. Die Jurte war in all den Jahren sichtbar abgenutzt, wirkte jedoch, so aufgefrischt und zurechtgestützt, immer noch am ansehnlichsten von allen.
Die Jurtenbewohnerin sah das, als sie vom Wasser zurückkehrte, und spürte Schwindel und Schwächegefühl vor Glück. Sie hatte in den Jahren viel nachgedacht, war alt und umsichtig geworden. So sehr sie den Vetter anfangs lästig gefunden, so war sie später dem Schicksal dankbar dafür, dass es ihn gab. Sie wusste, dass es ihr ohne ihn und die Seinen viel schlimmer ergangen wäre. Oft wurde sie vom schlechten Gewissen vor ihm gepeinigt. Wäre Honasch am Leben gewesen, sie hätte ihm ein- oder andermal bestimmt gesagt: »Ach, Alter, mit dem langen Haar und kurzen Verstand hattest du doch Recht. Ich habe damals dem guten Vetter Unrecht getan, als ich dich vor ihm warnte. Ein wenig seltsam ist wohl da und dort jeder Mensch schließlich, doch mehr gut als böse immer.«

Alle arbeiteten bis in die Nacht hinein und standen im Morgengrauen wieder auf. Am noch jungen Vormittag konnte die Stütze zur Linken dem Häuptling Bericht erstatten, dass so weit alles getan sei. Man hatte ziemlich an alles gedacht: Jede Jurte war außen wie innen zurechtgemacht; jeder Mensch war gewaschen und festlich angezogen; ein Hammel war geschlachtet, die Innereien waren gereinigt, die Blutwürste gegossen, Kopf und Spitzbeine abgesengt, und alles stand kochfertig in Kesseln; die fünf verschiedenen weißen Speisen waren auf flammengebeizten Holzplatten und -schüsseln gestapelt, die vier verschiedenen weißen Getränke waren in rauchgesteifte Lederkannen und -krüge gefüllt und alles war kalt gestellt; Dung war gehäuft, Holz war gehackt, Wasser war geholt; das Umfeld, so weit das Auge es erfassen konnte, war von Fell-, Woll- und Knochenresten gesäubert; alles, was an neuem, weißem Filz sowie an gegerbten Fellen da war, lag draußen abgeklopft und ausgebreitet …

Der Häuptling fragte, nachdem er sich den Bericht angehört hatte: »Und was ist mit dem Wacholder?«

»Den habe ich nicht erwähnt, da er noch nicht unter der Hand liegt, aber jemand ist schon oben am Geröllhang und müsste jeden Augenblick zurückkehren.«

»Richtig. Der erste Eindruck ist immer wichtig. Wenn sie den Hügel mit den drei weißen Steinen passieren, soll man den Wacholder anzünden. Und dass man dabei auf die Windrichtung gut aufpasst!«

»Der Wind ist bisher beständig. Doch wird man darauf achten, wenn es so weit ist.«

Am späten Vormittag preschte Bökesch heran, er hatte am Vortag die Abordnung hingeführt. Der Häuptling konnte nicht warten, bis jener sich abgesetzt hatte, eilte ihm entgegen und rief schon aus der Entfernung einer Fangleine: »Und?«

»Er ist es!« lautete die Antwort sogleich. »Mit Frau, Dienerinnen und Leibwächtern!«

Alle hörten diese Nachricht. Emes brach als Erste lauthals in

Tränen aus. Andere folgten ihr. Keinem blieben die Augen trocken. Selbst der Häuptling fuchtelte mit den Händen, weinte hemmungslos laut und rief zwischendurch: »Eej ... großer ... blauer Himmel! ... Eej ... reicher ... bunter Altai! ... Ihr habt es bewirkt ... dass wir ... ärmste und niedrigste Deiner Kinder ... diesen Tag erleben durften ... Wir danken Euch!«
Wenig später sprach er zu seinen Leuten: »Schluss nun, ihr Lieben, mit den Tränen! Sollen wir denn alle verweint und rotäugig dastehen, wenn unser Kindchen endlich wieder heimkehrt, unsere irdische Sonne aufgeht? Wascht euch schnell die Gesichter und fettet sie mit roher Sahne ein! Weiber, leimt euch die Haare! Männer, stutzt euch die Bärte! Kinder, putzt euch die Nasen! Wir wollen schön und fröhlich sein, wie es nur geht!«
Gegen die Mittagssonne erhob sich ein dunkler, wimmelnder Schwarm aus dem Rand der Steppe. Und bewegte sich unter einer Staubwolke langsam heran und wirkte noch mächtiger als der größte Umzug, den man je gesehen hatte. Das Ail-Volk, vom Dauerfeuer vor den Jurten erhitzt und wartemüde, griff endlich nach den Fellen und Filzen, lief lärmend zusammen und rückte, feierlich geschlossen, mit flatternden Nüstern und glänzenden Augen auf die Hauptjurte zu; der Häuptling, mit einem Mal selber hilflos aufgeregt, stammelte verlegen: »Wollt ihr, wollen wir denn, ihr Lieben, schon hingehen und die Geister aufwecken? Was meint Ihr, edle Stütze zur Linken?« Und diese schien dem Augenblick den Honig abzuzapfen und ihn zu schmecken, denn er sagte, während er Emes' Hand nahm und sie davonführte, heiter und laut: »Wo der Wille des Himmels ist, da dürfen wir tun oder lassen, und es wird schon richtig sein! Also gehen wir hin!«
Es war ein ausgespreizter, blumenbunter Wiesenhang ein paar Lassowürfe weiter unterhalb des Ails. In der Mitte wurden die Filze ausgebreitet und ringsum vier Opferstände auf je drei flachen, troggroßen Schiefersteinen errichtet. Der Wind stand günstig. »Wir können anfangen, alles herbeizutragen. Zuerst

die Glut, darauf die weißen Speisen und Getränke, dann den Tee mit den Trinkschalen und ganz zum Schluss das Fleisch und die Brühe!« Sogleich schwärmten alle davon und eilten auf die Jurten zu. Der Häuptling blieb mit seiner Stütze allein zurück und sagte: »Was genau auf uns zukommt, wissen wir nicht. Aber mir ist, als drohte mir die Stirne vor Freude zu platzen!« Der gesprächige Mann antwortete darauf kurz: »Wir werden, da wir es müssen, alles ertragen, gleich, was es auch sein mag!«

Ertösch trug in einem Eimer die Glut herbei und rief: »Die piepsen aber!«

»Wer ist die?«, fragte der Vater.

»Na, die, die da kauern, nuscheln und kuscheln und danach haschen, sich aneinander wach und warm zu erhalten, die rotbackigen Feuerküken!«, antwortete das Kind.

Da näherte sich auch Bolur, die Kindsmutter, mit Dienerin, alle Hände voll mit Schüsseln und Kannen. Sie tuschelten und lachten miteinander, als ob sie an einem Geheimnis zupften. Der Häuptling stand, sie im Blick, am ganzen Gesicht strahlend da, schien seiner jungen Gemahlin etwas entgegenrufen zu wollen, vielleicht das, was der Junge soeben gesagt hatte, zögerte jedoch.

Die Stütze sah das und spürte während eines Herzschlages Freude und Wehmut zugleich. Und nahm dem Kind den Eimer ab, verteilte die Glut auf die Opfersteine, bestreute sie mit trockenen Wacholderkrümeln und bedeckte sie daraufhin mit bauschigen Büscheln. Es brannte knisternd, zischend und fauchend. Der Wind stand weiterhin günstig, trug den Rauch in Richtung Ebene. Da schien der Häuptling aus einem Gedanken zu erwachen, trat den Frauen hastig entgegen, nahm ihnen gleich zwei Schüsseln ab und reichte die eine an seine Stütze weiter. Nun legten sie zu zweit von den Speisen Brocken und Kleckse auf die Opferhaufen und wandten sich im halblauten Gemurmel und ein jedes Ding beim Namen nennend an den Vater Himmel, die Mutter Erde, die Brüder Bäume und Gräser, die Schwestern Flüsse, Bäche, Seen und Teiche, an alle ihre unzählig vielen Geister. Lange kam es den Wartenden vor, als ob der Tross an der Steppe klebte oder immer auf der gleichen Stelle träte. In Wirklichkeit jedoch bewegte er sich schnell vorwärts. Die Pferde, Kamele und Menschen gingen mit kräftigen Tritten und legten die karge, steinige Erde Schritt um Schritt verbissen und unaufhörlich zurück. Das Ail-Volk stand längst in einer Reihe, jeder trug etwas auf den Händen, vorgestreckt und die Flächen nach oben gewendet. Es waren bei dem einen ein Fell, beim nächsten eine Schüssel mit Speise oder ein Krug Getränke, bei dem dritten ein sattes, triefend grünes Wacholderbüschel. Mit einem Mal fingen alle an, die Arme in einem Kreis von links nach rechts zu schwenken und dabei in einem fort und im Gleichklang zu rufen: *huraj-huraj-huraj, huraj-huraj huraj, huraj-huraj-huraj* ... Wobei die wettergebräunten Gesichter leicht verzerrt wirkten.

Hynndynn ritt vorne, zwischen Deng Biao, dem Leibwächter, der während der ganzen Reise, in all den achtundzwanzig Tagen für keinen Augenblick von seiner Seite gewichen war, und der Stütze zur Rechten. Er steckte in einem wohltuenden Rausch; so wie er endlich angefangen hatte, sich an den jungen, schattenhaften Mann zu gewöhnen, der ihm durch seinen stummen Eifer anfangs geradezu unheimlich vorgekommen war, so konnte er sich an den alten Mann und sein gesetztes Wesen noch gut erinnern; ihm erschien, die Gegenwart des Letzteren beschwichtigte und besänftigte die des Ersteren. So sehr seine Brust immer noch schmerzte von der Kunde über den fehlenden Vater, der erst vor kurzem in seinem Traum hatte erscheinen können und dessen geliebten silbergrauen Bart er ehrfurchts- wie liebevoll hatte streicheln dürfen, so wohnte und lohte doch in derselben Brust die Freude, die der Mutter galt, die er gleich wiedersehen, sich ihrer kräftig-zarten Umarmung hingeben und deren mit Milch, Rauch und Sonne vermischten Geruch er einatmen würde.

Trotz des Wogenden, das ihn erfüllte und berauschte, war er

imstande, seine Lage zu überdenken: Die Reise war nun überstanden, aber nicht nur das; sie ist eine hohe Schule gewesen, hat ihm in Wirklichkeit viel zugesetzt, während sie von ihm scheinbar dies und jenes abverlangte. Sie hat seinem Wachstum, das, wie er es selber fühlte und wusste, noch auf halbem Wege gesteckt hatte, zur Vollendung verholfen und so ihm innen wie außen einen Schliff verliehen; so wie der Mann in ihm körperlich erstarken konnte, so hatte sich der Vertreter, seinetwegen auch der Führer, zu dem man auserkoren war, gefestigt; ja, er hatte sich mit seinem Schicksal endgültig abgefunden und war nun auch von sich aus entschlossen, den höheren Mächten zu dienen, gleich, wie sie hießen und wo sie saßen, da er nur so auch seinem Volk dienen konnte, das sich, wie jedes andere auch, letztendlich dem einen Wunsch hingab, die vom Himmel gegebene Lebenszeit so angenehm wie nur möglich zu verbringen.

Bei jeder Viehherde, die sich in der Steppe zeigte, schlug ihm das Herz höher und stockte der Atem. Und Herden waren viele, rechts wie links vom Wege weideten sie. Die Hirten starrten regungslos herüber, waren reglos, kamen nicht auf den Gedanken, auf den Tross zuzureiten und ihn sich aus der Nähe anzuschauen oder ihn gar ein wenig auf dem Wege zu begleiten. Hynndynn spürte in sich die brennende Lust, dem einen oder anderen dieser Menschen zu begegnen und ihnen etwas Gutes zu sagen. Brachte es aber nicht übers Herz, einfach auf sie zuzulenken, da er wusste, dass dies für manche Aufregung gesorgt hätte. Ebenso wusste er, dass er selber bei all dem nie mehr Schafe hüten oder Pferden hinterherjagen würde wie damals. Dafür werde ich dein sehendes Auge, hörendes Ohr und denkendes Hirn sein, dachte er mit leichtem Unbehagen. Denn er ahnte, der Gedanke war nicht nur hochtrabend, es stimmte auch irgendetwas an ihm nicht.

Die Stütze zur Rechten war überglücklich, fühlte sich geehrt, erhoben und erfrischt, wie ein König aus den Epen, der, den siegreichen Recken zur Seite und an der Spitze einer großen

Kriegsbeute an Menschen und Reichtümern, heimkehrte. Von dem Ail- und Landessohn war er, wohl weil jener vor allem die Sprache nicht vergessen hatte, entzückt, von der verschreckten, hilflosen Miene seiner jungen, bildhübschen Frau ein wenig verwirrt, von der offenen Herzlichkeit der Frau, die seine Amme sein sollte und ihm sehr nahe zu stehen schien, sogleich ermutigt und sehr angetan. Nur verstand er manche Sachen nicht ganz, so das mit der *Fürstlichen Hoheit* und der *Gnädigen Prinzessin.* Vielleicht war es dortzuwelten, wo sie gerade herkamen, so die Sitte, wie man schöne, junge Menschen, dazu noch frisch verheiratete, anredete.
Deng Biao fühlte sich bestätigt in seiner Erwartung. Verstand seinen Vorgesetzten, den Kaiserlichen Geheimrat, noch besser, konnte und konnte jedoch nicht begreifen, wieso die weisen und mutigen Vorgänger dieses gewaltige, wunderschöne Land bis auf den Tag leer und nutzlos haben daliegen lassen können. Aber er wusste seine Gefühle für sich zu behalten und von dem Feuer, das hinter seinem Brustbein lohte, nicht einmal den Rauch hinausdringen zu lassen.
Mutschin Bi ritt in der Reihe hinter ihnen, zwischen Lü Dshao und dem jungen Mädchen, das der Abordnung angehörte und das Karawanenvolk seit gestern mit verschiedenen erschreckend fremden Leckereien bewirtet und mit ihrem zutraulichen Lächeln über dem ganzen sonnigen, runden Gesicht angestrahlt hatte. Sie war erfüllt von einer großen berauschenden Freude, beschattet von einer kleinen zwickenden Sorge. Die Freude kam, strudelte wohl aus ihr selber heraus, während die Sorge ihr von außen zuflog und sich in ihr Inneres legte, so wie der Staub der Steppe auf ihr Äußeres.
Lü Dshao konnte sich von dem Schreck immer noch nicht erholen, der sie befallen hatte, als sie gleich die erste Nacht in der Steppe, unter dem offenen Himmel verbringen mußte. Das Zelt half ihr wenig. Das kam ihr lediglich wie eine Täuschung, höchstens wie eine Augenbinde vor, denn sie hörte und spürte gar alles durch das dünne Tuch hindurch. Sie fühlte

sich von dem Wind, der Kühle, ja von dem Himmel und der Erde bedroht. Dass sie selber keinen Finger zu rühren brauchte und ihr alles von Schü Dshing und Mutschin Bi gemacht wurde, half nicht, es verschlimmerte die Sache wohl eher. Und in den weiteren Nächten wurde es kaum anders, selbst dann nicht, als man ein- zweimal auch die als fürstlich gepriesene Jurte aufbaute, die mitgeführt wurde, was letzten Endes aber auch nur ein Zelt war; schön aber war der Augenblick, wenn ihr Körper mit dem Hynndynns zusammenkam, sich daran schmiegen und an ihm festhalten durfte. Doch das war eben nur der Körper. Mit den Gedanken schien sie allzu oft woanders zu sein. War im Schloss, in dem wunderbaren Schlossgemach, wo sie gerne ihr ganzes Leben hätte verbringen können. War auch im Haus und Hof ihrer Eltern, was natürlich nicht zu vergleichen war mit der Schlosswelt, jedoch ein Paradies gegenüber dem flatternden, armseligen Zelt, umringt von der kahlen, kühlen und damit lebensfeindlichen Steppe.
Und je weiter die Karawane fortschritt, umso trostloser wurde es in ihren Augen. Besonders unerträglich war es ihr, als sich einige von der Gegend entzückt zeigten. So die Olle. Das war der Name, den sie Mutschin Bi verpasst hatte, nachdem sie hatte zusehen müssen, wie affig sich jene gegenüber der Ödnis zeigte, die von manch einem hochtrabend Natur im Urzustand genannt wurde! Und am unerträglichsten, dass sich die Frau nicht nur entzückt zeigte, sondern in der Tat mit jedem Tag immer erholter, ja, verjüngt wirkte! Die enge Beziehung ihres Gemahls zu der Amme hatte sie schon von Anfang an gestört, und als sie ihn einmal darauf vorsichtig ansprach, hatte er von einer Ehe gesprochen, die sie bildeten und in die jede Ehehälfte ein Kind mitbrächte. »Das Meinige ist Mutschin Bi, und wie du zu ihr bist, so werde ich zu deinem, zu Schü Dshing, auch sein«, hatte er darauf gesagt und gelacht. Gut, er konnte damit gescherzt haben, aber jeder Scherz enthält schließlich immer einen Kern, der ernst genommen werden sollte.

Das Auftauchen des Ails und die lauthalsige Bekanntgabe, sie wären damit am Ziel, trafen sie beinah vernichtend. Großer Himmel, dachte sie erschrocken und entmutigt: Und dort soll ich bleiben? Keine Stadt und kein Dorf weit und breit, nicht einmal eine feste Hütte! Einfach in einem dieser merkwürdigen filzbehängten Holzgerüste hausen? Sie blickte verstohlen auf ihre Nachbarinnen. Mutschin Bis Gesicht glühte, und ihr Körper bewahrte eine Haltung, die auf etwas Festes und Blühendes hindeutete, wie unverschämt! Und auch Schü Dshing wollte ihr nicht gefallen mit ihrem sonst so lieblichen Gesichtchen – jetzt verriet es hellste Neugier und gar einen Hauch Freude anstatt der zu erwartenden Trübsal –, wie dumm und herzlos von einer Magd ihrer Herrin gegenüber!

Der Dolmetscher spürte schwere Müdigkeit in den Sehnen und Knochen. Darüber hinaus kaute er, wie alle seine Weggefährten auch, immer noch an der Kränkung, die einem auferlegt worden war, mit dem Befehl, die Karawane der berittenen Herrschaften unbedingt zu Fuß zu begleiten. Gut, dass er wenigstens diesen oder jenen Zipfel der endlosen, kahl-kargen Altaiwelt wieder erkannte. Was ihn sofort an seine erste Reise erinnerte und in seiner Brust unwillkürlich den wehmütigen Gedanken erweckte, wie jung er doch damals gewesen sei und um wie viel mehr Feuer er im Herzen und Kraft in den Muskeln gehabt hatte! Und was ihn wiederum an seinen neuen Auftrag erinnerte, zu warten, bis weitere Menschen kämen, und es unbedingt zu tun, selbst wenn die anderen Fußgänger nun mit den Kamelen in den Osten zurückkehrten. Er sollte sich notfalls sogar krankstellen und flachlegen, wenn es sein müsste, und sehen, dass er um jeden Preis dabliebe.

Die Nahenden und die Wartenden, die einen wie die anderen von Ungeduld geplagt, waren längst durch die sonnendurchtränkte, flimmernde Luft miteinander verbunden und behielten einander scharf im Blick: Hier das staubende, schwarzbunte Gedränge und Gewimmel von Tier und Mensch auf der kahlen, schmalen Steppenschneise zwischen den großen Zwillingsseen unter dem vereinten schnee- und eishellen Schwarm von Wellen und Möwen links und dem aus seiner ohnehin erhabenen Umgebung steil emporragenden, weißblauen Haarakan rechts, dort das lärmende und schwankende Häufchen zum ausgestreckten Fuße des dreizehnköpfigen Ails am knittrigen Rand des abschüssigen Berghanges unterhalb einer mächtigen, vierschichtigen Aufstockung von Wiese, Wald, Felsen und Gletscher. Dabei wirkten sie hier wie da unbewusst an einem und demselben: am Abbau unsichtbarer Hürden unter den scheinbaren Bruchteilchen einer unteilbaren Welt und des unteilbaren Lebens darauf.

Der wirbelige Staub hier und der zittrige Rauch dort hielten dabei die Pforten der Sinne der einen für die anderen offen, so schien es. Hatte eine Staubfahne, welche die Pferdeherde nebenan zur Unruhe getrieben, die Wartenden drüben ebenso veranlasst, inmitten der Bewegung und des Rufens ein klein wenig dem Irrsinn zu verfallen, so war es ein Rauchschwaden, der den Hereilenden entgegenwehte und sich zu einem Strick und einer Schlaufe zu drehen und zusammenzuziehen schien. Der Wacholderduft wirkte jäh und merkwürdig: Bewirkte in vielen Hälsen einen Würgereiz und trieb Tränen in viele Augen. Selbst der Stütze zur Rechten, die erst gestern das Ail verlassen hatte, liefen die Augenränder heiß an, auch dem Fußvolk, den armen Mongolen, die mit dem Ganzen nur ihren Ärger hatten, schmerzte es in den Nasenwurzeln. Und Lü Dschao, die sich bis soeben an ihrer ablehnenden Haltung dieser scheinbar anderen Welt mit dem scheinbar anderen Leben gegenüber festgekrallt hatte, spürte plötzlich in sich ein heftiges Bedürfnis zu weinen und tat es auch. Da fiel ihr das junge Mädchen ein, das hinter der Amme reiten müsste. Anfangs maß sie dem, wieso sie denn mit tränenden Augen gerade an diese Person denken musste, keine weitere Bedeutung bei. Aber wenig später kam es ihr doch verdächtig vor. Vielleicht hatte es doch einen tieferen Sinn, dass dem Heimkehrenden ausgerechnet jene entgegengeschickt wurde. War sie diejenige, die man für ihn auserkoren und bereitgehalten hatte? Jetzt fielen ihr weitere Einzelheiten ein. Er hat sie zur Begrüßung an beiden Ohrgegenden beschnuppert. Hatte er ihr dabei etwas zugeflüstert: Ich freue mich, dich zu sehen? Oder: Bist aber groß und schön geworden! Oder gar: Lass dich von der bleichgesichtigen Chinesin nicht stören, sie wird nun weggelegt, und du wirst mein Weib sein!

Das war die Eifersucht, die in ihr erwacht war. Sie zog Wut und Trauer nach sich. Aber auch die Entschlossenheit, ihr Leben, ihre Liebe mit allem zu verteidigen, worüber sie verfügte. Und an dieser Stelle wurde ihr klar, dass sie bislang nur abgelehnt, also gar nicht gehandelt, also einzig falsch gehandelt hatte. Jetzt aber galt es zu überlegen und zu handeln. Da brauchte sie viele Verbündete, so wie der Scheinonkel, der Gnädige Herr, es ihr ans Herz gelegt hatte: Am besten alle in Verbündete verwandeln! »Sei nie so dumm, einem auf dich zurollenden Stein mit der Härte des Steines Einhalt zu gebieten, denn du könntest davon Schaden nehmen!«, sagte sie sich in Gedanken. »Schließ dich vielmehr dem Rollenden an, und geh ruhig ein Stück mit, indem du dich schieben oder ziehen lässt; sieh aber währenddessen, im ungünstigen Falle ihm zur Last zu fallen, so ihn zu besänftigen und zu ermüden und nach und nach zum Stillstand zu zwingen, im günstigen Falle gar die Rollrichtung zu ändern, auf dass diese deine Gehrichtung ist!«

Hatte das auch jener gesagt, den sie wie den Himmel verehrte und wie den Tod fürchtete? Oder ein anderer Mensch, ihr Großvater vielleicht, der alte Bauer mit dem gekrümmten Rücken, aber mit dem heiteren Gesicht eines Weisen, was er auch war? Oder, oder war es ihr denn selbst gelungen, solches auszudenken? Wenn ja, dann müsste das die Erleuchtung gewesen sein, von der sie schon gehört hatte und die nun endlich ihr selbst geschehen war.

Von dem Gedanken ermutigt, richtete sie ihre Augen auf den Gemahl. Und da nahm sie durch den Tränenschleier ihrer

Augen eine verschwommene, bucklige Gestalt wahr. Aber sie wusste ihn jung und gerade und sehnenfest, durch und durch männlich und wahrhaft fürstlich, genauso wie ihren eigenen Körper, dem ebenso wenig fehlte, um eine echte Prinzessin zu sein. Jetzt spürte sie, dass sich ihr edler, da makelloser, dazu noch knospenzarter und für das Liebesglück gerade erst angebrochener Körper längst wieder nach dem seinen sehnte. In diesem Augenblick kam es ihr unverständlich, ja beschämend vor, dass sie immer noch nicht befruchtet war. Ich möchte es so sehr werden, dachte sie inbrünstig, am liebsten noch gleich in der bevorstehenden, jungfräulich ersten Nacht im neuen Zuhause, einerlei, auch wenn es nur die nackte Steppe mit flatternden Zelten ist. Denn zuvor glaubte sie, die harte, bellende Stimme des Himmel-Tods erneut zu vernehmen: »Es gibt für dich keine Rückkehr von dorther bei lebendem Leibe mehr, verstanden?!«

Jetzt aber hörte sie eine andere Stimme: »Mit seiner Frucht im Schoß bist du besser beschützt als mit einer Lehmmauer!«

Sie begriff zwar nicht, wer das war und worum es da ging, aber sie entgegnete überstürzt: »Auch sonst werde ich doch genug beschützt sein – bin ich denn nicht jung und schön und dazu noch eine Prinzessin aus dem Reich der Mitte?«

Es krächzte dieselbe Stimme: »Es finden sich immer Jüngere und Schönere. Und was das Reich betrifft, ist Loyan weit und Beijing noch weiter. Und die Prinzessin kann schnell scheitern, bei dem, der auf dem gleichen Wege zum Fürsten gereift ist!«

Lü Dshao entgegnete wütend: »Sollte ich nichts gelten, wird er es also auch nicht!«

Jetzt kicherte es: »Da irrt sie sich. Der Fürst ist eine frühere Erfindung. Und es steht hinter dem auch eine Horde, die geneigt ist, an die Erfindung zu glauben. Also könnte er eher Fürst sein als du Prinzessin.«

Sie hielt es nicht mehr aus, schrie: »Wie gemein!«

Die Stimme meldete sich, nun sachlich: »Doch ist es unwahr-

scheinlich, dass man ihn, den Milchbart, wie auch dessen fremdländischen, von Fremden aufgesetzten Hut braucht. Denn er ist nichts anderes als ein armseliger Pflock, und das Loch, in welches er getrieben werden soll, ist längst besetzt, ist eigentlich nie frei gewesen. Ja, ein dicker, zäher Pfahl ruht dort, und dieser heißt Häuptling, lediglich eine andere Bezeichnung für Fürst, König, Kaiser.«
Lü Dshao sprang sogleich ein: »Du meinst, Ihr meint also, er wird es nicht schaffen, den fürstlichen Thron zu besteigen?«
Die Stimme, hart und kühl: »Nicht darum geht es. Er wird, wie auch immer, der sein, für den er sich hält. Denn hier bist du in einer Welt, in der ein jeder Mann das ist, was woanders nur der ist, der einen solchen Titel trägt. Denn in jeder Jurte, so ärmlich sie auch sei, thront einer, der sich selbst dem Mächtigsten gleichwertig fühlt.«
»Wie unverschämt!«
»Bist voreilig – als Frau ist man auch was.«
»Was denn?«
»Genau das, was du sein sollst und willst: Königin!«
»Willst du, wollt Ihr mich etwa veralbern?«
»Lass das jetzt und pass lieber auf – wir kommen an!«
Ja. Sie waren angekommen. Der Häuptling, Bolur und die Stütze zur Linken traten vor, gingen gezielt auf den Sohn, die Schwiegertochter und die Amme zu, nahmen ihre Pferde am Zügel und führten sie auf die drei nebeneinander ausgebreiteten weißen Filzmatten; andere folgten ihnen und wandten sich den restlichen Reitern zu. Kaum saß Hynndynn, unterstützt vom Häuptling, ab, eilte er auf die Mutter zu, die ein paar Schritte weiter, gestützt von zwei Frauen, stand und nicht mehr bei sich zu sein schien. Aber sie war bei vollem Bewusstsein, war nur bestrebt, zu sehr bestrebt, die Tränen niederzuhalten und so die Augen trocken und die Lippen sauber zu behalten, um sich ihren Sohn und ihre Schwiegertochter ordentlich anschauen und begrüßen, sie nach Herzenslust beriechen und beküssen zu können. Nur kam es dann anders, und

das Kind selber war es, das ihre gute Überlegung zunichte machte, indem es auf dem allerletzten Schritt zu ihr die Beherrschung verlor und dessen Brust ein röchelnder, gepeinigter Laut entfuhr, einem Fohlen mit vor Durst brennendem Gaumen gleich, das bei dem letzten Hufschlag, eh es mit der Schnauze den mütterlichen Leib erreichte, mit den samtenen Lippen das Euter berührte, einen hellen, überstürzten Schrei ausstieß. Das hochgeschossene Kind in der wundersamen fremdländischen Gewandung stürzte sich schreiend und taumelnd auf die Mutter, packte sie an und weinte ungehindert, was jene dazu verleitete, das edle, aber über ihre Kraft gehende Gehabe aufzugeben und dem herausbrechenden inneren Druck freien Lauf zu lassen. Glänzend helle, satte Tränen schossen sogleich aus ihren Augen.

Diese Wiederfindung zweier auseinander gerissener Hälften aus dem Mutter-Kind-Band und ihre heftige gegenseitige Wiedererkennung beeinflussten die allgemeine Begegnung von Bruchteilen einer eigentlich einigen Welt miteinander und bestimmten den weiteren Verlauf der Dinge. Keiner blieb abseits und unbeteiligt, keinem blieb die Brust still und das Auge trocken. Irgendwann ließen die beiden voneinander ab, was sie nicht von sich aus taten, sie wurden vielmehr von Außenstehenden daran erinnert, dass es Wartende gab. Während sich die zittrige, immer noch schluchzende Mutter mit dem glänzend nassen, entstellten Gesicht der Schwiegertochter zuwandte, durfte der Häuptling den in die Arme schließen, den er am anderen Ende der Zeit auf Händen getragen und dem er seinen Namen dreimal ins Ohr gerufen hatte, eh er ihn öffentlich verkündete. Nun kam es hier wie da zu einer unvermindert heftigen Begrüßung, weitere Tränen flossen: Lü Dshao hatte schon vorher geweint, zuerst unter dem zarten, herzlichen Druck der noch jungen, sehr schönen Frau, dann hinter ihrem Gemahl stehend und zuschauend, was sich zwischen ihm und der alten, holzdürren Frau abspielte. Nun weinte sie wieder, noch heftiger, da sie an den Tag dachte, an dem sie mit ihrer eigenen Mutter zusammenkommen würde, und sie war froh über ihre üppigen Tränen, wobei sie nicht vergaß, sich selbst zu necken, indem sie dachte: Na, Prinzessin, Ihr treibt es ja toll, steckt bis zu den Ohrspitzen in Rotz und Tränen, macht nur weiter, um eines Tages hoffentlich eine gute Schwiegertochter, ja, eine echte Nomadin abzugeben. Hynndynn hing, an den Vater erinnert, an dem mächtigen Körper des Häuptlings und weinte mit neuem Druck, so dass er für ein paar Herzschläge fast brüllte, was nicht minder heftig erwidert wurde – der Landesvater röchelte aus tiefer Brust und ließ die Tränen ungehindert fließen.

Mutschin Bi begriff, dass ihr eine besondere Ehre zuteil wurde, als der weißbärtige Mann mit den Bewegungen eines Jünglings und dem flammenden, heraufzielenden Blick aus den tief liegenden Augen auf sie zukam, die Arme nach vorne gestreckt und darauf ein breites, mattweißes und auf diesem wiederum ein schmales, glitzernd schwarzes Fell. Der blieb für einen Pulsschlag stehen, vermochte dabei ihr, wie ihr schien, zuzublinzeln und mit den Spitzen der Finger ihr linkes Knie zu berühren, eh der rechte Arm sich unter den Fellen wegzog, um sogleich in einer ausholenden, feierlichen Bewegung auf den Pferdehals zuzufliegen. Die Hand griff nach dem Zügel, während sich der linke Arm, immer noch ausgestreckt und unter den Fellen, nach links schwang und den ganzen Körper nach sich zog. Verwirrt gab sie dem Zug nach, ließ die Zügelleine zwischen den Fingern gleiten und den Blick von den schmalen, aber festen Schultern auf den kurzen, runden Nacken und auf die helle, helmenhafte Filzmütze mit den vier halb abstehenden Klappen in gleichen Abständen und den lose angehängten daumengroßen, dunklen Fellbüscheln darüber wandern. Das alles rührte sie, denn sie glaubte etwas Kindisch-Spielerisches zu erkennen, war erfüllt von einem aus tiefstem Innern her wärmenden, befreienden, aber auch erschütternden Gefühl, so weinte sie wieder, weinte schon, noch bevor die allgemeine Rührseligkeit ausgebrochen war. Auf einmal bemerkte sie die weiße Unterlage unter Mensch und Tier, die sie erst später als Filz erkennen konnte, da drehte sich der Mann wieder ihr zu und wechselte die Hand am Zügel, nun hielt den die Linke, der Oberarm immer noch unter den Fellen, zog straff zurück und drückte an die Pferdemähne, während die Rechte ihr zu Hilfe kam. Stützte sie an der linken Achsel ab, gab langsam nach und blieb dort, bis sie mit beiden Fußsohlen auf dem Filz stand. Jetzt schob er die rechte Hand erneut unter die Felle, streckte beide Arme abermals aus und nahm eine gerade, aber keineswegs starre Haltung ein. Sie erschrak, überlegte kurz und tat ihm gleich: streckte die Arme mit nach oben gewendeten Handflächen ihm entgegen; er rückte ihr einen Schritt näher, ging tiefer, legte die Felle auf ihre Hände und zog die eigenen Arme zurück. Nun kam er mit dem Gesicht näher, fasste das ihre beidhändig am Kiefer, beroch sie an beiden Schläfen und küsste ihre Stirn; wischte ihr mit den Fingern die Tränen vom Gesicht und streichelte dazu ihre Wangen. Sie empfand dabei seine Lippen erschreckend heiß und seine Hände federleicht und die Haut unglaublich weich.

Das alles hatte sich genau und vollkommen in ihr Gedächtnis eingeprägt, dann erinnerte sie sich nur noch an Bruchteile: Einmal an das nasse, erhitzte Gesicht der Mutter, das sie an dem ihren spürte und dabei denken musste, dass die Tränen ihr bestimmt gut täten, dann die gewaltige, gebogene Nase des Häuptlings, die sie aus großer Nähe sah und wovon ihren Körper eine Gänsehaut überlief, und schließlich der bekannte Geruch, der damals von dem fremden, zur völligen Stummheit eingeschüchterten Knaben ausgegangen war. Nun begegnete sie ihm wieder, bei Frauen und Kindern stärker als bei Männern – diese strömten etwas aus, das sie im frühesten Leben als beginnendes junges Mädchen bei ihnen manchmal gewittert und als angenehm empfunden hatte, es konnte der mit Wind und Sonne vermischte Schweiß sein. Ach ja, dann die Unzahl von Blicken, hier scheu, da zutraulich, dort sehnsüchtig herzielend, immer aber tränenverschleiert.

Schü Dshing lebte begeistert. Anders konnte man das, was mit ihr geschah, nicht nennen. Es kam ihr wie ein grausig schönes Schauspiel vor, dem sie nicht nur zuschauen, in dem sie auch ungehindert mitspielen durfte. Wohl ist es die lebenserfahrene Mutschin Bi gewesen, die schon vor Tagen angefangen hatte, Tränen zu vergießen, und damit auch andere angesteckt hatte. Damals hat man es aus Kummer getan und dabei immer versucht, es von anderen nicht merken zu lassen. Jetzt aber durfte, ja musste man es wohl, da der Fürst und die Prinzessin es auch taten. Außerdem fiel ihr alles, was sie zurückgelassen hatte, in diesem Augenblick besonders spürbar ein.
Deng Biao und die anderen, die zur Begleitung gehörten, das arme Fußvolk von Mongolen eingeschlossen, alle machten mit, zeigten sich gerührt, weinten, und dabei hatte wohl ein jeder seinen besonderen Grund, die aufgestauten, überschüssigen Flüssigkeiten loszuwerden. Es dauerte eine ganze Weile, bis sich die allgemeine Aufregung legte und alle darangehen konnten, die Kamele abzuladen, um sich darauf erst einmal niederzulassen angesichts der prallvollen Schalen und Platten, Schüsseln und Trögen sowie Kannen und Krügen, die in einer spielerischen Überordnung und in ehernen Reihen dastanden und darauf warteten, endlich angerührt und geleert zu werden. Dieser große Augenblick trat ein, dauerte an und wuchs zu einem Fest aus, ergänzt durch Süßspeisen und Feuergetränke aus den Kisten und Körben nebenan, die manch einem der Ail-Leute irgendwie bekannt vorkamen …
Am nächsten Morgen bot sich einem betrachtenden Auge – deren gab es viele, etliche Paare in jeder Himmelsrichtung – folgendes Bild: Das Ail, das seit dem Auftauchen der neuen, jungen Frau in der Hauptjurte und der neuen, jüngeren Stütze zur Linken, des Haupt-Weisen mittlerweile, ohnehin fast auf das Doppelte angewachsen war, hat ein paar Lassowürfe weiter ein Zwillingsgebilde bekommen, das aus einer Jurte und einem halben Dutzend Zelte sowie einigen geheimnisvollen, hügeligen Stapeln bestand. Es war eine noch vornehmere

Jurte als die damals. Auch die Zelte waren noch nie gesehen, verschieden in Farbe, Größe und Schnitt. Dieses kunterbunte, flatternde Ail nun wimmelte von Menschen, von erwachsenen Männern zumeist, die durch ihre Bewegung und ihre Kleidung neuartig wirkten, und auch den Kamelen und Pferden sah man die Fremdheit an.

Schon am Vormittag tauchten die ersten Besucher am Steppenrand auf. Ein gewaltiges Rudel von einer schier unübersichtlichen Anzahl Hunde stürmten ihnen entgegen, gingen sie lärmend an. Aber die Reiter kamen heran. Es waren Männer. Später kamen auch Frauen und Kinder, und diese gingen in der Mehrheit zu Fuß, und zwar barfuß. Allen brannte die Neugier auf dem Gesicht, flammte in den Augen. Sie stierten jeden und fassten alles anfangs scheu, bald darauf aber bedenken- und schonungslos an. Sie betraten die Jurte und die Zelte, gingen von einem zum nächsten. Schü Dshing bewirtete die Männer mit Schnaps und die Frauen und Kinder mit Süßigkeiten. Sie nahmen die Gabe mit einer flinken Bewegung an, gerieten für einen Lidschlag in Verlegenheit, schnell aber glättete sich ihr Gesicht wieder, nahm einen starren Ausdruck an. Die Männer nippten an dem feurigen Getränk in der winzigen Schale erst vorsichtig, verzogen das Gesicht und tranken es dann mit sichtbarem Genuss. Die Frauen und Kinder rochen zuerst, leckten an den glitzernden Kügelchen und ließen sie zuletzt in den Brustlatz verschwinden. Und dann stierten sie ihre Umwelt von neuem und ungehindert an.

Zwischenzeitlich wurde im Häuptlingszelt beraten und ein Beschluss zur Wahrung des Friedens der Gäste vor unangemeldeten Besuchern gefasst. Alsbald holte der Laufbursche den Knüppelhalter, und dieser wurde mit der Stütze zur Rechten und dem klafterlangen Birkenholzknüppel mit dem faustdicken Kropf am unteren Ende zu den Nachbarn geschickt; wenig später bezog die Schildwache am Außenrande des Ails Posten. Der ging dann jedem weiteren Besuch entgegen, fing ihn ab und schickte ihn zurück mit den Worten,

es würde demnächst ohnehin ein Fest geben, frei für jedermann.
Die Schutzvorkehrung war Hynndynn willkommen, da er nicht wusste, wie er die bereits erschienenen Besucher loswerden sollte. Sie bewegten sich unentwegt von einem zum nächsten der Zelte und der Warenstapel, wieder und wieder fassten sie Dinge an und starrten alles sehr neugierig an. Keiner, aber wirklich nicht einer schien daran zu denken, wieder zu gehen. Nun gingen sie, auf Ermahnung der Stütze hin alle, endlich. Dankbar darüber, wollte man den großen, alten Mann in die Jurte bitten und bewirten, dieser jedoch lehnte das Angebot höflich ab und ging zurück, denn die Beratung war noch nicht zu Ende.
Auch Hynndynn hatte zu überlegen und zu entscheiden. Im Grunde wusste er nun noch weniger, wie es weitergehen sollte. Sü Bing Dshjang hatte davon gesprochen, dass er, Hynndynn, von sich aus nichts mehr zu tun brauchte als lediglich dazu bereit zu sein. Alles andere würde sich von selbst ergeben. Wie sollte das aber geschehen? Vor allem hatte er die vielen Menschen, von Mutschin Bi mit Recht Fresser und Scheißer genannt, loszuwerden, so schnell, wie es nur ging. Konnte er sie einfach wegschicken? Er müsste eigentlich den Häuptling und seine Stützen um Rat ersuchen. Aber nicht nur deswegen. Er empfand große Hemmung, mit seiner Angelegenheit vor diese zu treten. Sollte er ihnen denn einfach sagen, sie seien nunmehr nichts, da er der Fürst sei, der über alles zu entscheiden hätte? Unmöglich! Aber so war es eben doch entschieden worden, auf einer höheren Ebene, von einem Mächtigen und von noch Mächtigeren hinter diesem in einem Weltreich, und er, der klitzekleine, ohnmächtige Gefangene hatte sich zu dem Spiel mit seiner Unterschrift verpflichtet – was nun?
Unterdessen dauerte die Beratung an. Es ging um die Gäste. Waren die denn wirklich Gäste? Alle anderen vielleicht ja doch, aber der, um den es eigentlich ging? Der Sohn der Emes? Der des Ails? Der der Sippe? Der des Stammes? Der, war er denn

überhaupt noch Hynndynn? Hat man je gehört, dass einer von denen ihn so bei dem Namen genannt hat? Hat man vielmehr nicht vom Fürsten geredet? Und von der Prinzessin gar! Sollte er wirklich der Fürst sein, den man von Epen und Legenden her kannte, was war man da neben ihm als Häuptling? Als seine Stützen? Nichts wohl! Aber durfte man es einfach so zulassen? Vielleicht sollte man ihn schlicht den Heimkehrer nennen? Dann dies: der Heimkehrer und seine Leute. Um diese nämlich ging es. Um ihre Unterkunft, um ihre Verpflegung, um ihr Wohlsein. Was war, wenn es anfinge zu regnen? Was, wenn die rechtmäßig und pflichtgemäßen drei Tage vergingen, und die Leute nicht gehen wollten?

Fragen über Fragen. Keine einzige Antwort aber. Da beschloss der Rat, die Worte dessen zu hören, der am Ursprung sämtlicher Unklarheiten stand. Der Anlass lautete: dem Owoo oberhalb der Quelle, deren Wasser man trank, einen Besuch abzustatten. Der Häuptling schickte die Stütze zur Rechten hin, damit der die Wiederweihe schon vorbereitete, er selber ging mit der Stützen zur Linken zu ihm, um ihn dorthin zu bitten. Sämtliche Menschen, die sie trafen, gingen in die Knie, aufgeregte Rufe ertönten, Hynndynn trat aus der Jurte, verneigte sich leicht zu dem Gruß, den man hastig aussprach, und verneigte sich abermals und deutete auf die Tür, zum Zeichen, man möge eintreten. Der Häuptling hob die linke Hand mit der Fläche nach vorne in der Schulterhöhe, im Zeichen einer höflichen Ablehnung der Bitte und sprach schlicht: »Wir dachten, wir gehen mit Euch zu dem Owoo über der Quelle und lassen Rauch aufsteigen noch bevor wir zu Mittag wieder zusammenkommen und diesmal in der Jurte, die Euer Nest ist.« Der Angesprochene zeigte sich erfreut und kam gleich mit. Die Zusammenkunft mit den Männern entsprach ganz seinem Wunsch.
Hynndynn sah, dass Deng Biao ihm folgte. Er drehte sich kurz um und sagte, er solle zurückbleiben. Wenig später be-

merkte er, dass jener doch mitkam. Jetzt drehte er sich schroff um: »Ich dachte, ich sagte Euch vorhin etwas. Habt Ihr mich verstanden?«

»Jawohl!«, entgegnete ihm der erwachsene Mann, der den Jüngling um einen ganzen Kopf überragte. »Ich habe Eure Hoheit verstanden. Aber Ihr wisst doch, ich habe meinen Auftrag vom Gnädigen Herrn und durch ihn von seiner Majestät, mich für Eure Sicherheit einzusetzen. Also lasst mich meiner Arbeit nachgehen!«

Hynndynn verstand ihn sehr gut und sagte nichts mehr.

Die beiden Männer, auch Weise genannt, begriffen wohl recht gut, worum es in der kurzen Auseinandersetzung ging zwischen dem Jüngling, Fürst genannt, und dem hünenhaften Fremden mit den zuckenden Backenmuskeln am ehernen, undurchdringlichen Gesicht. Die Stütze zur Linken ließ, während sie weitergingen, eine an niemand gerichtete Frage fallen: »Verstehen wir alle die Landessprache?«

Hynndynn, der sich an die Worte wieder gewöhnen musste, war zunächst ein wenig verwirrt, begriff aber den Sinn plötzlich und sagte erleichtert: »Nein, nein. Das kann er Himmel sei Dank noch nicht.« Und fügte dem gleich hinzu: »Wir müssen über vieles miteinander reden.«

Der Häuptling entgegnete: »Deshalb haben wir im Weisenrat beschlossen, Euch, so reisemüde Ihr auch seid, diese erste Unterredung zuzumuten. Aber lasst Euch Zeit, bis Ihr dem Owoo, einem der zahlreichen Kinder und Enkel der dreizehn großen altersgrauen Owoos des Altai, den Besuch abgestattet und Euch davor verneigt habt!«

Hynndynns Gedächtnis hatte sich ungetrübt gehalten: Er trat mit drei faustgroßen Steinen, die er unterwegs aufgelesen hatte, an den Haufen heran, legte sie behutsam darauf, trat ein paar Schritte zurück, nahm den Hut mit dem spitzen Dach und der breiten, steifen Krempe ab, setzte ihn auf die Erde und ging selber in die Hocke. Er betete lang und inbrünstig, die halblaut gesprochenen Worte ergaben gute Verse, und zu

diesen gesellten sich so manche Tränenkugeln. Die drei Männer standen, die flachen Hände zusammengelegt und die Daumen gegen die Brust gepresst, im Hintergrund und murmelten halblaut Gebete. Deng Biao stand weiter hinten. Die Stütze zur Rechten hatte ihn nicht vorgelassen, mehr noch, er hatte ihm durch Blick und Gebärde zu verstehen gegeben, dass er dem Steinhaufen unter flatternden Haarbüscheln, zerlumpten Fellfetzen und ausgeblichenen und abgeblätterten Knochen- und Hornresten fern zu bleiben hatte. Nun stand er dort, wo man ihn stumm-missmutig zum Halt gezwungen hatte, wie angewurzelt, schaute dem, was vor sich ging, scheu zu und dachte für sich halb erschüttert, halb belustigt: Das also war die blindgläubige Götzerei, die es zu bekämpfen und durch einen richtigen Glauben zu ersetzen galt!
Der Häuptling sprengte, nachdem sie sich am Fuße des Owoos zu einer Runde zusammengesetzt hatten, die drückende Stille, indem er sagte: »Ich hatte nicht vor, an diesem Ort des großen Altai und zu der Stunde des heutigen Tages Euch so anzugehen. Aber die Gegenwart der Scheuche da reizt mich, und so muss ich es wohl tun: Wer seid Ihr überhaupt?«
Die Frage glich für die beiden Stützen einer Ohrfeige. Für Hynndynn wohl auch, allein er kam damit erstaunlich gut zurecht, indem er sogleich antwortete: »Ein Gefangener, wie Ihr alle seht.«
»Und was ist mit dem Fürsten?«
»Ja. Was ist damit? Ich frage mich selbst.«
»Und eine Prinzessin scheint es auch noch zu geben?«
»Richtig. Die sich in der Tiefe ihres Herzens auch ständig fragen müsste, wieso sie es sein soll.«
»Ihr macht uns irre.«
»Ich weiß. Ich müsste Euch, Weise meines Volkes, erst von allem berichten, was ich erlebt, gesehen und gehört, aber auch gedacht habe, und Ihr solltet mir den Bericht erst abnehmen und dann wohl auch beistehen angesichts der vielen Rätsel, die mich irremachen.«

Die Stützen waren bisher stumm geblieben. Jetzt mischte sich die zur Linken in das Gespräch ein: »Das werden wir gewiss gern tun. Aber dann nicht unter fremdem Blick. Fürs Erste gibt es andere, noch dringendere Dinge. Wie wär es, wenn wir diese schnell besprächen?«
Die zur Rechten zeigte sich damit einverstanden. Der Häuptling fing an: »Was wird mit den vielen Menschen geschehen?«
Hynndynn antwortete sogleich und zeigte, wie diese Frage ihn selbst beschäftigte: »Das elfköpfige Fußvolk wird gehen, wann ich es ihm sage, und es wird auf den Kamelen zurückreiten. Von den Reitern werden drei zurückgehen, alles Männer. Und der Rest, es sind drei Frauen und vier Männer, wird hier bleiben.«
»Und wann werden die drei aufbrechen?«
»Wenn ich es ihnen sage. Aber da wollte ich Euch um Rat ersuchen. Kann ich sie so einfach wegschicken, oder sollte man vielmehr einem jeden ein Geschenk mitgeben?«
»Gut, das werden wir besprechen. Und will der Rest für immer dableiben? Es sind sieben Personen. Sieben Münder und vierzehn Hände. Womit werden sie sich ernähren? Wo werden sie unterkommen?«
»Die Frau ist diejenige, die mich von der ersten Stunde an in Empfang genommen hat, als ich, zaushaarig und nissezähnig dort zu Welten ankam. Sie ist meine Amme, ich selber war es, der sie mitgenommen hat. Das Mädchen gehört zu meiner Frau, ist ihre Dienerin. Dann gibt es noch einen Bauern, imstande, die harte Erde zu bearbeiten und Tier- und Menschenfutter anzubauen. Der Nächste kann mit Holz umgehen, so unseretwegen Stämme von gestürzten oder dafür eigens gefällten Bäumen zurechthauen und sie zu Hütten zusammensetzen. Dann ist noch einer, der ähnlich mit Eisen umgeht. Diese drei Männer habe ich mir, wie den Inhalt der Säcke und Kisten auch, ausgesucht, da ohnehin Menschen und Dinge mitkommen sollten. Ja, einhundert beladene Kamele sollten mit auf den Weg gehen und eine Hundertschaft sollte diese

begleiten. Ich habe mich dem auf Anraten der Amme zäh widersetzt und auf die jetzige Menge herunterdrücken können. Und schließlich der da, der zuschaut und immer wacht, ist mein Leibwächter; der wurde mir aufgedrängt.«

Eine Weile herrschte Schweigen. Dann griff die Stütze zur Linken abermals nach dem Wort und blieb bis zuletzt derjenige, der es führte, so das Gespräch im Gange hielt und es schließlich auch abbrach. So fing er an: »Das Fußvolk scheint einem anderen Schlag von Menschen anzugehören und uns näher zu stehen als der Rest?«

»Ja. Es sind Mongolen. Kommen aus dem Zwischenland.«

»Demnach müssten die anderen dahinter zu Hause sein. Ist das China?«

»Ja. Aber die Eigenbezeichnung lautet, übersetzt in unsere Sprache: Reich der Mitte.«

»Ist es ein wirkliches, das heißt, ein großes und mächtiges Reich?«

»Ja.«

»Und wo ist das Manzhu-Reich?«

»Daselbst.«

»Das verstehe ich aber nicht!«

»Ich habe es auch nie verstanden. Als ich das dem Lehrer einmal sagte, hat er mir empfohlen, nach Beijing zu gehen, um es zu verstehen, aber da bin ich nie gewesen.«

»Vielleicht hält der eine den anderen unterm Knie?«

»Das ja. China ist wie die Mongolei auch von den Manzhu beherrscht.«

»Dann ist es ja hin mit der Größe und der Macht!«

»Das habe ich manchmal auch gedacht. Aber gegen Ende habe ich den Menschen Recht geben müssen, die glaubten, imstande zu sein, die Besatzungsmacht totzulieben.«

»Und wie ist das möglich?«

»Sie als Sieger, als Herren in Seide und Brokat einwickeln, in Schnaps und Honig schwimmen lassen und von den ansehnlichsten der Weiber umringt und umsorgt halten, auf dass sie nur feiern müssen und dabei verlernen, sich selber um das Leben zu kümmern. Und wenn sie eines Tages endlich erwachen, werden sie besiegt dastehen: allen möglichen Süchten verfallen, im Blut der angeblichen Unterrasse aufgelöst und in der zangenfesten Faust des arbeitenden Volkes!«

»Das habt Ihr fein geschildert, Junge. Aber ich glaube, wir müssen das Gespräch wegen der vielen Arbeit, die ansteht, abbrechen.«

»Nicht ich habe es erfunden. Habe nur wiedergegeben, was ich da und dort habe hören dürfen. Aber gut denn, wir hören auf.«

Die Alten begleiteten den jungen Menschen über die Weghälfte zu seiner Jurte und überließen ihn dann dem Schatten. Und tauschten, während sie weiter auf das eigene Ail zuschlenderten, ihre Eindrücke von der ersten Begegnung. Diese waren hinsichtlich des Menschen gut und der Sache schlecht. Darauf beschlossen sie einiges. Die Stütze zur Rechten erhielt den Auftrag, die Leute zum Hauptessen des Tages in drei Jurten unterzubringen, die zur Linken den, den Leibwächter betrunken zu machen und dafür zu sorgen, dass Dusak, das war das Mädchen, das zu der Abordnung gehörte, ständig in dessen greifbarer Nähe bliebe.

Die Stütze zur Linken betrat die Emes-Jurte. Die Base empfing ihn ungehalten: »Ich verstehe Euch drei Greise und die Welt nicht mehr. Mein Kind ist nach all dem endlich zurückgekehrt, und Ihr verwehrt es seinem Nest, in dem es gediehen, nach einem ganzen Tag immer noch!«

»Ach, Emes«, winkte der Vetter müde ab und fügte einige Zeit später vieldeutig hinzu: »Wäre dein Kind allein deines, dann hättest du es längst in deiner Jurte, gar in deinem Bett, und es würde womöglich an der Mutterbrust hängen!«

Da war Emes an ihren Mann erinnert, der damals gesagt hatte, das wäre nicht allein ihr Kind, es wäre vielmehr ihnen zeitweilig anvertraut. So schwieg sie und hörte sich lieber die Anweisungen an, was zu tun wäre. Die Kunde, dass sie bald das Kind doch in der Jurte empfangen dürfte, beglückte sie, aber dass dabei dessen Amme, Frau und Dienerin mitkommen würden, erschreckte sie.

Das große Essen fand zuerst getrennt an drei Orten statt: Hynndynn kam mit den Seinigen zur Jurte der Mutter, die Mongolen wurden in die der Stütze zur Rechten gebeten, und der Rest fand sich bei der zur Linken ein. Und in jeder Jurte gab es Tee und weiße Speisen, den Milchschnaps eingeschlossen. Nach geraumer Zeit kamen alle draußen auf ausgebreitetem Filz in der Ail-Mitte wieder zusammen. Dic weißen Speisen aus den Jurten wurden herbeigetragen, und hinzu kam jetzt gekochtes, dampfendes Fleisch mit Schnitt- und Knoblauch. Die Kräuter hatte es am Vortag noch nicht gegeben, da diese erst zu den kühleren Jahreszeiten gegessen wurden, nun aber, da man den Gästen abgerochen hatte, dass sie davon viel Gebrauch machten, hatte man am Morgen Kinder hinausgeschickt, auf dass sie von den Lauchen je eine Hand voll pflückten und mitbrachten.

Deng Biao zeigte sich bereits angeheitert, wurde immer lustiger, je mehr er die handtellergroße dunkle Holzschale leerte, die Dusak füllte und ihm hinhielt. Die Schale und das Mädchen schienen ihm allein zu gehören, er ließ sie nicht aus seiner Nähe. Die anderen wurden von anderen bedient, tranken aus anderen Schalen. Auch da gab es welche, die immer lauter wurden und sich immer lustiger gebärdeten, der Leibwächter war jedoch der Auffälligste. Und derjenige, der dem Getränk einen Schluck Disengrassaft beigemengt hatte, beobachtete es und war zufrieden mit der Wirkung.

Mutschin Bi war aufgefordert worden, sich zur rechten Hand der Stütze zur Linken zu setzen, nun saß sie dort, von dem bejahrten, aber jugendlich-feurigen Mann bei jedem Anlass wieder und wieder an der Hand berührt, am Arm und dann und wann auch an einer anderen Stelle. Ihr Gesicht war gerötet und sollte um dreiundzwanzig Jahre verjüngt sein, wie Schü Dshing ihr bei einer Gelegenheit zuflüsterte. Sie lachte

auf und fragte, warum denn gerade diese Zahl. »Will heißen«, lautete die Antwort, »mehr als die Hälfte der Jahre, die auf Euch lasten!« Sie lachte erneut auf. Ja, ihr ging es gut, immer noch sehr gut, trotz allem. Auch die andere zeigte sich ausgelassen, eigentlich ging es auch der jungen Dienerin sehr gut: Seitdem sie hier angekommen war, wurde sie nur bedient.
Nicht so gut stand es um Prinzessin Lü Dshao. Nicht, dass ihr die neue Heimat missfiele. Nein, sie war sogar fast zu schön, um wirklich zu sein, von einer Art, als ob Leben in die Tuschzeichnungen hineingefahren wäre, die sie im Schloss umringt hatten. Aber mehr als das, es war überwältigend! Und auch ihr neues Leben erschien ihr mit einem Mal erträglicher als sie anfangs gedacht hatte. Nein, nicht deswegen. Sie wurde dauernd von der Stimme belästigt, die sie bei der Ankunft erstmalig vernommen und nicht gewusst hatte, woher sie käme.
Jetzt war sie wieder da: »Pass auf den Leibwächter gut auf!«
»Wieso soll ich auf ihn aufpassen? Wo er auf mich aufzupassen hat!«, sagte sie halblaut. Die Worte waren ihr entfahren, noch eh sie sich Gedanken darüber machen konnte, wer denn da spräche. Darauf richtete sie den Blick auf ihre Nächsten. Kein Gegenblick; alle schauten belustigt auf Deng Biao, der aus der Schale in der Hand der Dusak trank, den langen Hals vorgereckt und die riesig wirkenden Hände mit den gespreizten Fingern um den Mittelteil des gebückten und ihm zugekehrten zierlichen Mädchenkörpers.
»Das wird nicht gut enden«, erklang die Stimme wieder. »Du musst den Kerl in zunehmendem Rausch warnen!«
»Deng Biao!«, rief Lü Dshao aufdringlich. »Das macht man nicht!«
Der musste schon sehr betrunken sein und lallte: »Ach, Prinzessin …« Er lachte schallend laut, unüberhörbare Geringschätzigkeit verratend. Sprach nachäffend: »Das macht man nicht.« Und kurz darauf, nun ernst: »Ich aber mache es! Ich mache noch mehr mit ihr, denn sie gefällt mir! Ist sie denn

nicht hübsch? Ihr wisst nicht, wer ich bin, während ich weiß, wer Ihr seid!«

Die Belustigung wich rasch aus den Gesichtern, Angst erschien dafür.

Am nächsten Morgen kamen vom Ail drei Männer schnurstracks auf Hynndynns Jurte zugeschritten und wollten den Fürsten sprechen. Es waren die Stütze zur Linken, der ältere Bruder der Dusak und der Knüppelhalter mit dem Knüppel über der rechten Schulter. Hynndynn, der aus der Jurte trat, musste sich Folgendes anhören: »Wir sind gekommen, Fürst, um eine Beschwerde weiterzuleiten, die ein Mitglied der Gemeinschaft vor den Weisenrat gebracht hat«, so sprach die Stütze zwischen zwei Kopfverneigungen und fuhr fort: »Die Beschwerde stammt von Gakba, der in diesem Augenblick neben mir steht, und wenn Eure Hoheit es gestattet, kann er selbst den Sachverhalt in drei Worten schildern.«

Hynndynn stand eine Weile sinnend, und dabei wirkte er um gut zehn Jahre älter. Schließlich klatschte er dreimal laut in die Hände und sprach etwas in der Sprache, die die drei nicht verstanden, aber an die sie sich bereits ein wenig gewöhnt hatten. Schnell versammelten sich seine Leute. Hynndynn nickte, und Gakba konnte loslegen. »Dieser Mensch da«, sagte er und zielte mit dem rechten Zeigefinger auf den Leibwächter, »hat meiner Schwester Gewalt angetan. Und ich fordere, dass er dafür bestraft wird!«

Hynndynn dolmetschte, und unter den Leuten entstand eine kleine Unruhe. Darauf sprach der Fürst den Beschuldigten an, der anfing zu stottern und wohl auch zu schimpfen, aber von den anderen heftig angegangen und bald auch unterbrochen wurde. Alle redeten durcheinander, und schließlich wandte sich Hynndynn mit den Worten an die Stütze: »Er hat die hiesige Sitte gebrochen, so soll er Euch überlassen werden, auf dass er nach den hiesigen Bestimmungen bestraft wird.«

Die Antwort fiel schnell und lautete: »Der Schuldige darf

selber wählen zwischen den beiden Strafen: einer Ochsentracht Prügel oder Verweisung des Landes!«
Dieses Urteil reizte die kleine Gemeinschaft zu einer seltsamen Art Wachheit und führte sie bald zu einem grausig-heiteren Zwiegespräch. Hynndynn hatte dabei am meisten zu tun, musste hin und her dolmetschen.
»Wie sieht so eine Strafe aus? Sagtet Ihr nicht Ochsentracht?«
»Richtig. Es gibt auch Lamm- und Widdertracht. Das sind leichtere Strafen. Die Ochsentracht ist eben die schwerste. Der Schuldige wird zwischen zwei Sonnen, das heißt, von Aufgang bis Untergang oder umgekehrt von Untergang bis Aufgang der Sonne mit dem Knüppel hier geprügelt. Der Schuldige darf zwischen den beiden Zeiten wählen.«
»Kann der Mensch dabei nicht den Tod finden?«
»Das kann durchaus vorkommen.«
»Und Überlebende gibt es auch?«
»Ja. Das sind danach Krüppel.«
»Und was geschieht mit dem Toten?«
»Wird den Hunden vorgeworfen oder den Geiern!«
»Und wie geht es mit der zweiten Strafe vor sich?«
»Der Schuldige wird noch unter derselben Sonne oder demselben Mond, das heißt, noch eh die oder der untergeht, aus dem Blick des Opfers und aus dem Land verbannt!«
Noch am selben Tage reiste der Leibwächter ab, einer der drei anderen Männer, die zurückzukehren hatten, begleitete ihn. Am nächsten Morgen folgten ihnen die beiden anderen sowie die Mongolen. Nur der Dolmetscher blieb. Er erkrankte plötzlich in der Nacht, wollte die anderen keinesfalls zurückhalten und beteuerte jedem, er würde den Weg schon allein finden. Alle Reisenden bekamen ein Gastgeschenk: Die Mongolen einen Hammel als Wegzehrung, den sie gleich schlachteten und das Fleisch, geschnetzelt und geschmort, in den Pansen steckten, und reichliche Mengen weißer Speisen; die anderen, die ferneren Fremden bekamen je ein Reitpferd, selbst dem Verbannten wurde eines hinterhergeschickt. Er sollte wegge-

hen, ging weg, und war damit ein Überwundener, dem nichts mehr nachgetragen werden durfte. Die Reiter nahmen Geschenke mit für Sü Bing Dshjang und seine Leute: viele gegerbte Felle, von Zobel bis Lamm. Und ein Brief ging ab, vom Fürsten an den Kaiserlichen Geheimrat.

Am gleichen Tage zog die Emes-Jurte um, gesellte sich zu der Bödej, der Jurte der Neuvermählten.

So lautete der mundfrische Beschluss des Weisenrates, der von einer weiteren Jurte ausging, die in den nächsten Tagen folgen sollte. Bis dahin sollten die drei verbliebenen Männer in Emes' und die beiden Frauen in Hynndynns Jurte wohnen. Sobald die neue stünde, sollten die Männer umziehen und die beiden Frauen deren Stelle einnehmen. Hynndynn zog den Vorschlag des Weisenrates höflich, aber unerschrocken in Zweifel:

»Was soll mit der Habschaft geschehen? Glaubt Ihr wirklich, dass drei Männer und drei Frauen, aufgeteilt in zwei Jurten, die richtige Lösung ist? Wäre es nicht viel besser, wenn Männer und Frauen ein wenig vermischt untereinander lebten?«

Der Mann mit der zergerbten Haut und dem weißen Bart, der die Botschaft überbrachte, war überrascht von dem Widerstand, gar sprachlos. War er doch des Häuptlings Stütze und ihm, dem Grünschnabel, ein Daaj größer als ein Berg. Doch er unterdrückte die Gefühlswallung und ließ sich seine Verwunderung nicht anmerken. Scheinbar gelassen fragte er zurück:

»Was könnten wir, Dsheen, mein Neffe, Eurer Meinung nach tun?«

»Die neuen Ailbewohner sind vom sesshaften Leben geprägt. Sie kennen das Nomadenleben nicht.«

»Soll das heißen, ihre Jurten stehen das ganze Jahr auf einem Fleck?«

»Warum Jurte? Sie könnten sich ihre Hütten selber zurechthäufen!«

»Hütten? Wie Hunde? Wie jemand, der in Not ist?!« Das war die Mutter, die endlich den Mund aufgemacht hat.

»Nicht jede Hütte braucht eine Notbehausung zu sein. Man kann sie ansehnlich und gemütlich bauen.«
»Aus Filz?«
»Nein doch. Aus Stein, gepresstem und getrocknetem Lehm oder auch aus Holz.«
Wieder die Mutter: »Aus Holz? Soll man deswegen Bäume fällen?«
»Warum nicht, wenn Menschen gutes, festes Holz brauchen? Es gibt auch alte oder gar tote Bäume. Die könnten gefällt werden. Man schlachtet ja auch Tiere, mitunter sogar blutjunge.«
Abermals hatte die Mutter Zweifel: »Was wird aus deren Vieh im Winter, gehalten das ganze Jahr über an einem einzigen Fleck?«
»Nicht jeder muss Vieh besitzen und sich damit abgeben.«
»Wie soll denn einer je ohne Vieh leben? Es sei denn, man isst und trinkt nichts!«
»Der Mensch kann sich schon anders beschäftigen, ohne dass er gleich verhungern muss. Ich rede von den Dingen, die ich mit eigenen Augen gesehen habe, Mutter.«
Der Älteste der drei, des Häuptlings Stütze, meinte nun, es sei genug geredet worden. Er schloss das Gespräch mit den Worten ab: »Gut, ich werde die Worte an das Gehör des Häuptlings und sämtlicher Mitglieder des Rates bringen, wenn er in den nächsten Tagen zusammentrifft. Bis dahin aber brauchen wir eine Notlösung. Die Wolken verdichten sich, und wenn es anfängt zu regnen, soll keiner unter der hauchdünnen Schleierhülle eines wackligen Zeltes hocken und zittern.«
Tatsächlich gingen in dieser Nacht die Wolken erstmalig nieder und zerbarsten in ein wildes Gewitter, das die Bergsteppe für Stunden in ein brandendes und brechendes Meer unter knallenden Hieben greller Feuerpeitschen mit bläulichen Schneiden verwandelte und mit Schnee endete. Und da hockte keiner zitternd im Zelt. Jedermann hatte über sich ein Dach und war von dem, was ringsum geschah, durch eine Filz-

schicht, getragen von einem zwar knarrenden und wackelnden, aber an der Erde fest klebenden und in sich zäh ruhenden Holzgerüst, abgeschirmt und lauschte erschüttert in das Gekrache und Getöse hinaus.

Am nächsten Tage zur Mittagsstunde tauchte am jenseitigen Rand der Steppe ein wimmelnder, schwarzbunter Schwarm auf, der sich wenig später als eine Reiterhorde mit einem halben Dutzend beladenen Fuhrpferden entpuppte. Sie ritten in federndem Galopp, kamen schnell näher, und als sie einen Büchsenschuss entfernt lagen, vermochte man sie zu unterscheiden in Bewaffnete und Unbewaffnete. Dann kamen sie an. Man erkannte den jungen, frechen Lama vom letzten Frühjahr, nun an der Seite von zwei Männern in auffallend weiten, flatternden Trachten aus glitzerndem Stoff, recht ähnlich der Tracht von Hynndynn. Diese drei Männer wurden von Soldaten begleitet, einer Zehnerschaft mit langen, schweren Büchsen um die Schultern und kurzen, krummen Säbeln in ledergefütterten Scheiden an den Hüften. Sie kamen mit unverminderter Geschwindigkeit auf das Ail zugeritten. Die Hunde verwandelten sich in einen tollwütigen Haufen. Umso mehr bemüht zeigte man sich, die lärmende und wütende Meute von den Ankömmlingen abzubringen. Das halbe Ail-Volk beteiligte sich daran, versuchte, die Aufgereizten durch Anschnauzen und Bewerfen mit Steinen zur Besinnung zu zwingen; selbst der kleine Ertösch stand, hell begeistert, mitten in der Schlacht und schickte schrille Drohrufe und schafknöchelgroße Steine gegen die eigenen Hunde los.

Der Häuptling schritt, die Stützen zu beiden Seiten, auf die Ankömmlinge zu und verneigte sich gemäßigt zur Begrüßung, die eine zögerliche, ja nur angedeutete Erwiderung fand. Die Kühle blieb. Weder der Tee, der in aller Eile gekocht und ausgeschenkt wurde, noch das anschließend gekochte und vorgesetzte Fleisch vermochte, sie zu vertreiben. Es konnte aber durchaus am Fehlen der sprachlichen Verständigung liegen, so ließ man nach dem Dolmetscher schauen, mit der

Bitte, er möchte kommen, sollte es ihm besser gehen. Der kam, anscheinend kerngesund. Denn er hatte, wie man hörte, noch am Morgen in der hintersten der dunkleren Jurten stöhnend flachgelegen. Doch auch das half wenig. Eher das Gegenteil geschah. Die gespannte Lage verschärfte sich. Denn der Häuptling hörte auf seine Frage, ob sie eine gute Reise gehabt hätten, entgegen der Sitten eine verneinende Antwort: In der letzten Nacht wären sie bis auf die Knochen durchnässt gewesen und beinah erfroren. Und auf die nächste Frage, ob sie unterwegs die Kamel- und Pferdereiter getroffen hätten, die am Vortag hier losgeritten seien, folgte eine ebenso unwirsche, ja feindselige Antwort: »Getroffen und alles darüber erfahren, von was für Yakköpfigen diese Ecke bewohnt und wohin das Volk verleitet wird!«
Nun stellten die nicht hergebetenen Gäste Fragen. Ob die Bäume gefällt wären? Und warum sie nicht gefällt wären? Die Antwort, dass es bei dem Versuch, an einer Lärche Hand anzulegen, einen Blitzschlag aus heiterem Himmel gegeben hatte, vermochte keinen zu beeindrucken. Bald begriff man, es hätte auch dann nicht geholfen, wenn der Blitz wirklich eingeschlagen hätte und darauf ein ganzer Wald niedergebrannt wäre.
Die Stimmen wurden immer lauter, die Worte immer offener, und irgendwann war es so weit, dass der Ältere und Behaartere der beiden in der flatternden Tracht, den Rücken gegen die beiden Truhen übereinander im Dörr stemmend und mit dem ausgestreckten Zeigefinger der bis in die Kopfhöhe erhobenen rechten Hand ins Gesicht des Häuptlings zielend, zeterte: »Ich bin Manzhu, der neben mir ist Manzhu-Chinese, der Lama ist Halha-Mongole, du bist Urianhai-Mongole, aber das sind alles nur äußerliche Unterschiede, ansonsten sind wir alle Untertanen eines Reichs und über alle herrscht ein Gesetz, und das ist das des Qing-Kaisers!«
Der Häuptling sprach unerschrocken und würdevoll: »Was Ihr da sagt, ist für uns eine Neuheit. Wir haben nie etwas von

einem Manzhu-Reich gehört. Umso mehr aber von dem Mongolenreich, zu dem wir auch lange gehörten und zu dessen Teilreich Dshungarien wir immer noch gehören, und so müssen wir Eure Behauptung zu einer Gemeinsamkeit, die uns Tuwa mit Euch Manzhu, Manzhu-Chinesen und Halha-Mongolen verbinden soll, entschieden zurückweisen!«
Das war zu viel. Der Manzhu, ein mittelgroßer Mann von etwa vierzig Jahren und mit einer recht frischen schrägen Narbe über der linken Augenbraue, fuhr, noch bevor der Dolmetscher zu Ende kommen konnte, wie gestochen in die Höhe und schrie: »Den Staat, den du meinst, gibt es längst nicht mehr! Er ist heruntergekommen und verblutet wie ein wund geschossenes Wild, nachdem der allmächtige Qing-Kaiser schon vor zwei Geschlechtern dem Dieb Galdan den Hundeschädel gespalten hatte! Wenn du auf dessen Rückkehr warten solltest, hier meine Antwort: Weder er noch ein Nachfolger kommt je wieder, aber wir sind gekommen, die Vorstoßtruppe des Manzhu-Kaisers mit der kampferfahrensten Zehnerschaft, hinter uns steht eine Hundertschaft, hinter dieser eine Tausendschaft und hinter der stehen weitere Tausendschaften des ruhmreichen, orkangleichen kaiserlichen Heeres des vom Himmel ausersehenen, zehntausendjährigen Manzhu-Reiches!«
Darauf sprang der andere Mann, der Manzhu-Chinese, ein, der bisher keinen Ton von sich hatte hören lassen, dessen schmale dunkle Augen mit den schweren Deckeln alles umso gespannter beobachtet hatten. Und das, was sich in den Ohren der Einheimischen wie ein Gebell angehört hatte, kam aus dem Munde des Dolmetschers in folgenden Worten heraus:
»Du und deine wasserköpfigen Ratgeber werden gleich an eurer ollen, morschen Haut spüren müssen, was es heißt, vor dem Manzhu-Reich und dem Gesetz seines Kaisers Ungehorsam zu zeigen!«
So endete die Begegnung nicht gut. Die drei alten Männer wurden voneinander getrennt, in ihre Jurten gebracht, unter

Redeverbot gestellt und von Soldaten in Gewahrsam gehalten. Mehr noch, die Truhen, Kisten und sämtliche verdächtigen Säcke wurden versiegelt, und die Ankömmlinge erklärten, dass man die Dinge nicht mehr anfassen dürfte und dass im Falle, man täte es, alle Bewohner der jeweiligen Jurte bestraft würden.

Die restlichen Soldaten schlugen unter Beteiligung aller Herbeibeorderten einen Zeltriesen aus gelber Seide mit roten, grünen und blauen Musterungen auf. Es stand unmittelbar vor der Hauptjurte, versperrte ihr den Ausblick. Der Lärm darin dauerte lange an. Die Hunde fanden in dieser Nacht keine Ruhe. Nachdem die Soldaten ein paar von ihnen erschossen hatten, suchten sie das Weite, und da heulten sie mehr als dass sie bellten.

Am nächsten Morgen wurden der Häuptling und seine beiden Stützen Strafen nach den Gesetzen des Manzhu Reiches unterzogen. Das ganze Ail-Volk wurde genötigt zuzuschauen. Nachdem alle da waren und sich auf Erklärung des Dolmetschers in einem Kreis um die drei unter Waffengewalt Knienden niedergelassen hatten, begaben sich zwei der Soldaten zum Nachbar-Ail und holten Hynndynn und die Seinen, acht Personen, einschließlich Emes. Als diese in Sicht waren, erhoben sich die drei fremden Männer, traten ihnen etliche Schritte entgegen, verbeugten sich tief und harrten so lange in der Haltung, bis jene endlich ankamen. Hynndynn und Lü Dshao anworteten mit einer leichten Verbeugung, die anderen gingen tiefer nach unten, bis auf Emes, die verwirrt dastand und nicht wusste, was sie tun sollte.

Der Manzhu-Mann entschuldigte sich laut und umständlich dafür, dass er, statt dem Fürsten und der Prinzessin den gebührenden Besuch abzustatten, sie herbeibitten müsste, aber er hoffte, er hätte es im Interesse der Sache getan, und es wäre auch in ihrem Sinne geschehen. Der Inhalt der so ausgesprochenen Worte gelangte auf Umwegen bis in das Gehör der aufgeschreckten Einheimischen: Der Lama gab diesen dem

Dolmetscher in seiner Sprache wieder, und dieser übersetzte dann in Tuwa. Hynndynn nickte, und diese Geste konnte man auslegen, wie man wollte: Er freute sich über diese Begrüßung oder gar darüber, dass man gekommen war und nun die Bestrafung bevorstand, oder lediglich: Er habe das Gesagte zur Kenntnis genommen. Darauf betrat er auf eine bittende Gebärde hin den Teppich und ließ sich darauf nieder, die anderen folgten seinem Beispiel. Aber es ging mit der Entschuldigung und ihrer Übersetzung weiter, jetzt betraf es den schlechten Empfang, der ihnen bereitet worden wäre, worauf der Angesprochene sichtlich verwundert tat und ein paar recht heftige Laute von sich hören ließ, allein dieses blieb unübersetzt. Auch der Sinn des weiteren Gesprächs blieb dem Ail-Volk unentschlüsselt.

»Schon zu Anfang des Jahres haben Seine Hochwürden«, sagte der Manzhu-Mann mit Blick auf den Lama, »den Auftrag des Vollstreckers des Kaiserlichen Willens in den nördlichen Landen herübergebracht, aber die Hornochsen da«, er deutete auf die drei alten Männer, die, jeder unter einem blanken Säbel, niederknieten, »haben ihn missachtet und bis auf den heutigen Tag nicht ausgeführt, wofür sie hier und heute den gebührenden Lohn bekommen!«

Hynndynn antwortete: »Ich verstehe Euren Zorn, Herr Abgesandter. Aber nichtsdestoweniger wage ich, Euch zu bitten, den betreffenden Personen als hoch angesehene Vertreter eines Volkes, das demnächst den Weg in das große Reich beschreiten will, dieses Verfehlen einmal unter strenger Mahnung zu vergeben.«

»Wie soll man Euch in Beijing verstehen, Fürst, wenn Ihr mit Verletzern des Gesetzes so weichlerisch verfahrt?«

»Die Sache ist die, Herr Abgesandter: Ich bin nach ganzen acht Jahren Abwesenheit in die eigene Ecke, unter mein eigenes Volk zurückgekehrt und bin nicht einmal acht Tage hier. Ich finde es nicht gut, wenn mein Weg, was auch der des Reiches ist, gleich blutig anfängt.«

»Ach was! Hört auf, Fürst, süß-klebriges Zeug zu reden! Macht lässt sich am besten durch Gewalt und Erzeugen von Angst durchsetzen!«
»Gewalt und Angst dort, wo sie angebracht sind, bestimmt. Aber wir wollen nicht vergessen die Liebe, die allen guten Sachen nie fehlen darf.«
»Ihr scheint, Fürst, mir kräftig widersprechen zu wollen, oder?«
»Als Fürst über diese Ecke und Spritzer vom Blut und Splitter vom Knochen dieses Volkes meinte ich, ich hätte wenigstens ein Recht auf eine Bitte vor der Staatsmacht, Herr Abgesandter!«
»Schluss aber endgültig mit dem widerlich süßlichen Geplapper, Jüngchen! Wenn du, anstatt, wie es sich längst geziemt hätte, um Vergebung zu bitten, nur ein weiteres Wort in der Richtung aus dir entlässt, kann sich die Staatsmacht, die du erwähntest und die ich in diesem Augenblick bin, sehr schnell auch gegen dich richten, und zwar dermaßen, dass ich dich in Ketten legen lasse und mitnehme!«
Das alles wurde nicht gedolmetscht. Aber man sah den Gesichtern an und hörte den Stimmen ab, dass da etwas nicht stimmte. Zuletzt verneigte sich Hynndynn schweigend. Der Abgesandte gab darauf umso lauter und strenger ein paar Belltöne von sich, worauf zwei der Soldaten auf den Häuptling zueilten und ihm einen vereinten Fusstritt auf den Rücken versetzten. Er fiel bäuchlings und blieb liegen. Die zwei drehten ihn um, schnürten ihm den Ledergürtel vom Lawaschak ab, zogen ihn aus, drehten den alten Mann wieder um, schlugen ihm das Hemd über den Kopf hoch und zerrten ihm die Hose bis zu den Knien herunter. So lag er entblößt und ohne den geringsten Widerstand, fast strahlend hell und quellend weich am ganzen Leib, seltsamerweise. Währenddessen und auch später blieb der Soldat, der den Niederknienden zuvor beaufsichtigt hatte, mit gezücktem Säbel stehen.
Erneut ertönte das Gebell, und ein weiterer Soldat trat aus

dem Zelt, beschürzt um Bauch und Knie, den Oberkörper nackt und über der rechten Schulter ein klafterlanges, spannbreites Brett mit einem langen, runden Griff, den beide Hände anfassten, und eilte zu dem Liegenden. Jetzt ertönte eine andere Stimme, es war der Chinese neben dem Manzhu, er schien abzuzählen. Denn immer, wenn ein Laut aus seinem Mund fiel, fiel auch ein Schlag auf den Leib. Der Schläger stand rittlings mit gespreizten Beinen über dem Kopf des Opfers, holte weit aus und ließ darauf das Prügelbrett wuchtig niedersausen. Es knallte zuerst, dann aber hörte sich der Knall immer plätschernder an. Denn schon sehr bald platzte die Haut auf, und dann ging es ins Fleisch. Jedes Mal, wenn das Brett die dunkelrote Masse des Körpers traf, entfuhr diesem ein Zucken, begleitet von einem Aufschrei. Und begleitet wurde dieser von weiterem vielfachem Aufschreien der Zuschauer, die zwar immer wegschauten, sobald sich das mittlerweile bluttriefende Brett dem Körper näherte, aber sie hörten das Klatschen doch, und dies entriss vielen Brüsten unwillkürlich den Laut des Schreckens, wenn auch so weit wie möglich unterdrückt.

Einzig Ertösch tat sich keinerlei Zwang an, er hatte, als der Vater auf die Knie gezwungen wurde, angefangen zu wimmern, nun brüllte er aus vollem Halse. Die Gesetze des Manzhu-Reiches schienen gütigerweise nichts dagegen zu haben, dass Kinder schrien und jammerten, wenn ihre Väter und Großväter gepeinigt wurden. Denn Ertösch war an dem Tag nicht das einzige Wesen, das seinen seelischen Schmerzen freien Lauf ließ, auch andere Kinder, selbst Halbwüchsige und sogar alte Menschen verloren die Gewalt über sich. Nach dem Häuptling kamen die beiden Stützen an die Reihe, wobei ihre Strafen unterschiedlich ausfielen: Die Stütze zur Linken bekam zwanzig Hiebe, während die zur Rechten mit nur zehn davonkam. Aber auch das war schwer genug, der alte Mann ging später an zwei Menschen gestützt nach Hause. Die andere Stütze musste davongetragen werden. Und wie sollte es da mit dem Häuptling aussehen, auf den ganze dreißig Hiebe fielen? Er hatte das Bewusstsein verloren und kam erst am nächsten Tag zu sich.

Als dies endlich geschah, hatten sich die Fremden längst davongemacht, fluchtartig und vollzählig, seltsamerweise. Zuvor fand ein längeres, zähes Gespräch unter acht Augen statt. Die Fremden hatten Hynndynn mitgeteilt, er sei ab dieser Stunde der Fürst, der uneingeschränkte Macht über das Tuwaland erhalte, welches einen untrennbaren Bestandteil des Manzhu-Reiches darstellte. Da geschah etwas, das dem Jüngling leicht den Untergang hätte bringen können, stattdessen ihn aber erstaunlicherweise einstweilen mit einer unverhofften Rettung bescherte. Denn Hynndynn, statt Freude oder Angst zu zeigen, sprach kühl von bestimmten Vereinbarungen, die er mit einer höheren Ebene der Reichsführung getroffen hätte, und dass die zu unternehmenden Schritte um einiges anders festgelegt worden wären. Beide Männer schauten recht verunsichert auf ihn.

Sofort erkannte Hynndynn die Gelegenheit, die er nicht verpassen durfte, und fasste diese beim Schopf: »Nicht dass einer denkt, ich hätte es nötig gehabt, erst zum Fürsten ernannt zu werden, nein, ich bin es schon lange; was noch aussteht, ist mein Amtsantritt, und das wird geschehen in Anwesenheit höchster Reichsvertreter und mit einem großen Fest, das gut vorbereitet werden muss.«

»Kann dieses Fest in sieben, spätestens zehn Tagen stattfinden?«, wollte der Abgesandte wissen.

Hynndynn schaute den Mann, der vom Alter her ohne weiteres sein Vater hätte sein können, mit einem Blick an, der Spott wie auch Mitleid verriet: »Wie kommt Ihr denn darauf? Es ist hier eine verdammt arme und finstere Ecke, wo lauter raue, wilde Geschöpfe hausen, nicht so wie im Reich der Mitte oder nicht mal wie bei den Mongolen. Hier braucht jegliches Ding viel mehr Zeit, Kraft und Geschick als anderswo!«

»Und wann könnte das Fest frühestens stattfinden?«

»Im nächsten Sommer.«
»Will das heißen, bis dahin bleibt das Land ohne Führung? Denn Ihr wisst doch, die bisherige ist abgesetzt!«
»Die drei alten Männer ja. Nicht nur abgesetzt, auch noch zum Krüppel geprügelt. Ich fürchte, das wird den Kaiserlichen Rat Sü Bing Dshjang, meinen unmittelbaren Führer und großen, weisen Schwiegervater, nicht begeistern, denn er hat mich immer wieder beschworen, wie wichtig es sei, die Herzen der Menschen zu erobern, und zwar durch Liebe.«
Seine Worte wirkten auf die beiden Männer unterschiedlich: auf den Manzhu-Mann vernichtend, auf den Chinesen belebend. Schließlich stellte Hynndynn fest: »Gewiss werde ich versuchen, Land und Volk so gut zu führen wie ich es nur kann, jedoch als Vorsteher zunächst.«
Der Manzhu-Mann blickte erleichtert auf: »Ist das nicht gehüpft wie gesprungen?«
Hynndynn wandte sich an den Chinesen, indem er ihn mit einer Anrede bedachte, die nicht nur in dessen abstehenden Ohren unerwartet geklungen haben dürfte: »Ich dachte, da wäre schon ein Unterschied. Meint Ihr nicht auch, Euer Hoheit?«
Der Angesprochene stammelte verlegen: »O ja ... ein kleiner, aber sehr feiner und umso wesentlicher ... nicht so sehr für diejenigen, die geführt werden, sondern für denjenigen, der führt. Es ist gleich Verzicht ein ganzes Jahr lang auf den edlen Titel, was von einer großen Bescheidenheit zeugt ...«
Hynndynn lachte laut auf. Es war nicht zu unterscheiden, was ihn dazu veranlasste: Spott oder Eitelkeit. Aber es war gut. Denn so wirkte er in den Augen des Manzhu-Mannes unerschrocken, ja unbezwingbar.
Zwar musste er mit ihm auch weiter im Namen des Kaisers und des Reiches reden, dem auch er diente, aber nun wie mit einem Gleichgestellten. In der Tat gab es Dinge, die besprochen werden mussten. Und das taten sie, Vereinbarungen wurden getroffen. Der Abgesandte mochte zwar nicht eigen-

mächtig entscheiden, ob der Amtsantritt des Fürsten tatsächlich um ein Jahr verschoben und mit einem großen Fest begleitet werden sollte. Aber er versprach, seinen Grund, dass das wilde Volk in einer Übergangszeit auf das Künftige vorbereitet werden müsste, an Höhergestellte weiterzuleiten. Das ganze Mitbringsel für den Fürsten – die Kiste mit der Fürstentracht und der fürstlichen Kopfbedeckung sowie dem Gehalt eines Jahres, die vier kantigen, steinschweren Silberklumpen – ließ man versiegelt zurück, mit der Bemerkung: »Wer weiß, vielleicht überlegt Ihr es Euch noch anders, dann könnt Ihr an die Sachen rangehen, denn sie gehören dem Fürsten, der Ihr ja seid!«

Zu den Vereinbarungen gehörte das Nachholen der versäumten Aufgabe: das Fällen von vierhundertzweiunddreißig ausgewachsenen Lärchen bis Ende des Jahres, denn da würde jemand kommen und die Errichtung eines Klosters anleiten. »Und bis dahin«, sagte der Lama, der diesen Teil des Gespräches führte, »soll der hiesige Lama Mihalai schon anfangen, nicht weniger als zwanzig Schülern von acht bis fünfzehn Jahren die Grundkenntnisse in der tibetischen Schrift und Sprache beizubringen und sie in die geistliche Ordnung einzuführen!«

Hynndynn fragte verdutzt: »Wie bitte? Habt Ihr nicht gerade von einem hiesigen Lama gesprochen?«

Der Fremde erzählte ihm von einem jungen Mann namens Mihalai, der lange Jahre bei den Mongolen gelebt hatte, zum Lama geworden und seit einiger Zeit wieder zurückgekehrt war. Daraufhin erkundigte Hynndynn sich bei seinen eigenen Leuten und erfuhr, dass es stimmte. Nur handelte es sich hier um das ehemalige Ail-Kind Mugulai, der seit seiner Rückkehr aus der Verbannung vor einem Jahr in den westlichen Bergen zu leben schien. Hynndynn erfuhr auch, Mugulai würde sich mit dem Häuptling nicht vertragen.

Hynndynn verhielt sich bei allen Vereinbarungen äußerst zuvorkommend, sagte zu allem ja. Aber dann, nachdem er nach

Hause gekommen war, raunte er Mutschin Bi einiges ins Ohr. Und diese ging später zum gelben Zelt, wollte den Manzhu-Mann unter vier Augen sprechen. Was auch geschah. »Ich erachte es für meine Pflicht, Euch, Herr Abgesandter, Folgendes zu berichten: Man hat drüben soeben erfahren, dass in der Nacht jemand aus dem Ail verschwunden ist, und der Fürst scheint starken Verdacht zu hegen, dass dies die Arbeit von einem der gestern Bestraften sein könnte. Wenn es so ist, dann könnten die Rachenehmer jede Nacht hier auftauchen. Der Fürst ist um Euer und Eurer Leute Leben sehr besorgt.«
Wenig später betrat einer der Soldaten die Hynndynn-Jurte und übermittelte die Einladung des Herrn Abgesandten: Fürst und Prinzessin sollten sofort zu einem Essen erscheinen, obwohl es noch zu früh für die nächste Mahlzeit war. Die beiden gingen mit. Es war ein bescheidenes Essen. Während man aß und trank, fielen so manche versteckte, abtastende Fragen. Hynndynn wusste entsprechend zu antworten und vergaß nicht, ein besorgtes Gesicht zu zeigen. Das gebürtige böse Blut der Jägerrasse und die russischen Feuerwaffen in ihren Händen wurden wie nebenbei erwähnt. Und da hieß es auf einmal, die ganze Mannschaft würde noch am selben Tag aufbrechen. Man wollte den Dolmetscher dalassen, da er zu Fuß mit den Reitern keinen Schritt halten würde, obwohl einige der Fuhrpferde so gut wie frei waren. Hynndynn gab ihm ein Pferd, und er konnte mitreiten.
Kaum hatte sich die Staubfahne der Reiter in der Steppe gelegt, ging Hynndynn zur Stütze zur Rechten, der am leichtesten verletzt wurde von den dreien, in die Jurte und fing sogleich an zu reden: »Ich weiß, Ihr seht alle in mir den Schuldigen. Vielleicht bin ich es tatsächlich; wenn ja, dann bin ich es einzig durch meine Geburt. Mehr Schuld trifft mich aber nicht, und das kann ich mit gutem Gewissen behaupten. Doch es ist jetzt nicht die Zeit, darüber mehr Worte zu verlieren. So seien hier andere, wichtigere Dinge wenigstens erwähnt, im Falle, Ihr schenkt dem doch Achtung. Ich habe alles daran

gesetzt, um die Meute loszuwerden, wenn auch nur für kurz. Ja, sie wird zurückkehren, spätestens nächsten Sommer. Vielleicht auch viel eher. Und wahrscheinlich um ein Vielfaches vermehrt. Nun ist die Frage: Was können wir tun?«

Der alte, hügelige Mann hörte ihm schweigend zu, er lag im Bett, bäuchlings, mit nacktem Oberkörper und den unteren Körperteil unter einer dünnen Decke. Alle in der Jurte bestarrten unverwandt den Besuch in der feinen, fremdländischen Tracht, und ängstliche Neugierde brannte in den Blicken. Hynndynn trank Tee, wechselte ein paar Worte mit der Jurtenherrin und ließ, ehe er ging, zwei kleine Flaschen mit den Worten zurück: »Es sind Arzneien, die wir auf der Reise mithatten. Sie sollen gegen Wunden sein. Das weiße Pulver ist auf die Wunde zu streuen und das rote einzunehmen, kaum größer als eine Zecke und am besten mit einem Schluck Schnaps, und das dreimal täglich.«

Am nächsten Morgen wurde Hynndynn in die Haupt-Jurte gebeten. Die drei Männer waren zusammen, wobei der Häuptling bäuchlings unter einer Decke lag und laut stöhnte, während die beiden Stützen auf den Knien hockten, jeder über einen umgekippten Dungkorb gebeugt. »Was können wir tun, habt Ihr gestern gefragt«, wandte sich die Stütze zur Rechten sogleich an ihn. »Zuerst wollen wir Euer Wort hören!«

»Ja, wenn ich das wüsste«, stotterte Hynndynn. »Was ich genau zu wissen glaube, ist, wir müssen uns dem, was man mit uns vorhat, widersetzen.«

Lange herrschte Stille, begleitet von vielfachem Stöhnen. Endlich machte die Stütze zur Rechten den Mund auf: »Sind dort, wo Ihr wart, sehr viele Menschen?«

»Über uns geht die Sonne nie unter, lautete ein Spruch, den die Kinder lernen mussten. Demnach also, auf alle Fälle.«

»Noch mehr sogar als die Mongolen, die viel zu viele sind, verglichen mit uns.«

»Dann hat man noch den Manzhu, der beides unter der Peitsche hält, wie Ihr es bereits gesehen habt!«

»Großer Himmel, wir sind ja ein Tümpel gegenüber einem Meer!«
Wieder herrschte Stille, diesmal länger, begleitet aber weiterhin vom Gestöhn. Es war die Stütze zur Linken, die das drückende Schweigen endlich brach. »Tümpel, sagt Ihr, edle Stütze zur Rechten, was auch Teich heißt. Immerhin also, kein Tropfen etwa«, sagte der Mann erhobenen Hauptes. »Und hinter uns liegen andere Teiche und Seen gar, zusammen ergäben sie ein Gegenmeer!«
Der Häuptling meldete sich erstmalig: »Von unseren Männern, die zum Norden ausgeritten sind, hört man immer noch nichts?«
»Nein. Bis Dusak neulich von Enikej geträumt hat.«
»Hat sie das? Und was genau hat sie geträumt?«
»Er käme an, mit einem schwer beladenen, abgeschundenen Führpferd, und die Ladung besteht aus lauten sperrigen, knallroten Haak-Zweigen.« »Der Traum erscheint mir ein guter zu sein. Steckten hinter jedem Zweig, ach, ein Gewehr und hinter jeder Distel eine Kugel!«
Diese recht kindischen Worte schienen die Männer doch anzufeuern. Sie schauten auf, die Augen wirkten wach, glänzten. Die Stütze zur Rechten sagte: »Wir müssen Abgesandte hinausschicken, so zum Torguten- wie auch zum Russenhäuptling und den einen wie den anderen um Beistand ersuchen!«
»Nicht doch, Häuptling!« wollte ihn die andere Stütze zurechtweisen. »Bei den einen heißt es König und bei den anderen, glaube ich, sogar Kaiser.«
»Sie können sonst wie heißen!« ging der hügelige Mann mit tiefer, gurgelnder Stimme unwillig dagegen an. »Gemeint ist damit doch ein und dasselbe.«
»Ihr habt Recht«, eilte ihm der Häuptling zu Hilfe. »Es gilt, hier wie da den gleichen Stein davonzuwälzen!«
»Gewiss kann man nichts unversucht lassen«, sagte Hynndynn trocken. »Das Entscheidende jedoch kommt letzten Endes von uns selber.«

»Wie meint Ihr das?«, fragte die Stütze zur Linken und fuhr im gleichen Atemzug ungehalten fort: »Eines sollt Ihr, Fürst, nicht vergessen. Wir sind ungebildete Menschen, und darum habt Ihr mit uns, soweit Ihr gewillt seid, in unverschlüsselten klaren Worten zu reden!«

Einige quälend träge Pulsschläge vergingen, bis Hynndynn sich fing und zu einer Antwort ansetzte. »Berggroßer Daaj und edles Glied des Weisenrates!«, lautete sie, und seine junge, helle Stimme vermochte die Kränkung nicht ganz zu leugnen: »Nicht der fragwürdige Fürst war es, der Euch, an Jahren und Erfahrungen mir Überlegenem, Ratschläge hat erteilen wollen. Es war einzig der Sohn, der endlich hat heimkehren dürfen und sich zu allem, was sein muss, bedingungslos bekennen will und so diesem Land und seinem Volk einzig dienen wollte. Nach diesen Worten, die eigentlich überflüssig waren, da wir, wie es mir erscheint, nur sehr wenig Zeit haben, möchte ich auf Eure Frage antworten. Nun, meines Erachtens gilt es zu erwägen und alles abzuzählen, was an kampffähigen Männern, Waffen und Reitpferden vorhanden ist. Das wäre der Anfang.«

Die Männer wechselten überraschte Blicke. Keiner von ihnen hatte dies dem Jüngling zugetraut. Dieser aber hatte Bücher gelesen, in denen die Lehren und Erfahrungen ausgetragener Kämpfe zu verschiedenen Zeiten und in verschiedenen Ecken der Welt festgehalten waren. Ein jeder seiner Zuhörer hätte die Tatsache erwähnen können, dass daran längst gedacht und sogar eine genaue Bestandsaufnahme gemacht worden war. Doch keiner wollte es. Denn sie konnten sich nicht entscheiden: Hynndynn trauen oder nicht. Wer weiß, war der Gedanke, der in jedem der Hirne flimmerte, was er alles im Schilde führte? Konnte der Grünschnabel von sich aus an solch wesentliche Sachen denken? Er könnte ja durchaus im Auftrag seiner Herren handeln, die möglicherweise hinter dem nächsten Berg saßen und warteten, um in sieben Tagen wieder hier zu sein, womöglich nun an der Spitze einer Hundertschaft!

So konnte sich das Gespräch nicht vertiefen. Hynndynn spürte das Eis, das in der stickigen, nach Wundfäule riechenden Luft lag. Und war tief traurig darüber. Dennoch versuchte er, dieses Gespräch in Gang zu halten, indem er es an einem anderen Ende anpackte. »Damit die Vorwände zu möglichen Beschuldigungen weniger wären, wenn die zurückkommen, bitte ich Euch Weise, die Bäume fällen zu lassen«, sagte er sanft und fügte hinzu, »außerdem wüsste ich mit den Baumstämmen sofort etwas anzufangen.«
Die Stütze zur Linken, die sich an das unlängst stattgefundene Gespräch noch sehr gut erinnerte, rief: »Ach, so also war es! Ihr wart es, hoher Fürst und verehrter Dsheen, der die Baumleichen gebrauchte!« Die Stimme verriet Hohn und Hass.
Das wirkte wie ein Schlag auf Hynndynn. Gut nur, dass die Stütze zur Rechten einlenkte. »Edle Stütze zur Linken!«, fuhr er auf, »ist das der Ton, den sich ein weißköpfiger Mann einem schwarzköpfigen gegenüber erlaubt?«
Hynndynn nutzte die Stille, die eintrat: »Es ist Eure Sache, ob Ihr mir glaubt oder nicht. Aber die Wahrheit ist, bis vorgestern habe ich nichts von den Baumstämmen gewusst. Und ebenso wahr ist, dass ich Euch, hoher Rat der Weisen, ohnehin um etwas Baustoff gebeten hätte, und da wäre mir Holz am liebsten gewesen.«
»Baustoff?«, fragte die ranghöhere Stütze verwundert. »Und was wollt Ihr damit?«
»Wohnhütten bauen. Nun will auch noch hinzukommen eine Gebetshütte, ich meine den Tempel.«
Das ergab zwar nicht das erwünschte herzliche, aber ein sachliches Gespräch. Und es war die erste Gelegenheit für den Heimkehrer, Bericht zu erstatten. Dass ein Zimmermann mit dabei war, schien das Misstrauen der Männer aufs Neue zu schüren. Zu spät fiel Hynndynn ein, er hätte ihn lieber Hüttenbauer nennen sollen. So nannte er den Ackerbauer Erdmelker. Und damit hatte er Glück: Er sah sogar ein feines Schmunzeln auf der einen oder anderen der fest verschlosse-

nen Lippen zu den wetterrissigen düsteren Gesichtern. Beim Erwähnen des Schmiedes leuchteten die Augen lebhaft. Doch es blieb auch darauf still, es fiel keine Frage, jetzt noch nicht.
Hynndynn erwähnte Mugulai und sagte: »Den brauchen wir!« Und fügte dem, da er eine ablehnende Haltung spürte, später hinzu, »als Scheuche«. Darauf musste er seinen Gedanken erklären: Er wollte ihn und ein paar Jungen als Lama und Schüler in der Hütte unterbringen und darüber und darunter ein wenig Hokuspokus – schon wäre der Tempel und gar das Kloster da, und das Land müsste keine Fremden aufnehmen!
»Und womit sollen die Männer die Zeit vertreiben?«
»Lesen, schreiben und beten und alles lernen, was dazu gehört. Und arbeiten wie jeder andere auch.«
»Was arbeiten?«
»Alles, was ringsum gemacht wird: Hüttenbauen, Erdmelken, Schmieden und vieles andere!«
»Und wovon sollen sie leben?«
»Na, davon eben, von der eigenen Arbeit.«
Das war leicht gesagt, aber nur schwer zu verstehen. Die Männer wollten ihm nicht abnehmen, dass man sich von etwas anderem ernähren konnte als vom Viehhüten, Jagen und Angeln. »Dann aber hieße es«, mischte sich der Häuptling, der die ganze Zeit schweigend zugehört hatte, endlich ins Gespräch ein, »dass man auf andere angewiesen ist. Was ist, wenn keiner das haben will, was durch meine Arbeit entstanden ist?«
Hynndynn war sehr erstaunt, dass er solch Kindisches, wie er schnell dachte, ausgerechnet von dem hören musste, den er für einen wirklich weisen Mann gehalten hatte. Doch er wusste, er musste Geduld zeigen, und so sagte er: »Angewiesen aufeinander sind wir so oder so. Denken wir an unsere Alten und Kinder. Ebenso an die ärmeren Sippenmitglieder. Da sind wir sogar die beste Gemeinschaft, die es gibt ...«
Hier fiel ihm plötzlich ein, dass er die Männer belehrte, die als

Weise galten. Ob diese sich so etwas gefallen ließen? Obschon ihm die alten Männer sehr belehrungs- und bekehrungsbedürftig erschienen.

Das Gespräch, das über manche Kannen Tee bis in den Nachmittag hinein dauerte, lockerte und vertiefte sich nach und nach doch. Da kam auch der Trog mit dem dampfenden Fleisch zum Vorschein. Man hatte weder Kraft noch Lust mehr, davon viel zu verzehren. Am wenigsten war es dem Jurtenherrn danach, dennoch richtete er sich nicht nur auf, rückte stöhnend auf seinen Platz und kostete von dem Fleisch, sondern blieb hartnäckig über den Trog gebückt und brach diesen und jenen Brocken auf, schnitt ihn zurecht und verteilte Gaben unter die Mitessenden. Er tat wie einer, der selbst schon satt war und wollte, dass die anderen sich auch satt äßen. Aus seiner Hand erhielt Hynndynn ein Schulterstück, dem der Knorpelteil am oberen Ende abgetrennt wurde. Und er aß es auf, er tat es, obwohl es ihm gar nicht danach war, eine solch große Menge Fleisch zu vertilgen. Als er schließlich das sauber abgeknabberte Schulterblatt an den Herdrand legte, hatte er eine Prüfung bestanden, ohne es gewusst zu haben. Aber die Stützen wussten, dass das sinnträchtige Schulterstück nach nomadischer Sitte immer dem Ehrwürdigsten einer solchen Runde zusteht. Und es soll sauber abgeknabbert werden. Vom Hausherrn war ausgerechnet Hynndynn gewählt worden, weil er den Jüngling zu erkennen trachtete. Und zur Bewunderung aller hatte der, der es eigentlich nie hätte wissen können, alles richtig gemacht: hatte das Schulterblatt am richtigen Ende genommen, das Fleisch nur mit dem Messer heruntergeschnitten und es auch kahl und sauber geschabt.

Der Häuptling und seine ranghöhere Stütze wurden ein wenig nachgiebiger, aber auch sichtbar müder. Am Ende einer langwierigen Bettelei bekam Hynndynn die Genehmigung für zweihundertsechzehn, genau die Hälfte von der anbefohlenen Menge der Baumstämme. Die Stütze zur Linken, die sich aus den Gesprächen herausgehalten hatte, legte plötzlich den angebrannten Schulterblattknochen vor den Häuptling und sagte mit der fernen Stimme eines Gekränkten: »Knochen lügen manchmal wie alle Wesen in Not, besonders, wenn sie brennen und bersten. Dennoch beliebt Ihr vielleicht, Eure Hoheit, einen Blick darauf zu werfen!«

Der angesprochene Häuptling, mittlerweile wieder in der Liegestellung, stierte lange auf den immer noch rauchenden Knochen und flüsterte schließlich vor sich hin: »Schön wäre es, wüssten wir genau, der Armselige da löge tatsächlich, und er täte es gar aus Trotz ...«

Worauf er wieder lauter sprach: »Bitte, lest alle darin und geizt nicht mit dem, was Ihr seht!«

»Kein Wunder, wenn der noch feuchte Knochen plötzlich direkt in die Flammen gehalten worden ist!«, sagte die Stütze zur Rechten.

»Ihr habt die schroffen Sprünge mit den gähnenden Schatten richtig erkannt«, sagte die zur Linken wie erleichtert und fast freudig: »Aber darf ich Euch verraten, dass da überhaupt keine Flamme war?«

»Da Ihr nun einmal alle gesagt habt, will auch ich unerschrocken mit dem herausrücken, was ich da sehe und wie ich es sehe«, meldete sich Hynndynn zu Worte. »Ich sehe viel Dunkles und wenig Helles. Und der Sprung, der vom Dunklen pfeilgerade ausgeht, droht durch das bisschen Helle hindurchzulaufen. Meiner Meinung nach dürfte es in unserem Falle keinen Platz für Misstrauen geben, denn es ist das, was wir uns am wenigsten leisten können, wollen wir nicht alle vernichtet werden!«

Und er ließ keine Zeit für weitere Worte, erhob sich. Bolur und Ertösch begleiteten ihn aus der Jurte und dem Ail. Sie taten es auf den Blick des Häuptlings hin. Hynndynn vermochte sich an das einstige Dienstmädchen noch gut zu erinnern. Damals hatte er es irgendwie sehr gemocht. Nun war er froh darüber, sie und ihr Kindchen, das zu läuten und zu leuchten schien, neben sich zu sehen.

»Schwester Bolbas«, sprach er, sobald sie von der Jurte ein paar Schritte entfernt waren, »ich bin todtraurig darüber, dass ich überhaupt geboren worden bin.« Sie sah ihn verwundert an, schwieg aber. »Schaut, all das, was bereits passiert ist und demnächst zu passieren droht, wäre nicht geschehen, wenn es mich Unglückswurm nicht gegeben hätte!«
»Brüderchen Hynndynn!«, fuhr sie auf. »Sagt solches bitte nicht wieder! Ihr habt mit Eurer Geburt Abwechslung in unser eintöniges Leben gebracht. Das ist nicht jetzt von mir, nein, es ist vor vielen Jahren vom Häuptling selbst gesagt worden, und ich habe es, während ich als Dienstmädchen im Hintergrund hantierte, zu hören bekommen. Er hat es damals gesagt, jemanden tadelnd, der Euch, genauso wie es soeben Euch selber entrutschte, einen Unglückswurm genannt hat.«
»So? Tröstend, wenn einmal sogar der Häuptling solches gesagt hat. Aber...«
»Es gibt kein Aber. Wir werden abwarten und dem, was auch kommen mag, kühn die Stirne bieten, selbst dann, wenn es unser aller Ende sein sollte. Das ist wieder nicht von mir. Hat vor ein paar Monaten abermals der Häuptling gesagt, der nun mein Gemahl ist und auf dessen Weisheit ich mich verlasse! So, Brüderchen. Wir haben das Ail verlassen, und für uns beide geziemt es sich zurückzukehren. Bevor wir uns aber für heute trennen – ich heiße nicht mehr Bolbas, sondern Bolur neuerdings.«
Hynndynn aber ließ die beiden nicht gehen, lud sie zu sich ein unter dem Vorwand, er wolle ihnen ein Mittel gegen die Wunden mitgeben. Während sie weitergingen, erzählte er: »Die Amme ist von allen, die mich umgeben, die mir Vertrauteste. Sie hat ein schweres Leben hinter sich und hat mich blinden menschlichen Welpen in der unergründlichen Fremde vom ersten Tage an mütterlich aufgenommen. Sie ist mir zuliebe nicht davor zurückgeschreckt, die ihr auferlegten Aufträge da und dort zu verletzen. Das hat das Kind, das ich war, immer wieder gespürt. Später, als ich herangewachsen war und an-

fing, mich dem, was mich umgab und prägte, zu widersetzen, war sie meine einzige und weise Verbündete gegen eine ganze Welt, ein mächtiges Reich. Wäre sie nicht, wäre es gut möglich, dass man mir anstatt dem jetzigen einen um das Zehnfache längeren Schwanz angehängt hätte.«

Als später Mutter und Kind, fein bewirtet und reichlich beschenkt, die Jurte mit den unerträglich fremden Gerüchen verließen, begleitete Mutschin Bi die Gäste mit einem prallen, gewichtigen Beutel und dem Auftrag, nach den Wunden zu schauen, soweit ihre Träger es zuließen. Der Beutel enthielt Lebensmittel, die für einen kranken Körper besser geeignet wären als Fleisch und Milchspeisen, und sie wurden sogleich in winzigen Mengen zubereitet. Auch ließen die Männer unter den bestimmenden Worten von Bolur die fremde Frau an sich heran und die Wunden behandeln. Mutschin Bi hatte, während sie in der Festung lebte, Erfahrungen mit Verwundeten gemacht. So erlaubte sie sich eine Kur: Sie verabreichte den Männern je einen reichlichen Schluck starken Schnaps aus einer Flasche, was den Kranken zu gefallen schien. Alle fanden die Pflegerin geschickt, die Stütze zur Linken streckte sich unter ihren Fingern mit einer betonten Hingebung aus und stöhnte genießerisch wie ein Yak, dem man das Kraulen beibrachte.

Mutschin Bi kam erst gegen Abend zurück, Hand in Hand mit Bolur, die einer ausdrücklichen Gebärde der sehr netten und durch und durch mütterlichen Frau gefolgt war. »Schao Guan!«, rief die Amme von draußen. »Ich habe die Frau Gemahlin vom Herrn Häuptling mitgebracht, da mir selber die Sprache fehlte. Könnt Ihr mir bitte ein zwei Dinge für sie übersetzen?« Es betraf die Zubereitung der Schonkost. Mutschin Bi konnte sich lange nicht beruhigen, war erschüttert von der Rohheit, die den Leibern bejahrter Menschen angetan war, und gerührt von der Hilflosigkeit derselben. »Es sind große Kinder, die sich nach Mütterlichkeit sehnen!«, sagte sie und schluchzte auf.

Mutschin Bi verbrachte nun mehr als die Hälfte des Tages in

den Jurten, in ihrem Küchenteil und auch am Krankenbett. Sie war dort gern gesehen und, wo sie noch nicht war, sehnsüchtig erwartet. Dabei fiel wohl ihre meiste Zeit der Stütze zur Linken zu, denn er hatte es von allen am besten verstanden, ihr verständlich zu machen, dass es ihm immer gut ginge, wenn sie da wäre, und elend, wenn nicht. Was bald sogar Anlass zu kleinen Munkeleien gab, die man augenzwinkernd erzählte und kopfnickend hörte.
Dies schien die Haltung des Daaj zum Dsheen zu besänftigen. Denn bald verliefen die Beratungen, die oft zustande kamen, recht friedlich. Hynndynn, der immer gebeten wurde, zur Hauptjurte zu kommen, verspürte von Mal zu Mal in zunehmendem Maße, wie das anfängliche Misstrauen schwand. Und mit der Zeit erhob man ihn zur Hauptperson. Einmal, in einer fröhlichen Stunde, sagte er zu dem Mann: »Soll ich Euch immer noch mit Daaj anreden oder schon mit Vater?« Die beiden anderen und auch Bolur und die Dienerin im Hintergrund verstanden die wohlmeinende Anspielung sofort und brachen in ein herzliches Gelächter aus. Da blieb dem, den es betraf, nichts anderes übrig, als mitzulachen. Dabei sah man ihm an, dass der Scherz ihn rührte.
Mittlerweile waren die drei fremden Männer mit Einheimischen ins Unterland gezogen, um Bäume zu fällen und an der Gabelung der Flüsse Homdu und Haraaty die Hütten aufzubauen. Auch war der vermeintliche Lama erschienen, allein er zeigte sich störrisch, indem er den Auftrag, Schüler auszubilden und eine der Hütten in einen Tempel zu verwandeln, strikt ablehnte. Hynndynn bemerkte dessen gestörte Beziehung zum Landesvater sofort. »Ihr habt doch unser Leben schon zweimal zerstört, zuerst als Ihr meinen Vater für seine ehrliche Meinung und männliche Tat zu einem Krüppel prügeln und wenig später die ganze Familie in die Fremde verbannen ließet. Macht mit meinem Hauch Leben und Happen Leib, was Euch einfällt, ich aber werde auf keinen Fall das Volk verdummen und ausnehmen, indem ich den Lama spie-

le!«, sagte Mugulai, nachdem er die einführenden Worte aus des Häuptlings Mund gehört hatte.

Merkwürdig, dass sich der alte Mann über die dreisten Worte nicht im Mindesten empört zeigte. Traurig glimmten seine braunen Augen mit dem blauen Altersring, und seine Lippen blieben fest verschlossen. Auch die Stützen blieben stumm. Hynndynn lauerte auf eine günstige Gelegenheit und lud den störrischen, kraftstrotzenden Mann mit dem schönen Gesicht und den auffallend klugen Augen zu sich ein. Und bewirtete ihn mit einem wilden Getränk aus dem Reich der Mitte. Der Gast trank es seltsamerweise, ohne den Mund zu verziehen. Hynndynn stellte keine einzige Frage, erzählte aber umso mehr. Es war der Bericht seines Lebens, den er in der Ausführlichkeit bisher keinem hatte erzählen können. Mugulai hörte seiner Geschichte schweigend, aber überaus aufmerksam zu. Und erst als die Stille eintrat, die das Ende zu sein schien, begann er selber zu erzählen. Schwer war sein Leben verlaufen, denn immer gegen seinen Willen. Seine Erzählung setzte sich aus seltsam schroffen Aussagen anhand kurzer, nackter Sätze zusammen. Er verriet eine gute Beobachtungsgabe und ein scharfes Urteilsvermögen. Immer wenn die ruhmreiche Schamanin Ökpesch genannt und beschrieben wurde, nahm seine Stimme einen warmen und weichen Klang an, und es fielen manche zärtliche Worte. Der Mann gefiel Hynndynn. Mehr noch, er wollte um jeden Preis um ihn werben.

Als die beiden Lebensbeichten beendet waren, sagte der Gastgeber: »Nicht der Häuptling hat Euch kommen lassen. Ich war es, der Euch unbedingt kennen lernen wollte, da mir eine dumpfe, herzwärmende und hirnerhellende Vorahnung keine Ruhe ließ: Ihr und ich könnten gut zueinander passen. Denn unser Land braucht solche wie Euch und mich, die etwas von der Welt gesehen und deren Sicht geweitet ist und deren Gedanken sich gewetzt und geordnet haben. Dabei braucht es so wenig einen Fürsten wie einen Lama. Ihr habt schon Recht. Aber die Fürstentracht und der Lamaumhang sind der Schleier, in dem wir uns verstecken könnten. In Wahrheit sind wir Krieger im Dienste für unsere arme, kleine Ecke und gegen die fremden Übermächte. Ich habe gedacht, da könnten wir das uns so fremde, scheinheilige Kloster in eine Brutstätte der künftigen Krieger verwandeln. Eines schönen Morgens könnten die Lamaschüler die rotgelben Umhänge samt den Rosenkränzen, den Gebetsglocken und Trommeln von sich abwerfen, die Kettenhemden anlegen, nach Schlagkeulen greifen und sich in die Schlacht stürzen, unter Anführung ihres Lamalehrers. Was sagt Ihr dazu?«

Mugulai schaute Hynndynn ungläubig an. Dieser schaute zurück, und zwar mit seinem ruhigen, festen Blick in die verwunderten Augen des anderen. Das Gespräch endete mit den Worten des Gastes: »Es ist spät geworden heute, und morgen haben wir auch einen Tag!«

Der Gastgeber verstand ihn und brachte ihn in die Jurte der Mutter, in der seine Schlafstätte errichtet war.

Am nächsten Morgen sagte Mugulai: »Gut, Ihr seid der Fürst, und ich bin der Lama, beide sind wir aber das Hörnerpaar über dem dicken Schädel des plumpen, aber durchaus erhaltungswürdigen Stieres mit dem Namen Tuwa!«

Hynndynn hatte geahnt, dass er eine bejahende Antwort hören würde. Dennoch wurde es ihm schwindlig vor Freude. Da sprach Mugulai weiter: »Wobei ich Euch vor den verknöcherten Greisen sehr warnen möchte. Reißt die Zügel so schnell wie möglich an Euch. Wenn Ihr Hilfe braucht, stehe ich Euch jederzeit zu Diensten!«

Jetzt war es Hynndynn, der auf den anderen ungläubig schaute. Dieser aber lächelte erstmalig und sagte stolz: »Eine Zehnerschaft könnte ich sofort auf die Beine stellen!«

Hynndynn erschrak. Eine Zehnerschaft? Gut, aber gegen eigene Leute? So sprach er nachdenklich: »Die Greise mögen unzulänglich sein, sind aber Teil des Fleisches und Blutes, das wir beschützen wollen, daher mögen uns die Hände eher abfallen, sollten wir sie je gegen eigene Leute erheben!«

Mugulai stutzte, sagte aber darauf vieldeutig: »Es gibt Dinge, die brauchen nicht unbedingt richtig zu sein, aber sie sprechen für den, der sie im Kopf, wahrer aber im Herzen trägt.«
Der Gast blieb zum Essen da, das er genauso genoss, ohne im Mindesten zu verraten, es wäre ihm ungewöhnlich. Trank dazu auch ein paar Schlucke von dem Feuerwasser. Bevor er aber den ersten fingerhutgroßen Trinkbecher an die Lippen setzte, sagte er: »Nachher, mit diesem Getränke auf dem Gaumen, werde ich kein Recht mehr haben, solche Worte in den Mund zu nehmen, darum seien sie schon jetzt ausgepackt: Meine Suche nach den künftigen Schülern wird noch heute beginnen. Ich werde sie mir selber auswählen. Und wenn ich ein paar finde, die meine Kraft verdoppeln und verdreifachen, dann werde ich mit ihnen schon zu den Holzfällern und Hüttenbauern gehen, um die Arbeit voranzutreiben.« Später erzählte er nur noch von Ökpesch, die ihm im Traum immer noch erschiene. »So quicklebendig, mädchenfrisch und unermüdlich wie einst«, sagte er und vollendete die Aussage nach einem kurzen Schweigen: »Ich bin dazu verdammt und damit belohnt wohl auch, meine Lebnächte mit ihr zu verbringen, und mir kommt es vor, als wenn wir sogar Kinder hätten, die irgendwo im Weltenraum umherschwimmen und -schwirren . . .«
Hynndynns Wege zum Häuptling und zu seinen beiden Stützen ebneten und erweiterten sich schnell. Mutschin Bi, durch ihr herzliches Auftreten und ihren unermüdlichen Einsatz für die Kranken bei allen gern gesehen, hatte dazu wesentlich beigetragen. Es hätte dem allgemeinen Wunsch entsprochen, wenn sie auch in den Nächten in einer gewissen Jurte bleiben und so die Leere füllen und deren verwitwetem Bewohner Leib und Seele wärmen würde. Allein sie wollte es nicht. Die Frau in ihr musste immer noch schlafen, während der Mensch von Anfang an wach gewesen war. Lü Dshao erholte sich nach und nach von dem großen, schweren Schreck, gewöhnte sich langsam an die neue, kahle, karge und windige Welt um sich herum und das

unglaublich fremdartige Leben darauf. Die Aussicht, eines nahen Tages der wackligen Jurte entkommen und in einer festen Holzhütte wohnen zu dürfen, ermutigte sie wesentlich. Dabei klammerte sie sich noch fester an Hynndynn. Und dies nicht grundlos, denn sie entdeckte an ihm immer neue Vorzüge. Sie fühlte ihm gegenüber Dankbarkeit, dass er sie genommen hatte und auch weiterhin behalten zu wollen schien. Am meisten aber war sie ihm dafür dankbar, dass er Deng Biao zurückgeschickt hatte. Obwohl dadurch für sie eine unklare Lage entstanden war: Sie war jenem unterstellt gewesen und vermutete, dass es um die anderen auch ähnlich bestellt sein dürfte. Und glaubte fest daran, dass eines Tages der Ersatz für jenen auftauchen würde. Bis dahin wollte sie alles gut beobachten, was ringsum geschah.

Zu den drei Männern aus der eigenen Heimat verhielt sie sich gleich freundlich, hielt zu jedem den gleichen Abstand, denn sie wusste, sie durfte keinen bevorzugen noch vernachlässigen. Schü Dshing fand sie nach wie vor lieb, aber auch dumm. Denn sie erwies sich als unerträglich neugierig. Schön wäre es gewesen, wenn sie sich für einen der eigenen Männer entscheiden würde. Allein danach sah es nicht aus. Die Dumme zeigte eine unverhohlene Schwäche für Einheimische, sie schien so einen Wilden zumindest angaffungswürdig zu finden. Diesen Eindruck hatte die Prinzessin von ihrer Dienerin schon früher gehabt, und Mugulais Gegenwart erhärtete ihn. Schü Dshing vermochte nicht den Blick von ihm abzuwenden, stand wie angewurzelt da und zitterte leise. Auch Lü Dshao fand den hünenhaften Mann mit den edlen Zügen im Gesicht erschreckend schön, und sie hätte nichts dagegen, wenn er auf sie ein wenig aufdringlich geschaut und gar mit seinen breiten Schultern im Vorbeigehen einmal gestreift hätte. Doch der würdigte weder die Herrin noch die Dienerin mit einem Blick, den man ein wenig für bedeutsam hätte halten dürfen.

Mutschin Bis Benehmen fand Lü Dshao unmöglich. Geziemt

sich doch für eine alte Frau nicht, dachte sie missbilligend und ließ Schü Dshing gegenüber hin und wieder kleine Bemerkungen diesbezüglich fallen. Zu ihrem Verdruss vermochte sie damit keinerlei Widerwillen bei der Dienerin zu erwecken, musste, im Gegenteil, jedes Mal rechtfertigende, ja gar bewundernde Worte für die Amme hinnehmen. Einmal ließ sie in Gegenwart von Hynndynn eine recht deftige Bemerkung aus sich heraus. Dieser sah sie verwundert an, hielt ein paar Pulsschläge lang inne und packte dann aus: »Verstehe ich Euch richtig, Prinzessin, scheint in Euch die Insassin jenes Gefängnisses, mir allzu gut bekannt, wieder einmal zu erwachen, nun mit der Sehnsucht behaftet, zur Wärterin zu werden; hier aber ist eine Welt ohne Gemäuer, und ein wildfreies Leben herrscht darauf!«

Das war ihr erster Ehestreit. Hynndynn verließ die Jurte und kam erst spät in der Nacht zurück. Lü Dchao blieb schwer beleidigt zurück und vergoss bittere Tränen. Sie konnte sich lange nicht beruhigen, und als dies endlich geschah, stand für sie fest, was künftig geschehen sollte: Sie wollte eine Tochter ihres Vaterlandes sein, welches das Reich der Mitte hieß. Ja, das hatte man ihr vorgeschrieben, und sie hatte versprochen, es zu sein. Doch hatte sie bisher nicht so genau gewusst, wie das aussehen sollte, und schwankte innerlich, zu wessen Gunst sie sich im Ernstfall entscheiden würde, der des Ehemannes oder des Vaterlandes. Nun aber wusste sie es: Sie würde unerschütterlich auftreten, auch wenn die Wahl bestünde, den Ersteren dem Letzteren bedenkenlos aufopfern. Und das verschaffte ihr eine unsagbar süße innerliche Genugtuung. Dazu beigetragen hatte wieder die Stimme, die seit langem verstummt gewesen: »Bislang warst du eine Frau, jetzt bist du die Prinzessin!«

Am dritten Tage des letzten Sommermonats kehrten die Schumasch-Söhne mit reichlicher Beute, neun Gewehren und je einer beträchtlichen Anzahl von Zündblättern, Schießpulvern und Bleibrocken, zurück. Sie waren, ohne erst ihr eigenes Ail

aufzusuchen, geraden Weges herbeigeeilt. Denen, die sie auf den Weg geschickt hatten, schmeichelte dies sehr. Es waren gewaltige Waffen, alles Büchsen, bisher unbekannt in der Ecke und brandneu. Noch wichtiger als die Waffen waren drei Nachrichten, die die Brüder brachten. Die eine lautete: Die Leute an den Schaltstellen in dem fremden, mächtigen Reich wären durchaus bestechlich und verhielten sich recht großzügig, wenn sie einmal etwas genommen hätten. Die nächste: Dortige Menschen wären auf hiesige Pferde sehr scharf, vor allem auf Hengste und Stuten. Und schließlich: Etwa zehn Tagesritte von hier entfernt lebte das Volk von Teleuten, deren Sprache für einen Tuwa fast verständlich wäre, und diese Menschen hätten zu den Russen gute Beziehungen.
Wenige Tage später folgten den Spuren der ersten Expedition erneut drei Männer, abermals vom ältesten der Schumasch-Söhne geführt. Sie nahmen auf den Weg vor allem Pferde mit: fünf Hengste, zehn Wallache und fünfzehn Stuten. Sie sollten Beziehungen knüpfen und um Beistand im Widerstand gegen den Druck vom Osten her ersuchen. Am gleichen Tage brachen weitere zwei Männer und eine Frau in den Süden auf, um, nach Überquerung des Gletscherpasses von Örmegejti, nach Westen zu schwenken, auf der Suche nach dem Schloss des dshungarischen Königs. Die Frau war Biles, die wir von dem trüben Sturmtag vor einem Jahrdutzend her kennen, jenes auswandernde Kind neben Mugulai. Sie war in der Fremde zur Frau eines Mongolen und mittlerweile zur Mutter von zwei Kindern geworden. Nun kam sie ihrer Sprache wegen mit, eigentlich hätte ihr Bruder mitgehen sollen, der aber hatte andere Aufgaben zu bewältigen, auch hätte ihr Mann, der ihret- und der beiden Kinder wegen seine Heimat verlassen hatte, es tun können, doch er war der Landessprache noch nicht mächtig genug, zudem traute man ihm als Fremdem wohl nicht ganz. So fiel die ehrenvolle Last, zwischen den Abgesandten und möglicherweise dem König eines einst mächtigen Reiches die vermittelnde Zunge zu sein, Biles zu.

Am siebzehnten Tag des Monats zog das Ail nach Hara Höl, dem Schwarzen See, um. Zwei Tage später kamen sämtliche jungen Männer und Frauen mit den Lasttieren zurück und begannen mit dem Umzug des Hynndynn-Ails. Zuerst ging Emes' Jurte mit Mutschin Bi und einem Teil der Habschaft auf den Weg. Und sie ließ sich wieder in naher Nachbarschaft zum Ail nieder. Die Hynndynn-Jurte mit ihren Bewohnern kam zum Schluss an die Reihe. Da sich die Lasttiere immer einen Tag ausruhen mussten, ehe sie erneut die Reise antreten konnten, dauerte der Umzug bis zum Ende des Monats. Alle sahen ein, dass es ein mühseliges, sinnloses Unternehmen war, mit dem schweren Gepäck aus China umherzuziehen.

Am achten Tag des ersten Herbstmonats, zur frühen Stunde, begann die große Sitzung des Weisenrates. Alle neun Mitglieder waren erschienen. Sie kamen in diesem Jahr erstmals zusammen. Besorgnis lag von Anfang an auf den Gesichtern. Was im Ail geschehen war, hatte sich herumgesprochen, ein Teil war schlimmer dargestellt worden als es in Wirklichkeit gewesen war. So hatte es geheißen, der Häuptling sei gänzlich gelähmt und läge im Sterben. Nun aber sahen alle, dass er nicht nur auf den Beinen stand, sondern sich auch fortbewegte, mühselig zwar, aber längst auf dem Wege der Besserung. Was einen erfreute und beruhigte. Doch wich die Besorgnis aus den ohnehin gegerbten und gefurchten Gesichtern nicht mehr, und die sachlich verlaufende Beratung ließ keinen Platz für überflüssige Worte.

Der Häuptling eröffnete die Sitzung, indem er ohne jegliche Umschweife Hynndynn erwähnte und ihn das Kind des Landes und des Volkes nannte, das endlich heimgekehrt sei. »Ich weiß jedoch«, sagte er, »es geht ein Teufel umher und bespuckt die Menschen mit Gerüchten, die darauf zielen, die Gefahren, die sich am Rande unseres Himmels und unserer Erde zusammenbrauen, mit ihm in Verbindung setzen zu wollen. Die Wahrheit aber lautet: Er ist jenes sprichwörtliche Rehkitz in der Falle, mittlerweile auch noch zwischen zwei

Felsen geklemmt. So wäre mein Wunsch an Euch, edle Stützen und Mitglieder des Weisenrates, ihn zu unserer Sitzung einzuladen, uns seine Worte anzuhören und unsere von der Enge geprägten und dem Zeitmeer umspülten und da und dort ausgehöhlten Geister von seinem frischen, von der Weite der Fremde erweckten Geist anregen zu lassen.«

Eine Stille trat ein und währte lange. Gut war, dass der Häuptling diese Worte gleich an den Anfang gestellt hatte, denn es hatte diese Gerüchte tatsächlich gegeben, und sie hatten die Köpfe der Anwesenden mit Gedanken bespickt, dic von Angst über Verdacht bis zum Hass hin reichten. Irgendwann kam es zu der ersten vorsichtigen Wortmeldung, die einen unsichtbaren Pfropfen zu lösen schien, denn daraufhin entfachte sich ein leidenschaftlicher Streit. Und da entpuppten sich die beiden Männer, die zu beiden Seiten des Häuptlings saßen, im wahrsten Sinne des Wortes als seine Stützen. Sie stellten sich den vielen Fragen und Bemerkungen bereitwillig und verschonten den schwerer Beschädigten und langsamer Genesenden, indem sie erklärende, bittende, mahnende und spottende Worte in die Runde brachten und so trachteten, Dunkles aufzuhellen, Dumpfes aufzuläutern und Schneidiges abzustumpfen. Der Häuptling saß leicht geduckt, um besser hören zu können und ließ das Wortgefecht über sich ergehen. Dabei empfand er seinen Stützen gegenüber eine angenehme, den Schädel erhellende und die Brust aufweitende Dankbarkeit und war von so viel Treue zutiefst gerührt.

»Es ist nicht die Zeit, nach dem Schuldigen zu suchen. Aber wenn einer keine Ruhe findet, ohne den genannt zu wissen, dann haben wir es hier: Nicht der Junge ist es, dessen Erdendasein von Anfang an mit schweren Verstrickungen beginnen musste, ohne dass er dafür etwas konnte, sondern wir selber sind es, wir als Stamm, wir als Volk, da wir hier waren, wo wir gerade sind, da wir so lebten, wie wir gerade leben. Wir haben manches vernachlässigt und verpasst, waren offensichtlich träger als alle anderen, denn die anderen Völker haben sich weiterbewegt, während wir wohl stehen gelieben waren. Ja, es sieht so aus, als hätten wir uns irgendwann geweigert mitzukommen, mitten in eine Welt, in der es brodelte und wimmelte von Wesen, gleich, ob Menschen oder Schafe nebenan, Hügel oder Gräser darauf, alles-alles war aus auf ein Weiter, haschte nach einem Mehr, riss sich um ein Besser; man möchte meinen, ein jedes lag auf der Flucht, wo es gerade gewesen und wie es gerade gewesen. Was aber haben *wir* getan? Nichts! Ja, so kommt es mir vor. Denkt an den Wortklumpen, den man aus dem Munde eines jeden Schamanen fast jedes Mal zu hören bekommt, wenn er schamant: *die nachtschwarzen Urwurzeln!* Eine Verherrlichung all dessen, was hinter uns liegt, wohnt in diesen beruhigenden Worten. Der Schamane, dieses wachfreche Rohr unserer neun Sinne, will uns damit verkünden: Wir sind an den Wurzeln geblieben, während andere fort und damit entwurzelt sind. Schaut, wie toll wir sind! Ja, das sind wir wohl auch: Wir sind dort geblieben, wo wir herausgekeimt waren vor einer Unmenge Zeit, glichen angepflockten Kälbern, während andere um neuen Lebensraum kämpften, auf bessere Lebensweisen aus waren. Das Vieh, das tagtäglich auf frische Weiden darf, gedeiht besser, während das, das angepflockt ist, verkümmern muss, wie wir wissen. So also steht es um uns: Wir sind abgemagert. Und das verdanken wir unseren Vorfahren, die wir anhimmeln, denen wir tagtäglich Opfer darbringen. Sie haben das Gedankengut angelegt, gepflegt und uns hinterlassen, und wir meinen, es sei heilig, unantastbar. Da wir auf diese Weise mit einer vererbten Urschuld zu tun haben, sind wir nicht imstande, irgendeinen als Schuldigen zu benennen. Wissen dennoch genau, die Schuld liegt irgendwo bei uns selbst ...«

Die Worte hätten von der Stütze zur Linken sein können, kamen aber von der anderen, der zur Rechten. Wovon selbst die Nächsten überrascht waren. Ja, die Stütze zur Linken war davon sogar begeistert, und so konnte er nicht umhin, jene wenigstens mit ein paar ermunternden Bemerkungen zu be-

lohnen. »Edle Stütze zur Rechten!«, fing er bewegt an und hielt einen Herzschlag lang inne. Und fuhr dann gedämpft fort: »Ihr habt es gewagt, uns alle an unserer wunden Stelle zu treffen. Ich möchte nur hoffen, dass auch wirklich alle dem Verlauf der sehr verstrickten Gedanken haben folgen können. Hier nur ein Gedanke, der mir im Hirne erwachte, während ich Eurer Schilderung folgte: Wenn wir als Volk von unseren Nachbarn schon in der Vergangenheit öfters angegriffen worden sind und es nun danach ausschaut, dass sich solches auch künftig wiederholen könnte, dann sollten wir endlich damit aufhören, diejenigen zu verdammen, die es tun, nein, vielmehr sollten wir zugeben, dass wir selber schuld daran sind, da wir zu Schwächlingen geworden sind und damit anderen Anlass geben, sich an uns zu vergehen. Diese handeln eigentlich nur nach dem großen Gesetz, das rings um uns herrscht: Allein die Stärke entscheidet. Alles Schwächere ist dazu da, dem Stärkeren als Futter, als Fraß zu dienen. Also Ihr Edlen und Weisen, lasst uns nach Wegen suchen, die uns dazu führen, stark genug zu sein, dass keiner es wagt, uns näher zu treten!«
Beide Reden schüchterten die Hörerschaft ein, ja erschlugen sie glattweg und wälzten jede mögliche Widerspenstigkeit platt: Die Wenigsten vermochten dem Lauf der schlüpfrigen, sich dahinwindenden Worte zu folgen, was in den verwirrten Köpfen unweigerlich Scham und Ehrfurcht vor den Spinnern dieser Wortnetze, noch dazu höher platziert in der Gemeinschaft, auslöste und auf den Trieb drückte, der in jedem wach lag und darauf zielte, das eigene Unvermögen vor den anderen zu verstecken und sich so den Platz als Weiser zu erhalten. Das Unverständnis und Schweigen der anderen bewirkte Zustimmung zum Vorschlag des Häuptlings. Außerdem brannte es jedem in der Seele, den Heimkehrer endlich mit eigenen Augen zu sehen!
Also wurde Hynndynn zu der Sitzung gebeten. Auf den ersten Blick mutete er freilich fremd und unnahbar an. Allein seine Tracht hatte niemand zuvor gesehen. Später aber, nachdem er

auf Wunsch des Häuptlings für die Mitglieder des Rates von seinen Erlebnissen aus dem Reich der Mitte berichtet hatte, war das anfängliche Gefühl spurlos geschwunden. Die Fragen, die aufkamen, mussten begrenzt werden, damit sie nicht allzu viel Zeit in Anspruch nahmen. Da entpuppte sich der junge Mensch auch geistig reifer als sein Alter es vermuten ließ, gefiel durch seine wache, gewissenhafte und dennoch bescheidene Art allen gut, und jeder begriff, weshalb die drei Führer, die bereits längere Zeit in dessen Nähe verbracht hatten, den Eindruck erweckten, für ihn die Hände ins Feuer halten zu wollen.

Dann begann die eigentliche Sitzung. Die Stütze zur Rechten erstattete Bericht zur allgemeinen Lage. »Die Zeiten des Friedens scheinen vorbei zu sein. Vom Osten her drohen Gefahren, deren erste Kostproben, wie Ihr alle es wisst, die Führungsspitze unseres Landes bereits am eigenen Leib erfahren musste und angesichts derer wir uns nun entscheiden müssen.«

Die Führung halte den bewaffneten Widerstand für den nächsten der gehbaren Wege, berichtete er weiter, nannte die Wehrfähigkeit als Voraussetzung dafür und zählte alles auf, worüber das Land an Kampfkräften, -waffen und -mitteln verfügte. Zum Vorschein kamen ebenso die Schritte, die im letzten Frühjahr verordnet worden waren, nachdem die Führung beschlossen hatte, dem durch den Wanderlama überbrachten Befehl keine Folge zu leisten: der Wiedereinführung der pflichtgemäßen allmorgendlichen Leibesübungen unter der Bevölkerung und deren erneute Eingliederung in die altbewährten Zehner-, Hundert- und Tausendschaften.

Hynndynn war überrascht von so viel Ordnungssinn. Seltsam kam ihm vor, dass sich die anderen Mitglieder davon nicht sonderlich beeindruckt zeigten. Er aber war begeistert und erfreut. Und musste sich selbst beschämt zugeben, dass er den alten Männern dies nicht zugetraut hätte. Ihn stimmte glücklich und erfüllte mit Zuversicht, dass das Land und sein

Volk offensichtlich stärker seien als er bisher angenommen hatte.
Nach der Aufzählung der Stütze entbrannte ein heftiges Gespräch, das sich dann und wann nach einem Streit anhörte, es aber nicht war, und an dem sich fast alle beteiligten. Auch Hynndynn sprach, er musste es tun, musste auf Fragen antworten.
Auf diese zuerst: »Hieß es denn nicht, dass einer der drei fremden Männer aus Eurer Begleitung Schmied sei? Könnte er nicht Waffen schmieden, die uns fehlen?«
Und auf die, die sich gleich daran anschloss: »Vielleicht könnte er uns beibringen, wie man Erze schmelzen kann?«
Hynndynn konnte keine genaue Antwort geben, sagte ausweichend: »Wir dürfen nicht vergessen, dass wir es mit einem Fremden zu tun haben. Er darf auf keinen Fall Verdacht schöpfen. Wir müssen sehen, dass wir auf Umwegen an seine Kunst herankommen.«
Die Antwort erschien ihm selber schwach, den Männern aber zu gefallen.
Dann die Frage: »Man hört, Ihr hättet Mugulai damit beauftragt, unsere Jünglinge zu Lamas zu bekehren und ihnen beizubringen, wie man durch unzähliges Aussprechen von Zaubersprüchen zu Wohltaten gelangt. Was sich in unserem Falle, die wir vom Töten von Tierwesen leben, gut anhört. Wäre aber damit nicht ein zu großer Schaden dem Land zugefügt, da es auf deren Kraft verzichten, aber sie umsonst ernähren muss?«
Hynndynn hätte darauf eine packend genaue Antwort geben können, allein er wagte es noch nicht, da die Sache ihm zu sehr am Herzen lag. So wich er ihr wieder aus: »Ich meine, dass man Wohltaten auf verschiedenen Wegen erbringen kann. Einer davon wäre, man teilt mit den Menschen ringsum alles, ihre Leiden und auch ihre Pflichten.« Er selber glaubte zu wissen, dass die Antwort fader nicht hätte ausfallen können. Sah darauf jedoch eine zufriedene Runde um sich herum und

manch einen gar vor sich hin nicken. Da begriff er, dass die Menschen gut zu ihm standen und er sie auf keinen Fall enttäuschen durfte.
So beschloss er von sich aus, den soeben gesagten, im Grunde nichts sagenden Worten ein paar weitere, gegenständlichere beizumengen. »Die Fremden, die sich erlaubten, in diesem Ail, im Herzen unseres Landes, schlimmer als ein Rudel hungriger Wölfe zu wüten, haben mir, eh sie endlich wieder verschwanden, Dinge aufgehalst, die ihnen leicht zum Anlass zu nächsten Missetaten dienen könnten. Aus den Bäumen, die fallen müssen, könnten wir bei einigem Geschick Keulen schnitzen, imstande, mit einem Schwung nicht nur die sprichwörtlichen zwei, sondern ganze vier Hasen zu erschlagen. Ein Obdach für die Menschen aus meiner Begleitung wäre das erste; die Gebetshütte, woanders auch Tempel oder Kloster genannt, wäre das nächste, denn damit wäre zunächst der Anlass beseitigt, uns als ungehorsam zu beschuldigen; wenn diese Hütte unsere eigenen Menschen beherbergt, dann ist ein Schlupfloch für fremde Lamalehrer und Lamaschüler gestopft, die herbeiströmen und unsere Wohnerde mitbesetzen könnten; und schließlich hätten wir in der Hütte eine geschlossene Räumlichkeit, zu welchen Zwecken auch immer, und einen festen Kern, um den sich das herumstreunende und flüchtende Volk vor jeglichen Fährnissen und Schwernissen des Lebens endlich scharen könnte.«
Die Worte beeindruckten alle. Ja, sie führten eine Wende herbei: War der Jüngling bisher nur wohlwollend ertragen worden, wurde er nun aufgrund seiner gelehrigen Worte als das künftige Hirn des Volkes anerkannt. So bat man ihn bei jeder neuen Frage, die auftauchte, um seine Meinung und ließ ihm dabei die Zeit, die er für seine Schwindel erregenden Ausführungen benötigte.
Da rückte auch der Häuptling mit seiner Angelegenheit endlich heraus, die er seit vielen Tagen am Herzen getragen hatte: Er bat den Weisenrat, ihn vom Amt zu entbinden. Was alle

erschreckte und sprachlos machte. Die Blicke schienen sagen zu wollen: Warum? Waren denn nicht alle Häuptlinge auf Lebenszeit? Während ein jeder davon träumte, eines Tages vielleicht doch noch zum Häuptling zu werden, will er es nicht mehr sein – wieso?
Der Redner sah dies und begründete seinen Entschluss: »Durch das, was meinem Leib zugefügt worden ist, fühle ich mich nicht wohl. Das wäre aber nur der eine Grund, und zwar der kleinere. Der andere, der schwerer wiegt, ist: Ich habe in den letzten Tagen und Nächten viel nachgedacht und herausgefunden, dass ich einfach zu lange an der Macht gewesen bin und der Blick meines Verstandes sich an alles gewöhnt hat und abgestumpft, ja erblindet sein muss. So wäre mir lieb, wenn künftig der Häuptling oder der, gleich, wie er immer heißen mag, nach einer bestimmten Länge der Zeit von selber ginge und Platz machte für den nächsten mit der nötigen Frische.«
»Wen würdet Ihr denn als Euren Nachfolger vorschlagen?«
»Das wisst ihr doch alle«, lautete die Antwort, »und auch hier kann die Keule gleichzeitig zwei Hasen treffen: Denn ein weiterer Anlass, uns etwas anzulasten, wäre beseitigt, wenn wir den von jenen genehmigten künftigen Fürsten schon heute an die Führung stellten.«
»So meint Ihr es also! Soll das heißen, wir werden ab heute keinen Häuptling mehr, sondern einen Fürsten haben?«
»Welche Kinderei – als ob daran etwas läge! Die können es nennen, wie sie wollen, für uns aber ist derjenige, der an der Spitze steht, weiterhin der Häuptling. Oder wenn den Fremden dies zu niedrig erscheint, dann können sie unseretwegen ruhig einen Fürsten oder gar einen Khaan machen!«
Somit hatte er, bevor er selber schied, den Dingen unmerklich eine Richtung gegeben, welche zu ändern keinem so schnell gelingen würde. Daraufhin wurde abgestimmt, und das Ergebnis fiel genauso aus, wie es der Häuptling im Voraus berechnet hatte: Alle legten beide Hände auf die Brust und neigten leicht dazu den Kopf, bezeugten also ihr Einverständ-

nis. Seinem erfahrenen, linsenden Blick entging eines freilich nicht: Es war nicht bei allen die gleiche Gebärde – während die einen es sofort und innig taten, geschah es bei anderen nur zögerlich und zwanghaft. Die Macht an Hynndynn, den sagenhaften Neuling, abzutreten fiel allen sichtlich leichter als an irgendeinen, den man für seinesgleichen hielt.
Und der glückliche Neuling und Günstling der Stunde zeigte sich recht verwirrt, was seinen Wert in den Augen der anderen nur noch steigerte.
Das sah und spürte er selber wohl und beschloss, die Leute eine Weile in dem Glauben zu lassen und in der Zeit seine Gedanken zu ordnen. Er meldete sich zu Wort und schickte an die Runde die Frage, wie es denn mit einer kleinen Rast wäre, auf dass er, fassungslos wie er dastünde, ein wenig zu sich kommen könne. Den Männern, die ohnehin unter Blasendruck standen, war dies allzu willkommen.
Wenn Hynndynn sofort zu einer längeren Rede angesetzt und alles losgeworden wäre, was er auf dem Herzen hatte, wäre in manch einem Ratsmitglied womöglich der ungute Eindruck entstanden, dies alles sei mit dem Häuptling und seinen Stützen abgesprochen, wäre eine Verschwörung! Nichts desgleichen aber geschah. Während die betagten und bejahrten Männer mit ihren vollen Blasen und steifen Gliedern zu tun hatten, ging Hynndynn ans Seeufer, schaute über den helldunklen, glatt-knittrigen Seespiegel hinaus und lauschte dem Plätschern und Schmatzen und Krachen des brodelnden Wassers. Da erfühlte er mit einem Mal eine große Ruhe in sich und glaubte in den auf- und abblitzenden Wellen Schriftzeichen zu erkennen, die diesen und jenen Sinn enthielten und zusammen einen großen ergaben: Die Stunde seines Lebens sei angebrochen.
»Ich bin zuversichtlich«, sagte er, als sich die Sitzung wieder fortsetzte und sämtliche Augen und Ohren sich ihm, dem neuen Haupt des Landes, zuwandten, »da ich erkannt zu haben glaube, dass jegliche gute Sache eine Quersumme des

Willens und der Erfahrung ist und nun mein klafterlanger Leib von einem flammenden Willen erfüllt dasteht und ihr, edle Mitglieder des hohen Weisenrates, ihm mit dem wellenden Meer und dem thronenden Berg eurer Lebenserfahrung beistehen werdet.«

Nach diesen einleitenden Worten, die die gestörte Aufmerksamkeit völlig wiederherstellten, zählte er auf, was er im Leben des Volkes einzuführen gedenke. Wieder sprach er davon, die Erdmutter zu melken und entlockte damit jedem Gesicht ein Schmunzeln. Darauf erwähnte er die Bäume, die, Tieren und Menschen gleich, alterten und stürben. Die Gesichter wurden nachdenklich. »Alternde Widder werden abgeschossen, alternde Pferde werden abgeschlachtet, was aber machen wir mit Lärchengreisen und Birkengreisinnen? Sie stehen, längst leblos und vertrocknet, und stürzen bei einem Sturm um, erschlagen dabei Säuglinge, beschädigen Jünglinge aus der eigenen Sippe oder noch schlimmer, sie verwandeln sich, vom Blitz getroffen, in Zunder und verursachen einen Waldbrand. Wir wollen uns und den Menschen unter unserer Führung gegenüber ehrlich sein und uns fragen: Wieso ist es eine Edeltat, wenn man ein alterndes Pferd aus dem Leben schafft, wieso aber nicht, verführe man mit einem alten Baum auf die gleiche Art und Weise?« Die Nachdenklichkeit auf den Gesichtern vertiefte sich, doch es schimmerten da und dort auch Spuren des Misstrauens durch.

Hynndynn bemerkte das und hielt inne. Gereizt fuhr er fort: »Vorhin hat einer das Erz erwähnt, das man geschmolzen sehen möchte. Ich habe nur halb antworten können. Nun versuche ich es abermals und dies in einem Bündel mit den Antworten auf die soeben aufgeworfenen Fragen zusammen. Die bereits erwähnten drei fremden Männer habe ich mir nach langem Überlegen selbst ausgesucht. Jeder von ihnen beherrscht etwas, was sich unser Verstand noch erschließen muss. Der erste weiß die Erde zu melken, der nächste kann mit dem, was vom sterbenden Baum zurückbleibt, dem Holz,

verfahren, so wie ihr mit dem Fleisch oder der Haut des getöteten Tieres umzugehen versteht, während der letzte, der Schmied, imstande ist, nicht nur Eisen und Kupfer, Silber und Blei in Messer und Beile, in Kugeln und Ringe und noch Sonstiges zu verwandeln, sondern selbst Erze zu zähmen, ihnen das Mark, jene Edelgaben, zu entziehen. Ich habe mir vorgenommen, bei diesen Fremden, unter welchem Namen auch immer – Helfer? Diener? Knecht? –, eigene Leute unterzubringen, auf dass sie jenen ihre Zauberkräfte abzapfen.«
Er hielt wieder inne. Stille ward. Jetzt verrieten die Gesichter Ehrfurcht. Der Redner genoss es, vergaß aber nicht, rechtzeitig zum nächsten Schritt anzusetzen. Nur wusste er, dieses auf weicher Sohle zu tun: »Was zur Wehr des Landes bereits getan und woran schon gedacht worden ist, das erscheint mir erstaunlich. Wir müssen es nun ausführen und ausbauen. Dazu schlage ich vor, den Weisenrat in Gedanken zum Kriegsrat umzutaufen und auf dreizehn Mitglieder zu erweitern; wir sind zu zehnt hier, einen wüsste ich schon, brauchten wir also noch zwei weitere.«
Viele wollten wissen, wozu das kleine Land so einen großen Kopf brauchte und fragten, ob nicht schon die neun zu viel wären. »Ich verstehe eure Bedenken«, entgegnete Hynndynn ruhig. »Mangelt es an Einigkeit, kann der dreizehngliedrige Kopf für den Körper tatsächlich schwer werden und gar auseinander klaffen. Ist aber die Einigkeit erreicht, die alles nach innen treibt und ins Hirn stampft, dann wird sich ein jedes Mitglied des Kriegsrates in einen Finger verwandeln und wachsen oder gar zu einem Horn spitzen und erstarken, auf dass zur gebotenen Stunde die Finger sich zu einer Faust ballen und losschlagen und die Hörner in eine Richtung zielen und selbst eine steinerne Mauer durchstoßen! Meine Überlegung zielt dahin, dass jedes Mitglied eine Hundertschaft befehligt, und wenn die Krieger für einen oder zwei nicht mehr ausreichen, dann gibt es andere Aufgaben immer noch genug.«

Die Worte begeisterten die Männer, und ein lebhaftes Streitgespräch brach vom Zaun.
»Kann das auch ein junger Mensch sein?«
»Umso besser doch. Oder?«
Alle zeigten sich einverstanden.
»Und kann es auch eine Frau, genauer, ein junges Mädchen sein?«
»Warum nicht? Doch, was meinen die anderen dazu?«
Alle stutzten und zögerten. Dann meldete sich die Stütze zur Linken, die nach seiner Rede eingangs den Mund nicht wieder aufgemacht hatte, endlich zu Wort: »Vor langer, langer Zeit, heißt es doch, habe es einen weiblichen Häuptling gegeben, der das Volk geführt hat wie selten ein Mann. Also, wenn sich eine wirklich Würdige wieder hervortut, ja, warum nicht?«
Die Stütze zur Rechten, bisher ebenso beharrlich schweigend, eilte dem Amtsbruder zu Hilfe: »Ja, es ist Gesesch die Weise gewesen. Also meine auch ich, warum nicht eine Frau, wenn dahinter so eine wie Geergen, die Tochter des Bullauge-Dolgamak, steckt!«
Genau sie war gemeint. Hynndynn nannte noch Mugulai. Und beide kamen bei der Abstimmung leicht durch.
Der alte Häuptling, der Bedenken wegen Mugulai empfand, überwand sich und sagte: »Wir alle wissen, dass weibliche Adler besser zuschlagen als männliche, und seit einiger Zeit wissen wir auch, dass zur Ausbildung eines Lamas das Totschlagen von Hunden und das Kaputtschlagen von Greisen gehört!« Was er genau meinte, ahnten alle nur, aber sie sahen, dass er nichts dagegen hatte, dass die beiden jungen Menschen in den Rat aufgenommen wurden.
Mit dem noch fehlenden Dritten jedoch wollte es nicht so glatt gehen. Zwei Namen fielen durch. Und man einigte sich erst auf den Nächsten, und dies mit drei Gegen- und zwei enthaltenen Stimmen. Die Gegenstimmen gehörten, wie Hynndynn später erfuhr, zu den Männern aus dem Tuwa-Stamm Ak Sojan. Es waren alle drei düstere Männer mit zornigem Blick.

Einer von ihnen, Gökgös, zeigte sich ungehörig wütend, als er und die anderen beiden Verneiner von den Ja-Sagern überstimmt wurden. Die Stimmenthaltungen kamen von den beiden Häuptlingen, dem neuen und dem alten. Der neue kannte den Mann nicht, hörte nun lediglich, es sei Temirel, vierzigjährig und aus der Haa-Höjük-Sippe des Stammes Gök Mondshak; weshalb sich auch der alte seiner Stimme enthalten hatte, erfuhr Hynndynn erst viel später.

Jetzt fragte Hynndynn, ob man die Ernannten und Bestätigten nicht lieber vorher um ihre Bereitschaft erkunden solle. Der alte Häuptling zog ein spöttisches Gesicht: »Das braucht man wirklich nicht, denn ... ja, wer denn möchte unter uns Menschen, diesen kugelschädeligen, stinkärschigen Würmern, schon nicht weise sein und von der Bürde der Ehre am liebsten erdrückt werden?« Was die Runde, statt betroffen zu sein, zu einer allgemeinen Heiterkeit reizte. Oder war dies ein Zeichen dafür, dass man betroffen war – es blieb jedem nichts weiter übrig als mitzulachen.

Den Frischling verlockte dies zu einer leicht boshaften, wohl aber notwendigen Erprobung: »Da wir nun einmal dabei sind, unseren Bestand zu ordnen – vielleicht gibt es unter uns jemanden, der in der Runde der Auserlesenen schon lange genug gesessen, davon ermüdet und jetzt lieber aufzuhören gedächte?« Abermals trat Stille ein, und abermals genoss der Redner sie und beließ die Männer dabei, die ihm mit einem Mal wie vergrößerte, entstellte Kinder vorkamen. Jetzt war es der alte Häuptling, der die Stille brach. »Junger, frischer Häuptling!«, sprach er feierlich. »Im Falle, Ihr fürchtet, ich als Vorbestrafter durch den manzhu-mongolisch-chinesischen Staatsknüppel könnte Euch schaden, wenn die Knüppler wieder auftauchen und mich in Eurer Nähe vorfinden, dann wäre ich gern bereit, dem Rat und Euch sofort den Rücken zu kehren und mich mit den Meinigen in einen Versteckwinkel des Altai zurückzuziehen, auf dass ich in ihre spähenden Augen nimmer spränge!«

Hynndynn erschrak und eilte ihm überstürzt entgegen: »Nein, Himmel, nein doch, berggroßer Vater! Daran denke ich gar nicht! Im Gegenteil, die Worte liegen mir in diesem Augenblick prickelnd auf der Zunge, Euch zu bitten, dass Ihr mir mit Eurer Erfahrung und Weisheit beistehen möget, indem Ihr mir neben den Stützen zu beiden Seiten zu einer weiteren, zur Stütze von vorn und von hinten, werdet!« Die Worte, urschnell geboren und sogleich auch entlassen, rührten den alten Mann so sehr, dass ihm Tränen die Augen füllten und die Stimme dämpften. Er sagte schlicht: »Ich danke Euch für die Ehre. Ich muss nicht erst zu einer Stütze oder sonst was ernannt werden, um Euch beizustehen. Auch so werde ich nie mit Ratschlägen geizen, sofern mir der eine oder andere brauchbare Gedanke einfällt. Wegen stochernden fremden Blickes jedoch muss ich erst einmal auf Abstand gehen.«

Man begriff: Es waren aufrichtige Worte, man musste jenen seinem Willen überlassen. Nun verlief die Sitzung ruhig und sachlich. Und fasste Beschlüsse, die im Wesentlichen darauf zielten, die Wehrfähigkeit zu erhöhen. Bis auf den Häuptling und seine beiden Stützen wurden alle Ratsmitglieder zu Anführern von Hundertschaften, die sie selber zusammenzustellen und in Zehnerschaften zu gliedern hatten. Die Morgenübung zur Ertüchtigung des Leibes und das Abendgebet zur Reinigung der Seele wurden zur Pflicht für alle erklärt. Ein jeder Mensch hatte sich ständig ein beschlagenes Reitpferd in der Nähe, das Reitgeschirr in Ordnung zu halten, so auch sich selber: mit besohlten Stiefeln, gestopfter Kleidung, fest gegurtet, rechts mit dem geschärften Dolch in der Scheide, links mit dem aufgefüllten Feuerzeug. Und man hatte, seiner Fähigkeit entsprechend, irgendeine der genannten Waffen bei sich zu haben: Gewehr, Säbel, Langstielaxt, Stahlspieß an der Spitze einer mindestens zwei Klafter langen Birken- oder Weidenrute, Schlagkeule mit einem mindestens einen Klafter langen Stiel. Die bereits bekannt gegebene Ordnung zu Feuerwaffen war künftig noch strikter einzuhalten. Und ein Wettbewerb,

dessen Sieger mit bis zu neun Pferden belohnt werden sollte, war unter allen Menschen auszurufen.
Nachdem dies alles beschlossen worden war, fiel die Frage, ob man nun so sicher annehmen dürfte, der Krieg wäre unterwegs zum Land wie der Winter. Und darauf fiel die Antwort: »Wir werden bis zuletzt den Frieden anstreben. Doch wenn die andere Seite ihn uns zu sehr stört, dann werden wir uns nicht davor fürchten, den uns aufgezwungenen Krieg aufzunehmen.« Die Frage war von einem sehr alten Menschen gekommen, und Hynndynn, der die Antwort gab, sah in den mühsam glimmenden Augen mit den angeschwollenen roten Rändern den Schreck erwachen. Und fügte dem vorhin Gesagten schnell hinzu: »Ob es zu dem Krieg kommt oder nicht, wird davon abhängen, wie stark wir dastehen werden – sind wir stark genug, wird der Gegner es nicht wagen, unseren Frieden zu sehr zu stören!«
Die Männer gingen erst bei Einbruch der Nacht auseinander. Sie mussten tatsächlich Bedeutsames beschlossen haben – die Folgen fielen mächtig aus. Das Land glich nunmehr einem Ameisenhaufen, durch den ein Stecken hin- und hergefahren war. Der Sommer währte lang genug und ging in einen Herbst über, der in jede Richtung hin satt und farbenprächtig ausfiel. Es war, als ob der Himmel es mit den Menschen gut meinte, seine Sonne ihnen wieder und wieder zublinzelte und seine Brise, jener erfrischende und betörende Hauch des tauenden Gletschers und reifenden Grases, ihnen zuflüsterte: Packt nur zu! Beeilt euch! Und seht zu, noch flinker zu werden! Es schien die Trägheit, die seit eh und je über der Bergsteppenwelt und ihren Bewohnern gelegen hatte, überwunden und eine bislang unbekannte Eile in eine jede ihrer Falten hineingefahren zu sein. Atemberaubende Ereignisse überstürzten sich.
Die Bäume wurden gefällt und die Hütten erbaut. Diese aneinander gerückte nackte Benennung zweier Taten wäre eigentlich eine Zumutung gegenüber dem, was in jenem Herbst

wirklich geschah. Denn es waren gewaltige Ereignisse, das eine wie das andere, auch unter die Vielzahl der einen wie der anderen aufgeteilt und so hier wie da auf ein bloßes Teilstück zusammengeschrumpft, immer noch imstande, die Gemüter zu erregen und zu erschüttern. Denn an einen stehenden und grünenden Baum die Säge anzulegen, kam in den Augen und Ohren der Menschen dem gleich, als ob man einem leiblichen Bruder die zarte, zuckende Haut aufritzte, um ihn im nächsten Augenblick schreien, schwanken und fallen zu sehen. Und das, zu dem die hingemordeten Baumleiber zusammengerückt und zurechtgehäuft wurden: keine Hütten etwa, wie behauptet und erwartet worden war; Hütten kannte man zur Genüge: Jägerhütten, Hundehütten, Krankenhütten – Hütte war immer Hütte, war etwas Notdürftiges und Armseliges; nein, es waren Schlösser! Bekannt aus den Epen, jetzt und hier aber hieß es anders, hieß basching, Haus. Das Wort hat man vorher nicht gekannt, mit einem Mal war es da, klebte an den Lippen der Menschen, und man wusste wohl, dass es der andere Name für Schloss war und mit der Hütte nichts Gemeinsames hatte, oder so viel bestenfalls wie der nach Küchenabfall schielende, von einem saftigen Knochenstück träumende und den menschlichen Dreck vertilgende Jurtenhund mit dem Wolf gemeinsam haben durfte.
Ein Baum nach dem anderen wurde gefällt. Die Baumleichen wuchsen zu Hügeln, die entasteten und entrindeten nackten Stämme gingen einer nach dem anderen an einer Schlinge von einem Pferd gezogen auf den Weg und kamen über kurz oder lang an der Bauchseite wundgescheuert und die übrige Körperfläche von Staub und Lehm bedeckt, am Ort ihrer Verwendung an. Ein Haus nach dem anderen wurde hochgezogen und zugeschreinert. Am Ende, da war der Winter mit seinem ersten Schnee schon auf den Bergrücken ringsum sichtbar, standen in einer erhabenen Herde ganze sechs davon. Alle glichen einander: waren viereckig, steilwandig und spitzdachig. Doch wich ein jedes in der Größe und in der Gestalt ein wenig

von den anderen ab. Das größte der Häuser sollte zum Tempel werden und unter Mugulais Aufsicht stehen, den man selten beim Namen, dafür aber den Lamalehrer, kurz: Lehrer, nannte. Das Haus daneben wurde ebenso ihm vergeben, als Wohnstätte. In das schmuckste zog der junge Häuptling mit der Gemahlin und der Dienerin ein, in dem daneben verstaute man die Waren, im nächsten wurden die drei Männer untergebracht, und schließlich war das kleinste, ein Häuserkind, noch da, es stand abseits und über einem schmalen, tiefen Abgrund, der von Menschen ausgehoben war.

Hüree, Kloster, sagte man zu der Häuserherde. Dieses Wort war wie das vorhergehende auch mit einem Mal da, schmückte und belebte die Sprache. Dabei glich jedes der Wörter einer Tiermutter, gefolgt von einer ganzen Herde aus Würfen vieler Jahre und vieler Väter, sie alle drangen in den Lebensraum des Jäger- und Hirtenvolkes ein und ergriffen Fleck um Fleck Besitz von den Zungen, den Ohren und so letztlich auch dem anders geprägten Verstand der Menschen.

In den letzten Herbsttagen begann es im Hüree von halbwüchsigen Jünglingen zu wimmeln; diese zeigten sich in einer Schar morgens und abends Eer Hawak, den Südhügel, herunter- und heraufrennend, springend und lärmend, verschwanden tagesüber im Tempel genannten Haus. Es hieß, sie wären alle Lamaschüler, kurz: Schüler. Als der Winter ins Land einzog, war ihre Anzahl auf dreißig angewachsen. Manch einem von diesen war die ganze Familie mit der Jurte gefolgt, die aus dem Vater oder der Mutter und oft auch aus ein paar jüngeren Geschwistern bestand. Meist handelte es sich aber um Witwen und arme Menschen. Diese Armenjurten, dunkel und winzig und windschief, ließen sich, einer schäbigen Herde von lauter beschädigten Tieren gleich, am Ostufer des Homdu-Flusses in einigem Abstand zu den Häusern nieder, die erhaben und unnahbar wirkten und aus einer anderen Welt zu sein schienen. Zur anderen Seite des Hüree, am Südufer des Haraat-Flusses, siedelte sich ein Ail aus anderen, ansehnlicheren Jurten an, die bisher zur Hauptjurte gehört hatten und nun zum Haupthaus gehörten. Die Emes-Jurte hatte erneut dorthin gefunden; Mutschin Bi hatte sich geweigert, in eines der Häuser zu ziehen, hatte gesagt, sie hätte neben Emes wunderbar gelebt und würde auch künftig gern dort bleiben, und die beiden lebten in der Tat einträchtig wie leibliche Schwestern miteinander.

Manch einer aus der armen Bevölkerung nebenan bekam Beschäftigung am Hüree. Schafe und Ziegen, von den Schülern als Verpflegung für die nächsten Monate herbeigetrieben oder von Wohlmeinenden gespendet, mussten gehütet und hin und wieder geschlachtet werden. Auch wurde eine Köchin für den Lamalehrer und seine Schüler gebraucht, ebenso benötigten die drei fremden Männer, die schwer beschäftigt waren, oft eine helfende Hand. Die Entlohnung der Helfer bestand vorerst aus einer Beköstigung aus der öffentlichen Küche, was schon viel war. Aber es sollte mehr werden, bei der nächsten Möglichkeit, nach welcher man suchte. So das Versprechen derjenigen, die einen beschäftigten.

Zu Anfang des Winters, an dem Tag, an dem sich der dreißigste Schüler am Hüree niedergelassen hatte, erschienen die Fremden, die man eigentlich seit langem schon erwartet hatte. Es waren derselbe Lama, derselbe Chinese und derselbe Dolmetscher mit einem anderen Manzhu aber, begleitet erneut von einer Zehnerschaft. Diesmal zeigten sie sich völlig anders: mild, denn sie waren mit dem, was sie vorfanden, recht zufrieden. So schien es zumindest. Mehr noch, es hieß, man hätte das, was letztes Mal geschehen war, an der höchsten Machtstelle des Reiches bedauert und den hitzigen Beamten seines Amtes enthoben. »Nein, es liegt weder seiner Majestät dem Kaiser noch einem anderen in Beijing daran, ein armes, schwaches Glied des Reiches unter Zwang und Druck zu halten, geschweige denn ihm Schaden zuzufügen. Das Ziel, das man von der Mitte des riesigen Reichskörpers aus verfolgt, ist vielmehr, den Randgliedern zu helfen, auf dass ein jeder

Untertan in Glück und Frieden lebte.« Dies ließ der neue Manzhu, ein gestandener Mann, von sich hören.
Wenig später erfuhr man jedoch Gegenteiliges: Von Jägern waren weitere Menschenscharen an mindestens drei Stellen östlich des Turagan-Flusses gesichtet worden, vermutlich eine Hundertschaft, die sich, entlang des Weges verstreut, sprungbereit gehalten hatte. Am merkwürdigsten war, dass der Manzhu und der Chinese, angefangen bei Hynndynn, ein jedes Mitglied der Mannschaft zu einem Gespräch unter sechs Augen empfingen. Von der Amme und der Prinzessin erfuhr man später, dass es da um dieselben Dinge gegangen wäre, die man selber zu hören bekommen hatte. Wobei man da Mutschin Bi vertrauen konnte. Ob man es auch in Lü Dshaos Fall tun durfte? Die Ehe verlief eigentlich reibungslos, besonders seitdem man im Haus wohnte, doch spürte Hynndynn in gewissen Stunden gegenüber seiner Frau immer noch etwas, das in ihm Vorsicht, ja dann und wann auch Misstrauen erweckte. Und worüber würden die Gespräche mit den anderen vieren gewesen sein? Einer musste den Auftrag, den Deng Biao zu erfüllen hatte, aber nicht hat ausführen können, sicherlich bekommen haben!
Es konnte durchaus an der Kälte gelegen haben – nach zwei Tagen zogen sich die Fremden zurück, mit honigsüßem Versprechen, Hilfen kommen zu lassen, so bald wie möglich. Und sie kamen auch, die Hilfen. Es war zu Anfang des Frühjahres, das gut angefangen hatte und mild und zielstrebig andauerte, da kam eine Karawane von zehn beladenen Kamelen mit drei Begleitern an; sie brachte Verschiedenes für das Kloster mit. Es waren stapelweise beschriftetes wie auch nacktes Papier, das erstere Sudur und das letztere Muutuu genannt, scharenweise menschenähnliche Gestalten aus Messing, Lehm und Pappe und rollenweise Bilder, alles Burgan genannt, ballenweise gelbe und rote Stoffe. Auch waren säckeweise Mehl, Gerste und Hirse dabei. Wichtiger, ja verheerend war, dass auch ein Lama mitkam – und dablieb.

Aber noch war es nicht so weit. Der Winter lag dazwischen, in dem sich vieles ereignete. Die Abgesandten kamen zurück, zuerst die vom Süden und später die vom Norden. Die einen wie die anderen brachten enttäuschende Kunde. Der dshungarische König steckte selbst in der Klemme und schien nicht mehr zu wissen, wie es weitergehen sollte; seine Stützen hätten mehr von ausstehenden Abgaben als von erweisbaren Hilfen geredet. Die Russen zeigten Vorsicht, sie wollten einem Zwerg zuliebe keinesfalls mit einem Riesen in Streit geraten.
Unterhalb der Hara Alagak, der Schwarzen Insel, auf der der Lärchenwald zu einem Teil geschlagen worden war, brach inmitten der ärgsten Winterkälte das Flusseis ein. Das Pferd des Weißzahn-Osakai ertrank, während der Reiter dem Tod nur knapp entkommen konnte. Ein Gerücht braute sich zusammen: Der Flussgeist sei über die vielen fallenden Bäume immer noch ergrimmt, und das tote Pferd wäre eine erste Mahnung. Aber auch ein gegenteiliges Gerücht machte die Runde: Ja, der Flussgeist sei erzürnt, nur hätte der Zorn dem Reiter gegolten, da dieser an der gleichen Stelle, an der das Unglück geschah, vor nicht allzu langer Zeit zu einer blinden Stunde einem himmel- und wasserfarbenen, heißatmigen Edeltier das Leben ausgelöscht und anschließend bei der Tilgung der Spuren seiner Untat den Fluss verunreinigt hätte.
Die Worte stammten vom Lamalehrer. Er hatte sie an die gesamte Schülerschaft gerichtet. Zuvor waren sie ihm von einem anderen anvertraut worden. Dieser war vor einiger Zeit ungewollt zum Zeugen eines Diebstahls geworden, ohne dass der Dieb dies bemerkte. Die Worte verbreiteten sich mit Windeseile, und bald darauf trat ein Mann vor den Häuptling und sprach: »Im Herbst kam mir meine vierjährige gesprenkelte Stute weg, als ich auf dem Umzug mit Jurte und Herde im Gebüsch jenseits des Flusses übernachtete. Jetzt weiß ich, wer der Dieb war. Und was soll ich tun?«
Der Häuptling ließ seine beiden Stützen kommen, erzählte ihnen die Geschichte und wartete auf ihre Ratschläge. Sie

ließen den Mann gehen, ließen darauf zuerst Mugulai, dann jenen Zeugen kommen. Am nächsten Tag stand der Weißzahn-Osakai vor dem Häuptling und seinen beiden Stützen, und einen Schritt hinter ihm stand der Knüppelhalter mit dem schweren Knüppel in der Hand. Der Dieb, ein viehreicher Mann, gestand sogleich seine Tat und bekam den Beschluss zugesprochen: die gestohlene Stute durch drei Pferde zu ersetzen, diese innerhalb von drei Tagen zu deren neuem Besitzer zu bringen und innerhalb der weiteren drei Tage mit weiteren drei Pferden, drei Yaks und fünfzehn Schafen ins Hüree zu kommen und das Vieh samt einem Schafpansen gelber Butter und einem weichgegerbten weißen Lammfell dem Kloster darzubringen. Wie geheißen, so wurde auch getan. Die Geschichte sprach sich herum. Und wo und von wem sie auch erzählt wurde, hieß es immer: Was sind Schamanen gegen den Lama schon? Lebendige Scheuchen lediglich!

Es war ein kalter, aber nicht weiter schlimmer Winter, der kam und ging. Das Vieh blieb fast unversehrt. Die Menschen lebten weiterhin wach und bastelten unermüdlich an sich und den Dingen, die ihr Leben ausmachten. Der Tischler, von allen dreien der Älteste und der Stillste auch, werkelte bedächtig und unermüdlich, obzwar sein Gesicht, jedes Mal, wenn er ein Rohbrett in die Hand nahm, Unzufriedenheit verriet. Er hatte das Wohnhaus in eine Schreinerei verwandelt und fertigte einen Gegenstand nach dem anderen an, für welchen die Landessprache keine Benennung kannte. Er stattete die Häuser eines nach dem anderen mit dem Notwendigen aus. Der Bauer war ein windiger Kerl, flatterhaft und umgänglich. Er half jedem, vor allem dem Tischler. Konnte sogar ein wenig mittischlern. Dann hielt er sich auch viel in der Küche auf, half der Köchin. Aber das ist nicht ganz richtig gesagt, denn er war ein viel besserer Koch als jene. Nur war sie nun einmal dort als solche angestellt und er nicht, und so schien er sich dieser Wahrheit fügen zu wollen, denn er tat einzig das, wozu sie ihn ließ. Das war vor allem das Wasserholen aus dem Fluss,

das Holzhacken, das Feuermachen. Und das alles schien ihm großes Vergnügen zu bereiten. Und das aus einem bestimmten Grund wohl auch, denn die Köchin war verwitwet und gar nicht so alt.
Der Schmied beaufsichtigte eine Hand voll Männer und leitete sie von früh bis spät zur Arbeit an. Sie hatten am Ulug Haja eine jurtengroße runde Hütte aus Stein und Lehm erbaut und dort einen Ofen gesetzt, in dem Erze geschmolzen werden sollten. Hynndynn hatte dem fremden Meister fast grenzenloses Recht eingeräumt und verfolgte seine Arbeit aufmerksam. Es war ein schlauer Kerl, bedacht darauf, die Gunst der Stunde zu nutzen. Er brachte den Wunsch vor dem Weisenrat an, die Bevölkerung nach brennbarem Stein oder nach Erdkohle oder wenigstens nach darauf zielenden Namen zu fragen. Denn er brauchte Steinkohle, um Erz zum Schmelzen zu bringen. Wenig später, nachdem diese Kunde an die Öffentlichkeit gebracht worden war, gab es Rückmeldungen, die von glänzenden und färbenden schwarzen Steinen am Eingang von Murmeltierbauen erzählten. Nur, jetzt lag alles vom Schnee bedeckt, so musste man auf den Frühling warten. Ja, der Frühling, der wurde diesmal besonders sehnsüchtig erwartet, denn es gab, wenn die Kälte nicht mehr wäre und die einzelnen Jurten in den vielen Versteckfalten der Berge wieder in die Ebenen herauskämen und zu Ails zusammenrückten, ja, da gäbe es, ach, so viel zu tun!
Aber da kam die Karawane. Mugulai war einerseits erfreut, vor allem wegen der Säcke mit Mehl, Gerste und Hirse. Es hieß, es wäre alles eine einmalige Hilfsgabe, man könne die Dinge auch in Zukunft haben, nur müsse man dann dafür zahlen. Andererseits war er erschrocken und entrüstet, denn jetzt wurde allen klar, dass die Fremden von dieser Ecke nie mehr ablassen würden. Und dann der Lama, den man daließ – das war wahrlich ein Schlag! Zwar war das ein pummeliges, mildes Männchen, gut bei Jahren und im Umgang unähnlich den beiden, die man bisher erlebt hatte. Aber klar war von vorn-

herein doch, dass er in diese Bergödnis, in der er als Fremder nichts verloren hatte, nur mit einem bestimmten Auftrag gekommen sein musste. Klar war, dass man nunmehr ständig unter einem Paar linsender Augen und lauschender Ohren einer fremden Macht lebte.

Also hatte man aufzupassen und die allmorgendlichen und -abendlichen Übungen zur körperlichen Ertüchtigung der angehenden Männer möglichst versteckt zu halten. So ging man mit den Zöglingen jedes Mal weit weg, um sie zuerst in einem Dauerlauf aufzuwärmen und darauf die Schlagkraft ihrer Arme und Beine verschiedentlich zu erproben. Was mit Lob von Seiten der Obrigkeit vergütet wurde. Dabei erfuhr man, dass die auf diese Weise an den Tag gelegte Anstrengung landesweit Nachahmung fand.

Zur Mitte des ersten Frühjahresmonats kamen eines Tages zwei Reiter angeprescht, einer saß sprunghaft ab, ging eilig auf den anderen zu und half ihm vom Sattel herunter. Der Bauer, der gerade vom Fluss kam, ließ die Wasserkübel stehen und eilte ihnen entgegen. Denn er hatte den Vornehmeren der beiden an seiner Haltung erkannt. Und so begrüßte er ihn in der eigenen Sprache, was freudig erwidert wurde. Alsbald wollte der Bauer den Ankömmling auf das Haupthaus zuführen, dieser jedoch stockte und sagte bestimmt: »Geh lieber selber hin und melde deinem Fürsten, dass der Eilbote vom Kaiserlichen Hof gekommen ist!«

Im Hause wurde gerade eine Beratung abgehalten. Hynndynn stand eilig auf und griff nach der Fuchsfellmütze an einem Haken an der Hauswand, während er die anderen von der Kunde unterrichtete, und diese folgten ihm wortlos. Für den Boten war es wohl nur recht, mit einer so hohen Ehre vom Häuptling und seinen Stützen zu beiden Seiten begrüßt zu werden. Vielleicht trug er deshalb den Kopf auffallend hoch. Schließlich war er der erste Mensch, der, ein talismangleiches Schriftstück mit dem roten Siegelabdruck seiner Majestät des Kaisers über dem pochenden Herzen, in diese Randfalte des riesigen Reichskörpers gekommen war. Und war zudem ein Gebürtiger aus dem Reich der Mitte, ein Chinese, edler als diese Wildesten unter den Fleisch essenden und Milch trinkenden Wilden des dreifach verfluchten – kalten, kahlen und kargen – Nordens!

Doch für die Männer, die ihn empfingen, war nicht der Bote, sondern das, was jener mitgebracht hatte, von Bedeutung. Das Schreiben enthielt drei Mitteilungen: Erstens, dass Hynndynns feierlicher Amtsantritt als Hoschuun-Fürst für den ersten Tag des ersten Sommermonats festzulegen sei, zweitens, dass der große Örtöö-Weg von Beijing bis zur Knotstelle der beiden Flüsse Homdu und Haraaty zum Bergigen Altai verlängert würde und drittens, zu diesem feierlichen Ereignis der Tuwa-Hoschuun seinen Beitrag zu leisten hätte, indem er die Errichtung und Unterhaltung der letzten drei Raststätten auf sich nähme.

»So also sollen wir in das Netz der Riesenspinne eingewoben werden!«, sagte die Stütze zur Rechten zuerst, die Stille brechend, die entstanden war. Das war auch die Meinung der beiden anderen.

»Und was sollen wir tun, großer Himmel? Der Bote will sofort wieder zurückreiten!«

»Höfliche Worte spinnen, die ...... Ablehnung auf Umwegen beinhalten... ... und alles so gut wie möglich hinauszögern ...«

Dann verfasste Hynndynn das Antwortschreiben, kurz und schnell. »Sinnlos eigentlich«, meinte er dazu, »selbst mit Goldfäden bespickt und bewirkt wird die Schrift unsere ablehnende Haltung verraten, denn dort sitzen keine Dummköpfe!« Dennoch versuchte er in dem Schreiben die schwere Lage im Land zu erklären, die vor allem auf den sehr kalten Winter zurückzuführen sei. »Fragt Eure Landsleute, wie der Winter gewesen sei!«, sprach der Häuptling später zum Boten. Was der auch tat und zu hören bekam: schrecklich! Und für den Amtsantritt schlug Hynndynn den siebzehnten Tag des mittleren Herbst-

monats vor, mit der Begründung, dass dann das Vieh endlich wieder zu Kräften gekommen sei und außerdem sei dies seit alters her ein von allen Menschen gemochter Tag.
Nachdem sich der Bote wieder davongemacht hatte, brach der Häuptling in ein boshaftes, kurzes Gelächter aus und sprach kalt: »Zum Glück liegt Beijing weit genug von hier, sonst würde ich, würden wir alle drei schnell je eine Ohrfeige verpasst kriegen für die Frechheit, auf den Wisch im Namen des Kaisers eine solche Antwort auf den Weg zu schicken!«
»Sagt Ihr, Eure Hoheit, Beijing läge weit von hier? Nein, es liegt uns immer noch viel zu nah. Hätte eigentlich weiter weg, unseretwegen tatsächlich im Himmelreich liegen sollen!«, sagte die Stütze zur Linken bitter.
Die zur Rechten meinte: »Und die Ohrfeige wird kommen und nicht nur uns drei treffen diesmal.«
»Darum müssen wir sehen, dass wir noch besser gestrafft und ausgerüstet dastehen, wenn der lange Arm des Fremden am Rand unseres Himmels und unserer Erde erneut auftaucht und die Hand zum Schlag ausholt«, sagte der Häuptling. »Wir müssen zu einer einzigen geballten Faust, zu einem einzigen gespannten Bogen werden. Es gibt für uns keine andere Wahl mehr!«
Die Männer waren entschlossener denn je. Lü Dshao, die die Sprache nicht verstand, jedoch die Stimmen hörte und die Gesichter sah, ahnte wohl, worum es ging. Denn schon lange hatte sie ihren Mann und die Dinge, die ringsum vor sich gingen, beobachtet und begriffen, dass es sich um etwas sehr Ernstes handelte. Am Ende dieses Tages aber vermochte sie die Anspannung, die in den von ihrem Körper immer noch heiß begehrten Körper eingefahren war, noch deutlicher als bisher zu spüren. Aber sie wusste sich ahnungslos zu stellen. Dachte dabei mit leisem Schreck und prickelnder Wollust an den Auftrag. Sie lebte im Kampf mit sich. Wusste mit einem Mal wieder nicht mehr, zu wem sie sich letztendlich verhalten sollte: zu der fernen, schönen Heimat und den reichen, mäch-

tigen Männern dort oder dem nahen, kargen Land, das sie nunmehr bis zu ihrem Ende und auch dann noch umfangen würde, und dem geliebten Mann, der Nacht für Nacht Haut an Haut neben ihr lag und sie mit seiner geschmeidigen Festigkeit und seiner duftenden Hitze betörte und berauschte. Wie gut wäre es, wenn Heimat und Mann wie Mund und Zunge zueinander passten! Doch sie wusste, solches konnte es nimmer geben, und sie glaubte auch den Grund zu kennen, weshalb. In dieser unklaren, Geist und Seele zehrenden Lage wünschte sie sich sehnlichst, dass sich die Stimme, die sie anfangs wiederholt vernommen hatte, endlich wieder meldete. Aber das geschah nicht.

Eines Nachts erwachte sie mitten im Schlaf. Ihr war, als ob ihr jemand einen Stoß versetzt hätte. Aber Hynndynn schlief, und Stille war ringsum. Da spürte sie es abermals. Es war tatsächlich ein Stoß, kam aus ihr selber heraus. Ihr blieb wohl das Herz stehen, so schien es ihr. Vor Schreck wie auch vor Freude, vor allem vor Freude. Schon mehrmals hatte sie die Empfindung, es sei mit ihr nicht mehr wie bisher. Aber sie hatte immer wieder beschlossen, sich erst ganz fest davon zu überzeugen, ehe sie jemanden davon wissen ließe. Nun aber war sie ohne Zweifel und meinte, sie müsse es ihrem Gatten unverzüglich mitteilen. So weckte sie ihn und sagte, nachdem dieser, erwacht, sie fragte, ob denn etwas wäre: »Ich bin schwanger!«

Er fuhr zusammen und schrie fast: »Du bist schwanger? Und woher weißt du es?!«

»Schon im Winter habe ich etwas gemerkt. Habe es für mich behalten, da ich mir unsicher war. Jetzt aber weiß ich es genau. Unser Kind hat sich gemeldet!«

Hynndynn überfiel sie mit Küssen, so heftig wie seit langem nicht mehr. Küsste sie auf die Lippen, am Hals, auf den Busen und nun auch auf den Bauch. Dshao war überrascht, ein wenig beschämt auch, war mehr als angetan von der wilden Liebkosung. Da entschied sie sich auf einmal für ihr Kind.

Und wusste, was das bedeutete: Es war gleichzeitig eine Entscheidung für ihren Mann, für sein Land, das nun auch das ihre war. Und es war eine Entscheidung für immer. Sie wimmerte atemlos vor Glück und umhalste ihn fest und flüsterte ihm ins Ohr: »Was auch immer sein mag, ich werde zu dir stehen!«

Später, wieder zur Ruhe gekommen, unterhielten sie sich erstmalig über Dinge, die über ihr alltägliches Leben hinausgingen. Wobei hauptsächlich sie erzählte und er zuhörte. Er fragte oder widersprach nicht. Dshao schloss mit den Worten: »Ich weiß, du hast deine Angelegenheiten, von denen ich nichts wissen darf und nach denen ich auch nie stochern würde. So weißt du ebenso, ich habe meine Aufträge. Und in diesem Augenblick, in dem wir zum ersten Mal zu dritt sind, lege ich einen Eid ab, dessen Zeuge unser Kind ist: Bevor ich künftig ein Wort an das lauschende Ohr bringe, werde ich an dich, Vater meines Kindes, und an diese Weltecke, dein und meines Kindes Vaterland, denken und bestrebt sein, ihnen keinen Schaden zuzufügen!«

Hynndynn umarmte sie ganz fest, und dies löste in ihr eine neue Welle heftiger Zärtlichkeiten aus. Beide waren in dieser Nacht wie entfesselt, als Mann, als Frau.

Am Morgen ihrzte sie ihn wieder. Auf seinen verwunderten Blick schaute sie ihn bedeutungsvoll an. In der Nähe hantierte Schü Dshing. Der Morgentee verlief wie gewohnt, dämpfte die Spuren der Nacht da ab und frischte sie dort auf und dehnte sich in den Tag hinein, der in dem festgefahrenen Zeitbett heranströmte und ihn randvoll und lichthell hielt. Dabei war er in ihrem gemeinsamen Leben ein neuer. Beide begriffen es. Diesem folgten weitere: immer herbeigesehnte und gern verlebte, wirklich gemeinsam genossene Lebenstage und -nächte. Doch gab es dazwischen auch Augenblicke, die hin und wieder Krümel von Salz im unaufhörlich triefenden, angenehm sättigenden Honig der Tage und Nächte zu sein schienen, die ätzten und schmerzten.

Es war das schlechte Gewissen vor dem Teilchen, das beide im Denken und Tun von dem Ganzen abgetrennt und Eigenes genannt hatten. Da waren sie bestrebt, sich zu diesem Teilchen besonders gut zu verhalten, ohne sich dabei von dem Ganzen abwenden zu wollen. Hinzu kam – ja, das gab es auch –, dass in ihnen manchmal ein Funke aufblitzte, der Vorsicht hieß und dem Menschen galt, mit dem man sich bis soeben wie verwachsen gefühlt hatte. In solchen Augenblicken suchten sie Nahrung für den gerade gesprungenen Funken. Die Folge war ein Feuer, das lohte und drohte, alles, was ringsum war, niederzubrennen und erst krepierte, als der geliebte Mensch endlich erschien und der eine Körper den anderen anzog und zwei Hälften zu einem Ganzen zusammenwuchsen.

Wir wissen von dem flatterhaften, hilfsbereiten Bauern und der verwitweten, hilfsbedürftigen Köchin. Wir haben auch dies und jenes von der Stütze zur Linken, dem geschwätzigen, teuflisch-kindischen Mann, und der gutherzigen und immer noch sehr zarthäutigen Amme immer wieder in einem Atemzug gehört und ahnen mehr dahinter. Ja, so war es auch.
Der Bauer, von allen Min genannt, ging längst so weit, dass er wie der Köchin in der Küche, so auch der Witwe im Haushalt beistand. Oft ging er zu ihrer Jurte, dabei kam er dort nie mit leeren Händen an: mal war es eine Ascheschaufel, mal ein Hocker und einmal gar ein winziges, potzhübsches Tischlein, das von allen bewundert wurde. Es kam auch vor, dass er bei einem Besuch ein Paar abgetragener Kinderstiefel mitnahm und Tage später sie besohlt zurückbrachte. Die Frau, Lyrnai mit dem Namen, von Min aber Rylnai genannt, schien ihm sein ihr zugekehrtes Gefühl voll zu erwidern, so manches Mal sahen alle an der Gurte ihrer Jurte Wäsche von einem Erwachsenen hängen. Augenzwinkernd vermerkten einige zu ihr, sie sei über den Winter jünger und hübscher geworden. So wurde getratscht über die beiden. Aber es waren keine böswilligen, sondern mitteilende und mitfühlende, ja verstehende und be-

willigende Worte, die unterwegs waren und oft einsame Jurten in ganze Tage entfernten Bergtälern erreichten.
Es hieß, die Amme lernte die Landessprache. Sie hatte viele Lehrer – einen jeden sprach sie mit Lehrer an, wenn sie wieder einmal nach einem Wort fragen wollte. Ihre Hauptlehrerin war die sechzehnjährige Enkelin des Mannes, den sie lange schon auf Tuwa Aga, älterer Bruder, nannte. Das Mädchen und die Frau wirkten unzertrennlich. Die Schülerin schien über eine schwache Zunge, aber einen starken Willen zu verfügen.
Eines Tages überraschte die Stütze zur Linken den Häuptling mit einem weich gegerbten Schneehasenfell, das er, über beide ausgestreckte Arme, ihm entgegenhielt.
»Was ist das?«, kam Hynndynn ihm zuvor.
Der sonst redegewandte Mann stotterte: »Wegen Mutschin Bi ... Ihr seid doch der ... der ihr nächste Mensch ... wem sonst sollte ich die Gabe darbringen?«
Hynndynn war verwirrt, herrschte den älteren Menschen, der ihm auch noch Daaj war, fast an: »Seid Ihr denn von Sinnen? Sie ist mir doch Mutter. Wo gibt es das, dass ein Sohn darüber entscheidet, ob die Mutter heiratet oder nicht?!«
»Wenn eine Witwe keine weiteren Verwandten hatte, entschied bei uns früher der älteste Sohn über ihre Wiederheirat. Also berechtigen und verpflichten mich unsere Sitten dazu! Außerdem wende ich mich hiermit nicht nur an den Sohn, sondern auch an den Landesvater, und ich sehe doch Eurer Pflegemutter an, dass sie sich längst dazu entschieden hat, eine von uns zu sein!«
Der Häuptling fühlte sich arg bedrängt, sagte unsicher: »Dann muss ich zuerst mit ihr reden. Wie die anderen auch dazu stehen werden – ich weiß es nicht. Andererseits kann ich Eure ausgestreckten, zittrigen Arme nicht länger sehen. Ich meine, ich müsste sie von der Last befreien.« Damit nahm er ihm das Fell ab und legte es zur Seite.
Der andere sagte schnell: »Ich habe hier noch etwas. Was mache ich damit?«

Der Häuptling sah die spitze Lederkanne neben dem Mann erst jetzt: »Stellt sie vorerst zu dem Fell. Wenn die Amme es auch will, dann werden wir es uns vielleicht noch einmal überlegen.«

Mutschin Bi aber wollte nicht. Das heißt, sie wollte lediglich das bleiben, was sie bisher gewesen war: dem Bruder und dessen Base eine Schwester, dem Kind eine Großmutter und allen eine Freundin. Schwester und Freundin – wie geht das? dachte Hynndynn für sich belustigt und meinte, es wäre einem Mann gegenüber eine widersprüchliche Aussage. Man sollte vielleicht abwarten. Aber die Gaben hätten, einmal über die Schwelle des Hauses gekommen, dort auch zu bleiben. Was dem, der gern ein Bräutigam geworden wäre, nur recht war. Er opferte ein paar Spritzer dem Feuer- und Hausgeist und ließ den Rest zu den beiden Müttern bringen mit den Begleitworten, sie mögen ihn zu zweit trinken. Diese jedoch luden den Vetter ein und tranken mit ihm zu dritt. Am Ende waren sie ungehörig stark beschwipst und weinten kleine Tränchen, erst versteckt, später ungehemmt. Es endete damit, dass Muwi, wie sie von den Nächsten genannt wurde, den Vetter zur späten Stunde zu seiner Jurte begleitete und wegblieb. Am nächsten Morgen, als sie wieder zurückkam, ließ Emes sich nichts anmerken. Dies wiederholte sich. Doch Muwi kam immer wieder zu der Jurte der Base zurück.

Schü Dshing verliebte sich bereits bei der ersten Begegnung in Mugulai. Und sie blieb dabei, verfiel, wie es ihr selbst vorkam, ihm immer mehr, je länger sie ihn in ihrer Nähe wusste. Er bemerkte es natürlich, blieb aber wie taub. Denn in all den Jahren hatte er Ökpesch nicht vergessen. Womit zu wenig oder gar etwas Unzutreffendes ausgesagt war. Die Wahrheit wäre gewesen zu sagen, dass er mit ihr immer noch zusammenlebte. Immer noch? Ja doch: Er hatte damals, zehnjährig und erstmalig, von sich selber und der fast Volljährigen geträumt; wieder und wieder unterbrochen zwar, dauerte aber der Traum bis auf den heutigen Tag an. Sie, die in jener Nacht

in ihn hineingeraten war, musste in all den Jahren, all den vielen tausend Nächten den Ausgang aus ihm nicht gefunden haben, war, eine ewige Gefangene, in ihm geblieben. Nur hatte mittlerweile die Wirklichkeit den Traum eingeholt und sich ihm, der wirklicher als sie gewesen war, gefügt.
Mogulai glaubte, dass Ökpesch, während sie in ihm hauste, ihn, ihr Gehäuse, mit ihren Fähigkeiten angesteckt haben musste. Denn er wurde immer hellsichtiger. Oder kam das von den vielen Sudur, die er in- und auswendig lernte? Oder waren es einfach die Jahre, die sich auf ihm niederschlugen und ihren Niederschlag, die Weisheit, tropfen- und krümchenweise in ihm zurückließen? Wie auch immer, er wusste auf so manche Fragen im täglichen Leben, die Rätseln glichen, meistens die passenden Antworten.
Eines Nachts träumte er wieder von ihr, und diesmal von einer wetternden Ökpesch. Sie weinte und meinte, er müsse wohl erblindet sein, denn sie sei seit drei Ewigkeiten wieder Fleisch und Blut und stünde seit Jahr und Tag klopfend und zuckend ihm im Wege, um endlich erkannt zu werden, allein er täte und täte es nicht. Wenig später stand er auf und trat aus dem Haus. Und ihm wollte das Herz aus dem Hals springen: Sie, so wie er sie gerade gesehen hatte: den Oberkörper vorgebeugt und den Kopf zur Seite gedreht, stand im lichten Frühdämmer vor ihm. Wenig später erkannte er die Gestalt als Schü Dshing und bekam einen weiteren Schreck. Am Abend ging er zum Häuptling und sprach, ohne jegliche Erklärung: »Wo ist denn die Kleine? Ach, da ist sie ja! Sagt Ihr bitte: Ich kann mir ihren Namen schlecht merken. Ob sie sich daher nicht einen Namen von hier zulegen könnte? Und wenn ja, welchen dann?« Hynndynn erfüllte dem Älteren, so sehr er von dessen unerklärlichem Auftreten überrascht war, auf der Stelle seinen Wunsch, und Schü Dshing ließ, nachdem sie sich die gedolmetschten Worte angehört und einen Herzschlag lang gestockt hatte, etwas von sich hören, das nicht übersetzt werden musste: »Ökpesch.«

Mugulai fuhr zusammen, warf ihr einen kurzen, zornigen Blick ins Gesicht und verließ fluchtartig das Haus.

Hynndynn eilte ihm hinterher und sagte, nachdem er ihn eingeholt hatte: »Bruder Mugulai, ich war es nicht ...«

Der hielt inne, als versuchte er zu erraten, wovon die Rede war, sagte arglos: »Daran hab ich auch gar nicht gedacht.«

»Andererseits«, blieb Hynndynn bei der Sache, »kann ich es mir nicht erklären, woher sie den Namen und die Geschichte kennt. Denn ich bin ja der Einzige, der imstande ist, sich mit ihr über solche Dinge zu verständigen.«

Der Ältere stand eine Weile verwirrt da und sprach schließlich: »Bruder Hynndynn, es scheint im Leben hin und wieder eben unerklärliche Dinge zu geben ...«

Seitdem lebte Mugulai mit einer inneren Unruhe. Wobei sich diese vor allem von der dumpfen Ahnung nährte, als ob sich auf das eine Rätsel wenigstens doch die Antwort finden ließe, die aber dann für eine den Tod bedeutete. Und davor fürchtete er sich. So suchte er, seinen seelischen Zustand nicht nur nach außen, sondern auch sich selber gegenüber zu verschleiern, indem er sich noch tiefer in die Aufgaben mit seinen Zöglingen stürzte, um jegliche schwärende Schmerzen in Schweiß zu ertränken.

Da ereilte ihn eine weitere Überraschung. Der fremde Lama nebenan sagte ihm eines Tages, sanft und weise lächelnd, in seinen Augen sei übrigens einiges doch durchschaubar, so solle man künftig noch vorsichtiger sein, allein vor ihm brauche man sich nicht zu fürchten. Mugulai erschrak, brachte es jedoch fertig, den Ahnungslosen zu spielen und zu fragen, wie er es meine.

»Ich bin aufgewachsen und altere nun in einem besetzten Land«, sagte der Fremde schlichtweg, »und weiß wahrlich, was es heißt, nach fremdem Willen leben zu müssen. So kann ich jeden verstehen und nur bewundern, der mit uns die Schande weder teilen noch sie nachahmen will.«

Mugulai eilte zum Hüuptling und berichtete ihm von dem

Vorfall. Dieser zeigte keinerlei Gefühlserregung und fragte: »So? Und was macht man da?«
Die Antwort kam zögerlich und lautete: »Da ist wohl nicht mehr viel zu machen ... außer dass man seinem Rat folgt ... also künftig vorsichtiger wird ... Zum Glück haben wir es mit einem durch und durch gütigen Menschen zu tun.«
Das war nicht das, was der Häuptling gerne hatte hören wollen. So fiel erstmalig Tadel: »Gütig findet Ihr den Fremden also? Mag schon sein. Wissen wir aber, was sich alles noch dahinter versteckt? Lasst Euch daher sagen, Heerführer, unsere Sache ist viel zu ernst, um irgendeine Gefühlsduselei zu ertragen!«
Hynndynn kam sich später ungerecht vor. Seine eigene Geschichte mit Dshao, ach, wer konnte schon wissen, wie ihr Auftrag lautete und wie sie ihm nachkam? Davon ahnten alle etwas, keiner aber wusste Genaues. Von ihm wird man vielleicht ähnlich denken. Was genau werden die anderen von ihm denken? Der Besserwisser? Der Grünschnabel? Das Spielzeug in fremden Händen? Der Glücks- oder gar Unglückspilz, der nur das Maul aufzusperren brauchte, um es gefüllt zu bekommen?
Zu diesen unguten Annahmen hat es schon Anlass gegeben: Ein Ail-Mitglied, das vor einiger Zeit bei den Ak Sojan gewesen war, hatte dortzulande manche geringschätzige, ja feindselige Bemerkungen auf seine Person und den Weisenrat zu hören bekommen, und die Nachricht war dann bis zu ihm vorgedrungen.

Mittlerweile war es Sommer geworden. Das Ail hatte sich diesmal nördlich der großen Seen in Ongad niedergelassen. Die Hauptjurte war erst einen halben Monat später hinzugekommen. Wäre es nach Hynndynn gegangen, hätte er die Wanderung nicht angetreten, wegen Dshao, der man die Wölbung in der Körpermitte schon ansah. Aber der Weisenrat hatte es so beschlossen, und sie mussten sich fügen. Ein stürmischer Sommer mit viel Regen und viel Sonne war im Gange. Auch die von Menschen bestimmten Dinge entwickelten sich nicht minder stürmisch.

Man hatte den Murmeltierbau mit dem abfärbenden schwarzen Stein gefunden, der sich als der richtige, der brennbare erwies. Der Bau wurde zu einer Grube ausgeweitet, bis man auf einen ganzen, leicht brüchigen Felsen stieß und anfing, um diesen herum einen Trichter auszuheben. Die abgesplitterten Steine wurden in Körben aus geflochtenen Weidenruten oder in Säcken aus halb gegerbten Yakhäuten auf Ochsenrücken zur Schmelzhütte befördert. Der ehrgeizige Schmied, Hao genannt und von allen Unterstellten bewundert und gefürchtet, glich sehr einem abhebenden Schamanen, schwang die langstielige, vierkantige Yaklederpeitsche in der Hand und trieb die Mannschaft zur Eile.

Min, der Bauer, strengte sich kaum weniger an als der Schmied. Jetzt war er der Vorstehende und der Tischler sein Gehilfe, der oberste unter den Gehilfen. Denn der Bauer hatte davon viele, auch die Jüngeren aus der Schülerschaft kamen ihm hin und wieder zu Hilfe. Es konnte gut an den Namen liegen, viele schmunzelten schon, sowie sie von Erdhoden hörten oder davon, die Steppe zu kraulen, zu striegeln und zu melken. So und ähnlich hatte der Häuptling all das, was man der Erde antat, benannt und in die Landessprache eingeführt. All die merkwürdigen Namen im Ohr, legten alle gern Hand mit an. Min dachte jedes Mal, wenn er Lyrnai, schwer bepackt, über den Eer Hawak auftauchen sah und wusste, Essen und Getränke kamen: Die Altai-Erde kann sich noch so hart und karg gebärden, ich werde sie doch dazu bewegen, dass sich ihr Euter mit allerlei füllt und du es dann melkst, Liebes!

Hynndynn stellte zu dem bisherigen Eilreiter drei weitere ein, hob deren Gehälter von zwölf Schafjährlingen auf fünfzehn Mutterschafe im Jahr an. Und sie, erprobte und bewährte Männer, saßen mitunter Tag und Nacht im Sattel und trugen

Bekanntgaben und Meldungen quer durch das Land vom Mund zum Ohr. Oft waren es Stabreime, die sie weitergaben, und so manches Mal auch verschlüsselte Aussagen, mit denen deren Überbringer selber nichts anzufangen wussten. Und der Gesamtheit dieser Kunden zufolge standen die Dinge erfreulich: Der Friede dauerte noch an, und die Vorbereitung auf eine wirksame Abwehr im Falle eines Krieges auch.
In dieser Zeit ritt der Häuptling für ein paar Tage durch das Land, um das Gehörte auch zu sehen. Er kam mit Ratsmitgliedern wie mit einfachen Volksleuten zusammen, hörte und sah viel Neues. So war er von manchem beeindruckt und ermutigt, von anderem auch enttäuscht und verärgert. Lob wie auch Tadel sprach er aus und gab Anweisungen. Dabei kehrte er bei seinem Vorgänger ein. Der alte Mann freute sich über seinen Besuch wie ein Vater. Ebenso erfreut zeigten sich Bolur und Ertösch. Bei den Leuten war Hynndynn in guter Erinnerung. Nach Tee und Essen nahm der alte Häuptling den neuen zur Seite und erzählte, dass er die meiste Zeit Kräuter sammelnd und kochend verbrächte.
»Hustensäfte?«, fragte Hynndynn lachend.
»Das gerade nicht, ein jedes Großmütterchen ist ja imstande, dies zusammenzusudeln. Andere: Kraft- und Wundsäfte.«
»Von Kraftsäften, glaube ich, habe ich schon gehört. Und Wundsäfte gibt es auch noch?«
»Es gibt sie nicht, es gibt eigentlich nichts. Aber man kann alles, fast alles zusammenbrauen. Ja, ein erster Wundsaft ist herausgekommen, muss noch verbessert werden, ich weiß. Mein Großvater ist Kräutersammler und -kocher gewesen. Von ihm habe ich einiges gelernt. Den Rest habe ich erst später von Bürsük, dem Blinden, erfahren, der achtundachtzigjährig vor wenigen Tagen eingeschlafen ist. Aber was ich Euch erzählen wollte, ist etwas anderes: Es geht um einen Schlafsaft.«
»Schlafsaft?«
»Ja. Der wirkt einschläfernd. Kann wohl bei einer größeren Menge auch töten.«

Hynndynn war zunächst sprachlos. Erst nach einer ganzen Weile vermochte er den Mund wieder aufzumachen: »Und diesen Saft habt Ihr schon herausbekommen?«
»Ja. Wenn Ihr es zulasst, kann ich nachher von jedem der Säfte diesem oder jenem verabreichen!«
Wieder in der Jurte und bei der Nachrunde, dem Schnaps, holte der Jurtenherr aus dem Ledersack am Fußende des Bettes zwei halbvolle Blasen und schenkte aus der einen in die Schale der Stütze zur Linken und aus der anderen in die des Knüppelhalters je einen guten Schluck ein. Was das wäre, wollten die beiden wissen.
Der Graskocher sagte: »Ihr werdet es gleich selber merken!«
Die Stütze brachte den Trunk zögernd und naserümpfend über die Kehle, der andere aber kippte den Seinigen mit einem Ruck hinunter. Mit der Zeit wirkte der junge, drahtige Mensch immer schlaffer und schläfriger, während der Alte bis spät in die Nacht putzmunter blieb. Die Spuren vom Vorabend waren am nächsten Morgen noch zu merken. Ehe der Häuptling mit seinen Begleitern wieder aufbrach, fragte er seinen Gastgeber, ob er Hilfe brauche. Dieser sagte, vorerst nicht, er hätte Kräuter vom letzten Herbst noch.
In der Folge dachte Hynndynn oft an die zweifelhafte Küche seines Namensvaters und Vorgängers und dessen merkwürdige Säfte. Dabei erfasste ihn ein Schaudern, das bis in sein Inneres einzudringen und dort etwas Süß-Saueres auszusondern schien. Zauberer gab es also nicht nur in Märchen und Epen, folgerte er, und wer zaubert, der kann Gutes wie auch Böses anrichten. Ja, das war es: Böses anrichten! Der Krieg war eine böse Sache. Und da konnte nur die größere Bosheit siegen. Wenn es einmal so war, warum auch nicht? Sein inneres Auge sah eine ganze Hundertschaft unter einem klirrenden, rasselnden Waffenwald aus einem Kessel Brei löffeln und sogleich tot umfallen. Die Säfte bildeten bald den festen Boden einer Hoffnung, die ihn mehr denn je erfüllte, belebte und bestärkte.

Am meisten erfreute es den Häuptling, dass die Fremden immer noch ausblieben. Er hatte sie spätestens gegen Ende des Frühjahres erwartet. Diesmal würde man wohl keine mickrige Zehnerschaft herschicken. Mindestens eine Hundertschaft oder eher einige davon, und dies, um ihn einzuschüchtern und gleich die Sinnlosigkeit dessen, sich bockig zu stellen, erkennen zu lassen. Er fühlte sich vor der Übermacht schuldig, meinte deren zornigen Schritt und Tritt durchaus verdient zu haben nach dem Schreiben mit dem dreifachen Nein.

Doch es war mittlerweile Mitte des Sommers, und die Strafe ließ auf sich warten! Hynndynn, der mit seiner Befürchtung die Nächsten zu verschonen wusste, suchte den Grund für diesen unverdienten Frieden für sich zu ergründen. Wohl würden die Soldaten woanders gebraucht, dachte er schließlich. So falsch lag er damit nicht, denn der Kaiser hatte um diese Zeit an vielen Stellen gleichzeitig Kleinkriege zu führen. Hinzu kam, dass Beijing nichts überstürzte, alles erst gut durchdachte und nur dann zuschlug, wenn das Opfer gänzlich ausweglos erschien. Der wichtigste der Gründe für das Ausbleiben der Strafe war, dass man dortzulande seit altersher die stille, blutlose Eroberung der kriegerischen immer vorgezogen hatte, dass er den in des Kaisers Namen wetternden Beschluss um ganze drei Monate hinauszuzögern gewagt hat, war eine Frechheit zwar, aber: Was sind in Wahrheit drei Monate im Zeitozean? Drei Tropfen vielleicht, und es lohnte sich nicht, deswegen ein großes Aufheben zu machen. Lieber wartete man großzügig den genannten Zeitpunkt ab, dann aber rückt man dem Opfer unaufhaltsam auf den Leib und packt es an der Gurgel, um sie in aller Ruhe zuzudrücken!

Endlich erschien das lang Erwartete. Doch es war nur ein Eilreiter, begleitet von einem aus der letzten Örtöö und auf der letzten Strecke, vom Hüree bis hierher, von einem Schüler, der einen Spruch von Mugulai überbrachte. Der Häuptling brach den ihm ausgehändigten Umschlag stehend auf, las das Schreiben und erstarrte. Das also war es, dachte er. Denn das Schreiben, in süßen Worten abgefasst, als sei nichts gewesen, enthielt die Mitteilung, dass seine Majestät der Kaiser beschlossen habe, dem von unten her gewünschten Zeitpunkt zur Thronbesteigung des Fürsten stattzugeben und dazu eine Abordnung von zehn Personen zu entsenden, geleitet vom Reichsminister in Uliasutai, der Behördenstadt, und begleitet von seiner 1000köpfigen Leibwache.

Eine Eilsitzung des Weisenrates wurde einberufen, die zwar einen ganzen Tag dauerte, aber keinen nennenswerten Beschluss zu fassen vermochte. Die einen, allen voran die drei von den Ak Sojan, wollten gleich den Krieg, andere wollten den Frieden so lange bewahren, wie es nur ging, und wieder andere sprachen sich dafür aus, vorerst abzuwarten und sich zu gegebenem Zeitpunkt zu entscheiden. Der Rat blieb schließlich bei dieser letzten Entscheidung.

Die Eilreiter flitzten mit eingeübten Meldungen zwischen den Lippen hin und her durch das Land, wieder und wieder kreuzten sich ihre Wege. Die Kampfübungen wurden an vielen Orten tagtäglich gedrillt, wurden zum festen Bestandteil des Lebens. Viele Vorbereitungen wurden getroffen, zu der einem jeden die Kraft reichte und die notwendig erschienen. Doch reichte alles nicht, das, was sich einer Lawine gleich in Bewegung gesetzt hatte und auf die Tuwa zukam, zum Halten zu bringen oder abzuwenden. Und dieser Lawine voran ging der Sommer, der sich bald verbrauchte und seinen Platz dem Herbst abtrat, der noch stürmischer davoneilte und lediglich unter einem rasch abnehmenden Mond zu stehen schien. Und eh man sich zu besinnen vermochte, zeigte sich über dem Altai schon die nächste Mondsichel, die sturzsteil am Himmel hing und einige Scharten aufwies.

Einzig die Mitglieder des Weisenrates wussten, was wirklich bevorstand. Alle anderen ahnten es nur. Währenddessen war das Fest bekannt gegeben und vorbereitet. Es sollte in Gök Dewsek, der Blauen Hochebene über dem Nordrand der

Schwarzen Schlucht, stattfinden, und die Beteiligung war für die meisten Menschen nicht nur Recht, sondern auch Pflicht. Der vorgesehene Ort kam vielen merkwürdig vor, und das erhöhte die Spannung noch mehr, von der alle ohnehin erfasst lebten.

Die mit Sorge Erwarteten trafen drei Tage zu früh ein. Sie waren bei weitem nicht so zahlreich wie angekündigt. Es waren nur acht Männer, wobei die Hälfte Mongolen waren, und das alles begleitet von einer einzigen Hundertschaft, vollständig unter Hieb- und Schusswaffen allerdings. Auf seine verwunderte Frage nach dem Rest hörte Hynndynn die unglaubliche Antwort, es gäbe den nicht, und wenn im Schreiben die Zahlen anders gelautet hätten, müsste das am Schreiber gelegen haben. Auch konnten die Ausspäher, die seit Tagen auf verschiedenen Höhen Stellung bezogen hatten, in Entfernungen von etlichen Tagen nichts Verdächtiges ausmachen.

Mugulai war mit seinen Schülern längst in Gök Dewsek. Den Lama, der sich immer zutraulicher zu ihm und zu den Schülern verhielt, hatte er auch zum Mitkommen überredet, da er ihn nicht aus dem Auge lassen wollte. Nun arbeiteten sie gemeinsam mit anderen Männern an der Herrichtung des Ortes zum Festplatz. Es war eine weite, mit Kieselsplittern bespickte und dazwischen mit Bodenflechten überwucherte Ebene, die nach dem Norden sanft und nach dem Süden scharf abfiel, über eine steile Felswand zum Abgrund der Schlucht. Einen alten Owoo am Südrand der Ebene, über dem sturzsteilen Abhang, erneuerte und vergrößerte man um einiges und errichtete daneben und über die ganze Ebene verteilt, noch dies und jenes, alles aus und mit Stein.

Der Vollmond stieg in einen spiegelklaren Himmel ohne ein Fetzchen Wolke auf und beschien den Altai inbrünstig. Auch die nächste Nacht fiel unbefleckt aus, und es schwelgte die Bergsteppe weiterhin im milchigen Schein des Mondes und der Sterne. Allein in den Brüsten der Menschen wachte die Besorgnis, angezündet wohl schon von dem Wissen, der nun so mächtig lodernde Mond würde ab morgen anfangen abzunehmen. Dann brach unaufhaltsam der Tag an, der siebzehnte im mittleren Herbstmonat. Es war ein großer Tag, der wie jeder andere Tag zwar auch vergehen, aber unverwischbare Spuren hinterlassen sollte.

Mugulai, nach einer schlaflosen Nacht, war der Erste, der den hergerichteten Festplatz betrat. Das Knirschen des Kieses und das Rascheln der Flechten im Ohr, schritt er auf den Owoo zu, während er die Lage noch einmal durchdachte. Er hatte alles getan, was in seinen Kräften stand. Seine Schüler, zu zwitterhaften Wesen in einer Haut gedrillt, einerseits angehende Lamas mit geducktem Kopf, gezähmter Miene und gesenktem Blick, andererseits flinke, zähe Raubtiere mit zuschlagenden Tatzen, zupackenden Krallen und aufreißenden Zähnen, würden ihm in jeder Lage folgen. Am Owoo angekommen, betete er zu ihm, zu jedem seiner Steine, zur Sonne, die gerade aufging, zu jedem ihrer Strahlen, zu den Bergen, zu den Seen, zu jedem der neunundneunzig Himmel, die er über und in sich und ringsum wusste. Er betete lange und inbrünstig.

Aber er vermochte nicht zur Ruhe zu kommen. Wusste, dass das, was er seit Monaten still vorausgeahnt hatte, an diesem Tag geschehen würde. Da legte sich mit einem Mal der dumpfe Groll, den er auf andere gehegt hatte. Und da ging ihm auch der Sinn der Worte auf, die der Häuptling ihm, auf seine gekränkte Frage hin, weshalb man denn ihn von den genauen Auskünften immer ausschlösse, gegeben hatte. Das ist nach dem Tadel, den er von jenem hatte einstecken müssen, das einzige und bedauerlich kurze Gespräch gewesen, das ihnen beschieden war. Und die Worte haben gelautet: »Ich soll von was wissen? Nichts weiß ich! Bin doch ein noch blinder, schleimiger Menschenwelpe im Umkreis von ein paar längst erblindeten, verknöcherten Menschenrüden, während Ihr in jede Richtung hin mehr seid!«

Jetzt, in diesem Augenblick der Hellsicht tat es ihm bitter Leid, dass er, der um ganze zehn Jahre Ältere, jenem damals nicht ein ermunterndes Wort hat sagen können. Dafür hat er sich in die Haut des Gekränkten noch tiefer verkrochen und gedacht: Meinetwegen, Ihr Weisen! Aber ich werde Euch mit meinen jungen Kriegern und immer noch jungen und ganzen fünf Gliedern zeigen, wie ich zu Heimat und Volk stehe!

Mit der aufsteigenden Sonne stömte das Volk aus allen Himmelsrichtungen herbei. Dunkle Horden bewegten sich, ameisenhaft, auf das Ziel zu. Näherkommend, schälten sich deutlich die Zehnerschaften heraus und rückten zu Hundertschaften zusammen. Die Stütze zur Rechten, vom Häuptling zum Oberhaupt des Festes, kurz: Ober, ernannt, wies ihnen ihre Stellung zu. Das Abladen, Hintragen und Auspacken der Sattelsäcke geschah auffallend rasch, längst nicht mehr mit der nomadischen Behäbigkeit und Tölpelhaftigkeit. Der Inhalt wurde ausgebreitet auf flachen Schiefersteinen, eigens dafür ausgesucht und ausgelegt. An der Südseite des Owoo war, an einen mittelgroßen Hockling gelehnt, ein steinerner Sitz hergerichtet, dieser wurde nun mit weißem Filz, darüber mit rotem Samt und schließlich mit gelber Seide bedeckt. Wenige Schritte weiter, hinter dem Erdrand wurden schon Feuer gezündet, um später Glut für das Wacholderrauchopfer zu haben.

Mugulai wollte sich mit seinen Schülern und dem Lama unweit des Owoos niederlassen. Da kam ein Mann namens Dödeng hergestürzt und wetterte: »Wir Ak-Sojan-Leute werden an den Owoo, der auf unserem Gebiet liegt, keine Lamas ranlassen!«

Der Ober hörte das, schaltete sich ein, allein der Mann glich einem Kopf ohne Ohren, redete sich rasch in Wut und rührte an Dinge, die dem recht verdächtig vorkamen. Der Ober gab nach und brachte das Häuflein in rotem Umhang und gelber Mütze ein wenig abseits unter.

Viel Volk war versammelt. Gök Dewsek, die Blaue Hochebene, sonst dem ausgebreiteten, noch frischen Fell eines Riesen gleich – kahl, bläulich glänzend und in der Mitte leicht einge-

sunken , war nun übersät mit Menschen. Der Ober, bestrebt, das Geschehen an Ort und Stelle und zur rechten Zeit zu regeln, wägte und schätzte alles ab. Die Hundertschaften, bis auf zwei der insgesamt drei der Ak Sojan, trafen ein und bezogen Stellung. Mit dem beunruhigenden Gedanken, weshalb sie denn wegblieben, ging er schließlich zum Ratsmitglied und Führer ihrer anwesenden Hundertschaft und hörte von diesem Worte, die seinen Verdacht noch festigten. Aber er hatte keine Zeit mehr, zu einer reifen Überlegung zu kommen, geschweige denn etwas zu unternehmen, denn schon erschien die Obrigkeit in der östlichen Ebene: der Häuptling in Begleitung der Stütze zur Linken, des Knüppelhalters, zweier Eilreiter sowie der Prinzessin, der Dienerin, der beiden Mütter und des übrigen Ail-Volks, und in einigem Abstand die Fremden, ein fünfteiliger, jeweils viereckiger Schwarm – in der Mitte die Abordnung und rechts und links und vorn und hinten je ein Viertel der Leibwache.
Schon kamen sie an. Vor allem der Häuptling, an einer Seite seine nächsten Mitstreiter, an der anderen die Familienmitglieder und hinter sich das Ail-Volk, ergab ein wunderbares Bild. Viele hatten den Heimkehrer noch nicht gesehen, nun sahen sie ihn, den jungen, schlanken Mann mit dem lieblichen Gesicht und in der bezaubernd schmucken Tracht, und meinten, dass so einer wahrlich ein höheres Schicksal haben müsste als alle anderen menschlichen Geschöpfe. Doch dieses edelerhabene Bild wurde vom Anblick der Fremden noch überboten. Ja, es war unglaublich und unbeschreiblich: Die flatternden und glitzernden Trachten mit den vielen Fransen und Anhängseln und der Wald von blinkenden und blitzenden Waffen, die einen weise Gelehrte und die anderen wackere Recken augenscheinlich!
Der Ober wies den Ankömmlingen ihre Plätze zu: der Abordnung die breite Filzunterlage mit den weichen Sitzkissen in der oberen Mitte der Senke, dem Häuptling vorerst eine runde, strahlend weiße Steppmatte jenen zur linken Hand, seiner

Begleitung den ganzen linken Flügel. Die Leibwache umstellte die Obrigkeit, die eigene wie die fremde, von drei Seiten, bildete eine Mauer, war aber selber umschlossen von Einheimischen, die sie von allen Seiten im Blick behielten.
Die Soldaten standen still, das Gewehr bei Fuß, die Brust vorgeschoben, den Nacken eingezogen und den Blick geradeaus. Der Reichsminister war ein älterer Mensch, ein Manzhu. Die vielen linsenden Tuwa-Augen sahen lediglich vier Chinesen und vier Fast-Chinesen. Der andere Manzhu und die beiden Chinesen waren in den mittleren Jahren, doch die drei mussten, wie der Ältere ohnehin, von der Reise arg mitgenommen worden sein – sie wirkten alle gar sehr müde.
Die anderen vier waren Mongolen, und bis auf den einen, den Bejahrten und Rundlichen in der Tracht eines Fürsten, waren sie bescheiden bekleidet, überdies waren sie in dieser Ecke keine Unbekannten mehr, denn es handelte sich da um die beiden Lamas und den Dolmetscher. Auch diese wirkten müde. Ja, ihre Müdigkeit fiel sehr bald allen Menschen ringsum auf. Und dies nicht erst jetzt, schon ein-, zweimal war bei ihnen selbst die Rede von der seltsamen Müdigkeit, von der sie sich befallen fühlten. Und darauf hatten sie aus dem Mund des Häuptlings vernommen, auch die Einheimischen fühlten sich seit dem letzten schweren Winter so matt und litten unter Schläfrigkeit, das läge wohl an der Luft.
Eigentlich wollten die beiden Lamas zu den anderen gehen und mit ihnen zusammen die eine oder andere einfache Stelle aus diesem oder jenem Sudur vortragen. Da kam die Müdigkeit. Und dann noch etwas. Am zweiten Tag, nachdem der befehlswertige Wunsch, zu den Klosterleuten zu gehen, bereits geäußert war, nahm die Stütze zur Linken den Älteren der beiden, dieser geschwätzige Greis, mit dem Dolmetscher zur Seite und erzählte ihm im Flüsterton von Lamaldai und schloss seine Erzählung mit den Worten: »Der Junge, Euer Ebenbild von damals, wird Euch wohl, da er mit der Geschichte aufgewachsen ist, auf den ersten Blick erkennen

und sich mit Freudesgeschrei und -tränen an Eure Brust werfen. Geht also bitte hin und gönnt dem Ärmsten, der vaterlos hat aufwachsen müssen, die Freude, Hochwürden!«

Herr und Dolmetscher also, gleich Zunge und Ohr zu allen Zeiten: Die Zunge, die damals die Geschichte an ihrem Ursprung miterlebt hatte, wusste nun seiner Aufgabe, die er im Grunde längst satt hatte, endlich einmal mit Genuss nachzukommen, denn das Ohr erbleichte über die ganze sichtbare Haut und wollte vergehen – wovor, wusste er nicht genau, wusste jedoch eines: Freude war es nicht. Später musste es die Zunge, die es als solche oft genug missachtet haben konnte, inständig bitten und betteln, das soeben Gehörte dem anderen, jüngeren Lama gegenüber geheim zu halten.

Dass alte Bekannte mitgekommen waren, hatte sich schon herumgesprochen. Der Klatsch über den, der ihm Vater sein und unter den Herrschaften stecken sollte, war bis an das Ohr von Lamaldai, dem ehrgeizigen Schüler und trotz seiner jungen Jahre schon starken Kämpfer, vorgedrungen. Nun sah er ihn. Und der Mensch kam ihm unansehnlich, alt und nichtig vor. Keinerlei Liebe, dafür ein deutliches Hassgefühl spürte er in sich. Auch jener schielte verstohlen nach den Schülern, suchte nach ihm und fand ihn auch. Auch er verspürte keinerlei Liebes-, sondern nur ein ohnmächtiges Scham- und Schuldgefühl. Einmal trafen sich ihre Blicke und prallten sogleich wieder voneinander ab. Ein zweites Mal blickten weder der eine noch der andere hinüber, aber jeder wusste unentwegt von dem anderen und dem, was in ihm gerade vor sich ging. Und das war beiden schier unerträglich.

Das Oberhaupt des Festes trat an den Owoo, und gleichzeitig tauchten auf der anderen Seite ein gutes Dutzend junger Männer auf und kamen mit fauchender und sprühender Glut, eingeklemmt zwischen zwei flachen Steinen, ihm entgegen. Schnell war der Wacholder angezündet, und Rauch stieg aus den dreizehn Augen des Owoo gen Himmel auf, der sich plötzlich zur Hälfte bewölkte. Zu der Zeit stand auch das rotgelbe Häuflein auf und wollte sich gerade auf die Opferstätte zu bewegen, als – wie aus den Wolken gefallen oder vom Felsen ausgespuckt – am Erdrand ein Schamane auftauchte, in voller Ausrüstung mitten am helllichten Tag. Er kam mit Trommelschlägen und Geklirr und Gerassel von Eisen und Knochen und Geschrei und Gepfeife herangewirbelt. An der Stimme erkannte man Eresbek, den berühmtesten Schamanen der Ak Sojan.

Der Ober geriet ein paar Herzschläge lang aus der Fassung, hatte sich aber schnell wieder in der Gewalt und trat zurück, dem Bockenden und Zuckenden, Wetternden und Donnernden das Feld überlassend. Sein altes, abgespanntes Gesicht verriet Hilflosigkeit. Hilflos waren viele andere auch. Ungute Worte sprudelten heraus, trafen die Ohren und verwirrten die Hirne. Es war anstrengend, war peinlich, dem zuzuschauen und zuzuhören.

Irgendwann wurde es still. Der Schamane wirkte nicht mehr am Owoo. Keiner hatte ihn gehen sehen, er war einfach nicht mehr da. Der Ober blickte fragend auf Mugulai und bekam zur Antwort ein Nicken. Darauf näherte sich das auffällige Häuflein dem Owoo, ließ sich zu seinem Fuß nieder und fing alsbald mit einem dröhnenden, vielstimmigen Singsang an. Es klang gut. Mugulai hätte auf den fragenden Blick des Obers auch mit einem Kopfschütteln antworten können. Dann wäre vielleicht alles anders gekommen. Aber er hatte die Fremden beobachtet, die mühselig gegen den Schlaf ankämpften, selbst die Wachsoldaten. Boshaft dachte er: Deren Schläfrigkeit kann unser Schade nicht sein. Eine dicke Stelle aus dem erstbesten Sudur könnte denen als ein gutes Schlaflied dienen! Außerdem sollten sich die Hochwürden da vorne ruhig davon überzeugen, dass auch unsere durchaus in der Lage sind, das zu beherrschen, was sie auswendig lernen, es dann herunterplappern und es Wissen, ja, Glauben nennen, bitte!

Tatsächlich zeigten sich die beiden Lamas, dem Ausdruck ihrer Gesichter nach, recht beeindruckt von den Künsten der Anfänger. Eine Weile glaubte man sogar, sie würden kommen und teilhaben. Aber sie blieben sitzen. Und wurden stiller und stiller und sanken in sich zusammen wie die anderen auch. Der Singsang ging weiter, wollte kein Ende nehmen. Mugulai stimmte immer wieder eine neue Stelle an, sobald die vorherige zu Ende ging.

Der Ober, bestrebt, alles im Blick und auch im Griff zu behalten, sah über dem Erdrand einen Kopf auftauchen. Es war Dödeng, und er kam auf ihn zugehastet: »Wisse es und lass es deinen Häuptling und alle, die jeden Speichel aus dessen Mund lecken, auch wissen: Wir werden euch nicht verzeihen, dass ihr euch trotz unserer Mahnung erdreistet habt, diesen Owoo zu entweihen und euch noch anschickt, dieses Land zu verkaufen! Wir fordern euch auf, sämtliche Fremden auf der Stelle abzuschlachten und so mit ihrem Blut den entweihten Owoo wieder einzuweihen und uns die erbeuteten Waffen mit dem Schuldigen, Hynndynn, auszuliefern, auf dass wir, denen die Macht über das gesamte Land ab heute gehört, ihn vor ein Volksgericht bringen! Zwei Hundertschaften der Ak Sojan haben Gök Dewsek bereits umzingelt und liegen auf der Lauer! Und ihr werdet sehr bald sehen, wer alles von den hier Versammelten sich auch gegen euch stellt!«

Dödeng ging wieder, nachdem er die Wortsteine abgeladen hatte. Das Oberhaupt des Festes war die Stütze zur Rechten des Häuptlings und damit der zweitmächtigste Mann im ganzen Land. Aber er konnte nichts dagegen tun, dass jener unbestraft wegging, wie er nichts dagegen hatte tun können, dass Dödeng die ungehörigen, unglaublichen Worte in den Mund genommen hatte. Er kam erst halbwegs zur Besinnung, nachdem der Überbringer der unglückseligen Kunde wieder verschwunden war.

Der alte, gepeinigte Mann eilte zum Häuptling, nahm ihn zur Seite und berichtete flüsternd das Vorgefallene. Dieser hörte still zu, erbleichte und fragte nichts. Stand und überlegte. Seine Stütze tat es auch, sagte schließlich: »Ich sehe zwei Wege. Der erste wäre, wir weihen die Fremden in die Sache ein und lassen sie nach den Meuterern jagen. Der zweite, wir schlachten die Fremden tatsächlich vorher ab, was leicht geschehen ist, und gehen darauf, bestens bewaffnet, selber gegen jene vor.«

Der Häuptling sah ihn entgeistert an, schüttelte sich am ganzen Leib und flüsterte heiser: »Nein doch! Beides falsch!« Und ein paar Pulsschläge später sprach er, nun gefasst, mit leiser, aber klarer Stimme: »Sagt Mugulai, er soll aufhören. Und lasst das Volk wissen, es soll näher rücken und gut zuhören!«

Damit ging er zu seinem Platz zurück und sprach laut und feierlich den Reichsminister an, dass dieser aus dem Schlummer erwachte und die anderen weckte. Die Abordnung geriet in Bewegung, eine Kiste wurde herbeigetragen, geöffnet und ausgepackt. Später trug einer der Männer den Inhalt – lauter Glitzerndes und Blinkendes – auf Händen und folgte dem Reichsminister, der neben dem Häuptling auf den Owoo zuschritt.

Das Volk rückte näher, weiterhin erkennbar in Zehner- wie in Hundertschaften. Und man behielt alles, was da vorne vor sich ging, im Blick und lauschte mit angehaltenem Atem, denn seit dem Morgen hatte Verschiedenes und auch Verwirrendes die Ohren gestreift. Hynndynn erreichte von der östlichen Seite den Owoo, blieb stehen und fing an, die Rüstung des Häuptlings bedächtig abzulegen: die Helmmütze aus weißem Filz mit der schwarzen Umfassung, dem daumengroßen Turm auf dem Dach und den handtellergroßen Klappen an vier Seiten sowie den silberbeschlagenen Ledergürtel mit dem Feuerzeug und dem Dolch in der Scheide. Er legte sie, geordnet, auf die lose geschichteten Steine, sank auf die Knie und verneigte sich tief und lange. Dann stand er auf, schritt weiter auf den Süden zu, zog, während er ging, die lange, weite blausamtene Tracht aus und warf sie über den viereckigen Steinhaufen, der, dreifach abgedeckt, einen Thron darstellte. Und ging weiter. Die beiden, die ihm folgten, waren stehen geblieben, mussten aber auf seine auffordernde Gebärde hin mitgehen und sich schließlich

auf einem Pfad voranbewegen, der zu der Felsplatte führte, hinter der der schwarze Abgrund gähnte.
Alle sahen den beiden das Unbehagen an. Aber sie mussten, einmal angefangen, die Sache zum krönenden Abschluss bringen, der in diesem Augenblick zu geschehen hatte. Diese Selbstüberwindung brachte ihnen manche gebührende Anerkennung. Denn viele der Menschen wussten, wie es hinter den Fersen der Männer aussah. Was freilich nicht auf die Fremden zutraf, die die Welt der Berge nicht kannten, geschweige denn diese bestimmte Stelle, eine der Lieblingsfallen der Wölfe auf Treibjagd. Hinzu kam, dass Hynndynn den beiden einen ermunternden Blick zuwarf und einen Mund voll Worte auch noch. Etwa diese: Lasst mich, bevor ich die Fürstentracht anziehe, ein paar Worte zu diesem wilden, dummen Volk sagen, auf dass es sich richtig benähme, nachher, in den ersten goldenen Augenblicken des großen Glücks und unter der Gnade seiner Majestät des Kaisers vom allmächtigen Qing-Reich.
Gut möglich, dass dies seine beruhigenden Worte waren, denn man sah, wie sich die beiden Gesichter gleichzeitig aufhellten und Verständnis ausdrückten. Doch so genau wissen wir es nicht; die Worte haben sich im Himmelsraum verstreut und die Winde eines Vierteljahrtausends sind seither darüber geweht.
»Brüder und Schwestern! Ihr alle, die ihr in diesem Augenblick hier seid, mich seht und hört! So auch ihr, die ihr nicht hier, aber irgendwo in den Falten dieses Berges hockt und mit Mordwaffen in den Händen auf mich, das nichtige Spielbübchen des Schicksals, lauert, umsonst durstend nach dessen Häuchlein Leben! Und ihr alle, die ihr Wind und Licht, Name und Gedanke – Geister seid, geblieben von Gegangenen wie auch kündend von Nahenden, ihr Vorfahren, ihr Nachkommen!«
So fing er an. Hynndynns Stimme war hell und fest, seine Sprache weich und klar. Und eindringlich und aufrüttelnd.

Er sprach wie in einem Atemzug, so dass die Fremden, die zuvor etwas munterer geworden waren, schon wieder drohten, einzuschlafen. Ausgenommen von dieser allgemeinen Pein schienen drei zu sein: die zwei neben Hynndynn und der Dolmetscher. Die beiden wurden von ihrer Angst wach gehalten, und der Übersetzer verstand die Sprache und schöpfte Verdacht. Aber noch war ihm nichts Gefährliches aufgefallen. Trotzdem wollte er den älteren der beiden Lamas wecken. Die Stütze zur Linken, die den Dolmetscher die ganze Zeit im Blick behalten hatte, verstand: Der Lama würde den anderen wecken, dieser den Fürsten, der wiederum einen der Chinesen, bis schließlich die Leibwache alarmiert sein würde. Er musste sich beeilen und sprach den Beunruhigten an: »Ich sehe, mit Euch stimmt etwas nicht. Vielleicht kann ich helfen?«

Der Mann schaute ihn verstört an, hielt einen quälend langen Augenblick inne und antwortete schließlich: »Mir ist, als ob uns eine Gefahr drohe.«

»Nein doch. Ihr habt bestimmt etwas nicht ganz richtig verstanden«, sagte die Stütze laut und lachte fröhlich.

»Es kann nicht sein. Ich habe genau hingehört, und so viel verstehe ich schon!«

»Ich bezweifle Eure Kenntnisse nicht im Mindesten. Es ging vorhin um eine Hand voll Widerspenstige, die es gewagt haben, zu dem heutigen Fest nicht zu erscheinen. Der Fürst wird, wenn erst das Fest vorüber ist, den Herrn Reichsminister um Beistand bitten. So haben wir es gerade beschlossen...« Die Stütze redete weiter, beschwatzte den Lauschenden absichtlich laut. Dabei hörte er selber gut zu, aber jenem, dem Nichtmuttersprachler, fiel es schwer, alles zu verstehen, da der andere unentwegt dazwischenredete.

»Nicht ich habe es gewollt«, war Hynndynn zu hören, »dass mein Leben so verlief, wie es verlaufen ist. Dem eigenen Willen nach wäre ich wohl nichts anderes als Jäger und Hirte geworden, wie die meisten von euch. Aber das Schicksal hat sich da eingemischt, hat mich aus der wohligen Mitte des

Kreises, in den ich fiel, herausgerissen, und einem Spielknöchel gleich, dahin und dorthin geschnipst. Und als mir eines Tages die Zügel dieses Landes in die Hand gedrückt wurden, habe ich beschlossen, euch ein gutes, ein waches und gerechtes Haupt zu sein. Ob ich es gekonnt habe, darüber könnt nur ihr urteilen. Was ich selber dazu sagen kann, ist: Zumindest habe ich mich ehrlich bemüht. Habe aber nun ausgedient. Habe die Bürde abgelegt. Der Nächste möge sie noch körperwarm und in Gegenwart von so vielen Augenzeugen als Gabe und Auftrag von unserem urgrauen Owoo empfangen. Ich weiß nicht, wer dieser sein wird, der die Bürde weiterträgt. Aber ich erlaube mir, einen Namen vorzuschlagen. Und das ist Mugulai!«

Ein Rauschen ging durch die Menschenmenge, die zu wellen und zu wallen schien. Man sah eine mit Angst vermischte Verzückung in den Gesichtern, und das eine oder andere Auge glänzte schon vor Tränen.

»Bin keinen Augenblick lang Fürst gewesen, das sollt ihr wissen und sagt es weiter, bitte!«, ertönte die jugendhelle Stimme wieder.

Dshao verstand kein Wort, dennoch begriff sie fast alles. Sie musste, um nicht aufzuschreien, so fest auf ihre Unterlippe beißen, dass sie Blut in ihrem Mund schmeckte. Sollte mit ihm tatsächlich etwas passieren, stand auch ihre Entscheidung fest. Die von Gefahr kündende Stimme dröhnte weiter, und was sie nur mit dem Herzen oder der Seele aufzunehmen vermochte, vernahmen andere mit den Ohren, Wort für Wort.

»Wir alle haben uns in den letzten Monaten auf einen gewissen Augenblick eingestimmt, haben viel Schweiß vergossen. Nun ist dieser gekommen, und wir haben zu zeigen, welchen Wert der Schweiß erschaffen hat, und auch, was wir selbst wert sind. Vertrauend in euch, ihr Recken, werde ich gleich den Funken anschlagen. Fangt ihn rasch auf und verhelft ihm zu einer Flamme, blast und schürt sie zu einem lohenden Feuersturm, auf dass er dahinfege, das gefressige Ungeziefer verbrenne und vertilge und unsere Altai-Erde sich von der Entweihung wieder erhole! Mit dem, der es gewagt hat, uns zu demütigen, könnt ihr alles tun, was unter eurer menschlichen Macht steht, aber gegeneinander die Hände zu erheben, ihr Söhne und Töchter eines Vaters und einer Mutter, dürft ihr nie und nimmer! So sei es nun, Brüder und Schwestern! Zeigt euch unserer Vorfahren und unserer Nachkommen würdig, ihr Stammhalter des großen Tuwa-Reiches!«

Hynndynn hatte sich ausgesprochen. Neigte sich tief zum Owoo und zum Volk, wandte sich den beiden Fremden zu und streckte die Arme auseinander. Diese, erleichtert über das Ende der ermüdenden Rede, meinten nichts anderes, als dass sich jener ihnen stellte, um die Fürstentracht übergestreift zu bekommen. So näherten sie sich ihm in feierlich kleinen Schrittchen, der eine die lange, breite Kutte, aufgefaltet, über den Armen, der andere die Mütze mit Pfauenfedern und weiteren glitzernden und flatternden Anhängseln auf den Händen. Hynndynn stand wartend, bis sie ihm nah genug waren, da trat er ihnen entgegen, ging leicht in die Knie, packte mit der Schnelligkeit eines Blitzes mit einem Arm die beiden jeweils unter der Achsel. Er vermochte dabei noch ein paar Worte aus sich herauszustoßen, einem lauten Seufzer gleich, die zu einem geflügelten Wort werden sollte: *Grsa geshi baglanbas, gdad oglu beglenbes* ... Kein Iltisfell zur Kopfbedeckung, keinen Chinesensohn zum Herrn.

Noch bevor der letzte Hall die Ohren erreicht hatte, sahen die Augen, wie sich Hynndynn mit einem federnden Ruck in die Lüfte erhob, einem Adler gleich, um sogleich in den Sturzflug zu gehen, immer schneller, ein hinabschießender Stein, ein vergehender Traum. Noch bevor der in Stein verwandelte Adler am Ziel ankommen konnte, der Traum am harten Stein zerschellen musste, löste sich in der Hochebene von Gök Dewsek die Menschenmenge: Die seit Stunden Lauernden und vor Kampfeslust Glühenden stürzten sich mit der Schnelligkeit des fallenden Steins auf die schläfrigen, verblüfften und entgeisterten Fremden. Sie wurden schnell überwältigt, doch es dauerte länger als die Angreifer es für möglich gehalten hätten. Denn Gefangene wurden nicht gemacht. Lebende hätten bedeutet, dass von den Geschehnissen etwas nach außen drang! Das wollte man aber nicht. Man wollte alle Spuren verwischen und so tun, als wäre nichts gewesen.

An jenem unglückseligen siebzehnten Tag des mittleren Herbstmonats im Jahre des Gelben Drachen, wofür mancherorts schlicht die Zahl 1748 stand, war in Gök Dewsek das erste Blut geflossen. Die ersten Leben waren ausgelöscht.
Aber das Gemetzel dauerte noch an. Mugulai mit seinen Schülern gehörte zu den Ersten, die sich auf die verwirrten Fremden stürzten.
Lamaldai hatte seine Angst betäubt und abgetötet an dem, der ihm Vater sein sollte, aber nicht danach ausschaute, und hatte dabei den Hass unentwegt und wohlweislich gewetzt, indem er wieder und wieder einen schneidig-schartigen Blick hinüberschleuderte. So schnellte er, als es endlich blitzte, los und schlug zu, doch ihm, dem Jungen, reichte die Kraft nicht aus, sein Ziel niederzuschmettern. Der Lama, aufgeschreckt und erwacht, wehrte den Angriff ab, erkannte den Angreifer und packte ihn mit der ganzen Kraft eines erwachsenen Mannes beidhändig an der Gurgel und drückte zu. Als man später den Knaben aufrichten wollte, war er tot – erstickt bei eingedrückter Kehle.
In der Zwischenzeit wurde der Kindsmörder selbst erschlagen, möglicherweise von jemandem, der damals vor dreizehn Jahren vor dem Opfer ohnmächtig gelegen hatte vor lauter Gläubigkeit, die erst erweckt und noch ungestillt war.
Lü Dshao bekam, während sie auf die Schlucht zurannte, so manche Fausthiebe und Fußtritte ab, sie schwankte und stolperte, fiel jedoch nicht. Was sie empfand, konnte gut mit Dankbarkeit verwandt sein – sie wusste es dumpf, das erleichterte ihren Entschluss. So lief sie humpelnd und schwankend, keuchend und röchelnd auf die Felsplatte zu und flog dann

ungestört hinüber, ihrem Gemahl hinterher. Während des Sturzes, einer Adlerin gleich, auf derselben Flugbahn wie der Adler vor wenigen Herzschlägen, mochte sie in ihrem Bauch das Beisein des Wesens gespürt haben, dem knapp zwei Monate gefehlt haben, das Weltenlicht zu erblicken.
Mutschin Bi lief sofort der Schwiegertochter hinterher, weshalb, wusste sie nicht. Da wurde sie von einem Schlag getroffen und sank zu Boden. Als sie zu sich kam, war es zu spät, sie konnte Lü Dshao nicht mehr folgen. Die Stütze zur Linken hielt sie zusammen mit Emes in fester Umarmung.
Schü Dshing flüchtete, sobald sie die bedrohlichen Mienen der Menschen wahrgenommen und begriffen hatte, was Not tat, zu Mugulai. Bis sie dort ankam, bekam auch sie etliche Schläge ab. Sie stellte sich vor ihn hin und schrie ihn an: »Schlag mich tot!« Vielleicht hat er sie verstanden, aber statt ihr den Wunsch zu erfüllen, zog er sie an sich heran und legte den Arm beschützend um sie.
Der Anblick auf Gök Dewsek war grausig. War unbeschreiblich. Trotzdem die Fremden von der Müdigkeit so hoffnungslos befallen waren und keinen einzigen Schuss abgeben konnten, gab es auch unter den Einheimischen Opfer. Außer Lamaldai fanden während des Gemetzels noch drei Tuwa, darunter ein achtjähriges Mädchen, den Tod.
Die Hundertschaft der Chinesen war nicht ganz voll, sie bestand aus einundneunzig Mann. Die acht hinzugezählt, waren es neunundneunzig Tote, eine schamanische Zahl. Lü Dshao, die ein gutes Jahr die Altailuft eingeatmet und eines Tuwa-Manns Kind im Leib getragen hatte, zählte freilich nicht dazu. Denjenigen, die menschliches Blut gefordert hatten, dürfte der Durst wahrlich gestillt sein. Man konnte meinen, die Geister vom Owoo, diesem Haufen Steine, waren nun, sollte jener wirklich entweiht worden sein, für weitere neunundneunzig Jahre zumindest besänftigt. Tatsächlich verstummten die inneren Fehden und Streitigkeiten für einige Zeit.
Der Weisenrat trat in Gegenwart des Volkes und der Leichen-

schar zu einer Beratung zusammen und beschloss zweierlei: Mugulai wurde zum neuen Häuptling gewählt, und die Leichen sollten unverzüglich getilgt werden. Diese höllische Arbeit geschah und dauerte viele Tage und Nächte. Die Männer, die sich abmühten, um die sterblichen Überreste ihrer Feinde zu vernichten, konnten sich nicht sagen, dass sie damit einen Sieg errungen hätten. Sie wussten aber, dass sie einem Krieg Tür und Tor aufgerissen hatten, den sie alle mit ihrem Leben und Leib füttern würden.

So kam es auch. Aber bis die kleinen Strafausritte der Großmacht, einem widerspenstigen kleinen Volk auf den Spuren, sich zu einem richtigen Krieg auszuwachsen vermochten, gingen sieben Jahre über die Altaisteppe. Erst im Jahr der Schwarzen Sau, woanders auch mit der Zahl 1755 vermerkt, war es so weit. Aber da standen die Tuwa nicht mehr allein der Großmacht gegenüber. An ihrem Ungehorsam hatten sich zwischenzeitlich auch andere angesteckt. Nun waren es, in einem Bündnis vereinigt, ganze zehn Stämme. Und diese wurden von dem Öölet-Mann Amarsanaa geführt, der sich aber nicht mehr als Häuptling, nicht als Fürst, sondern als Khaan bezeichnete. Der Tuwa-Häuptling Mugulai wurde einer seiner Feldherren. Jetzt holte die Großmacht weit aus und ging mit aller Härte vor: Rückte mit dem größten Heer vor, von dem man je gehört hatte. Dieser Krieg dauerte zwei Jahre. Und endete mit dem Sieg der Übermacht.

Den Rest kennt man.

BESÄNFTIGUNG DER GEISTER

Inmitten des düsteren, felsigen Nordhanges der Schwarzen Schlucht unterhalb von Gök Dewsek, eine reichliche Seillänge von der Talsohle, leuchtet und grünt ein Gebüsch zu Sommerszeiten. Es sind Stachel- und Schmusebeersträucher, getrennt wie vereint durch ein ansehnliches Gestrüpp von Krüppelweiden. Düschgün Ösen, Land-Oase, heißt die Stelle. Hier sollen Hynndynn und Lü Dshao nach ihrem Sturz gelandet sein. Sie haben in den steinigen, schroffen Hang eine Delle eingeschlagen, zwei Mulden eingerissen und mit ihren Leibern gedüngt. Man will in den einen der Sträucher ihn, in den anderen sie und in den Weiden ihr Kind erkennen und meint, das Dickicht verbreite sich unaufhaltsam und trüge so dem Fortbestehen des Lebens angesichts der Steinwüste bei.
Nicht weit entfernt stehen wie auf der Lauer zwei klumphafte dunkle Klippen, je von der Größe eines Yaks. Sie sollen die beiden Fremden sein, vom Schicksal dazu verdammt, dem fliegenden Menschenadler als Schwingen zu dienen.
Keine Spur aber von allen anderen Fremden, die erst einmal am Leben geblieben waren und deren weiteres Schicksal uns am meisten interessierte. Weder von den beiden Frauen, die dem Tod gerade noch entkamen, noch von den drei Männern, die an dem unglückseligen Tage dem Gemetzel fern blieben, da sie alle den ihnen auferlegten Pflichten nachgingen und ihren Schweiß für die Fremde vergossen. Bleibt uns zu hoffen, man habe sie eine Weile, und zwar so lange, bis die große Niederlage kam, leben lassen, weil sie gebraucht wurden. Zu befürchten ist jedoch, sie könnten bald danach getötet worden sein, angesichts des eigenen schlechten Gewissens, aus fieberhaftem, widersinnigem Bestreben, die Spuren des bereits geflossenen Blutes zu verwischen. Wir wissen es nicht.

Der Mensch, der die vorangegangene Geschichte bis zu uns herübergetragen, hieß Gök-Anai und war der letzte Weise Tuwas. Auch die Vermutungen stammen von ihm, der fast neunzigjährig und erblindet,

zweihundertzweiundzwanzig Jahre später als Hynndynn aus dem Leben ging. Als der Abnehmer seiner Erzählungen, so alt wie Mugulai und auch in die unvergängliche Ökpesch verliebt, einmal seinen Unmut über die Vorfahren äußerte, stellte der Weise ihm die Frage, welches denn das richtige Wort sei, das man, augenzwinkernd zwar, aber immer wieder, für die verehrten Vorfahren übrig habe. Der junge Mensch dachte nach und fand heraus: dumm. Viele der Überlieferungen fingen doch mit einem Es-war-wohl-zu-Zeiten-der-dummen-Tuwa an …
Der Weise ließ die Antwort gelten: »So eben waren wir, und sind wir noch. Aber dass wir denken, wir seien es alleine und dass wir uns deswegen schämen müssten: nein – sieh und höre dich doch um in dieser elsterbunten Welt!«

GLOSSAR

Ak Sojan — einer der drei Hauptstämme der Tuwa, die anderen sind: Hara Sojan und Gök Mondshak. Die vorangestellten Worte sind Farbbezeichnungen: ak-weiß, hara-schwarz, gök-blau

Ail — Jurtengehöft

Bai — Reicher

Basching — mong.: Haus

Burgan — mong.: Buddha

Daaj — Verwandter mütterlicherseits

Dag — Berg

Dörr — Ehrenplatz in der Jurte, gegenüber der Eingangstür gelegen

Dowa — Reich der Toba in der Mongolei, 2. bis 4. Jahrhundert n. Chr., aus ihm gingen später die Tuwa hervor

Dshuschi — chin.: Führer, Vorsteher

Dünggür — Schamanentrommel

Galdan-Boschogtu-Khan — Westmongolischer König, 1644-1697, Kämpfer gegen die Einverleibung der Mongolei in das manzhu-chinesische Reich

Harnisch — Bezeichnung der Schamanentracht

Hoschuun — mong.: Landkreis

Hüree — mong.: Kloster

Lawaschak — Nationaltracht der Tuwa: mantelähnliches Obergewand für wärmere Jahreszeiten

Li — Längenmaß in China: 500 m

Muutuu — aus dem Chin.: unbeschriftetes Papier

Öölet — mongolischer Volksstamm, dem Galdan-Boschogtu-Khan entstammte

Örtöö — Eilreiterpost, begründet von den großen Herrschern der Mongolei aus dem 13. Jahrhundert, abgeschafft erst 1949. Die Entfernung zwischen zwei Örtöö-Stationen, an denen Pferd und Reiter ausgewechselt wurden, betrug etwa 30 km. Der Örtöö-Dienst basierte auf unvergüteter Lieferung von Reitpferden und unbezahlter Arbeit der ärmeren männlichen Bevölkerung.

Owoo	heiliger Steinhaufen, errichtet zu Opferzwecken, Geistersitz
Sudur	mongolisierte Aussprache von »Sutra« aus dem Sanskrit: beschriftetes Pergament
Tonn	lange Winterkleidung, mit Fell gefüttert
Uliasutai	Stadt in der Äußeren Mongolei, damals mit Niederlassungen von Behörden und Streitkräften mit einem Minister des Manzhu-Reiches an der Spitze